自作多情
Zizuo Duoqing
—— 绍六短文集萃

绍 六 / 著

丛书主编 / 陈汉桥
副主编 / 董宏猷 王新民

武汉出版社
WUHAN PUBLISHING HOUSE

(鄂)新登字 08 号

图书在版编目(CIP)数据

自作多情:绍六短文集萃/绍六著. —武汉:武汉出版社,2011.2

(花桥文艺丛书)

ISBN 978－7－5430－5633－6

Ⅰ.①自… Ⅱ.①绍… Ⅲ.①文学－作品综合集－中国－当代 Ⅳ.①I217.2

中国版本图书馆 CIP 数据核字(2011)第 007252 号

著　　者:绍　六
责 任 编 辑:方　雷
装 帧 设 计:刘福珊
出　　版:武汉出版社
社　　址:武汉市江汉区新华下路 103 号　　邮　编:430015
电　　话:(027)85606403　85600625
http://www.whcbs.com　　E-mail:zbs@whcbs.com
印　　刷:武汉中远印务有限公司　　经　销:新华书店
开　　本:880mm×1230mm　1/32
印　　张:11.375　　字　数:272 千字　　插　页:4
版　　次:2011 年 2 月第 1 版　2011 年 2 月第 1 次印刷
定　　价:25.00 元

版权所有・翻印必究
如有质量问题,由承印厂负责调换。

作家绍六与夫人许丽华女士　2009年摄于武汉东湖

序

陈汉桥

著名作家李绍六退休前写作出版了不少文学作品，在文学创作上取得了令人瞩目的成就。他所创作的长篇小说《五彩包围圈》、《狱霸》，短篇小说集《彩霞姑娘》，中篇小说集《镶金边的云彩》、《妻子不是模特儿》，长篇纪实文学《吴天祥》，以及电视剧《母子情》、《荷花姑娘》、电视连续剧《漩流》等。曾在社会上产生过广泛的影响，至今还为人们所称道。他退休以后，壮心不已，仍然潜心创作，笔耕不辍，抒写情怀，讴歌时代。以深厚的生活底蕴和强烈的时代责任感，以对生活对社会主义文艺事业的无限热爱，写出了深受读者喜爱的作品。他除了继续写小说外，还写作出版了社会学专著《都市悬崖》、《世纪之交：中国大转岗》，跨学科专著《成瘾性》、《隐形杀手》、《超越生命临界点》、《非理性》、《流动的文明》等等。还发表了不少精短散文、杂文。这些作品，具有广阔的社会文化视野，对社会生活以及精神领域有着全方位的关照。在读者中产生较大的反响，读来引人深思感喟。显现了这位老作家深厚的生活和艺术功底，体现出了他努力把握先进文化的前进方向，以优秀的作品鼓舞人民群众，以文艺精品丰富人们的精神世界的写作态度和思想情怀，值得我们学习。

老作家是我们的社会财富，他们德艺双馨，宝刀不老，一如既往兢兢业业孜孜以求地埋头写作，不断有优秀的作品问世，为我们文学艺术事业的繁荣与发展作出了贡献。他们这种不断深入实践，不断进取开拓的创新精神，可佩可嘉，为青年作家做出了榜样。我衷心祝愿他们身健笔健，永葆艺术之树常青。

作品简介

　　在人们的印象中，作家绍六以创作中长篇作品和影视作品为主，其实他同时也创作发表过大量各类较短的作品，包括散文、杂文、游记、评论和小小说等，这些作品散发于全国各报刊，如《人民政协报》、《中国广播影视》、《湖北日报》、《长江日报》、《芳草》、《武汉晚报》、《南方日报》、《南方周末》、《羊城晚报》、《厦门日报》、《海口晚报》、《燕赵晚报》等等，数量之大，令人吃惊，且其中不少作品得到转载推荐和各种不同的奖励。此次选取一部分作者自认较好且尽可能短的作品结集出版，不仅是武汉文学界的一件大事，也是对读者愿望的一次满足。基于作者人生道路的坎坷曲折，充满传奇色彩，所以作品处处给人以难以寻觅的人生体验。阅读此书，深感作者立意高远，作品构思奇巧，字字珠玑，充满激情，难得如此地袒露胸臆，直面人生。且作品涉猎广泛，行文精美。其中，散文美轮美奂，游记隽永飘逸，杂文犀利深刻，评论精准务实，小小说睿智巧慧，熔可读性与情趣性于一炉，是一部值得一读的佳作，并深信能给读者以极大的人生启示。

　　该书的另一特点是篇目虽多但篇幅较短，各自独立成篇，读者可随意选读，皆可获得完整的印象和独特的感受，给了读者阅读的充分自由。

作者简介

李绍六,笔名绍六,男,1939年出生,湖北武汉人。小学期间便开始发表文学作品,中学期间便开始发表美术作品。中学毕业后从事美术工作。"文革"期间因"攻击"江青被判刑,释放后长期浪迹江湖,从事过多种职业;平反后任某企业负责人。1979年开始从事业余文学创作。后调入武汉市文联《芳草》文学月刊,任编辑、副主编。1985年开始从事专业文学创作。系中国作家协会会员,国家一级作家,武汉文学院副院长,武汉市优秀历史建筑保护委员会专家组成员。绍六创作勤奋,涉猎多面,至今已发表出版各类文学作品800余万字。主要作品有:短篇小说集《彩霞姑娘》;中篇小说集《镶金边的云彩》、《妻子不是模特儿》;长篇小说《狱霸》、《五彩包围圈》;长篇纪实文学《吴天祥》;社会学专著《都市悬崖》(上、下)、《世纪之交——中国大转岗》、注释校评《唐诗三百首》;"跨世纪跨学科丛书"一套五本,包括《隐形杀手》、《流动的文明》、《成瘾性》、《非理性》和《超越生命临界点》;由央视播出的电视剧有《母子情》、《荷花姑娘》以及作为编剧的12集电视连续剧《漩流》,还发表电影文学剧本《主攻手之谜》等。现已退休,但仍笔耕不辍,如在报刊发表"武汉老房子"专栏作品计60余篇以及得奖作品《紧走慢走,一天走不出汉口》、《新芽的阳光雨露》等。

目录 Mu Lu

一 自作多情

爱怨交错影视梦 …………………………… 1
从莎朗·斯通的鼻子到莱温斯基的性观念 …… 7
接轨与"接鬼" ……………………………… 12
男人，剥掉我们的伪装吧 …………………… 13
目光 ………………………………………… 16
节日 ………………………………………… 18
残余的优越感 ……………………………… 20
被遗忘的家庭话题 ………………………… 22
半老头儿加…… …………………………… 25
"义"是双刃剑，看你用哪面 ……………… 27
金鱼苗之死 ………………………………… 29
伊琳娜，你在哪里 ………………………… 31
一盒古币 …………………………………… 35
我的匣子 …………………………………… 38
键盘前的沉思 ……………………………… 40
可爱的魔术师 ……………………………… 42
证明的证明 ………………………………… 44
好一个"喂"字 …………………………… 46
见面时的问候 ……………………………… 48
就怕老总没有兴趣 ………………………… 50
生日心态 …………………………………… 52
丑丑发了财 ………………………………… 53
追究之"追" ……………………………… 56
关于今天花明天的钱 ……………………… 58
古怪 ………………………………………… 60
错字过敏症 ………………………………… 61

1

目录

洋包装与小瓷葫芦 63
美感与骨感 65
场面与脸面 67
九个指头和一个指头 69
哄抬 71
说说"不良少年" 72
排名与座次 74
口令心理和克隆时尚 75
从集会到"带功报告" 76
奥运会的魔道之争 79
足球是第一运动吗 81
不要轻易拔高 83
拳击节目之悟 84

二 自言自语

新芽的雨露阳光 88
紧走慢走,一天走不出汉口 91
老人与洪水 92
直面日历 94
我看接连死去的两位世界性女性 97
十五斤大米 99
一念之差 104
大哥,那边也有值得你抄录的作品吗 106
大姐就读过的"圣玛丽亚学校" 108
钢笔刻字 110
发饼 112
没有冰雪就没有真正的温暖 114

中学记忆 116
旋律 117
想当年…… 119
哑铃 121
难忘小皮球 125
我爱打碑 126
我的垂钓缘 128
牵引 129
跨世纪对话 131
我的一次自我精神分析 133
一双运动鞋 135
石牛溯源 138
栈道幽思 145
摩崖怀古 148
大汉天声 150
"抱瓮丈人"的启示 153
金州忧思 155
灵渠漫步 157
五洲百戏面面风 159
浼水上的"新神" 162
登颐楼 164
显陵之"显" 166
如歌的古村——大余湾 168

三 自以为是

跨世纪魔线 172
一次突击式采访 179

目录

走出大制作的误区
　　——从《亡命天涯》谈到《追捕》……………… 181
感激厦门 ……………………………………………… 183
跨过类型片的门槛 …………………………………… 185
从进口大片中学点东西 ……………………………… 186
不爱新片 ……………………………………………… 189
连续剧的"连续" ……………………………………… 190
不要挤干名角 ………………………………………… 191
细节：以情动人的纽带
　　——小议美国影片《迫切的任务》…………… 193
汇编类型作品的善恶评价 …………………………… 195
呼唤国产科幻影视作品 ……………………………… 196
第一是节奏，第二是节奏，第三还是节奏 ………… 198
被疏漏的"静态"电视新闻 …………………………… 199
关于细节 ……………………………………………… 201
仅仅感动于英雄？ …………………………………… 203
虽然也是老百姓 ……………………………………… 205
慎待犯罪技巧 ………………………………………… 206
对抽象进行具象化表现的重大尝试
　　——试评影片《苏菲的世界》………………… 209
魔术、特技与影视幕后 ……………………………… 211
戏说影视（之一）……………………………………… 213
戏说影视（之二）……………………………………… 214
卖点 …………………………………………………… 216
电视剧的九大泡沫 …………………………………… 217
从《魂断蓝桥》的片名说起 ………………………… 220
冷眼电视剧之情人潮 ………………………………… 222

谁在"诱奸"？ ………………………… 223
听电视 ……………………………… 225
英雄人物的语言缺乏症 ……………… 227
对爱情的理想化诠释
　　——小谈《大明宫词》…………… 229
巧合应不留痕迹
　　——浅谈《罪证》中的巧合 ……… 230
从《水落石出》中的不合理谈起 …… 232
警匪片的会议与节奏 ………………… 234
不食烟火又何妨 ……………………… 235
不要将疾病当成"筐" ………………… 237
从"侃"说起 …………………………… 238
电视广告，爱你有商量 ……………… 240
电视广告之八大败笔 ………………… 242
不仅仅说秦池 ………………………… 244
肝肝肝与干干干 ……………………… 246
健康的和病态的电视广告 …………… 248
丑与审丑 ……………………………… 249
香烟与"万岁" ………………………… 251
从粤腔到沪腔 ………………………… 254

四　自圆其说

"作家学者化"与"学者作家化" …… 256
在"精思"二字上下工夫 ……………… 258
仅仅是尝试
　　——我写"跨世纪跨学科丛书" …… 262

目录

万义之母与新的起点
　　——为自己进入老年而作 264
拥抱理想　拥抱崇高 268
龙文化的翔舞 270
新世纪文化蠡探 272
不要忘记：至少要读100本书
　　——忆徐迟 273
老鄢，你不该前排就座
　　——悼作家鄢国培 275
开始苏醒的灵魂
　　——我的小说处女作 278
纪实作品的新标杆
　　——读《辛德勒名单》 280
模糊见深刻 282
我写《世纪之交：中国大转岗》 283
让理想插上幻想的翅膀 285
隐忧 287
为科技兴国鼓与呼
　　——谈谈《科学家，您好》 289
莫愁女的"现代愁" 290
文学的强悍"边锋"
　　——《戴克堃文集》序 292
插科打诨之"度" 298
从残疾人当模特说起 300
记住原创　尊重原创 301
从杨澜有喜说开去 303
市民化与英雄主义 305

对爱的饥渴
　　——读《伦敦的叫卖声》........................... 307
对爱情的诠释
　　——读《枫丹白露之泪》........................... 308
对人性的导盲
　　——读《山径之旅》............................... 310
举重若轻　机智巧慧
　　——读《闲话闲说——中国世俗与中国
　　　　小说》..................................... 311
一缕忧思 一滴清泪
　　——谈谈流行歌曲................................. 312
不谈创作... 314

五　自编自演

一个复杂的故事 316
心虚 318
强盗逻辑 319
双重腐败 319
穷光蛋就是没有钱洗澡的人 320
大作的缺陷 321
影评 322
斑马线 323
作协·足协·做鞋 325
步行疗法 327
幽会 329
染发记 331
谁像谁 332

目录

感激 …………………………………………… 334
"专家"成长记 ………………………………… 335
最后的分量 …………………………………… 337
炮制 …………………………………………… 339
时髦动作 ……………………………………… 341
吉祥号码 ……………………………………… 342
渔归图 ………………………………………… 343
自信的老莫 …………………………………… 345

后记 ………………………………………… 348

一　自作多情

爱怨交错影视梦

上世纪80年代，我任《芳草》文学月刊副主编。但按职称评定的"硬件"标准，连评初级职称的资格也没有，因为我根本没有进过大学。

"赶紧参加一次资格培训的学习吧。"好心人劝我。但我摇了摇头。

"如今不少大学开办作家班。你去，趁现在有些大学老师求你发稿子，他们是你的作者，成天叫你'老师'，你去'混'张文凭还不是手到擒来。他们巴不得你去找他们哩。"另一些好心人劝我。但我还是摇摇头。

几天以后，我提出调离编辑部的申请。

领导见我态度坚决，便根据我当年在文学创作上的实际情况，将我调到文学创作所，也就是不久以后的文学院。于是，我成了一名当时不太讲究"学历"的专业作家队伍的一员。后来，我被任命为文学院副院长。

然而，这件事在我心头引起的波澜却久久难以平息……我为什么不去"混"一张文凭？一言难尽啊，真是一言难尽！

读高中时，我是下决心进大学的。依我的学业成绩，进一般大学应该不成问题。然而,我有自己的理想,有自己心中的大学和专业,那就是北京电影学院导演系。因为我热爱电影,迷恋蒙太奇艺术,认为那是奇妙而梦幻的世界,那是我愿意为之献身的事业!我自认有表演天赋,自认有架构与组织故事和铺排情节的潜力,自认通过学习可以驾驭故事片或纪录片的制作。总之,我觉得我这辈子是离不开蒙太奇艺术了。

为了实现梦想,我开始较系统地自学当年在电影界占统治地位的斯坦尼斯拉夫斯基体系,阅读了几乎我能弄到的所有《电影艺术译丛》等有关书刊,钻研至今仍有指导意义的格布里诺维奇、M·罗姆、斯米尔诺娃等大师的作品和理论,观看在影院放映的几乎所有影片,对每部影片写观后感,并将影票贴在观后感的后面。不仅如此,我还主动写信给北京电影学院导演系,表达我的理想。没想北京电影学院导演系的系主任张客老师真的关注起我来,指示导演系学生李昂回复我的信件,并与我建立起经常性的联系。在他们的帮助下,我自编了一些单人小品,寄给北京求教。

这样到了1957年我高中毕业,可万万没有想到,北京电影学院导演系这年不招生。为了我的理想我的梦,毅然放弃了投考普通大学的机会,怀揣在铁路局工作的大哥给我的30元钱和一张家属免费车票,只身来到北京。我以朝圣的心情踏进当时位于北京新街口外大街的北京电影学院。我要实地接触接触我的大学,向我的理想靠拢。

我见到张客老师、李昂及其他同学,如拍摄著名的《我们热爱和平》摄影作品(后制成著名宣传画)的阙文等。他们热情地带我参观校园,参观离学院不远的八一电影制片厂等令我神往的地方,观摩他们的学习课程,与他们一起观看新片《寂静的山林》等,并参与他们对影片的讨论,甚至在讨论中抢着发言。虽然当年我进不了这所大学,但我有一种被接纳的感觉。我觉得生活是多么美好啊,而有理想的生活更是百倍的绚丽!

返回武汉后,我以社会青年的身份继续钻研着电影艺术,并对当年风行的法国电影和印度电影进行长篇解析。我将这些文章寄给李昂,得到电影学院师生们的较好评价。

我为我心中的大学苦苦等了一年。1958年,李昂早早来信说,导演系今年决定招生,而且在信中表示,像我这样视蒙太奇艺术为生命的青年,他们还没有发现第二人;张客老师也十分欣赏我,他要我树立信心,作好报考的准备。

可是不久,李昂又来信说,这次电影学院的招生将由对社会招生改为"内招",需要省市文艺主管部门的推荐,要我有所准备。这对我不啻是一个沉重的打击。

那是一段多么难熬的日子呀!我是一个普通市民家的孩子,与省市文化领导机关没有任何关系。于是我只得成天到有关机构乱闯乱问,拿出自己写的影评和学习心得,拿出李昂的来信想证明自己,想获得一封推荐信。可我得到的却是一张张冷淡的面孔,那一个个不愿扬起头来听我申述的官场中人,那一座座深宅大院的台阶,那一束束视我如怪物的、充满狐疑的目光……我始终没有能够得到一份"省市文艺主管部门"的推荐信。

正在我处于悲伤绝望的时刻,突然接到一封信。信封是淡蓝色的,字写得遒劲有力,邮戳却是本市的,但没有落款。拆开一看,竟是张客老师写来的。原来,北京电影学院招生组已来到武汉,住在汉口饭店二楼,对中南五省进行招生;由于张客老师的坚持,招生组破例允许我在没有推荐信的情况下参加考试!

这是一次多么激动人心的考试啊!考试采取的是直接面试,主考和被考围坐在一起,像在促膝谈心。开始我有点紧张,但谈着谈着,我便彻底放松了。三位主考中除张客老师外,还有影片《赵一曼》的赵一曼扮演者、北京电影学院表演系系主任石联星,另外还有一位一言不发的中年男人。他们与我进行了长达近两个小时的对话。我感觉十分顺利,甚至发现他们对我掌握的电影知识流露出某种惊讶的表情。对话结束后,张客老师紧紧握着我的手,叮嘱我多准备一些防寒衣物,还说了一些我在入校后要遵守的规则,课余时间要看些什么书籍之类的话,甚至还要我代他向我的父母问好。我与他们一一握手告别。我清楚地记得,石联星老师的手是柔软的,张客老师的手是温暖的,那种柔软和温暖的感觉我从未忘记……

然而我并没有意识到,当时一贯支持我学习电影的大哥在铁路系统被打成右派,还有我家庭的某些较为复杂的社会关系,北京电影学院最终未能接受我。张客老师为此专门给我写了一封信,开导我说:社会是一所大学,你可以继续在这所大学学习;你的文学底子很好,可以向这方面发展。信的最后是:"语短情长,望三思!"

啊,我的大学梦,我的导演梦,破灭了!

我没有流泪,却来到长江与汉水的交界处。面对江水河水,大声唱起30年代电影《夜半歌声》的插曲《热血》:"谁愿意做奴隶?!谁愿意做马牛?!人道的烽火燃遍了整个的欧洲,我们为着博爱平等自由,愿付任何的代价,甚至我们的头颅……"。应当承认,一闪念中,我曾有过自杀的念头。但我不甘心,我不想死,因为张客老师有嘱托;我不能让张客老师,不能让李昂,还有不能让我那已被送至蒲圻县一座煤矿劳动的大哥失望……

是的,那一阵子,我在街头无休无止地徘徊,曾在中山公园不吃不喝地待上一天又一天,曾在汉口六渡桥"铜人像"的基座旁久久凝望孙中山先生那睿智宽厚但带着深沉哀怨的面容……

我终于熬过了最艰难的日子,因为我意识到,只有活下来,才能报答父母的养育之恩和亲人的期望之情,才能报答和感谢前辈中像张客老师那样为我仗义执言者,才能报答像兄长那样关怀过我的李昂和他的同学们;同时,更是为了我的夙愿,我那已变成永恒的遥远如星辰的大学之梦。我将我的青春梦,定位在那永远难以企及的遥远的星辰,让它永远照耀着我,也让我永远仰视着它。

我下定决心,在社会上学习,让大学之星永远照耀着我,而不是将她攀摘在手上。

接下来的许多年,是我那充满传奇色彩的经历。无论我在什么单位,无论我是搞美术、搞搬运、搞制版、搞喷花,无论我是当工人、或因"攻击"江青而当囚犯,以及后来当厂长、当编辑、当副主编,还是当专业作家,我都始终没有去惊醒我那揪心的青春梦,始终没有忘记在晴朗的夜晚,抬头仰望那遥远而永恒的星辰。因此,当要我取得什么"资格"而去应付一下时,我便感到是对我那纯美而悲情的青春梦的亵渎;当要我去"作家班""混"一张文凭时,我就感到像是要我用墨水泼洒达·芬奇的油画,或是用嚼过的口香糖糊在米开朗琪罗的雕塑上那样,令我不能容忍!

我有另一所大学,严格地说,应该称它为社会。

继我创作的《母子情》由湖北电视台摄制并在中央电视台播出后,武汉市文化局又摄制了我的电视剧《荷花姑娘》,并在中央电视台播出。紧接着,我任编剧的12集电视连续剧《漩流》开机了!我想,这无数个镜头,无数个画面,都是我的青春理想之梦的折射和投影。

记得那些天的夜晚,当中央电视台播出《漩流》时,当著名歌唱家吴雁泽以那浑厚的男高音唱着这样一些句子:"虽说是人前人后几经周折,急切中织云拨雾推浪逐波。得到几多,失去几多,一时无言,难以诉说……"每次每次,我的眼眶都噙满泪水。

但我始终没有让眼泪潸然落下。我最亲近的人都知道,自从我经历了人生中那些离奇而坎坷的经历后,我再也没有真正让泪水流出来过。在外人看来,我成了一条不流泪的铮铮汉子。但实际上,我是将泪水化作我对人生的思索,化作我对真正关心和爱护我的朋友和老师,如对张客和李昂以及我的亲人们的思念。

　　大学,作为我心中永恒而遥远的星辰,我是不会企及也不可能企及了,让它永远在太空照耀着我;但作为我的这个星辰的象征物——电影艺术、电视艺术,也就是蒙太奇艺术,我却几十年如一日地不断追逐。无论条件怎样恶劣,我都在学习,学习。当然,由于具体条件的限制,我不可能系统地学习。在一个相当长的时期,我只能做到弄到什么就学什么,一本《红楼梦》,几乎每一页有我的指纹;一本《基度山恩仇记》,我几乎可以将它从头到尾讲出来;至于《唐宋名家词选》,我不仅大多会背,而且自信达到可以为它重新作出注释的程度。有趣的是,1995年,湖北人民出版社果真出了一本由我注释的清代蘅塘退士选编的《唐诗三百首》,并且在市场上卖"疯"了,甚至出现了盗版。

　　对于不少人,青春梦容易发热发烫,但要长期保持它的热度却很难。它需要锲而不舍、痴迷、失败了再干;与此相伴的当然还有一个又一个不眠之夜。

　　客观地说,我至今并未成功,也许永远不会成功;理想仍然在向我招手,距离我仍然相当遥远。电影界依然不肯低下它那高傲的头颅。我虽然发表了电影文学剧本《主攻手之谜》和根据我的另一个电影剧本改写的小说《十字魔影》,但前者却在西安电影制片厂搁浅,后者的希望几乎等于零。这也许是我后来关注电视的因由之一。我自我安慰地说,电视对于电影来说,是按比例缩小了的人物、场景和我的梦,也是不按比例放大了的观众群、覆盖面和我的梦。虽然这话有点不太专业,有点自欺欺人,但欺欺自己又何妨? 我的主要创作仍然是小说,它们中的某些作品,可能成为其他情节性艺术样式的母体。这些年来,我创作了几百万字的小说,特别是长篇小说《五彩包围圈》和《狱霸》,令看过这些作品的电影界的人发出这样的评语:"这个作者懂影视。"是的,我多少懂一些。在创作上,我近年的主要精力用于跨学科研究,并且首都有出版社关注我正在创作的五卷本的"跨世纪跨学科丛书",它们的书名已定为《成瘾性》、《非理性》、《隐性杀手》、《流动的文明》和《超越生命临界点》。

是的,我作为严格意义上的中学文化程度的人,现在常到大学讲课。每次我对青年学生讲的第一句话是:"同学们,我是以你们的朋友的身份来与你们对话和交流的。"在我的心中,我却是在对大学本身说:我那闪亮的、永远照耀我前进的星辰啊,我来到了你的身边!我在向你靠拢!

"同学们,你们是幸福的……"这是我接下来必然会说的一句话。许多年轻的朋友可能不理解这句话的真正含义,但我在说这句话时,心中流淌的是带血的泪水……

1997年《深圳青年》

从莎朗·斯通的鼻子到莱温斯基的性观念

儿时说到洋人,立刻想到大鼻子,进一步就想到了高鼻梁的鹰钩鼻子,再进一步想就成为坏人、阴险的象征。于是,对有这种长相的人,第一印象就难有好感。后来逐渐发现,中外历史上有不少文治武功者,对人类、民族、文化贡献良多者,也有长着这类鼻子的,看法才逐渐缓和。但至今要我特别喜欢长着这种鼻子的人,似乎也难。我对容貌的审美定势中关于鼻子的这一部分就这样形成了,要想彻底改变,可能性不大,但是不以长着大鼻子、鹰钩鼻子的为坏人,则是可以做到的。

由此推想,西方人大概也会以小鼻子、塌鼻子为丑陋与低能的象征。因此,虽然不希望自己的鼻子太大,但也不希望自己的鼻子过小,尤其不希望是个塌鼻子。后来从镜子中发现自己的鼻子比较适中,也就对娘老子没多大意见了。这大概是鼻子审美之中庸吧。中国的传统文化,在鼻子的审美中似乎也能透析出某种蛛丝马迹。

然而,以"时间的流逝来洗涤旧迹"(鲁迅语),随着岁月白驹的不停过隙,所有的东西都在不着痕迹地发生变化,蓦然回首,才察觉到这变化的轨迹。对鼻子的审美也似乎如此。

我首先是从西方美人和名人的鼻子上察觉到这一点的。

虽然布什父子仍可归于"鹰钩鼻"一类,但西方男人的"梦中情人"——美人儿莎朗·斯通的鼻子,则已完全东方化了。我通过录像,既从正面也从侧面仔细看过她的鼻子,的确东方化了,不信者可以仔细看看她主演的著名影片《本能》。这部影片中她最早出现在近海别墅阳台上的那一组,近乎慢镜头的摇拍"出镜"或称"亮相",看得出是西方影坛将她作为标准美人推介出来而特意精心摄制的;在我们东方人看来,此妞也的确可人。一位长着东方鼻子的女人,既被西方人看中,也被东方人认可,这种现象,至少是西方人在对鼻子的审美向东方人靠拢或称妥协的一种表现。再说美国的硬汉影星施瓦辛格,他的鼻子同样是东方的,而且就东方的标准来看,似乎还属"较小和稍塌"的那一类。但他的影片不仅在东方受到欢迎,更获西方的口碑。其票房价值甚高,不然,作为一个移民,作为一名健美运动员,是断然成不了亿万富翁的;最有趣的是,他竞选加州州长,虽然在男女问题方面遇到不少麻烦,但呼声竟然出乎意料的好,并取得了成功,甚至有"股神"之称的巴菲特都愿意成为他今后政治前途的未来搭档。这至少看得出,美国人是非常喜欢这个小鼻子壮汉的,虽然这是美国典型的选举闹剧的又一期版本。

与此适成明显对照的是,在西方不断出现受人欢迎的小鼻子的同时,东方却在不断出现受人欢迎的大鼻子。日本的男星与女星中,有大鼻子的实在太多了,多得让人以为他们都是东西方的混血儿;

再瞧瞧中国的影星成龙、歌星张学友等,岂不都有一个大大的、鼻头下垂的鼻子? 虽然就我所知,他们都是纯粹的东方人。

如此看来,东方人对鼻子的审美情趣同样发生着变化。在西方向东方靠拢的同时,东方也在向西方靠拢,共同演绎着鼻子的审美,相互接受对方的标准。而这些标准的相互靠拢,在不少情况下是渐进的、潜移默化的,因而也是具有巨大融合力和巨大冲击力的。

这种变化是文化交流的结果。交流中出现融合,融合中出现认同,认同中逐渐修正审美取向。如此而已,岂有他哉!

由此推演开去,审美中的胖与瘦不也在发生着类似的变化吗? 当然,这方面不仅仅是东方与西方的价值取向的相互转化,在不少情况下,还表现为以往年代的胖瘦观与现实生活中的胖瘦观的转化。如今,至少在东方的传媒和商界,人们谈论的几乎都是减肥、减肥药、减肥方法,而鲜闻"努力加餐饭"的祝福和"您吃过没有"的问候。方方面面,男男女女,都以瘦为美。"美"到极致,便是所谓的"骨感美",也就是普通中国人常说的"只剩下一副骨头架子"。这种"美"与东方的传统美,与中国古代,特别是中国唐代的丰腴美、富态美,适成强烈反差。而在西方,虽然他们发明了所谓"骨感美"的概念,宣传瘦为美的取向,但在他们的实际生活中,却似乎有些"阳奉阴违"。这从他们人群的平均体重在不断增加中可以看得出来。我敢肯定地说,西方人实际上在不声不响地接受着东方的、中国传统的丰腴美、富态美的理念。因为事实上,人们,特别是女人,其真实状况是"我们一天天瘦下去,他们一天天胖起来";我们在大张旗鼓地学他们,他们则在谨慎含蓄地学我们。这其实也是一种相互融合,也是一种逐渐修正自己审美取向的过程。只是其中更多一些商业谋略罢了。商人们,特别是西方的商人们,在暗中推销着他们的减肥产品和减肥方式。

其实,这些转变都无伤大雅,大鼻子与小鼻子,胖子与瘦子,只要健康至上的根本标准不变,怎么交流、融合、转变、认同都行。我担心的倒是另一种观念的融合、转变和传播。

请看看这样一本书:《莫妮卡的故事——莱温斯基自白录》。

莫妮卡·莱温斯基何许人也?详细介绍甚为麻烦,简单介绍则十分容易:就是那个与美国前总统克林顿闹出被称为"拉链门"性丑闻的那位女性。没想这一丑闻竟成了她的"资本",竟然使她有了出这样一本厚厚的书的捞钱机会。如何评价这本书呢?也许用比较的方法简单明了。我先谈谈与之有点可比性的另一本书吧:

记得上世纪80年代初,中国刚刚改革开放,中国作家协会为了让作家们"见识"广一点,于是将历史上最著名的禁书《金瓶梅》印了若干套,有选择地卖给部分作家。即令这样,这本书仍旧保留了二万多字的方框框,即所谓色情部分。这二万多字是不能让经过挑选的作家们看的,当然更不能让一般的作家和普通民众阅读了,因而也只能称为"洁本"。如此的防范便可想而知,《金瓶梅》是怎样一本具有"色情"特点的禁书了。至于中国有关方面如此防范,怕中国人看了以后出什么问题。对这种做法究竟如何判定,本文不加详谈,但此书与《莫妮卡的故事——莱温斯基自白录》相比,大概只能用"小巫见大巫"来形容了。前者再怎么说,也就是那二万多个方框框,在《金瓶梅》全书中所占的比例,委实微不足道;而后者,即《莫妮卡的故事——莱温斯基自白录》,用中文计算,长达62万字,可以说每一章、每一节,甚至每一页,都是对性的极其露骨的描写!色情描写在全书中所占的比例,说百分之百稍嫌过分,说百分之九十八则是比较公正的。无论莱温斯基怎么为自己辩护,但她所宣扬的就是性爱至上、滥爱有理、淫荡技巧无限。

我见到的这本《莫妮卡的故事——莱温斯基自白录》,封面上标明为"贵州人民出版社"出版,由杨向斌、顾涛翻译。当然,我怀疑这是盗版者的伎俩。但是,当它在美国畅销不久,在中国就见到这个版本了。无论正版也好,盗版也好,总之是进入了中国市场。进入了市场,就意味产生着影响;产生影响,就意味着可能在中国加入文化和道德领域的交流、融合、转变和认同的过程。须知,一本几乎每一页都在进行肆无忌惮性描写的长达六十余万言的书,其影响力是怎么估计也不为过分的。

是的,我们能以或笑脸、或冷眼、或不置可否、或毫不在意的态度,看待人们对鼻子审美的交流、融合、转变和认同,也能以或笑脸、或冷眼、或不置可否、或毫不在意的态度,看待关于胖与瘦、"骨感美"与"丰腴美"的交流、融合、转变和认同。但是,我们能对莫妮卡·莱温斯基的那种淫荡的、放纵的性观念采取同样的态度吗?

答案显然是否定的。

其实,有关《莫妮卡的故事——莱温斯基自白录》的观念传播和认同的危机,倒是比较容易判定和识别的,而西方有关金钱的观念、贫富的观念、暴富的观念、择业的观念、爱情婚姻家庭的观念、对待老人和孩子的观念、以利润为唯一衡量标准的观念、对待弱势群体的观念、对待弱势民族的观念,有许多是十分隐蔽的,是需要花些气力加以甄别的,是需要区别对待的。诚然,这其中有许多是要我们认真学习的,认真与之交流、融合、转变与认同的。但毋庸讳言,有些则是如《莫妮卡的故事——莱温斯基自白录》那样,是不能照搬和引进的,是需要用民族的、传统的、革命的,当然也应当是高质量的物质和精神产品加以抵制的。

这种抵制单靠个人是难有成效的,它需要政策支持,更呼唤政府行为。有人劝我们的行政长官们,不能成天乐于与外商巨贾握手举杯,要分一些时间研究研究这方面的问题。这可是金玉良言啊!

也许,这就是我从鼻子、胖瘦和莫妮卡·莱温斯基的作品中得到的启示。

2008年凤凰网博报

接轨与"接鬼"

报载:某市不久前演出了一起"人妖"表演的丑剧。事实上,这已不是什么新闻了,因为就我所知,这类"活动"并非今日始,有些城市的娱乐场所,早在用这种方式招徕顾客。问题的严重性并不在于这种活动本身,而在于主持开展这类活动的人,更在于批准开展这类活动的人,他们竟然用"在文化活动中与国际接轨"作遁词。

接轨,这是如今的时髦用词,也的确是我国社会主义现代化建设过程中要认真研究的课题。特别是在经济技术领域的许多方面,只有与国际惯例接轨,才能更有效地推动事业的发展,推进国际交流,促进我国产品更好地走向世界。改革开放以来,我国在许多方面与国际接轨的工作取得令世人瞩目的成就。这个工作今后还要加大力度。

像人们常说的那样,改革开放,如同打开窗子,打开大门,让我们接触到许多新鲜和美好的东西,享受到人类的许多智慧成果。如在精神领域,十几年来我们接触到的东西超过此前几十年甚至几百年接触到的东西,它们无论其风格与我们东方的多么不同,无论其流派与中国传统的多么迥异,只要是真情而非矫情与恶意,只要是对真理的追求而不是对丑恶的展示,我们都可以欣赏,甚至可以摹仿,可以学习;但是,在窗子和大门打开的同时,也会飞进来一些蚊子苍蝇,会吹进来一些臭气腥气。因此,我们的接轨,绝不意味着将一切东西通盘拿过来,而是应该有所取舍,有所扬弃,甚至有所抵制。有些"垃圾"类的东西,无论是对物质领域还是对精神领域会产生污染的东西,我们是不能接轨的,因为那无异于"接鬼"。

物质领域的"鬼",诸如众所周知的"洋垃圾",难道能用"开展正常的国际贸易"进行解释？如中国的某产品，无论外销还是内销的，在产品上和包装上竟然找不出一个中国字，这难道也是什么"国际惯例"需要遵循？……

其实，这些垃圾产品中的"鬼"，并不全在物质本身，而主要存在于某些人的灵魂深处。这就难怪"接鬼"的事也常发生在精神领域。

前些年，有人在"选美"上大造舆论，后来见国人反应强烈，沉寂了一阵，可现在，又听有人在捣腾这件事了；一个美国的男不男女不女的流行歌星，也曾一度说要到中国来演出。似乎是故意配合这一传言，或者是为了施放"试探气球"，已有人在私下介绍其对全球少女的魔幻吸引，介绍其"艺术"的"巅峰成就"，介绍其歌迷的如痴如狂……说穿了，这些人其实已经在算自己的进账了。幸好这些需要大肆张罗的事没有张罗成功。然而不幸的是，某些不需要大肆张罗的事，如"人妖表演"等等，却在某些地方出现了。

接轨诚然是需要继续进行的。但接轨者心中应该无鬼，这工作才做得好；如果心中有鬼，那么结果必然是"接鬼"。这话对于各地领导们，对于能在各地各领域工作中"拍板"的人，尤其具有现实意义。

1998年《湖北日报》
获《湖北日报》"凌云杯"杂文征文二等奖

男人，剥掉我们的伪装吧

"男人也需要关怀！"哈，好一副悲戚和委屈的腔调，好一番乞怜和无奈的呼吁。

姑且认为它不是一个伪命题，虽然它成为一次全国性男性问题大讨论的题目是十分好笑的事。

诚然,我们可以举出若干个别的例子来证明男人的状况不容乐观,诸如某人自称"妻管严"啦,某人声称为了积攒一点私房钱艰难到需要将钱藏到贴墙纸内呀,某女人"河东狮吼"将自己的男人一拳打出三丈远啦……假如办一个"男人诉苦"专刊,相信不乏杰作和精品;甚至当古希腊哲学家苏格拉底受"悍妻"之气的故事被弗洛伊德证明真正的原因是苏格拉底是同性恋后,也很少看到有人出来为这位"悍妻"说句公道话……然而现实生活中真正普遍的现象却是贩卖妇女而不是贩卖男人;盼生儿子而不是盼生女孩。除了以掏男人腰包为主要目的的"职业"外,招工时是只重男性而轻视女性的,连大学毕业分配也是男生好分而女生难分,等等等等。今天,我们却玩起"男人也需要关怀"的把戏,实在让人替妇女不平,替男人害臊,甚至怀疑这种广泛流传的"热点"是某些男人有意设下的陷阱,是男人给自己披上的伪装。

考察男女问题,研究是女人需要解放还是男人需要关怀,不能不从宏观去把握。

当代社会学与考古学相结合,经长期研究证明,史前人类曾经历过漫长的无文字记载的母系社会,这极有可能是一种男女平权、男女之间保持着一种被称为"伙伴关系"的社会。这个社会的特征是和平与和谐。世界著名社会学家和人类学家理安·艾斯勒将其形象地称为"圣杯"。但是,以《圣经》基督文化以及古希腊和古罗马文化为代表的父系社会,却将母系社会创造的相当发达的文明荡涤殆尽。这种社会崇拜的与其说是上帝,不如说是男性。这种社会的特征便是等级森严和威严残暴。当代各种全球性的问题——人类爆炸、生态破坏、资源枯竭、军备竞赛、暴力犯罪和色情泛滥等等,无一不是男性居统治地位的结果。她阐述这一理论的著作《圣杯与剑》,被学术界称为"自达尔文《物种起源》以来最重要的一本书"。中国学者在联合国第四次妇女大会前夕,则以世界人口最多的国家的研究成果印证了这一结论。

时代不同了,社会诚然有许多进步,但男女并未"一样",政治上的平等仍然多停留在口头和文件上。君不见,"中国500多个大中城市里,有300多位女市长,在全世界称得上名列前茅。但女市长多姓'副',大多担任副市长,担任正市长的大约不过十几位。"其间,不乏为了完成上级下达的男女比例的硬指标而"搭配"上这个职位的。虽然在各级领导班子的男女比例硬性安排这种方式在一定历史时期内是可以理解的,但这正好说明妇女地位的提高还仅仅处于起步阶段,距离男人也需要关怀还远着哩!如果说这还是前一阶段的状况,那么后来呢?且看1995年11月南京向社会公开招聘局长的情况吧,在笔试入围的101人中,女性仅3名。

这便是"称得上名列前茅"的中国的状况,名列"中茅"和"后茅"的国家的情况就可想而知了。

尤其令人担忧的是,如今男权至上的思想,其存在形式变得越来越隐蔽,使人难以察觉,它甚至附着在不少自认"先锋"的人身上,成为人们灵魂的一部分。例如电视剧《北京人在纽约》。我相信该剧的编导和演员不会有意去宣扬这种陈腐的思想,但他们却无意地流露出来:男主人公王起明集中表现了一种"无毒不丈夫"的"男人气"。他看上阿春,却硬将妻子推进另一个男人的怀抱,让郭燕去背不忠的黑锅;连貌似精明能干和标榜人格独立的阿春也最终屈服于他,并从职业女性的阵地上败退下来,走上传统的家庭主妇的道路。好一个王起明,好一条男子汉!据报道,扮演王起明的姜文在回答什么是真正的男子汉的问题时说:"敢胡作非为才叫男子汉。"一语道破了男性的天机。

看来,人类社会要彻底摒弃大男子主义是十分艰难的。在这方面,即令出现一点"矫枉过正",男性也用不着大叫其苦。我们,人类的一半,理应承受与几千年男性统治状况作出决裂所带来的阵痛,绝不要服用"男人也需要关怀"的镇痛药。

男人,剥掉我们的伪装吧!

1996年《家庭》

获《家庭》1996年佳作奖

目 光

  尽管受过很多磨难,却不愿意将人看得太坏。当年"文革"高潮期间,在我遭到批斗时,"钢二司"的红卫兵小将听说我反对江青(我不过说了几句对江青非颂扬的话,而且是问话式的),从台下涌到台上,对我大动干戈,使我血流满地。然而在我倒地的一刹那,却在痛苦中看到台下的一双双眼睛,看出在那伪装的愤怒后面透出的不安和同情。即令是那些红卫兵小将,他们对我武斗时的目光,我同样察觉出某种"真诚"。他们受舆论的蛊惑,盲目崇敬江青,所以才有了当时的"革命行动"。虽然这种"真诚"是可悲的,但我没有恨过他们。在"文革"过后对我平反昭雪时,当有人要我追查当年造成对我伤害的对象的责任时,我摇摇头,说他们也是那个时代的受害者。

  我的这种人生经验,或者说我的这种判断人的方法,其实是一种自信。我自信对人的目光的理解,自信我的直觉。在生活中,我的确很少从真实的人的目光中看到小说或影视中所表现的人的那种丑恶和肮脏,那种阴险和奸诈,即令在有些人们认为很坏的人身上,这类目光也是极为罕见的。

  不过,几年前的一件事,使我坚守多年的这种自信开始动摇。

  那是一个风和日丽的暮春季节,清晨的阳光刚刚照到树梢,我和一位钓友骑车前往汉口后湖乡钓鱼。骑着骑着,感到迷了路,于是我下车朝一个路口走去。那里有几个人在闲聊,我想问问路。可是当我靠近他们时,不知从哪里蹿出一只恶犬,狂吠着向我扑来。我只得左躲右闪。那几个闲聊者这时都转过身来看着我与恶犬对峙。我想这只犬他们一定熟识,只要他们招呼一声,这犬是会听话离去的,于是我连声对他们说:"喂,兄弟们,把狗唤开,把狗唤开。"

可是他们中没有一个人唤狗,而是用欣赏和满意的目光看着我和恶犬的争斗。正是这一刻,从他们的目光中,我陡然感到心头一阵冰凉,一种沉甸,一拨气恼。这不分明是一种真正的丑恶?!人性中最恶劣的东西,那种我尽量不愿意承认、不乐意体察的邪恶,即对别人的困境所表现出来的幸灾乐祸的欣赏满足之情,从一双双目光中透露无遗。

这时,我不得不认真对付眼前的畜牲了。忽然记起有人曾教过我,在这种情况下要狠踢犬的下颚。于是我对又一次向我扑来的恶犬给了狠狠的一脚,而且刚好踢中要害。只见它哀嚎一声,扭头钻进那些人中间,隐匿而去。而这时,我却看到他们的目光中流露出某种失望。这种失望的目光与适才他们的欣赏目光,同样令我感到恶心。我朝这些人看了一眼,转身而去。我想,这时我的目光已没有平时的那种宽容,一定显得很严厉,很凶恶,充满愤恨。

后来我才察觉到,我心中的真正情绪是对人的极大失望。

2000 年《南方周末》

节　日

过去，我一直认为节日的来源和成因有三：人类对四季变化的崇拜及对自身劳动的肯定；宗教的习俗；国家和民族对自身历程中重大事件和人物的认定。但生活告诉我，似乎还有另外的来源和成因：现代人对欢娱的追求，说得直白些，即现代人类的懒惰和贪玩。

本国的节日本来不少，还要从国外引进。不少国家引进了中国的春节，而不少中国人也在引进外国节日，如情人节和圣诞节等。由于历史在不断向前发展，自然会不断涌现值得纪念的人物，于是此人的生日或冥诞也可以成为节日。这样的节日越来越多，越来越占据我们更多的日历。情人节不就是由对一位宗教人士的纪念而演变发展起来的吗？不少本来有严格含义的宗教节日，如圣诞节等，也由于更多的人想从中分得一点闲暇和欢乐，于是将它世俗化，变成一个会亲友、送礼物、购商品和纵情犬马声色的狂欢节。不仅如此，这类节日的全球化，无非是让更多的人有更多的、更世俗的节日好欢乐欢乐。记得在一个圣诞节的晚上，我在街上碰到几个装扮得七巧八怪的小学生正在兴奋地互相追逐着，并高呼着"圣诞快乐"。我拦住问他们，知道什么是圣诞节吗？他们不屑地回答说："要给我们送礼物。"你能埋怨这些孩子吗？与此同时，地区性节日也在不断增多，如服装节、杂技节、航空节、电影节、电视节、各项体育节(包括奥运会在内的重大比赛)等。这一切并非毫无意义，但它不可避免地向世俗化方向发展，或它本身就是世俗化的；此外，人们还在为个人制造节日：生日、定情日、结婚日、人生重大转折纪念日等等。于是，各种各样的节日充斥着短短的一年。如果轻松一点看待生活，你会感到所谓一年一年又一年，只是由一拨一拨又一拨节日编织而成的；

相反,真正重要的东西,如推动人类进步的劳动、创造、启迪人类智慧的苦难、反省等等,反倒成为次要的了。这不禁使人有些忧郁:人类的每一年不过365天,可以称得上节日的日子已经不少了,如果再继续制造节日、引进节日、将节日的范围扩大、将节日最大限度地世俗化,那么不要多久,365天中的每一天都会成为节日。如果每一天都只是节日的欢乐而可以不去创造不去劳动不去反省,这究竟意味着什么呢?答案十分明显:享乐主义在制造和渗透节日的同时,也正在消灭着节日本身。因为从严格意义上说,每一天都是节日就意味着没有节日,没有节日的意义,更没有节日的欢乐。

  本着这种感情,我希望各国各民族在尊重自己有限节日的同时,增加一个全人类共同的重大节日,那就是建议联合国将世界环境日定为世界最重要的节日,或称世界第一节!虽然这个节日看来早已定了下来,却显得太一般,没有真正大规模的、严格的全人类都得参加的仪式,尤其缺乏全人类表达忏悔之意的仪式。是的,我们有太多没有多少意义的节日,但却缺少这样一个全人类应当共同认可的、表达与环境和大自然和谐的愿望、向被人类破坏了的生态进行深刻忏悔、向大自然表示真诚关爱和宣示具体而庄严承诺的节日。要知道,与环境和大自然保持和谐,是人类得以继续繁衍生息的根本。

  不知道在接连不断的节日中快乐得差不多忘记自己姓名的人,是否同意这一建议。我怀疑所有的人都会赞成这一提议,因为十分显然的是,这个节日不是狂欢,不是购物,不是送礼,更不是贪杯,而是要为保护环境做点实事,可能是做需要费一点劲的实事;因为大自然对人类付出得太多,它需要得到一点回报。须知,在大自然面前,人类是最自私的。诚如美国文学家惠特曼所说:大地"给予所有人的是物质的精华,而最后,它从人们那里得到的回赠却是这些物质的垃圾。"人类若不回报大自然,大自然会报复人类的。这不是吓唬正在节日中尽情消费和狂欢的人们。

2001年《人民政协报》

残余的优越感

  年轻时,我心中最痛恨卖肉的、卖菜的、卖煤的、卖米的……总之,痛恨一切卖紧俏商品的。这是紧缺经济的副产品,并不怪这些具体的人。计划经济造成的紧缺经济现象,是一切商家莫名优越感的根源。近20年来,这一现象已经发生了许多可喜的改变,卖肉的和蔼了,卖菜的客气了,卖煤的已经叫上门了,卖米的更是笑容可掬了。仅凭这一点,就可以抵消人们对许多不良现象的怨气。

  不过,在国家垄断行业或半垄断行业,它们服务态度的改变却是缓慢的,他们的所谓优越感根深蒂固,既表现在许多让人一眼就感觉到的方面,也表现在许多并不为人所注意的方面。

  先说一件让人一眼就感觉得到的方面。前不久,我向供电局查询电费。我拨通了供电局提供的"多媒体查询"电话。当电话响了老半天后,好不容易一位女士接了电话,不等我将话说完就恶狠狠地宣称,这号码已经改了!然后"啪"的一声将电话挂上。

  作为一名电力消费者,面对手上拿的当月电费单上的电话号码发了一阵愣,然后才知道应当生气,应当愤怒,应当将桌上的茶杯扔到窗外,虽然这不会伤及供电局的一根毫毛。事后我唯一的愿望,就是希望这个国家这个地区应当有两家以上的电力公司。果真如此,我将会毫不犹豫地立即去办手续成为另一家电力公司的用户。

  这样的事如果发生在20年前我当然不会生气,但现在我会生气。不过朋友们劝我稍安勿躁,为了一丁点尊严和权利已经熬白了头发,再多白两根也算不了什么。我长长吁了一口气,说道:"是啊——谁让我要用电呢⋯⋯"

晚上,我到一个朋友家中去散心。他住在一幢高楼的22层。站在阳台上,我看到城市的万家灯火与夜色天空中的点点繁星相互辉映,心情总算好起来。我与朋友谈到这件事,几乎不约而同地认为,这只不过是供电局等垄断行业的传统优越感的一点残余罢了。从大局上看,这种恶劣已临近山穷水尽,一切不符合人性的东西都会渐渐减少。有趣的是,我们竟然站到供电局的立场上为他们把起脉来,其中提到一个现象,即在供电局这类垄断行业中,还有许多并不为人所轻易察觉的优越感的残余。

说到这里,朋友立即找出一张供电局营业专用收据。我们注意到上面有一栏为"申请书号"。看着这几个字,我想了想,对朋友说道:"在垄断行业者的思维模式中,用户购买他们的电力是要申请的。他们在上,用户在下,用户的申请是要经他们批准的,如同上级批准下级的报告。这是一种深层次的心理上的优越感,而这种残余的优越感是十分强烈、十分隐蔽也十分顽固的!"

朋友点点头说:"对,什么时候解决了这种思想深层次的优越感,社会主义市场经济才算在中国真正建立起来。"

当然,如果点破这一点,他们可以立即将这类收据上的"申请书号"四个字改为"流水号"、"用户编号"或者还在这类单据上的什么地方印上"用户至上"、"用户是上帝"、"若对服务不满意,敬请拨打投诉电话⋯⋯"等等。其实人们需要的不是这些改变,而是一种发自思想深处那种唯恐失去用户的心理的建立。

如果没有竞争,这一点也许是永远也办不到的。

1999年《南方周末》

获《南方周末》1999年度周末茶座征文三等奖

被遗忘的家庭话题

看到南京大屠杀的统计数字为并不精确的、只会少而不会多的三十万,又看到日本对死于原子弹人数的精确到个位数的统计,联想到现代中国人的家庭话题,不禁感慨万千。

当今,中国现代都市家庭话题的主要内容是什么呢?是时装、家具、工资、住房、巨片、彩票、大款、股票、麻将、高尔夫、足球等。

是的,这些应该是家庭的话题,可以是家庭的话题。但是,社会和家庭的总体错觉是,这就是全部的家庭话题,这就是全部的时代进步的话题;更大的也更危险的错觉是,过去的一切都不是现代家庭的话题,不愉快的往事更不是现代家庭的话题。

人类,特别是中国人,似乎天生就是乐天派,不用谁引导,天生就是向前看的,向往未来的,憧憬美好的。但我想,是不是有人为此而暗中庆幸呢?

事实上,人类的进步是不可能建立在对未来的乐观主义态度上的,而必须建立在对历史教训的总结上,建立在对历史痛苦的记取上。只有"前事不忘",才可能有"后事之师"。如今家庭话题中对痛苦历史的百分之九十九的遗忘,是令人难以设想会有什么真正乐观的"后事"的,如同没有老师的学生一样。历史是沉重的,往事是惨烈的,不仅中国人,有意或无意地忘却了第二次世界大战,那该有多少冤魂不能瞑目啊!

有人说过,世界自发生了奥斯维辛集中营的屠杀之后,人类将不再祷告、不再祈求神灵;也有人补充说,即令有祷告,有祈求,那也不应该再是对自我永生的企盼,更不应该再是对自我罪愆的淡化和宽恕,而应该是对死难者的缅怀,对可能忘却的记忆的提醒。所谓忘记过去就等于背叛,就是对这一点的最好阐释。作为负有对后人以教育以熏陶以塑造责任的家庭,其主要手段——家庭话题,则是很难完成这一使命的。目前的家庭话题,仅仅是对往事的极为浅薄的反弹:时装,是对"蓝蚂蚁"的反弹;家具、工资,是对一贫如洗的反弹;巨片明星,是对"八亿人看八个样板戏"的反弹;彩票生意股票麻将,是对禁锢合理人生追求的反弹……然而,反弹的盲目性是世人皆知的,由于它缺乏理性的引导,因而极易走向反面,使之变成骄奢淫逸、弄虚作假、自我麻醉、泡沫浮华,成为对年轻人(当然也包括一部分年长者)的另一种腐蚀。

给家庭话题提供资料和素材的是社会的大氛围,我们的文化也难逃其咎。色情"文化"自不在议论之列,在合理合法的文化现象中,有的在古籍中尽寻带刺激性的情节,并不惜对历史进行篡改,高扬宫闱秘闻的旗幡,写够了风流女皇再写太监,写够了"三宫六院七十二妃"再写宫廷同性恋;有的则无病呻吟,小女人的小心眼竟然成了畅销品;也有的文章为年轻人不喜欢听旧事寻找理由,似乎追忆沉重的往事的人应当自觉一点,不要影响了年轻人的好兴致;更有奇谈怪论,认为即令谈旧事也可以自我欺骗和麻醉,吹牛皮也是一种"精神需求";还有的甚至在选编过去的著名文人的作品时,将戒烟认为是"下流的念头"和将烧大烟描写为"有一种诗意"(详见《林语堂文选》)。这就难免使人担心,我们在遗忘了我们本应该记住的往事的同时,却捡起了本应该抛掉的垃圾。(这些前辈文人自有他们不少令人仰慕的地方,但他们的作品难免有点糟粕,"文选"不正是含有"去其糟粕"的意思吗?)我怀疑有人在故意制造迷阵,让人们尽快忘掉不应该忘掉的事。

捷克作家米兰·昆德拉关于遗忘的论述是多么深刻啊!他说,人反对强权的斗争,就是记忆反对遗忘的斗争。从人性的弱点来看,遗忘是最为普遍的弱点之一。我常想,为什么中国人那么快地遗忘或淡化了第二次世界大战？为此，我询问过不少人，各种说法都有，但最普遍的也最有代表性的说法是：那些痛苦我们当然忘记不了，既不应该忘记，也不可能忘记，但那是不堪回首的，是国家和民族的灾难，可是时代不同了，让孩子们有一片纯洁的蓝天吧！原来，人们既承认遗忘的绝对非正义性，但同时曲解了遗忘的绝对安慰性。说让下一代"有一片纯洁的蓝天"不过是个托词，寻求个人的"绝对的安慰"才是人们的真正目的，是人类自私本性的典型流露。

但严酷的现实告诉我们，当我们忘记不应该忘记的事情的时候，在这个世界上，还存在着另一种不遗忘，另一些特别记事的人。日本的靖国神社就是明证！有人顽固地不想忘记那些在第二次世界大战中的杀人凶手，年年祭祀和朝拜；他们发动了人类历史上少有的残酷的侵略战争。但作为报复和反抗方式之一，美国向他们投掷了原子弹。他们也从来不曾忘记，在他们的纪念碑上，记载死亡于原子弹爆炸的人数精确到个位。而我国对南京大屠杀死难者在人数的记载上，就比他们马虎得多，只是笼统地说成三十万。这的确是一个只会少不会多的数字！一面是统计到个位，一面却只能统计到万位。这说明什么？！日本的某些舆论在反核的旗帜下，给人的印象是同盟国干了什么坏事，而不是日本军国主义者干了什么坏事。由此可以看出，我们今天对历史的遗忘，恰恰给不怀好意的人钻了空子，让他们以曲解了的历史影响我们的下一代。

为此，我诚恳地希望，经历过第二次世界大战的人，应当肩负起这样的职责，在家庭话题中，增加关于这件不应该忘记、不可能忘记的重大事件的内容，使中国人，也使全人类，对历史有一个全面的认识。不然，我们可以设想，当有一天，某位年轻的中国人到日本旅行时，会满怀兴致地参观靖国神社，并自认为很"文化"，很时髦。到那时，我们再来检讨我们不该有的遗忘，是否会因我们过于衰老而感到力不从心呢？

为了不让历史再开一次惨烈的玩笑,真的,我们的家庭话题应当增加一点内容。

家庭话题应当增加这些内容,那么,我们的社会话题岂不更应该增加这些内容吗?

1996年《爱情婚姻家庭》

半老头儿加……

在某些地方,你如果有幸看到半老头儿,一定还会在他们身边看到……看到什么呢?请听我细细讲来。

有幸与友人去鸡公山一游。我们本想去这"气压嵩衡"的避暑胜地觅山观树,浴云沐雾,却不料夺目抢眼的都是车。尤其是各种小车,国产的进口的名牌的杂牌的,来自湖北的河南的湖南的陕西的山东的,乃至来自广东的四川的海南的。从车牌上几乎可以断定,这些车绝大多数是国家职能机关和国家企事业单位的。我们普通游客和上山远足的青年学生们,常被这些散发着有害尾气的、首尾相连的小车惊吓得躲闪到路边,游兴当然消减了大半。

一位朋友说:"假如在干部的某次政治考试中出这样一个题目:国家配备这些交通工具的目的何在?大概任何一位科长、处长、局长、书记、专员等都不会在答案中写上'用于头儿们避暑旅游'这句话。然而在行为上却又是一番景象。"

大家笑了笑。想来谁也不会这么回答问题,如今的干部会考试,大道理都会说,尤其会说为人民服务。

"道理懂得透彻,行为却绝对利己,这恐怕是最令人忧虑的事。"

随着人们的你一言我一语,大家的情绪很快跌落到低谷,去看鸡公头这一重要景点的计划被取消了,绕着小路返回住地。

这天,在晚风夕照下,我们来到通往"军疗"的那条相当不错的盘山道,坐到馒头石上观看远山,不知怎的又议论起这事。有人要考察一下各人的观察能力,便要每人用最简洁的语言对小车上的乘客进行一番总体概括,然后评出最佳答案。正当我们或冥思苦想或争相抢答时,不远处的一位不相识的老者却飞过来一句话:"尽是半老头儿加小妖精!"

大家愣了愣,想了想,一致认为再没有比这更好的答案了。我们全都向老者投以敬佩的目光。但老者并没看我们一眼,而是面对深山幽谷,不再言语。

"半老头儿加小妖精。"这话越想越形象,越想越生动,越想越刻薄,越想越有道理。这也的确是事实,不少公车是有明显公务标志的,例如公路监管的、税务督察的,有的甚至装有报警器,车内的"半老头儿加小妖精"甚至敢于用警报声呼朋唤友……

当然,"半老头儿"们和"小妖精"们也是有资格有权利避暑旅游的,只不过应该乘公用车辆而不能乘公务小车。如今大众皆可乘用的火车汽车飞机和轮船都很发达,几乎可以将人从家门口送到任何旅游宾馆门口。只不过一旦用上了"公务"的小车后,一切就都变了味,变了质。这味儿散发着钱权气息霸权气息,更散发着令人作呕的脂粉臭气!当然,置身其间者是可能闻不出来的,他们甚至还面带几分得意。而这得意既霸又臭,着实不是我们这个社会所能容忍的。

对于属于国家和集体的小车,是否应当有更严格更具体的规定和监管方式?答案是肯定的。但仅仅有答案是不行的,公务员们、各级头儿们,特别是已经有一定级别的半老头儿们,你们的精神、品性和人格才是纯洁社会风气的根本保证。

这里就不说半老头儿为什么总与小妖精式的女人们纠缠在一

起了。这事说起来很脏,令本文不忍卒读了。

1997年《北海日报》

"义"是双刃剑,看你用哪面

　　武汉的热是出名的,但武汉的冷也是出名的;蒸笼般的热与没有供暖系统的冷,令南人怕其热,也令北人惧其冷。这是造成武汉人性格的自然条件。而关公在卓刀泉的饮马,在伏虎山与桂子山的争战,以及玉泉寺内对关帝的供奉,又为武汉人的性格铺垫了传统的、社会的和心理的基础。这一切都突出表现在一个"义"字上。

　　可究竟何为"义"?武汉人往往不去深究。其实,义,道义也;义,正义与公益也;义,情谊与奉献也;义,热情与慷慨也。这一切美德都表现在武汉人的性格中,成为武汉人的骄傲,也成为外地人自我审视的标尺。然而,如同任何双刃剑一样,文化也是有文明与糟粕之分的。"义"在武汉人的张扬中,既有上述本义上的种种表现,也有曲解和变形。好的一面自不必说,说多了让外地人说武汉人自大。这里试谈其另一面。

　　武汉人的豪气冲天,往往不计成本,往往说过头话。须知,任何事物都会走向反面。这种过度的热情是容易消退的,如同过热的夏天会过渡到过冷的冬天一样。这种易变性,对于社会交往、人际关系和经贸往来是有百害而无一利的。在热情似火时,武汉人的"搭白算数"可真是世界一绝。在那酒酣耳热之际,根本不管所"搭"之"白"到底符不符合经济规律和道德操守。这不仅不利于对事物的斟酌掂量,也容易被心术不正之徒钻了空子。这也是为何武汉人容易"醒得早"却"起得迟",容易创事业却不善出成果的根本原因之一;

这也是武汉人的"义气"易流俗于"江湖"的原因。

曾有过一种说法:"江湖义气是个鬼,来往到头都下水"。这真是至理名言,不可忘记。记得"文革"期间,外地人就非常怕武汉人,因为武汉人不管在武汉相互"杀"得怎么昏天黑地,到了外地就自觉地抱成一团,以至于广州火车站就曾贴出"武汉人不得出站"的横幅。这不知是武汉人的骄傲还是武汉人的耻辱。

武汉人除了特别看重"搭白算数"外,还特别重视朋友的"招呼"。这种一呼"百"应的现象,曾令外地人羡慕不已。它的根源可能来自武汉在历史上是作为水陆码头起步的,而码头的特征中虽有工人阶级优秀的一面,但也有江湖上相互争斗、各自抱团、血腥争夺地盘的一面,所谓"打码头"即来源于此。码头是靠打出来的,这既是谋生者的低级方式,也是黑社会性质所固有的秉性。直到今天,武汉人自觉不自觉地总喜欢听"招呼",这是在潜意识中残留的"码头文化"的显性表露。只不过在多数情况下,武汉人响应朋友"招呼"时,往往没有弄清究竟发生了什么事,自身的行动不受事件本身是非判断的左右,而是由打"招呼"的朋友与自己的感情有多深来决定。如果是"一口闷"的朋友,就不惧"双肋插刀",干出傻冒之事,到头来落个悔之莫及的结局。这类大大小小的"悔",几乎每个武汉人身上都或多或少地存在,有些事甚至成为永久的痛。

武汉人所讲究的"义",将其负面发挥得淋漓尽致,常常不拘小节,忽视诚信,少数人甚至不知道契约为何物。这对武汉的形象和经济的发展,阻碍之大,影响之深,难以尽述。

我想,要振兴武汉,就一定要热爱武汉,发挥武汉的优势。在对"义"的方面,要建立在对它的正确认识基础上,即要建立在契约精神上,建立在诚信基础上。要知道,豪气并不一定与"哥儿们"为友,义气也并非与"割头换颈"相伴。在社会活动和经济活动中,一定要记住本杰明·富兰克林的话:"影响一个人信用的行为,哪怕是最微不足道的琐事,也应注意。"让"搭白算数"和响应"招呼"的江湖义气见鬼去吧,因为它们是与诚信相悖的。

真的,武汉人天生就具有的"义"如能与契约精神和诚信理念结合在一起,就会产生巨大的力量,创造无数的精神财富和物质财富。这样,武汉的一飞冲天,就是指日可待的了。

2003年《长江日报》
获武汉市文明办、武汉市城管局、长江日报
《改陋习树新风》征文二等奖

金鱼苗之死

第一次养金鱼,兴致高极了。可是挚友老戴却问道:"你是养还是喂?"竟让我不知如何回答。"如果喂,有增氧器和清洁泵就可以了;要养,这是一门大学问,几个月甚至几年不一定学得会。你呀,喂几条知足了,喂死了再买。"这话让我灰头灰脸,但他是"专家",我照办。

一天,我发现缸中的金鱼特别不安分,尤其是那条又黑又壮的,追得另几条四处逃遁。就在我想将这条"墨龙"打入另册时,突然看到水中飘起一阵阵细珠般的鱼籽,缓缓落于水底的浮石和水草盆沿上。第一次见到这奇妙的情景,心中狂喜但又不知所措,于是赶紧打电话向老戴报告"我开始养金鱼了",并请教下一步怎么办?

"将附着了鱼籽的石头和容器小心拿出来,放在一个有存水的大面盆内,拿到阳台的花架上,让它晒太阳……"

几天后,奇迹出现了。鱼籽内最先出现两个细小的黑点,这是眼睛;再出现一丝黑线,这是脊骨;接着开始蠕动,再接着破籽而出,成为一尾尾小似针尖的鱼苗,而且比预想的多。啊,原来金鱼生命的形成是从眼睛开始的!也许一切生命的形成都是从眼睛开始的。于是我望望妻的眼,望望孩子的眼,又从镜中望望自己的眼,似乎感悟到什么,但又说不清是什么。可是如何让金鱼苗的生命存活、发展和壮大,还得求教于老戴。

"用一点点鸡蛋黄,碾成粉状,溶入水中。注意,事先要洗手,喂食和换水时不要将它们冲得翻筋斗……"老戴听说鱼苗出来了,也很激动,对我千叮咛万嘱咐。

我有生以来从没有这么认真,从没有这么虔诚,每个程序都一丝不苟。

不久,我感到鱼苗似乎长大了,少数似已露出尾巴。但是,它们的数量在减少。我又请教老戴。他说:"这是优胜劣汰,是正常现象。如果每一条都存活,这个世界可就成为鱼类的世界了。"

它们的数量继续在减少,于是我用放大镜长时间观察着它们的死亡。发现有的鱼苗似乎是主动以自身的死亡去换得同伴的存活:当这些勇敢者感到寿数将至时,窜动的频率减少了,渐渐沉至盆底,蛰伏起来。身子的颜色慢慢变浅,变白,但它们的尸体并不像我想象的那样浮出水面,而是最终变得同水色一样。可是它们的黑色眼睛却一点没变。当它们的身子完全溶化消失后,黑色的眼睛却仍然静静地镶在盆底。这一双双黑眼睛似乎全都注视着我,埋怨我为何不采取措施让它们真正看到这个奇妙而光怪陆离的世界……这一双双至死还那么黢黑的眼睛,使它们的死显得特别庄严、庄重和高贵,体现出生命的神圣。

金鱼苗的数量越来越少,已无法用"优胜劣汰"来解释。我慌忙用电话找老戴,可偏偏他出差了,老也联系不上。于是我忙到书店找书,但这类平时似乎到处都有的书此刻却不知藏到哪里去了。好不容易买到一本,仔细研读起来又不得要领……

老戴回来了,打电话问我金鱼苗的情况。

"已经全都死了……"我用悲戚的口吻告诉他。应该说,我不仅悲哀,甚至有某种负罪感。既然没有本领养活它们,就不应该让它们出世。"我们人类为什么要将它培养得如此娇贵,如此弱不禁风呢?这不明明是为了人类自己的所谓审美吗?这难道不是人类在生物圈中的自私表现吗?……"我不知埋怨谁。

"不要上纲上线了……看来这事我也有责任。"老戴沉重的回答几乎让我掉下眼泪……

1998年《南方周末》

伊琳娜,你在哪里

我与她生活在同一个蓝色星球上,但过去没法见面,今后也很难有见面的机会。然而,根植于青年时代的情谊是不可忘却的,一种纯真的情愫深藏在记忆中,一种淡远的思念将伴随我一生。也许会伴随她一生。伊琳娜,你在哪里?我是在看完中央电视台关于苏联音乐的专辑后,在难以抑制的情感中,向远在俄罗斯的你发出这个呼唤的。

时光要回溯到五十年前,我读高中二年级的时候。那天,班主任王老师手拿一封信,对全班同学说:"这是一封苏联女学生的来信。为了中苏两国青年的友谊,想与中国学生建立通信联系,这信交给一位俄文学得较好的同学吧!"同学们一致说交给我。于是,我像肩负起某种重大使命似的接过信。

她叫阿列克塞耶娃·伊琳娜,在莫斯科郊外维列亚读八年级,比我小一岁,父亲是工程师,母亲是职员。我是借助中俄辞典读信和回信的。从此鸿雁传书,向她写信和等待她的来信,成了我生活的重要内容。

我们双方是用俄文通信,她仅仅在信封上依样画葫芦地用中文写出我的家庭地址和姓名。有趣的是,她总是将我姓名中的"绍"字形似地写成"EB"。开始时,信中只谈学校生活,后来便谈兴趣爱好和理想追求。知道我对文学艺术特别是对电影有浓厚兴趣,她先后寄来二十多张明星照片,包括芭蕾巨星乌兰诺娃和红极一时的电影演员邦达尔丘克。我感到她还处于明星崇拜阶段,并不知道我已进入学习和研究的层面,不过这并不影响我们的友谊。虽然这种通信对于我提高俄语水平很有帮助,但由于相互了解越来越多,一种超越两国友谊的情感渐渐滋生。她担心我在一场足球比赛中的伤情,一个月内接连来了三封信;而我为了消除她因祖母去世而诉说的悲哀,也一再写信向她表示慰问。

她前后给我寄来几张她的照片。第一张是稚气十足的侧面照,穿着有宽宽白花边的全苏标准连衣校裙,露出灿烂的笑容;另一张正面照片则显得端庄成熟,引人遐想。我也特地几次到武汉市著名的品芳照相馆去专门照了几次相寄给她。我去信说她"美",她来信说我"俊"。同学们也常向我问到她,甚至开玩笑地说我可能成为她家的女婿。我虽没有做过与她结成异国情侣的白日梦,但这些话的确让人怦然心动。应当承认,这一切都只能是精神层面的,虽然也可能是大餐式的,但的确是激情四射的,其中包含着我对异域和异性的好奇、向往、爱慕的最纯真的少男的情感萌动。

有一次,我去信说到我在参加用苏制陶兹 8 式小口径运动步枪进行的射击比赛中获得第一名的事,指望她会来信赞扬。可是她却在一封长长的回信中,不仅没有提到我的射击成绩,通篇谈的都是反战的内容。我以为是因我的俄语水平不够,在信中没有将事情说清楚,但后来却隐隐感到是我缺乏对她和她的国家的人民大众已牢固形成的战争观的了解。看来,欧洲对二战的记忆超过亚洲,尤其超过中国。这是我们之间唯一的一次"误会"。我们继续通信,而且越来越密切。

1956年8月,我在《长江日报》上发表了美术处女作《三头凶龙》。这是一幅国际政治漫画,以当年的政治观点批判英、法、以三国侵略埃及。作品的题目借用了前苏联一部科幻影片的片名。我将剪报寄给她。她则寄给我一张列宾的油画画片,画面上是一群苦难者在伏尔加河边拉纤。不知怎的,我从这件事中竟感到她可能比我想象的更加成熟。不久后,她又给我寄来一张小画片,上面是列宾的名作《胆小的农夫》。她特别在信中写道:只有理解了这幅作品,你才能理解列宾。这话让我苦苦思索了几十年。(时光过去了几十年后,2006年10月,当我参观在中国开展的俄罗斯年而举办的《俄罗斯十九世纪下半叶现实主义油画作品展》时,在武汉博物馆的展览厅内亲眼看到《胆小的农夫》这幅作品的原作时,看到画家以令人难以想象的天才技法表达的对农民的深深同情,尤其是看到了农夫的那双无助而胆怯的眼睛时,我才开始真正认识到,早在几十年前,人道主义的种子已经在少女伊琳娜的内心萌动,而此后的许多年,尤其是"文革"十年,中国却在史无前例地荡涤着这些最美好的情感和品格。)

1957年初,我在班上办了一期个人专题壁报,展出了她给我寄来的信件、照片和各种小礼物,并用俄文写了一篇我与她交往的感想和回顾。但是无论我还是伊琳娜,都万万没有想到,这时中苏两国的关系已经出现问题,政治乌云不久将中断我们纯真的交往。

1957年夏天,莫斯科举办了世界青年联欢节,她给我寄来著名的歌曲《莫斯科郊外的晚上》。我请懂五线谱的邻居教我唱,一下子便爱上了这首歌曲,如同我爱《喀秋莎》、《海港之夜》、《小路》和《红莓花儿开》等苏联歌曲一样。为了感谢她寄来的这份珍贵礼物,我回赠了她一套我国故宫照片的明信片。不过后来我对此有些新的感悟，认为她给我寄来的是对青春和爱情的优美抒情，而我给她的却是传统的思古之幽。与她相比，我是成熟些还是落伍了？

此后，我们信件来往的频率减慢了，最后一次收到她的信是1958年的早春。这是一封看来十分厚实的信，可是拆开一看，却是一个莫斯科大学主楼的立体剪纸工艺品。除了她的签名外，没有其他的文字。一种不祥的预感在心头泛起。为了抗拒这种预感，我回了她一封最认真、最热情的信，表达了无论怎样也希望继续保持我们之间联系的愿望。可是我再也没有收到她的来信。

时光倏忽数十载，想我已从一名风华正茂的青年走向白发狂长的老迈，但是这段交往却深深地镌刻在我的记忆深处，永远是那样鲜活，那样美好和激动人心。我曾这样设想，假如有一天我和她能相会，我们将怎样叙说这久别的数十年？我们有勇气面对和承担交往中断后漫长历史进程的重荷？我们如何阐述各自国家发生的沧桑巨变？

伊琳娜，也许你还可能留有我的文字、照片和礼物，可是我不得不坦白地告诉你，你给我的一切珍贵信件和礼物，在1968年发生的一次政治劫难中被"造反派"洗劫一空。

是的，当年我们完全不知道政治可以成为一堵巨大的壁垒，可以有极大的破坏力，而我们的这种联系，其实是那么脆弱。因此，这段经历留给我们的只能是永久的回忆。

不过，还是让这异国的男女情愫、遐想和思绪锁定在具有无限想象和期待的青年时期吧。我们无力让时光倒流，但我们都有保留这段纯真美妙记忆的权利，这是谁也不能剥夺的。

让我再一次地从心底发出无声的呼唤：伊琳娜，你在哪里？！

1998年《武汉晚报》

一盒古币

孩童时代，家中可玩的东西不多，其中最令我感兴趣的莫过于一盒古币。盒子不大，比一个鞋盒略小，木质的，镂刻着古老的花纹图案，里面装着祖父和父母有意和无意积攒的一些硬币。大的如柿饼，小的如纽扣；有中国的古币，也有英国的、印度的硬币；有价值不大的外圆内方的铜钱，常被我们孩子们拿走一两枚做毽子，但其中肯定有价值相当高的，只是当年全家都在忙于混饱肚子，根本没有想到收藏二字。收藏其实是十分奢侈的事，也一定是在酒足饭饱之后才可能想到的事。当然，对于某些有心计的人另当别论。生活中总有一些有心计的人，虎视眈眈地在打着别人的算盘。

上中学后，我与苏联女学生建立了通信联系。这位住在莫斯科市郊维列亚的漂亮女孩名叫阿列克塞耶娃·伊琳娜。她寄给我几枚苏联硬币戈比，币值不等，煞是爱人。其中有一枚的正面刻画了一个类似十字架的图形，显然是人为地用利器刻上去的。对此我没有过分在意，也一直没有理解这刻痕是否有什么含义。为了不让它们过分寂寞，我将它们放进古币盒内，让它们与中外古今的其他硬币为伴。

有了伊琳娜寄来的硬币，我欣赏这盒古币的次数明显增多了，虽然我仍然不懂硬币特别是古硬币的欣赏门道。

后来，父母将这盒古币留给了我，从此它成了我的珍藏。不过，当时我并不具有经济头脑的收藏目的。

文化大革命的风暴来了，没有政治头脑和政治经验的我，自认没有任何不可告人的秘密，几乎是赤裸裸地将自己的日记、书籍乃至"活思想"全都坦露给组织，完全没有隐私的概念。自然，我没有想到要隐藏和转移这盒古币。

  当我被打成"牛鬼蛇神"后,我的家自然遭到多次洗劫。这类抄家被美其名曰为"革命行动"。此后,我被以"攻击"革命旗手江青的罪名离开了家,在狱中度过数年。那是一段黑暗的、令人不堪回首的年月。

  在一个乍暖还寒的日子,我出狱回到汉口育英正巷那间蛛网遍布的小房。几年来,妻不得不带着孩子住到单位的楼梯间接受监督,这里没有人住。当房门的锈锁被打开后,一股霉味迎面扑来。可不知为什么,我一进门便首先四下寻找,寻找,似乎不知道在寻找什么,但内心深处又清楚地知道我在寻找那盒古币,尤其是盒内的伊琳娜……

  什么也没找到,洗劫的彻底程度绝对超过《辛德勒名单》中纳粹对犹太人的洗劫。只是我没有犹太人那么多财产,真正算得上"财产"的仅仅只有那一盒古币。当然,还有对我来说十分珍贵的相册和学习电影知识的笔记本。

  拨乱反正的日子,对我可以套上一句常说的话:"拨开云雾见太阳。"在有关部门与我谈话时,我用强硬的语气提出要求退还我的那盒古币和我的相册及笔记本。后来,又用书面形式提出这个要求。比较而言,对我的平反是较彻底的,似乎一切政策都落实了,唯独我认为最珍贵的东西一点也退不回来。那盒古币神秘地失踪了。

  相册和笔记本可能被抛弃了,但我坚信那盒古币肯定会整体地或分散地成为某一个人或某几个人的私有财产,被人无耻地"以革命的名义"占有了。

  我不停地提出这个要求,但没有任何结果。中苏的交恶使我失去了与伊琳娜的联系;文化大革命又使我失去了包括伊琳娜礼物在内的那盒古币和相册。一切美好的东西都被摧残,都被摧残了!我常常欲哭无泪地想。

1998年4月的一天,我在航空路邮局门外闲逛,本想买点钓具,只见路边有一妇人在卖古币。这时我对古币已具有一点常识了,一看就知道其中不少是假的。可是我突然眼前一亮,发现一枚苏联戈比系在一块布料的左上角。再仔细一看,竟发现它上面有几线隐隐的划痕,似乎像十字架。这是伊琳娜送给我的那枚硬币吗?我不敢肯定。我的心一下子提到了喉管。我提醒自己要隐藏住情绪,便绕着弯子问周边几枚硬币的价钱……正当我快要接近目标时,突然从路的一侧冲来一个情绪激动的男人,而那女人一见这男人便神色大变,快速而慌张地收起出卖品便要逃走。但这男人一下子将她的头发揪住,不顾她的挣扎和哭号,连拖带拉地将她塞进一辆停在路边的的士内。不等我回过神来,的士已经一溜烟地开走了……

　　我感到失去了一次绝好的机会。但是我转而一想,男人抓走女人的一幕中一定包含着具有相当情节的故事,其间一定充满欺诈乃至血腥。如果这些被人看成"财产"的东西在贪婪者和攫取者的反复转手中,成为他们生活悲剧的根源,成为偷盗、追打、哭泣、痛苦和磨难的根源,那岂不是一种更加符合客观规律的报应?对此,我除了冷面罪恶和泛出几丝冷笑外,还能有什么其他欲求呢?

　　从此,我再不像过去那样强烈地思念我的那盒古币了。我更多地思念曾经拥有这盒古币的我的祖辈、父辈和其他亲人,当然还有伊琳娜。另外,我至今还固执地认为,"文革"后突然涌现的许多所谓"收藏家"中的相当一些人,是很有不义和暴发特征的,因为他们的藏品,其来路是可疑的。也许我所失去的那盒古币和其他许多人失去的更多古玩,正是这些人当年以革命的名义从别人家中搜来抢来和偷来的。虽然我不应该看得这么绝对,但这已成为我认识上的偏执点,而且我不愿意克服它。也就是说,我不会介入收藏,并且永远都会以怀疑的目光注视着所有搞收藏的人。

1999年《南方周末》

我的匣子

  据报道,英国BBC于1986年将一个特制的匣子埋入地下,匣子里装有最能体现英国近代文明的物件,其中包括一副假睫毛、一张保险单、一张名片和一份营业执照,并宣称五千年后,即6986年启封,让那时的人类具象地了解当今人类文明发展的轨迹。报道还说,日本索尼公司、美国通用汽车公司也做了同样的事。

  我想,这种事公司可以做,个人也是可以做的。的确,20世纪发生了太多的事,其规模和对人类心灵的震撼也许比此前的许多世纪的总和还要更加难以言说。BBC的匣子其实是一种象征,同时也让每一个民族和每一个人可以想想,我们,我,可以在这样的匣子里放上些什么?

  如果可能,我认为对我来说最理想的是两张照片。1968年的一天,我因口头"攻击"江青而受到大规模批斗,那人海如潮、同仇敌忾的场面和气氛,那架我"喷气式飞机"的场面,以及我被打得鲜血淋漓的惨状,被一位搞宣传的同事用一张照片记录下来。若干年后他对我坦诚地说,他当时想记录下我被钉上历史耻辱柱的一刻,为我的政治生命画上句号。他如能将这张照片送给我,我想放入匣子里。

  后来,我被反复批斗得半死不活,使这位拍照片的同事开始感到茫然和不安。他认为这已不是给我的政治生命打上句号的问题,而是给我的肉体生命打上句号的问题,与他对运动的理解大相径庭。

于是，他设法了解我血肉模糊的被押上公检法造反派的三轮摩托车后的去向，并在一家医院发现了我的踪迹。当时，我在严密看管下住进医院。造反派们为了保住"活口"，在我病情沉重的情况下送我进了医院，让我躺在病床上接受一位年过半百的女医生的治疗。他从窗外拍下了这位鬓发染霜的医生蹙着眉头为我听诊的镜头。这位同事后来说，他被那位女医生的专注神情所感动，隐约记得她的外貌特征。我其实也隐约记得她的形象。若干年后，我数次去过这家医院，想打听这位女医生，想见见她。但对我的要求，医院有些茫然，说不知道有这件事，也不知道有这样一位医生，使我一无所获。然而，我有这位同事的照片，只是对于这位女医生，因拍摄角度而几乎不可能看出她的面部特征。我更看重这张照片，我觉得可以将它放入匣子里。

假如这两张照片可以如愿地埋入地下，我相信一定比假睫毛、保险单、名片和营业执照更能反映现代人类的文明：人性的被扭曲和不能被扭曲的人性！

然而，中国事情的复杂性在于，往往在一个你以为十分简单的环节上被卡住脖子：我的这位当年的同事不同意将这两张照片给我。我找他讨要照片时，当然还没有想到什么五千年后的事，仅仅是为了对往事的纪念。前几年他拒绝的理由是，不想让我太伤感；后几年他拒绝的理由是，照片早已不知去向；近几年，我竟然再也不知道这位老同事的去向了。有人说他去了武当山，有人说他死了。

我不相信他对照片问题的解释。一个民族或一个人不敢面对历史往事，使我心头产生巨大的悲哀。怀着这种悲哀之情，我冷冷地想，既然如此，还是让我将生猛海鲜、平价商店、厚底女鞋、减肥药和洗脚店埋入地下，告诉五千年后的人类吧！

1999 年《南方周末》

键盘前的沉思

　　使用电脑写作已经几年了，心中不时泛起些微的得意感：交给编辑的稿件至少干净整洁了，一种发蒙时便对作业提出的要求，如今总算做到了。不过，当听说用电脑打字相当于用剪钣机杀鸡鸭，以原子弹轰蚊蚁时，又感到实在对不住它的功能，认识到自己的无知和浅薄，于是平添了几许惆怅和羞赧！

　　神奇乎，电脑！它确是当代最大的怪物，既给人发自内心的惊喜，也使人从灵魂中生出无尽的迷茫。它的信息贮存量，它的运算速度，以及它的交互网络功能等等，极大地拓展了人类的生存时空，而且这种拓展还在以几何级数向前发展。这就不能不使人在惊喜、迷茫之余，暗暗又生出几分敬畏和担忧。

　　是的，它在对人类生存时空无限拓展的同时，又反过来限制了人类的生存时空，因为它像艳妍无比、能力非凡的绝代佳丽，使人们也许很少再去图书馆，很少再逛商店，很少再上邮局，并会越来越减少人际间胼手胝足的接触和欢聚……

　　我盯着它那惨然大口般的灰色荧屏，那貌似整齐但又尽藏玄机巧谋的键盘，还有那圆滑奇巧和为虎作伥的鼠标，恐惧于它因无所不能而让人类由勤奋变为疏懒，从而造就出不是一批批而是一代代懒汉。这究竟意味着人类的退化还是意味着人类的物化？

　　我已感到了它那令人不寒而栗的敌意，我甚至开始理解了某些科幻作品中演绎的机器消灭人类的故事中透出的所谓"智者的警示"。

　　从这里，我约略感到它既是人类文明的标志，但却与生俱来地具备反文明的品行。

有时,我会想得更加漫无边际:电脑,是否会使人从自信自强和从"万物之灵"的宝座上退却下来,让人类第一次真实地感受到冥冥之中确有某种神灵主宰?因为一部小小的家用电脑竟能贮藏如此巨大的信息量,包容如此多的指令,那么是否可以设想,宇宙中确乎存在另一种力量,虽然并非如当今任何一种宗教中的有封有号的神祇,但只需控制一台超出已知电脑若干亿倍功能的电脑,岂不就可以掌握着地球上不过几十亿人的悲喜祸福和贮存着每个人不过几十年的全部生命程序?!

这神灵主宰,不就是一台如今已不是幻想而是伸手可及的宇宙超级电脑?

思绪一旦信马由缰地游到此处,心中竟然像触电一样,升起几缕物质的、高科技的"宿命"青烟。

不过,人类的"宿命"忧郁,是否会让人清醒过来,从而看到电脑的宿命?

每当这时我便关机静坐,回复到人类"万物之灵"的定位,斗胆问问电脑:究竟是你要吞噬我,还是我已陷入了某种误区?

不言而喻,电脑是人类最得意的创造之一,但终究是人类的创造。人类与电脑,谁更强大呢? 17世纪的伟大哲学家帕斯卡尔(Blaise Pascal, 1623－1662)在《思想录》中说过:"人是什么?只不过是一根苇草,是自然界最脆弱的东西。"即令丝缕的力量和难测的灾难就能置人于死地,更何况壮伟雄奇无所不能的电脑!但是他接着说,"人类是一根能思想的苇草……我们全部的尊严就在于思想。"我们的思想之源、之根,既来自实践,又以人类胼手胝足的集体力量得到显示。而电脑所缺乏的正好是这一点。这也许是"人机之战"认识上的转捩点,即看到了"机"方的要害和下腹。人与人之间,那心有灵犀一点通的交流,绝不是电脑所能完成所能替代的。人类的诸多玄机与其说是在万卷书中,不如说在"不可道"、"不可言"、"不可名"的"意思"之中。诚如庄子所言:"可以言论者,物之粗也;可以意致者,物之精也。"这是因为精神—心理—思绪等现象,在物化了的现实科学中,都远非达到(也许永远也达不到)完全意义上的实证。这也决定了电脑对人类智慧之"精",将永远徘徊于对其猜测和描述的云山雾谷之中!

确实,人的精神—心理活动,特别是一些复杂的、朦胧的、变化无常的意念、心绪等等,电脑是对其束手无策的。英国学者 M·波兰尼认为,知识分为言传的(explieit)和意传的(yacit)两类。电脑对于意传的知识是束手无策的。以此言电脑之"笨",恐怕并没有委屈它。由此再回过头来看看科幻作品中的人机大战,其荒谬便是显而易见的了。

人类对电脑认识上的误区,原来是人类自身造成的。形成这种误区的主要力量来自商界,来自影视业和电脑业的赢利谋略,来自与此紧密相连的广告业。当然,也来自学术界中某些人的偏执和人类历史上从未根除的拜物教的变形再现。

1997年《羊城晚报》

可爱的魔术师

小时候喜欢看魔术,心中对魔术师怀着敬佩之情;成年后不怎么喜欢看魔术了,但对魔术师的敬佩之情有增无减。不仅"无减",相反,自从我们这个本来不怎么平静的社会经过"气功大师"们闹腾得人仰马翻后,我对魔术师的敬佩竟发展到敬爱,认为他们才是一切虚幻、奇妙、神秘现象的真正阐释者,而"气功大师"们的一切表演在他们面前竟变得那么可笑和苍白。

1999年7月3日，美国魔术大师弗兰斯·哈拉瑞在埃及金字塔高地上，在巍然屹立的狮身人面像前进行特技表演，竟使狮身人面像这样的庞然大物神秘地消失了两分钟。我想，假如我们的"气功大师"们能做到这一点，那他将会怎样吹嘘自己？他会将自己说成是什么什么功法的创始人或嫡派传人，会赢得无数善男信女的顶礼膜拜，会在由此掀起的集体无意识的崇拜狂潮中发展无数成员，并从中得到无数金钱和物质的好处！然而弗兰斯·哈拉瑞却坦诚地说，这仅仅是魔术，是把戏，而"把戏把戏，都是假的"。虽然人们无法戳穿他的把戏，他还是承认这是把戏。这正是魔术师的可爱之处。在谈到如何使狮身人面像神秘地消失2分钟时，这位魔术大师说："那不过是设法创造了一个令人无法看见的空间而已。"

　　由弗兰斯·哈拉瑞，我不禁想起获得麦克阿瑟基金会颁发的"天才奖"殊荣的职业魔术师詹姆斯·兰迪。他曾在大庭广众中将一架波音737飞机变得无影无踪。我想，如果我们的某位"气功大师"掌握了这一手，不知又该怎样自吹或被吹成哪路神仙！

　　同样，这位魔术师的可爱之处不仅在于他承认这一切都是魔术，而且他还能周游列国，竭力为理性疾呼，向"特异功能"宣战，宣称无论是谁，只要能在缜密控制的条件下表演出超常能力而他不能模仿并揭穿其奥秘，他愿付一万美元。兰迪走遍半个世界，没有谁能荣幸地得到这一万美元。正当中国的气功热风起云涌的时候，兰迪随"对声称的异常现象科学调查委员会"的调查团来到中国。该组织由两名诺贝尔奖获得者充任学术带头人。他们在"气功王国"转了一大圈，结果兰迪那张一万美元的支票还好好地揣在口袋里，因为没有人能在他们面前显示出特异功能和超出科学规律的功法。

　　虽然，"气功大师"们和吹嘘为具有特异功能者在魔术师面前显得如此尴尬，但在中国自己人面前他们还是继续进行着欺骗。时间即将跨入二十一世纪,社会经济出现转型,生存竞争日趋激烈,不少脆弱和自信心不强的人们可能出现某种不安和思想混乱,"大师"们岂会放过这大好时机。他们不仅散布各种谣言,有的甚至发展成邪教,宣称世界末日的到来,宣称只有追随他方能将生命移居其他星球以获永生。如任其发展,那么,类似1994年的欧洲"太阳圣殿会"及"天狼星之旅"的惨剧,类似1997年美国的"天堂之门"的集体死亡,类似当年制造沙林毒气案的日本奥姆真理教的罪行,将会更多地发生在饱经沧桑的人类头上。这些罪恶之徒,将以民众的金钱、鲜血和生命,达到其营私的目的。这是当今人类应当认真注意和严密观察的问题。

将骗人的花招称为真理的人,是历史的罪人;将骗人的花招称为魔术、称为把戏、称为娱乐的人,是可爱的人、真诚的人。

魔术师就是这样可爱的人。

1999年《深圳特区报》

证明的证明

世界真奇妙!我认识的一个人,不能算坏人,但也不能算好人,好几个月没有见到他了,前天突然听到关于他的一个消息,说他拿到了研究生的文凭。他的文化水平我是知根知底的,所以我敢说,如果他能拿到研究生文凭,那么中国至少有一半人是博士了。在社会上,虽说不能以学历作为判断一个人学识的唯一标准,但也不能将一个至多初中毕业的人变戏法般地一忽儿便弄成硕士或博士。此人在几年前已声称拿到某名牌大学的本科文凭,曾使我吃惊不小;现在,他又一次来了个学历上的飞跃,几乎让我目瞪口呆。

他并不瞎吹牛，因为在他拿到本科文凭后，曾以文凭为据，到一家合资企业应聘需要本科以上学历的职位，居然被看中；虽说只混了几个月，但已捞了不少。用他的话说，至少我除了本科学历外，还有在外资企业工作的资历。我估计他在拿了研究生文凭后，会再去混一个更高的职位，虽说肯定混不长，但又会大捞一笔，并且得到更丰富的资历。单位多的是，他的研究生的文凭，将会让他一直这么混下去，而且肯定会比千千万万老老实实的人混得好。可不，一年前他已经混到住房，也许不久，汽车也会混到手。

假学历已经不是什么新闻，由于制作水平的提高，据说比真学历还要"真"。这就使人特别悲哀，感到学历证明已经没有丝毫意义了。

学历证明果真没有意义了吗？当然不是。不仅学历证明，还有其他各种证明，如工作证、身份证等等，都是极有意义的证明。问题是如何能证明这些证明的真实性。

假证明的猖狂在于它的制作工艺的提高，在于制作中的科技含量，因此与之作斗争的重要手段就是以科技来证明这些证明的欺骗性。当然，我们不能要求每一个检查这类证明的单位都有高科技的识伪仪器，也不能要求他们都有一台测谎仪来鉴定持证者所说的一切的真实程度，但是，我想到电脑，想到信息网。当邮局和银行已普遍采用了电脑后，运用电脑的信息网络来识别证明的真实性已成为可能。

我设想，假若我认识的这个人，这次来到某招聘单位，出示了他某年某校某专业的研究生文凭，而这时，招聘单位就用电脑，通过省市人才交流中心或相关的人才网站，查出他的这所学校当年某专业毕业的研究生的全部名单及资料，于是，此人的学历的欺骗性也就得到了证明。当然，这个假设是建立在人才交流中心或相关网站有这样一个信息库的基础上。不过我想，这大概不是很久之后的事。

既然邮局、银行、医保、社保的电脑运用几乎是在一夜之间完成的,要做到用电脑对证明进行证明,也可能是一夜之间的事。只要各大专院校愿意提供这些资料(他们为了自己学校的荣誉,我想是不会拒绝这样做的),只要用人单位愿意进行这类对证明的证明工作(我想哪个单位也不愿意用"水货")。对此,我持乐观态度。

但是且慢,科技也不是万能的,网络也不是万能的。我所认识的这位已经毕业了的"研究生",估计他的文凭不会是假的,因为他不是采用造假的方式,而有百分之九十的可能是采取"进攻"学校的方式,从而获得了真实的文凭。他的假,仅仅表现在他的实际水平上。他以卑鄙的手段,通过某校卑鄙的部门和个人拿到了这个虽然卑鄙但却真实的文凭,电脑、网络又能怎样奈何他?

这也许是另一个问题,然而这是一个更严重的问题。

当然当然,这个问题也是有办法解法的,只是我个人限于学识,还一时想不出什么办法来。但我坚信,我们的社会,不就是在解决一个一个这样或那样的问题的艰难斗争中向前发展的吗?

是的,我相信这句话:魔高一尺,道高一丈。

1996年《爱情婚姻家庭》

好一个"喂"字

"喂",一指打招呼,一指喂食。本文不是指打招呼,是指喂食。而就《现代汉语词典》的解释,喂食也包括两层意思,一是指给动物东西吃,一是指将食物送到人嘴里,如给病人喂饭。请读者看看想想,本文指的是哪一层意思呢?

这天中午,我到小学去接孙子。临近校门,见一老者与一占道经营餐饮的老板争吵。当然是老者指责老板不该将人行道拦腰占据,并将洗碗的水龙头接到马路边,将招徕顾客的标牌架到马路上。人行道被搞成这样,可以想象得出孩子们上学与放学的艰难和风险。占道经营"正当其时",成为不少城市的顽症和疥疮,老者的愤怒可想而知,冲口说出一句不少人想说的话:"我现在就到上面去告你们!"老者指的"上面",无非是指市、区、街的"有关部门";"有关部门"无非是指市、区、街的工商、市容、公安、环卫等政府职能部门。老者以为这句话很有分量,可没想这位老板竟以不屑的口气回应道:"哼,你以为我怕你告?实话对你说,他们都让我喂饱了!"

本文指的就是这样一个"喂"字。好一个"喂"字!

我是很相信老板说的"喂饱了"的这句话。不然,老板们不至于这么理直气壮;不然,占道经营不会越整顿越"繁荣";不然,每次市、区、街在为"创建"什么而接受上级检查前,老板们就会听到消息而"放假"几个钟头,那个半天可是学生们幸福的时光,可以顺利上学放学,不至于"翻山越岭"。

过去,我一直将满腔的怒火直指占道经营的老板,自从听了这个"喂"字后,虽然对他们的不自觉没有好感,但怒火却指向了那些被"喂饱了"的"有关部门"中的某些"有关人员"。因为我认为,问题的症结、关键,或称"矛盾的主要方面"被找了出来:问题出自管理层面。

当"有关部门"中的某些"有关人员"被"喂饱"后,老板们自然要得到回报,于是就将人行道据为己有,将柜台、炉灶、桌椅、工具、设备乃至整个烧焊车间、安装车间、油漆车间、洗车房、仓库等等置于人行道及其他公用地面或公共空间。

问题的严重性不仅仅在于这类与市容相关的问题,而在于它在不停地制造着腐败和罪恶,在喂者与被喂者中制造着一批又一批违纪违法者甚至罪犯。到反贪局看看档案，哪一名犯罪分子不是由被喂开始？地方上的不法之徒，哪一个不善于"喂"？他们从"喂"中获得了暴利，从"喂"中品味到交换到特权所带来的利益和快感，因而更加有恃无恐，更加张狂。请看多么典型的一例：报载，河南巩义市小关镇某企业集团董事长张治有，在犯下强奸少女的罪行后，不仅7年多没有受到制裁，还纠集恶棍大打受害女张花兰的父母兄嫂，并扬言：我给公安局盖一栋楼，你咋不送，你有钱你也送。

这岂不活脱脱勾勒出一幅"狼喂人"的新的警世图！

不，这个解释并不准确，不是"狼喂人"，而是"狼喂狗"！

也许，我们社会的一切丑恶现象虽各有其不同的缘由，但最根本的缘由在于这个"喂"字。如果没有这个"喂"，即令有人想占道经营，自然有人依法来管；即令有人强奸、贪污、走私、贩毒、抢劫、杀人，犯下滔天罪行，自然有人依法并发动群众来抓来捕来审来治。凡是没有"狼喂狗"现象，或这类现象较少的地方，就会出现人们希望看到的安定、和谐与团结，就会形成精神文明与物质文明双丰收的大好局面。

2000 年《厦门日报》

见面时的问候

不少中国人见面时第一句问候话常是"吃了饭没有"。今天，这问候经常受到人们的讪笑：该不是从饿牢里放出来的吧？可是我觉得，这实在是一句动人的问候。虽然有点过时，由于在中国历史上，人民群众长期处于饥饿状态，"赤地千里，饿殍遍野"不绝于史，而且最后一次大饥荒离今天并不太远，掐指算来不过几十年而已。所以，作为一种记忆、记性、教训、烙印，关于对食品、对吃饭状况深深担忧的印象，深刻地留在人们的心灵深处；有些情景甚至成为人们的潜意识，于是才形成绵延几千年的"吃了饭没有"的问候语。其中表达的关爱之情，就其原始状态，就其真意，是十分感人的，虽然今天在一些人嘴里成了敷衍人的招呼。

事实上，人们相见时的第一句问候，往往传达出人们最关切的问题，即生存问题的最重要方面。远古的中国先民，见面时最常见的问候是"无它乎"，古代文字中的"它"与"蛇"通，也就是问"昨天晚上你家里有没有蛇？"因为当时先民们在动物界的领先地位虽已建立，但在实际生活中，其他动物并不愿自动退出它们的家园，人是生活在与其他动物"共处"的状态中。其中，尤以蛇的数量和种类为多，人蛇之争成为人类生存和发展的第一要务，蛇伤人的事并不比人伤蛇的事少，所以才有这样的问候。当蛇的问题基本解决以后，吃饭的问题才突现出来，这才产生了关于吃的问候。记得在1998年，无论在人们相见时或在电话中，问候得最多的话可能就是"你那里进水了没有"，另外就是"管涌"、"散浸"这类与抗御洪水相关的词语的普及。这也体现了生存是人类第一问题的特征。

现在，随着世界工业化和后工业化进程日益加快，随着化学制剂的大规模生产和广泛使用，人类生存问题在大多数地区不是有没有食品，而是这些食品可否食用，是危害健康还是有利健康。例如在比利时，现在人们相见时的第一句问候就是：今天有什么可吃的？这是因为在作为人类最普通的食品——鸡身上，发现了含有对人类健康危害极大的化学物质——二恶英。二恶英是在世界卫生组织挂了号的"确定的致癌物质"，理所当然地在比利时，甚至在与其商贸特别密切的欧洲和北美引起人们的极度恐慌。

现在我们知道二恶英来源于生产杀虫剂和除草剂的副产品，还有焚烧垃圾尤其是塑料垃圾时的释放物。在可预见的将来，杀虫剂和除草剂以及包括塑料在内的其他化学制品的污染,是难以完全解决的。因此,如果不采取紧急措施,人类受到这类危害的可能性只会越来越大,更何况还存在其他污染源,甚至新的、更严重的污染源。

其实何止比利时,何止欧洲和北美,恐怕全世界的所有畜类和禽类,它们的饲料都不同程度地受到污染。因为化学制品,其中包括某些农药和某些化学肥料,都可能不同程度地含有对人类有害的物质。据报道,我国有的地区,蔬菜受到农药污染。有识之士不是通过传媒惊呼并吁请当地人不要吃蔬菜吗?

好了,先是英国的疯牛病,继而是禽流感,接下来是日本和美国的"O—157大肠杆菌",现在又出现比利时的二恶英污染鸡和法国的受污染肉制品……"今天有什么可吃的"将不再是比利时人的专有问候语,而可能成为全人类的共同问候语。

看来,不能用环境的污染和破坏来换得经济的发展和利润的增长,将逐渐成为人类的共识。但愿这种共识能变成全人类的共同行动。

"今天的太阳更明亮,您显得更健康。"如果有一天这是人们见面时的第一句问候语,那该多好啊!

1999年《燕赵晚报》

就怕老总没有兴趣

年前,央视转播了一场年度经济名人的颁奖大会,不少经济界精英在会上露了脸、得了奖,真是可喜可贺!

不过,在听过许多老总得奖时的发言后,我却像个犯傻的"杞人",有点"忧天"了:怎么这么多国企老总的业余爱好竟然都是高尔夫球！而且某老总竟在会上表示，要加倍努力提高水平，力争在球场上打败另一位老总！

我确实是"乡巴佬"，因为我只在广州参观过一次某高尔夫球场，至今尚未摸过这种球的球杆。我的忧心不在于因其价值不菲而自觉地将它排除在我的业余活动之外，而在于：如果老总们是用自己的工资所得去玩这玩意儿，我是不会有任何意见的。可惜的是，在我所知的范围内，几乎很少有自己掏腰包买动辄几十万元的"会员卡"的国企老总。当然也有例外。记得在颁奖会上，当主持人问到一位老总是否喜欢这项活动时，他明确表示不喜欢。他是唯一表示不喜欢这种体育运动的老总。而恰巧他是位民营企业老总——国营企业老总的爱好与民营企业老总喜好的不同，似乎能说明某些问题！

我不否认这些得奖的国营企业老总对我国经济发展的贡献，但贡献归贡献，你的年薪已经给你的贡献作了回报，你的得奖是社会对你的贡献给予的肯定，但这绝不能成为你有权因个人爱好而随意增加企业成本的理由！

据说除高尔夫球之外，不少国企老总还喜欢豪华的小车。他们的小车，有的比市长省长甚至中央首长的还要高档；他们也喜欢坐带空调的火车软卧，喜欢坐飞机头等舱、商务舱，说是怕得"经济舱综合症"……不一而足！

这其实涉及我们某些国企老总对自己职位和权力认识的心理定势问题。他们总以为当上老总，这个企业就是自己的，而却没有想到，在你任职期间，企业，至少企业的控股权还在国家手里，在民众手里。说到底，你不过是一名公仆。这话也许你认为说得太酸，但又千真万确。哪见公仆骑车主人步行的？哪见公仆睡软卧而主人挤硬座的？这些话让你用来教训你的下级，恐怕你说得比我写的要顺当一百倍！

不要说这一切都是为了"公务",为了"企业的形象",其实你只要创新搞得好,社会效益争先进,服务有口碑,赢利多,国家和股民分红多,谁会在意你不玩高尔夫球不乘高级进口车不睡软卧不坐头等舱?

最后,将厦门特大走私案头目赖昌星说的话送给这些老总,也送给其他够不上得奖档次的国企老总,同时也送给与精英老总普通老总乃至黑幕老总们亲密无间的官员们:"不怕领导不支持,就怕领导没有兴趣爱好。"

2002年《南方日报》

生日心态

前不久,武汉市接待了人数最多的一批德国旅游观光客。这批游客中有不少年龄较大的老人,接待单位领他们游了开街不久的江汉路步行街,参观了新建成的洪山广场,游览了武汉市的不少名胜古迹,令这批游客十分愉快。传媒对这批德国游客的造访也十分重视,特地派了记者前往采访。

这天,正逢一位德国老妇人的生日。晚餐时,接待单位特地送给这位老人一盒生日蛋糕,并合唱了祝贺生日的歌曲,气氛十分热烈,场面令人感动。

歌声结束后,一位年轻的记者对这位德国老妇人进行了采访。其中问了这么一句话:"请问今天是您多少岁的生日?"这位记者的提问显然是不合适的,因为对于西方人,是不宜问女性年龄的,对老年女性也是如此。面对这个令老妇人不愉快的问题,她回答道:"重要的不是我多少岁,重要的是我在如此热烈和友好的气氛中度过我的生日。"看来，这位德国老年妇女不仅巧妙地回避了记者莽撞的提问，抛掉了由此引起的不快，而且将问题引向积极的方向。更重要的是，她用极为友好而朴素的语言道出了健康人生的真谛：不要受困于自己的年龄，而要过好自己的每一天，每一年。这每一年中，有一天是自己的生日，虽然它表明自己增加了一岁，但这不是最重要的，最重要的是要愉快地、有纪念意义地过好这个生日。

生日对于任何人都是很重要的，尤其对于老年人。民间有一种说法："小孩子盼过生日，老年人怕过生日。"原因不说自明，但却透出一种老年人的无奈和消极心理。这是不可取的。事实上，在我们的传统中，对于老年人的生日有许多只注重数字而忽视意义的说法：如"人到七十古来稀"，又如"七十三，八十四，阎王不接自己去"，"男坎九，女坎三，半百过后更怕九和三"。这些说法的消极性是显而易见的。

今天，我们需要的是健康的人生、健康的老年、健康的长寿，它包含着身体的健康和心理的健全。因此，德国老妇人在自己生日时回答记者的提问，最可贵的是她的心态，一种重视生活过程和生活质量的人生价值标准，还有那种回避消极情绪和化解消极因素的能力，这是真正值得提倡的。

2002年《人民政协报》

丑丑发了财

这天到朋友家去，发现"失踪"了几年的丑丑坐在客厅里，几个年轻人正在听他神侃。

"托大伙的福，这几年我在南边算是乘上顺风船。前些日子，我在深圳郊区买了一幢别墅，花了八十几万，很便宜的……"

"我爱人是珠海人。结婚时没有通知大家,请原谅。我们不想大操大办,只花了十几万,其中有六万是送给她娘家的……"

"我现在在武汉已经有了三套单元房子。武汉人嘛,老了还是要回武汉的。两套三房一厅就晾在那里,这次回来只将那套三房两厅装修了一下,今后回来住的时间少,从简吧,只花了七万块钱……"

年轻的朋友们一个个都露出惊讶和羡慕的神情。

"我这辈子就怕一件事:带爱人上街。今天上午到江汉路步行街走了走,没买什么就花了两千八百多块钱……"

丑丑是我家早年邻居的孩子。我对他的评价一向是三个字:"体面苕"。说体面,他的确长得帅;说他苕,是因为他的学习成绩一向是"赶鸭子的"。他高中毕业(似乎根本毕不了业),被安排在一家副食品商店当营业员。由于不好好干活被店里辞退了,他说是他不干了。反正是一回事,你炒我等于我炒你。大概是1990年,他被早两年去珠海的表哥带走,从此"失踪"了。

如今他发了财,听口气是发了几百上千万元的大财。

我有点眼红吗?有一点,嫉妒之心人皆有之。但与他不是同代人,与其说我嫉妒他,不如说我为与他同龄的邻居们、同学们感到委曲。该有多少人,无论在专业和能力上,也无论在勤奋和综合实力上都比他强。可他们当中即令混得最好的,也买不起一套三室两厅的商品房,更别提别墅了。

这个世界真奇妙,人的命运真无常、无序、无理!

当然,社会的变革虽给不少人带来困惑和艰难,但也给人们提供了无数的机会。"体面苕"一定是在恰当的时刻、在恰当的地方,运用了恰当的方式,抓住了恰当的机会,暴富起来不仅是可能的,在某些地区某些领域甚至是不鲜见的。

有人说,在世界级的巨富中,很少有中级以上的知识分子。这一点在武汉市汉正街得到某种印证。在不少发达国家,在资本的原始积累时期也有许多实例。

不过,就现今世界而言,文化水平与事业发达越来越联姻,知识与财富快要成为同义语了。我相信中国是会很快越过无知者赚大钱这个阶段的。

但这并不等于说丑丑的发财靠的是无知。可能在他"失踪"的几年中,迅速成熟和丰富起来。他发财的机会,可能孕育于他在社会大学接受教育的过程中。俗话说,士别三日当刮目相看。绝不能以当年的丑丑来看待今天的丑丑。

不过,生活是十分复杂的,丑丑的发财也许真的与知识无关。影片《百万英镑》并非全是虚构。"飞来的遗产"也并非完全不可能。说不准丑丑就是凭的他那副帅劲"下嫁"了一个比他大许多的富婆。当然,这种联想有点刻薄。这种刻薄正是我的红眼症的证明。

突然,一瞬间,我想到:丑丑的发财是否真实?在我们的生活中,把自己的梦想当成真实而大加描述的人虽然为数不多,但已经有不断增多的迹象。激烈的竞争和越来越快的生活节奏,对人的精神压力越来越大,对少数心理素质不强的人,是可能诱发精神病变的。如果有某些遗传基因起作用,这种情况会来得更快。

当然当然,这又是一种刻薄……

我注意到丑丑四周的年轻人被丑丑叙述的花花绿绿和金金黄黄所吸引,缠着他询问股市、期货、炒汇和六合彩。为此,我作为长辈,感到有几句话如骨鲠喉。

我问:"丑丑,你爸爸妈妈还好吗?"

"还好。"

"他们还住在胜利街?"

"还住在那里。"

"没有拆迁?"

"没有。真见鬼,四周都拆迁,就那里还是老样子。"

"他们还住在那间屋子里？"

"是的。"

"你妹妹出嫁没有？"

"没有。"

"那么，除你以外，你家的人均住房面积不足五平方，是吗？"

"……"丑丑忽然察觉到自己陷入我设置的对话陷阱中，因为谁也不会相信一个拥有几百上千万财富、拥有多套住房和别墅的人，还会让父母和妹妹住在一间不足十五平方的没有厨房没有厕所的房间内。他极力想作出解释，想改换话题，但我的思维已跳到另一方面。我倒认为自己拥有别墅和几套单元房但却置父母和妹妹于不顾的人并非没有。至少，他手指上并联戴着的戒指、颈上粗重的项链和身上脚上的名牌都不像是水货。

丑丑多少是发了一些财的，但可疑之处太多了。在排除了嫉妒之外，应当问问想想，他果真发了那么大的财？他发的财是"取之有道"的？他发财后是否还保持着对亲人朋友的纯真？他的常识和思想层次是否与他的财富相称？等等等等。

这一切，还是留给在他身边正羡慕他的年轻人去想去问吧。我对丑丑说了声"请代我向你父母问好"，便起身离去……

1994年《爱情婚姻家庭》

追究之"追"

举凡公布贪官罪行时，往往有"追究"一词出现。可是追谁，怎么追，却少见具体行动，或者说少见结果。不知是有关方面的疏忽，还是有何为难之处。其实正如一句老话说的，"群众的眼睛是雪亮的",是知道应当"追"谁和怎么去"追"的。

前些年,江西省原副省长胡长清因大肆收受、索取巨额贿赂被判处死刑。在他的罪行中,有一个对"追"作出具体阐释的地方:胡长清为了自己职务提升及工作调动拉关系,从1997年至1999年6月,先后5次向他人行贿共计人民币8万元。受贿贪官竟也行贿,真是一语道破天机。一个副省长为提升和工作调动行贿,其行贿对象会是怎样级别和负责什么工作的人,不说自明,而这正是人们认为应当认真"追"的方向。因为这是某些贪官污吏得以形成的重要源头之一。

近几年,贪官犯罪和其他经济犯罪不仅人数多,而且涉案金额大,动辄几十万、上百万乃至上千万,甚至有数以亿计的犯罪案件曝光,着实令人心惊肉跳,令人忿忿于这群败类的胆大妄为。但有个问题横亘于人们心中:这些人贪污国家财产能达到如此巨大数额,肯定是占据着要害职位或权重职位才能得逞,而这些职位的任命,是有严格提拔和审批程序的;对这些职位上的工作人员或官员,制度上也有制约,即在使用的同时对其进行必要的监督,这是上级和干部管理部门的重要责任。他们提拔和重用的人一旦犯下重大罪行,他们绝对不可将责任推卸得一干二净,不然,要这些上级和干部管理部门干什么呢?然而,人们却很少听说这些上级或干部管理部门为此受到什么处分,甚至连公开承担责任的话也很少听到。至于这些机构和部门主要负责人为此引咎辞职的事,似乎只在国际新闻上才时有所闻。

事实上,有些上级和干部管理部门的责任不仅仅在于"失察",他们中的某些人极有可能会从这些贪官身上分得一杯薄羹。请看胡长清,他不是在这方面用了8万元吗?人们想知道的是,这钱用到什么人身上去了,这些人接没接受这些钱(既然用出去了,当然对方是接受了),他们是否对胡长清投桃报李,对他的提拔重用起了哪些作用……这些问题不搞清楚,人们是很难心平气顺的。正因为过去无论是公检法对这类问题讳莫如深,新闻报道也难得说清一二,这才造成"五千块钱站站队,一万块钱上上会,最少两万才到位"这类反映"跑官"猫腻的民谚的广为流传。

什么事都有源头,重大经济犯罪现象的源头中,组织源头也许是最重要的。对这一点的彻底清理,也许应当提到议事日程上来了。

2000年《南方日报》
2002年获武汉文学基金(杂文)奖

关于今天花明天的钱

为了拉动经济,各方面都在极力鼓励消费。传媒更不落后,特意介绍了一则现代消费寓言:一位中国老太太说,我忙了一辈子,终于攒够了买房子的钱;一位美国老太太说,我忙了一辈子,终于还清了买房子的钱。这则寓言的含意不言自明:美国老太太在消费观念上比中国老太太进步,中国人要改变传统的消费观,要学会今天花明天的钱,要大胆地花明天的钱。有的报刊甚至呼吁:有钱只管花,没钱只管借。

花钱,消费,当然是令人愉快的事,享受嘛,舒服嘛,住高楼,用电话,开小车,家庭电气化,豪华装修,快乐旅游……更何况荧屏和其他传媒还连篇累牍地介绍着更多的超前消费方式!瞧,房屋可以进行再次装修,小车也可以像房屋一样进行超级装修;有了电话还少不了配备移动电话和商务通;玩够了国内玩东南亚,玩够了东南亚玩全世界……只不过宣传中的这种消费,对我国绝大多数民众来说,也只能算是一种消费寓言,或称消费预言。因为我国尚处于迈向小康的进程中,还有相当一部分未脱贫的民众。对于刚刚小康和尚未小康的人而言,大谈"今天花明天的钱",真有点像要一个本来平静、沉稳和埋头苦干的人放下手中的活路而对着镜头挤出时尚的笑容来,令人十分尴尬。

今天花明天的钱,还涉及另一个更重要方面,那就是消费在本质上是消耗资源,而地球上的资源已越来越少;特别是经过近代殖民式的掠夺开发和不少国家的加速发展,不少重要资源已出现严重短缺,石油便是典型的例子。尤其是中国,资源本来就不丰富。说中国"地大"不错,说中国"物博"就很难令人信服。而所谓"今天花明天的钱",其实就是今天消耗明天的资源。毋庸讳言,我们在花明天钱的过程中,花掉的正是我们子孙赖以生存的基本物质条件。图一时的个人享乐而不顾子孙后代,或为适应某些经济学家所要求的那种"增长",而抛弃我们传统中最美好的节俭品德,抛弃我们精打细算的良好作风,甚而耻笑那些将暂时不用的钱存入银行的人,这是否意味着我们有些人在试图走入另一个极端?而我们中国人吃亏吃得最大的,莫过于极端。因此,今天花明天的钱这一口号的令人寒心之处,不言自明。

冷静一些,将我们的消费现象看得复杂一些并进行分类引导,该消费的要消费,该节俭的要节俭。例如在交通方面,不宜过分渲染和提倡轿车进入家庭,并且要制订极严格的尾气排放标准。这既是消费问题,更是环境问题。不要嘲笑铁下心来一辈子不买小汽车的人,甚至要好好表扬这些人的高尚动机,并为他们着想,大力发展最适合城市民众出行的公用交通形式,如城区铁路等。

当然,我这样说丝毫没有嘲笑用贷款购房或进行其他超前消费的人,他们不是在花明天的钱,他是在提前支取自己的收入,并自愿地透支着自己的生命。我们尊重他们的选择,并向他们致敬。

但传媒至少要让他们知道,他们的这种消费方式并非是所有人应当首选的方式,不少人并不想学习他们,请他们不要不高兴,各人有各人的选择。

1999年

古 怪

　　小时候唱过一首名《古怪歌》的儿歌,其中有这样的句子:"往年的古怪不算少,如今的古怪更加多。板凳爬上墙,灯草打破锅……"唱的都是虚夸的"怪事"。可是现在,我却想在后面加上两句:"头头修起了楼,大楼盖住了河。"令人不安的是,这却不是虚夸的,而是生活的真实,现实的怪事。请看《蜀报》曾载:四川省简阳市涌泉镇,包括镇党委书记和镇长在内的镇主要人物和实权人物,修了两幢占地666平方米、建面1828平方米的楼房。另据其他传媒透露,这两幢楼建在河道两侧,水泥柱建在河中,两楼阳台相隔仅一米多,小河实际成了阴河,致使疏浚不畅而于1998年淹没街道,造成人员死亡和民众200多万元财产损失……这难道不比"板凳爬上墙,灯草打破锅"更怪更严重吗?

　　精神正常的人很难想象这两幢楼是怎么"构思"出来的。这些"构思"者的心态除了骄狂霸道外,也许还有潜意识中希望品味向法律和民众挑战的快感,一种变态的思维。

　　众所周知,建房是需要通过一系列关口的。人们曾埋怨"过五关斩六将"的繁难,但却怎么也想象不出这样不合法、不合情、不合理、不合民意的建房方案是怎样通过各道关口的。

　　我甚至天真地想,建房者也许是在开开"试探性"玩笑,如同当年一位德国人驾机降落在红场,如同某英国青年通过电脑闯入美国五角大楼获取大量机密。前者暴露了前苏联防空的极大漏洞,后者暴露了美国保密能力的外坚内脆。当德国飞机降落在红场后,前苏联举国大哗,当局不得不全面整饬防空部队,重估防空能力,并撤换了包括防空最高负责人在内的一大串人;当五角大楼的机密被窃以后,美国几乎动员了包括中央情报局和电子专家在内的一批人进行大量调查和内部整顿,高层有关人士自动下了台。

在中国建的这两幢楼所暴露的问题,对国家的伤害,其性质也许更严重,因为它暴露的不仅仅是失职和无能,而是某些人无法无天的心理和有恃无恐的张狂。这种心理和张狂的危害性比人们想象的要深刻得多,复杂得多,绝不仅仅是撤一两个人的职就可以解决问题的,虽然没有听说为此而撤了谁的职。

事情古怪就古怪在谁都可以推卸责任。规划机关可以推给城建机关,城建机关可以推给水利机关,水利机关可以推给土地机关。好在部门多,谁都沾上边,谁都可以不管。

古怪也许刚好出在这种难以理顺的状态中。

至于这种难以理顺的状态属于哪方面的问题,也许大众心知肚明。

1999年《武汉晚报》

错字过敏症

近日读书,得知已辞世的大学者吕叔湘曾患过"错字过敏症"。原来,他从一个层次很高、主要面对知识分子的杂志《读书》创刊开始,便当上该刊的义务校对员。每出一期,他都细细读过,然后便给编辑部写信并寄去正误表。

陈原先生在一篇回忆文章中向人们提到了吕老的信。信中说:"我现在是简直得了错字过敏症了,原想写一篇文章把这股子气泄掉,谁知依然如故,真是不得了!"

一位大学者对书刊错字不能容忍的态度跃然纸上!

中国学者捍卫汉字的纯正性,并非吃错了药,并非吃饱了没有事干,这是在捍卫民族文化,是民族正义感的生动体现。因为文字是文化和文明的载体,是物质文明和精神文明交流和传播的工具,是容不得错讹的。说那些可导致"差之毫厘,失之千里"的错别字是对民族、文化和文明的亵渎,一点也不过分。

然而在现实生活中,错别字现象似有愈演愈烈之势,以致人们发出此等感慨:"无错不成书"。据《南方都市报》报道,河北省保定市作家邢卓已向法院提交了诉状,状告出版其长篇小说《半世私情》的一家出版社,要求纠错并作经济赔偿。据邢卓说,"……文字错误达360处,超出图书差错容许率的10倍以上。"这是我国为文化载体上的文字错误首次诉诸法律。

无论结果如何,这都是很有意义的事。

现在的问题是许多人对错字现象见怪不怪,不仅对图书报刊中的错别字,甚至对反复出现于传播媒介广告中的错别字和繁简杂交字,对招牌、路牌、路标乃至红头文件上的错别字,也具有极强的耐受力和适应力。这一现象发展到极致,便是盗版书中缺行、漏页和错字多于对字的可怕现象。

相比之下,吕叔湘老先生的"错字过敏症"是一种多么难得、多么可爱、多么痴情的"病症"啊!

众所周知,一个人有时需要常常害点病。如专家所言,常患点感冒虽有所不快,但却能增强人的免疫力,甚至可以减少罹患癌症的可能性。"错字过敏症"在文化领域就具有这种增强文化免疫力的功效。但愿有更多的人患这个病。

2000年《海口晚报》

洋包装与小瓷葫芦

　　朋友从美国来,照例要聚一聚,也照例要托我买几盒我国生产的一种心脏病急救中药。

　　他从未对我谈过他为什么需要这种药,我并不知道他是自己用还是要送给其他什么人。我记住美国人不喜欢别人问他们不愿意让人知道的事,中国人也开始讲究这一点了,所以我理解和尊重他们的这种习惯和心理。他们出生在中国,混在人群中,从外表上看,谁也看不出他是美国人,不过,他已经是非常美国化的中国血统的美国人。

　　那还是在上世纪80年代我们初次见面时,他便向我打听这种药。我说,不用你劳神了,我送你几盒吧,便在药店买了几盒送给他。从那以后,他几乎每次来信都要我替他买这种药,并答应不会少我的钱。这样,我给他买呀托人带呀邮寄呀折腾了几年。当然,我从来没有收过他的钱。小事一桩,更何况这种药很便宜。我虽不宽裕,但还不至于送不起这样几盒药。

　　这次在酒店见面时,我将一包药不经意地往他床头一放,便谈起别的事。没想分手回家后,突然接到他的电话。

　　"这药,是过去的那种药吗？"他问。

　　"是呀。"我肯定地回答。我感到他处于一种不知怎么表达自己想法的尴尬之中,便接着对他解释道:"除了包装改了之外,还是那种药,你放心。"

"为什么要改包装呢?"他问。

"这……"叫我怎么回答呢?这本来是应该由厂家回答的问题。"我想,我想现在的这种包装,是国际上的流行包装,所谓板式密封包装。搞这样的包装,需要投入很大一笔资金购买设备哩。前些年,这些设备是要进口的,现在中国自己也能生产了……"

"唉呀,这样一改,多不方便呀!"他说。"这是一种急救药,是在必要时可以用最快的速度进行服用的药。过去那种小瓷葫芦式的包装多好,不仅有中国风格和品牌效应,还能立即服用,更重要的是——你们不需要的人不知道——那种小瓷葫芦形成的质感,放在口袋里,能给人一种安全感呀!那种包装本身就有一种心理治疗功效……是谁出的主意要改成现在这种所谓现代包装的?"

这问题当然也是我回答不出来的,这种变化当然是厂方决定的。不过听了朋友的这番话,我觉得很有道理,所以我说:"谁的主意?当然是歪嘴和尚的主意。"

"什么和尚?你说的这人是谁?请你代我给他写封信,就说,一个美国用户,需要购买过去小瓷葫芦装的这种药。"他停顿了一会,有些为难地对我提出了另外的要求:"……当然,如果实在没有办法……你能不能给我弄几个已经使用过了的那种小瓷葫芦,我将这种作了所谓现代包装的药取出来,放在它的里面,这样,我母亲、我,还有我的两位朋友,就可以放心地带上它了……"

"我想想办法吧,不过……"我实在没有把握。但我心想,这次我总算无意中知道了是谁需要经常带上这种药。这是他主动告诉我的,不是我侵犯他的什么隐私……

当然,我想,他对这种药在包装上的看法,对于生产厂家,扩而广之,对于我国的整个包装行业,都应当有所启发。

1999年《人民意志报》

美感与骨感

减肥热波涛汹涌。瞧,减肥药的广告铺天盖地,国际减肥大会和瘦身美容产品器材技术博览会也能挤进北京,各国选美活动方兴未艾,并且越瘦的选手取胜的几率越大,骨感的审美标准已走向极端,甚至在表现崇尚女性丰满的唐代皇室后宫生活的电视连续剧《大明宫词》里也出现千人一面的骨感佳丽……

骨感美成为可怕的时尚。据美国约翰斯·霍普金斯公共卫生学院的营养专家的研究报告称,在美国小姐七十八年的选举中,大多获胜者的身高和体重的比例显示出她们多属营养不良,因为健康女性的身体体积指数(体重除以身高的平方)应为25,可是20世纪20年代以后,愈来愈多的获胜者的指数仅在18.5以下,属营养不良或病态。然而,这种不健康的体态竟然成为世界女性追求的目标。女性耻于言丰,耻于言健壮;乐于言瘦,乐于言高挑。人类是否应该自问:这种标准和时尚,是在将人类的未来航船领向安全的港湾吗?

答案是否定的。仅从医学的角度看,一个有合理体重的人,在抵抗疾病方面比瘦骨嶙峋者占有较大优势。当疾病或其他灾难来临时,瘦而弱者存活的几率最小。可人们为何一味以反对过度胖肥为借口而反对标准的、健美的体重给人的美感呢?原来因为商人们发现,在和平年代,让女人健美形成的商机远远比不上要女人瘦削形成的商机大,减肥可以让他们赚取更多的利润。"将女人折腾瘦是最赚钱的生意。"法国的一位服装和减肥器材的商人让·约瓦利一语道破了天机。

我们本来是可以避免步这种"国际时尚"后尘的,因为我们本已开始建立起一套女性美的标准。《女篮五号》中的女演员们的健美身材曾近乎成为中国女性的样板。女性劳动者的形象，本来在人们心中占据重要地位。事实上，丰腴而健康的美人，难道不比如今T型台上瘦弱、单薄的"衣架"要美得多吗？可是，近些年来，我们在女性美的标准上出现了迷失，陷入了与传统相悖的泥泞沼泽，害得我们无数天生丽质的姐妹和女孩，既花去不少冤枉钱又受到无尽的痛苦。

其实，所谓美感，是因人而异的。对人体尤其是对女性的美感标准，应该建立在健康的基础上。虽然瘦弱和病态也有一定的动人之处，我们也不反对有人特别欣赏这样的美，但它绝不应成为我们这个正在为摆脱贫困和屈辱而奋斗的民族的审美标准，更不能成为我们这个时代的审美标准；从另一个方面讲，美感其实应该是一种感觉，应该用心去领略，而不能完全依赖磅秤和皮尺。从深层次讲，女性的病态美是男性作为强者营造出来的标准，用以满足男性的施舍感和同情感。将皮包骨作为审美标准，是世界性的大男子主义对女人实施骚扰、侮辱和摧残的新计谋。因为请看男人自己对美的审视却是另一套标准：富态、匀称、健壮、力量。这岂不是历史上征服者标准的延续？男人为何不为自己建立一套以病态男子为特征的审美标准？女人怎么这样容易上当呢？

从历史上看，"楚王爱细腰，宫中多饿死"，是扭曲美感造成的悲剧；至于女人缠足，则成为中华民族极不光彩的篇章。你能说当年的"美"是真美？你能说当年作为时尚的东西就是好的东西？如果你反对缠足而欣赏天足，如果你否定王侯而赞美民众，那么对于今天的骨感美就不能盲目追风，不要将本来十分健康的身体折腾来折腾去，最后落个弱不禁风和不堪一击的下场。

需要特别指出的是，时尚有一种不太显山露水的规律：轮回和物极必反。无数迹象证明，丰满圆润乃至肥胖的女性健美标准已悄悄回归，并渐渐刮起一股旋风。旋风的风源也许在意大利，因为那里已提出一个口号:"美是没有尺码限制的。"在米兰,以埃莱娜·米罗为首,掀起一场"再见吧,苗条身材"运动。它提倡"肥硕即美"。这股旋风很快刮向欧洲和美洲。有"金色洋囡囡"之称的21岁的英国模特索菲·坦尔三围尺码便达100—75—100。美国一本叫《模特儿》的月刊,介绍的全是穿至少42尺码以上服饰的女性。重要的是,它的发行量超过50万册,令不少以宣传瘦削高挑为美的同类"传统"刊物羡慕不已。

这股旋风还只刚刚开始形成,也许不要多久,旋风的中心就可能刮到东方。到那时,当真正的肥胖在破坏男人和女人的健康时,再掀起减肥热也不迟。

当然,越瘦越好与越胖越好都是不正常的。这方面最好的办法是中庸,不胖不瘦,健健康康。

2000年《家庭》

场面与脸面

有人说,中国人特别爱脸面。这话如果不留心说话者的语气表情,是难辨褒贬的。不过爱脸面并不是中国人的"专利",因为世界上没有哪国人不爱脸面,问题看是怎么爱法。

在当今生活中,有些人将爱脸面与爱场面联系得太紧,甚至走向极端。如果这类爱场面爱脸面的事仅仅发生在个人身上,所花钱物是个人的正当劳动所得,倒也是他个人的事,旁人不宜过多指责。如果这情况发生在政府机构或部门、单位,大把大把花掉的是纳税人的钱,那就不仅仅是爱脸面与爱场面的问题了。

最近从南方某省卫星电视的新闻节目中,看到该市负责人接待同省某兄弟城市前来商讨经济问题的官员，其接待厅的面积之大，几乎接近中央首长接待外国元首的地方，而布置之豪华，如令人咋舌的高级满铺地毯和令人眼花缭乱的高级落地窗帘，都有过之而无不及。尤其引人注意的是接待场面的规格和架势，更是百分之百从中央首长接待外国元首那里"克隆"来的：两排沙发呈"八"字形排开，两市领导按级别分边落座，互相点头微笑，毫无必要地牵牵各自的西服扣子和领带。至于互相说的什么，看电视的人是听不到的，听到的只是解说员的声音。我想，不外乎是一些相互客套、相互恭维的话。而这些话，都是些完全可以在普通场合下寒暄的。大家都是为了一个革命目标走到一起来的，讲那么多"国际"礼节干什么呢？有人用十分刻薄的语气说："他们这样搞，无非是想过把瘾……"当然这是背后的悄悄话，在官场是没有听到谁这么说的；也许在官场混久了的人，认为这根本就不是一个值得议论的问题。

年前暑期我去南方闲游，曾很不知趣地对一位在当地省级机关工作的官员提到这种现象。没想此人竟说：这样安排是为了提高城市的知名度，也是为了尊重对方；尊重别人和尊重自己，对于一个城市、一个部门和一个单位不是很重要吗？

我很佩服此人的辩才。可是请想想，比中国——更不用说比中国的某个城市——富足不知多少的某些国家，比如英国，瞧瞧人家的唐宁街10号，在那种地方，以那么窄的门来迎接外国元首，难道就没有尊重别人，也没有尊重自己吗？别人会因为唐宁街10号的门窄得只能进出一两个人而看不起英国吗？许多西欧富足的小国，他们接待外国客人甚至与外国领导人进行重要会谈，也往往是在极具家庭气氛的小小空间里进行的。这难道没有赢得我们的尊重吗？

够了，不多说了。希望我们各城市的公仆们记住，中华民族之所以能自立于世界民族之林，并不是靠奢，而是靠俭，靠"筚路蓝缕，以启山林"和"盖草枕石，饮露餐风"的精神。也希望在我国越来越富强、建设规模越来越大、科技水平越来越高的同时,公务消费会越来越节俭。这样,我们不仅会赢得真正的脸面,也会看到最令人兴奋的场面。

2001年《人民政协报》

九个指头和一个指头

人手有十指。幼时学计算,常以十指代数,掰来掰去,颇为认真;年岁稍长,便觉得这举动可笑,当然并不可憎,甚或有些可爱,因为人都有从幼稚到成熟的过程。但以指头之数来形象事物,在成人中,却因其生动而从未间断。其中,最著名的要数"九个指头与一个指头"的关系之说。此说虽朦胧而不确,但在许多情况下,特别是在对宏观的判断上,还是挺有意义的,能让人充分看到成绩而不为某些失误而气馁,有时也能令人在对总体进行把握时生出勇气。当然,这是以那九分成绩的实在性为前提的。

然而在现实生活中,任何生动的语言都可能被人滥用,进而成为套话、官话。"九个指头和一个指头"是较早成为这类套话与官话的。事实上,在不少情况下,在某些范围内,尤其是将这话用于对具体行业和单位的分析总结和判断中,这种"概括"就可能变得可笑甚至荒谬。不少腐败案例中的窝案,往往无情地嘲笑了这类"概括"。如福建闽江工程特大贿赂案中,案犯包括闽江工程局党委书记、局长、4名副局长等7名厅局级干部,占该局厅局级干部的70%,这便是三个指头与七个指头的关系了;案犯中有19名处级干部,占处级干部的20%,这就是八个指头和两个指头的比例了。再如辽宁铁岭市粮食系统财务检查组一行40人借到基层检查之机吃喝玩拿59万元,检查组40人全部受贿,这就是十个指头全占光了的比例了。再如江苏省通州市张芝山镇城建监察中队、土管所14名工作人员中竟有12人贪污、挪用、挥霍公款,甚至以数十万元之巨用于营业性歌舞厅吃喝玩乐、嫖娼宿妓、包养情妇,究竟是几个指头与几个指头的关系呢?

"九个指头和一个指头"的说法根深蒂固,其用途似乎特别广泛。如"反右"时,按一定比例下达右派指标,这种"指标"就是从一个指头或半个指头中派生出来的,就是按某单位人数的百分之多少计算出来的,其后果已化作历史的森森血泪;即令在得到人民群众最大拥护的"严打",有的地方也曾出现按一定比例下达抓捕指标的事。只要按这种指标办案的地区,就难免出现错抓和误判的问题。这难道不值得我们进一步深思吗?

看来,我们不能再沿袭早已习惯了的指头关系的说法了。在总结、回顾、展望与规划任何具体工作时,特别是在微观分析中,不能再以朦胧的"九个指头和一个指头"的关系以及类似的比例进行"高度概括"了,而应真正做到实事求是,是多少就说多少,就办多少,使成绩和问题尽可能量化,尽可能具体,尽可能具有统计学的意义。否则,我们在工作中就会陷于朦胧,扭曲现实,造成虚浮;或者修修补补,优柔寡断,难以使事业发生质的变化和出现真正的飞跃。

是的,我们不能老停留在幼儿时期,不能继续用掰指头的方法面对新世纪新时期的各种挑战了。

2002 年

哄　抬

　　好奇心和向极限挑战是人类的本性，也是人类得以成为万物之灵的原因。可是它是否受到滥用，却是值得深思的问题。滥用的主要形式之一是哄抬，所谓飞越黄河继而飞越长江就是明显的例子。说到这里，当然不能不提到柯受良先生。

　　在我的印象中，柯受良先生是一位杂技高手。可是前些年这位"亚洲飞人"的那次宜昌之行，让我感到他还是一个多面手：很有些商业头脑和商业技巧。去宜昌前，似乎是为了飞越长江，但返程时却又表示自己没有这种打算，不过又推出自己的晚辈有意此绝活，让人眼花缭乱，实乃商战中的欲擒故纵，欲纵故擒，令人折服。

　　记得在那之前的一年，柯先生飞越黄河，传媒炒得沸沸扬扬，极尽赞美与钦佩，但在普通民众中却留下广泛而深刻的不快与创伤。试想，在一个砂石遍地、黄尘满天、鲜见绿色之地，花费那么多木料进行这类活动，实在有点像当着一群饥民进行美食比赛，不知是在嘲笑自己还是在嘲笑饥民。这种大众的普遍感受想来柯先生是不会知道也不会理解的，不然又怎么会有柯先生的宜昌之行呢？

　　黄河已被作弄了一次，长江是否会照样也被作弄一次呢？在居室内香木铺地的人，想必是不会想到森林是怎样消失的，荒漠是怎样形成的。一阵马达的吼叫，一缕尾气的青烟，名利双收，扬长而去，管得了谁在对着荒原的大堆弃木悲鸣嘶号！

　　所以，特意想借传媒说说小民的心声：够了，柯受良先生！饶长江一次吧！

　　不过这事想想也怪，像飞越黄河这类事怎么会被传媒说成是一种极度吸引人的惊险表演呢？在连儿童都被外星人太空战冲击得麻木到砍上三刀也不会流血的今天,有谁会对开着汽车飞过一段计算得极具保险系数的游戏感兴趣!

思来想去,忽然记起飞越黄河前就有的一个什么筹备委员会,如同今天也有一个"中国汽车飞越三峡筹备委员会"一样。原来,中国总有那么一帮人,成天似乎吃饱了饭无事可做,一有机会就立马成立一个机构,挂上一块牌子,弄来几辆汽车,发布几条新闻,这不也同柯先生一样,在名利方面进账多多吗?当然,本钱不是自己的,有黄河在,更有长江在,打一张黄河牌,再打一张长江牌,不愁两年三载没有热点没有新闻,不愁卖不出个好价钱,不愁没有一个个短视者的投资赞助。哈,这才是无本万利的买卖。

因此,在对柯先生说"够了"的同时,也想对这类委员会说声:"够了!"

如果有的人钱多得没有地方用,那就拿钱栽几棵树吧,那才是真正功德无量。阿弥陀佛!

1999年《文化报》

说说"不良少年"

在差等生家长的言论中,最常听到的一句话是:我这孩子受了某某的坏影响。这个某某自然是个坏孩子。不仅如此,还将责任推到教师身上,怨老师不该将自己的孩子安排与这个坏孩子同座位,或者不该安排在同一个小组,甚至不该将坏孩子收进学校。很少有家长将责任算在自家孩子身上,更鲜有反躬自问家长本身的。在社会上,家长也往往为了自家孩子不变坏,希望孩子交上表现好的朋友,说什么"近朱者赤,近墨者黑"。若自家孩子犯了什么事,总把责任推到不良少年身上。这种说法,小至普通百姓家庭,大至达官贵人府第,众口一词,似成通理。

其实,这种说法是很值得怀疑的。因为我们可以进一步问问:将别的孩子影响坏了的孩子,他们自己又是怎样变坏了的呢?他们是天生的坏孩子吗?更何况,将自家孩子变坏的原因全算在别人头上,这本身就是封建思想残余起作用,是将自家孩子放在优势地位上的一种惯性思想方式在作怪。请看,英国已故王妃戴安娜的两个儿子威廉和哈利,一个在名声欠佳的酒吧吸烟,一个与吸食大麻、海洛因的"不良少年"来往。这不仅引起英国公众的担心,也引起亲王查尔斯的焦虑。如果说这两个孩子真的出了什么事,当然会将责任推给与之来往的"不良少年"头上。可是,人们不禁要问,究竟是"不良少年"影响了王子,还是王子影响了"不良少年"?这很难说。我甚至认为,即将继承戴安娜7000多万法郎遗产的、将满18岁的威廉对"不良少年"的影响大于"不良少年"对他的影响。因为"不良少年"找不上他,只有他找上"不良少年";更因为"不良少年"不可能有那么大的经济力量支撑与王子的"友谊",只有王子可能向他们大肆炫耀和挥金如土。这是不争的事实。

自家孩子如果真的变坏,看来不能从别人身上找原因。说到底,要从成人身上找原因。假如威廉和哈利王子在性的问题上出现"不良"行为,究竟应该从其他"不良少年"身上找原因,还是从他们的父母身上找原因呢?他们的父母至少在离婚前很久,就一个"打鱼",一个"撒网"。这是众所周知的事实,怎么能将责任推到其他"不良少年"身上呢?这道理不是一说就明吗?

如今有不少家长,自己一天到晚"砌长城"、"斗地主",吃喝玩乐,脏话满口,可是却一个劲地要求孩子成为世界上最优秀的人;一旦孩子犯了什么错,就将责任一股脑推给学校,特别是推给与自家孩子较接近的其他孩子身上,丝毫不从自己身上找原因。实在应该从这种误区中摆脱出来。不要再贵族气了,不要再像某些王室及君主制的拥戴者那样,将自家孩子的问题全推到"不良少年"身上。"上梁不正下梁歪"嘛。

2000年《湖北日报》

排名与座次

从《水浒传》中的一百单八将排座次,可以看出中国座次排名文化的悠久传统。在现实生活中,排名当然有一定的必要性(如体现国家形象的全国性活动和外事活动等)。但由于有人对任何排名都十分看重,稍有不当,便闹将起来,甚或告到上级。所以,排名的事,在不少场合变得令人恼火和厌烦了。

于是有人提出,凡学术活动或民间活动,排名一律不分先后,或者以姓氏笔画为序。但这不过说说而已,在官本位体制改革没有完成的情况下,这种说法不过是过过嘴巴瘾。

最近参加了两次学术活动,出现了两种情况:在第一次活动中,官员占了五分之四,在主持会议者大声念着冗长的官员姓名和职务时,已有人打呵欠了。不等官员名单宣布完毕,便开始有学术界人士退场;在另外一个会议上,则是将学术界人士排在前面,将企业界人士排在次要地位,而将官员排在最后;对其中某一方面的人士,则以签到顺序排列,令人耳目一新。在这次会议上,我特别留心官员们的反应,发现他们竟然很是坦然,很是平静。由此,我开始怀疑,排名文化的复杂化也许并非如人们常认为的是由官员们的讲究而推动起来的,也许那些在官员面前瞎讨好和乱捣腾的人要负主要责任。

但是,这种排名方式并非无可挑剔。首先,在官员中就有在该学术领域相当冒尖的人,将这样的人塞在一个完全不被人注意的位置,是很不恰当的;其次,在某领域内,完全以签到顺序排列也不尽合理。例如学术界,不同的人士的学术成就和影响力是有很大差别的,不能完全忽视这种差别。成就显著者和学术带头人,就当占据重要位置,这与让官员大量占据学术会议的前排位置有着本质的区别。但总的来看,这次排名方式与前面一次相比,给人的感觉要好得多,是一次有益的尝试。

冲破排名与座次的传统观念,关乎大众意识的弘扬和民主意识的形成,因此我以为这并非是件小事。

1999年《湖北日报》

口令心理和克隆时尚

从跨进小学门槛的第一天开始,对口令就有一种特殊的敏感。"立正!""向右看齐!""向前看!""稍息!"加之校服的统一、队旗的导引,于是带有某种军事化特征的一致性、趋同性的人格开始形成。应该说,这对团队精神的培养和集体主义的树立,功莫大焉。但若随着年龄的增长而对这种口令心理不加遏制,如果任由各类口令在广阔的社会空间蔓延,在变化万千的时尚中克隆,则可能会产生降低生存质量的不良后果,并且可能成为专制的温床。这是因为它与社会生活本应有的健康的多样化相悖,最极端的莫过于清一色的蓝制服、八个样板戏等。

时代发展了,现实生活从表面上看变得丰富多彩了,人们无论在行为和生活方式的选择空间增大了。但是,只要细细观察就会发现,不少人并没有改变和摆脱口令心理的桎梏、从众心理的定势和随大流的行为窠臼。请看,当"平价"受到民众欢迎时,铺天盖地的"平价"便淹没了我们的城乡;当环境冰箱成为新宠时,一夜之间几乎所有的同类产品都打上环境和绿色的标志;当自选的经营方式取得一定成功时,四周便冒出各类自选商场、商店,甚至只有几十平方米的小店也摆出自选的模样;当"花园"、"广场"显得有些气势时,房地产开发商几乎除了这几个字外再也说不出其他话来;当厚底鞋给矮个子女性以某种满足时,满街的女人都穿上它,无论其个子高矮;当宽大的长外衣从法国服装杂志传过来后,街道上就变成了衣架式女人的海洋;而当有人提出这种流行款式不符合中国女性的身材特点时,还被取笑为太保守和太不时尚。这真是一个口令心理和克隆时尚的时代。服从口令和克隆时尚取代了多样化,取代了创造精神,取代了独辟蹊径。事实上,这意味着不少人实际上还处在跨进小学门槛的年龄,虽然岁数已经不小了,但精神和心理还处于童年。

如何克服心理上对口令的服从,如何改变时尚领域的克隆,是一个全民族都要关注的问题。因为它不仅仅是经营方式上的问题,也不仅仅是服饰打扮上的问题,它可能与人格的成熟程度甚至与人格的矮化有关,也可能与民族的创新精神有关。因此,不能小觑,不能等闲视之。

2002年《人民意志报》

从集会到"带功报告"

想写篇文章纪念第二次世界大战结束五十年。写什么呢?我想起了集会。

应该说,集会是公民最基本的权利之一,几乎所有现代国家,其宪法中都规定了这项权利,我国也不例外。但当我回想从二战到如今的几十年风风雨雨,却感到集会这玩意儿如同一柄双刃剑,既可以抗拒压迫,表明大众心声,也可以对民众造成误导和伤害,被某些人所利用,将大众玩弄于股掌之中。

法国心理学家勒邦,出版过一本很著名的书,叫《集体心理学》(亦有人翻译成《群众心理学》),书中有一个重要的观点,就是处于集会中的个人,容易进入类似催眠的状态,其意识、理智、个性往往会消失。所以,想达到某种宣传目的的人,常爱采用集会的方式,不必考虑集会诉求目的的逻辑力量,而只需危言耸听,夸大其词,并且一而再、再而三地重复同一句话,就可以施影响于大众,从而收到意想不到的结果。勒邦认为,集体所需要的往往不一定是真理,而仅仅是错觉。这大概就是精神学家所称之为"集体无意识"之类的东西。

据说二战前,希特勒在慕尼黑流浪时,曾经仔细研究过勒邦的这本书。纳粹德国的宣传部长戈培尔深谙其道,所以经常召集各种集会,发表富有煽动性的演讲,从而凝聚人气,调动大众情绪。他在距离真理、制造错觉方面,达到登峰造极的地步,并总结出"谎言重复一百遍就变成真理"的绝代骗术。希特勒和戈培尔之流,就是运用这种方法(当然还有其他一些方法),操纵了这个曾诞生过无数理性主义哲学家的德国的民族情绪,使之在二战期间,在非理性的道路上走得那么远,给世界人民,同时也给德国人民带来深重的灾难。

再说我国的"文革",这也是一个集会的时代,其规模、次数和狂热程度,至少在东方历史上是空前的,它对真理的扫荡程度和民众行为的非理性程度,也是无以复加的。对此,中国人民也都记忆犹新。

回想二战前血淋淋的史实,回想"文革"的灾难,我开始以一种审慎的目光看待集会了。

前些年,另有一种集会引起我的注意,那就是一些所谓"气功大师"的"带功报告"。有一个时期,其规模之大,规格之高(举办地常常在大学或党政机关的礼堂内),往往超过任何演艺活动;其狂热程度,使追星潮为之失色。报告反复宣称,他讲课时发的气是真气,可以杀死人体内的各种病毒和病菌;他的真气制造的中微子和伽玛射线具有思维性、审查性、选择性。在这类集会中,常有人听得前仰后合,左摇右摆,摸爬滚打,狂喊乱叫,甚至还有瘫痪者一刹那间扔掉拐杖,有聋哑女神奇地叫了声"妈""爸"的真假流言。这类说法一时传播极远,使不少人对这些"大师"视若神明。

但热潮过后,人们开始冷静下来,仔细想想,原来又是上了当,受了骗;而上当受骗者中,不乏知识分子,甚至是高级知识分子。现在已有不少人渐渐明白,听"带功报告"出现了癫狂的"奇迹"。其实都是古已有之的催眠术和心理暗示的结果,"集体无意识"强化了这种效应,而集会则是产生和放大这种效应的摇篮和温床。事实上,当场扔掉拐杖而跟跄了几步的,照旧离不了拐杖;当场喊了声"妈""爸"的,回家后依然既聋又哑。事实是,当时的扔拐杖和喊"妈""爸",本身就是人们在集体无意识时的一种错觉,一种对瞬间动作和动作取向的夸大及对这种夸大的定格印象。

"带功报告"和戈培尔的集会,都利用了人们共有的心理反指向:前者是利用了人们对治病防病和对健康长寿的永恒企盼,后者是利用了人们的民族自豪感、民族自尊心以及民众对改变德国日益加深的经济危机现状的渴求。

谬误永远是披着真理的外衣伤害真理的,伪科学永远是披着科学的外衣践踏科学的。戈培尔的一套大概是难觅市场了,但"带功报告"之类可能会纠缠久远。不是吗?我们经历过多少次热潮而不醒悟,像球藻菌热、甩手疗法热、鸡血疗法热。在"带功报告"热潮过后,又出现了许多"专家卖药"热、虚假医药广告热、传销热等等。今后,某些居心叵测者,还可能"发明"一些什么玩意儿,利用民众的集体无意识而将人们的心情调戏一番并大捞一把呢?

当然,我们同时还应当问问自己,为什么在三番五次受骗后,还要继续受骗呢?还要继续充当集体无意识的奴隶呢?

慎待集会,并且在生活中养成"逢俏不赶"的习惯,也许是一个可以选择的方案。

1995年《人民意志报》

奥运会的魔道之争

对于各种世界级的大型运动会,例如奥运会,"看门道"的内行自不必说了,即令"看热闹"的外行也够乐上一阵子的。可是说句扫兴的话,以悉尼奥运会为例,各项成绩是否可信却令人生疑。想当年,一位加拿大运动员令人热血沸腾的百米世界纪录,不是因为兴奋剂问题而被取消了吗?

说实在话,几乎所有竞技比赛,都因兴奋剂而失去其公正性,并张扬着人性中的丑恶。它的严重性在于,与其说某些运动员为金钱而服用兴奋剂,倒不如说某些体育官员为了地位、收入、荣誉和享乐而容忍乃至包庇兴奋剂问题。君不闻,奥林匹克兴奋剂问题专家、美国宾州大学流行病学家查尔斯·叶塞利斯曾说:"国际奥委会四十多年前就知道体育比赛中服用兴奋剂的问题,但一直隐瞒。"被愚弄的是体育迷,而且长达四十多年。

闹得沸沸扬扬的法国运动员埃万·蒙特埃尔,在环法自行车比赛中,兴奋剂随机抽样检查呈阳性。他服用了EPO。须知,这并不是他个人的行为。有报道称,当时他的教练和医生试图在送检之前稀释他的送检物,给他注射葡萄糖,为他放血。他告诉《新闻周刊》,说他一直在服用药物以提高成绩。最令人不安的是他还这样说:"几乎什么都吃,这是工作的一部分。"体育迷对这样的话会作何感想?

众所周知,违禁药物都能使运动员利用药力提高成绩。例如EPO,能增加血液中的红血球数量而增强耐力。这就使比赛失去公正性;而没有公正性,比赛的意义何在?

除了公众是兴奋剂的受骗者外,运动员自己也是受害者。短跑名将乔伊娜英年早逝,死因是否与兴奋剂有关,将成为永世之谜;睾丸激素可以导致女性长胡子、嗓音低沉、皮肤粗糙,也能使男性乳房隆起、睾丸萎缩;生长激素能导致骨骼畸形;EPO可使血液无法自由流动。1987年以来,因服用EPO而致死的德国和比利时自行车运动员至少有18人——竞技体育的异化是可怕的事实。

现在谁也说不准在奥运会及其他大型体育比赛中的公正性和兴奋剂方面,究竟是魔高一尺道高一丈,还是魔高一丈道高一尺。但我们确实知道,捍卫奥运会和其他大型体育比赛精神的人们,在魔道之战中作出了不懈的努力。对类似EPO等各类层出不穷的兴奋剂的检测技术在不断涌现,科研成为这种斗争的强大支撑。检测方式也在趋于多样化,如飞行药检、秘密药检等,公开宣布拒绝血检与服禁药同罪。

这些努力使不少违规者纷纷落马。据一位世界反兴奋剂的官员说,即令在悉尼奥运会开幕前,至少已有十名运动员的检测结果有可疑之处,即检测出现在运动会开幕之前。当年,东道主澳大利亚很早就公开承认,已有300多人被查出使用了违禁药物;在宣布此情况后两个月,一位专家在电视台公开宣称,80%的澳大利亚一流运动员都在使用合成胰岛素生长剂。

尽管取得一些成绩,兴奋剂的魔道之争却不可避免地陷入怪圈:为保证比赛的公正性而进行药检及相关的科学研究,甚至派出独立观察员进行观察和监督。但是,独立监察员的公正性又由谁来保证呢?

其实，根本问题出在比赛的过高奖金和人们对金钱的贪婪上。一朝拿牌，终身享受；重奖之下必有"勇夫"，奖之重与罚之轻的现实，在客观上鼓励着铤而走险的人。

是的，我们不断得到兴奋剂丑闻的曝光信息。但是，由于检测手段与兴奋剂同样对科技的仰仗，科技的天平如何摆动，使人不得不担心。如果有一天我们听不到这类丑闻，但这并不等于运动员就那么干净了，这也许是不争的事实。

兴奋剂的魔道之争将永远存在下去。

我从未指望它有朝一日会从人类已策划了许多年的各类大型赛事中消失。

这是人类的悲剧。

2000年《长江日报》

足球是第一运动吗

足球是第一运动。谁说的？

满世界都是这样讲。

不过，满世界都讲的话，不一定是真理。

世界上的事，似乎说上一千遍就成了人们的"共识"，而"足球是第一运动"这话大概说了几千个一千遍，因此它似乎更是铁定了。可是足球果真是第一运动吗？

依我看来，足球绝不可能是第一运动，虽然我那么热爱足球，虽然我早在上世纪50年代初就读武汉博学中学时就热爱足球并参加足球运动，虽然我仍记得当年对我们进行足球启蒙的老师，也记得当年同学中著名的足球运动员。特别是一位叫罗敦厚的，他竟然在读初中三年级时便入选了当年的中南区代表队(中南五省足球代表队)。我对足球的热爱是那么纯真和浓烈,但我还是要说,足球不是第一运动。

那么什么是第一运动呢？依我看,跑步是第一运动。

跑步与足球的区别在于：跑步发端于人类的生存需要,而足球发端于游戏。在生存与游戏中,生存永远是第一位的,游戏永远是第二位甚至是第N位的；生存永远是先天的、本能的,游戏永远是后天的、理性的。严格意义上的跑步是没有规则的,而严格意义上的足球是有严格规则的,而且会越来越严格。

人之先祖,为了生存,在优胜劣汰的环境中,不得不用四肢在地上跑发展成用双腿在地上跑。在跑步发展成为竞技体育项目之前,是完全可以不需要任何器具、场地、外部条件的。如同有人所指出的那样,在跑、投、跳这三大要素中,跑为第一要素；跑以及跑得快与慢,是人类与生俱来的一个基本命题。你可能没有踢过足球,但你不可能没有跑过步。

在所有运动项目中,跑的参加者应该是最多的。即令在竞技体育项目中,跑步也是最单纯、最功能性的。而足球运动,如果没有场地,没有看似简单但制作要求相当复杂并且越来越复杂的球,还能奢谈这项运动吗？事实上,跑步可以不需要球,也没有必要抱一个球,可一个人若不能跑步,谈得上踢足球吗？如今对我国足球形成瓶颈的问题之一,除了球员素质、金钱等重要条件外,场地也是一个十分重要的因素。可是又有谁能禁止人们跑步呢？从中我们是否也算找到了某些贫穷的非洲国家在其他运动项目比较落后的时候,却在跑步的项目中异军突起的重要原因之一呢？

是的,跑步所需要的仅仅是一个活生生的人,除此之外,它可以不需要任何其他的东西。正因为如此,请不要再说什么足球是第一运动这类话了,否则你就是本末倒置了,你就可能被人怀疑成足球运动的推广人,你就带有铜臭味了。

事实上,轻视跑步,最终会对足球运动造成伤害;而轻视足球,则一般不会伤害跑步。你看呢?

说真的,只有重视跑步,才可以为足球的发展提供良好的基础。从纯技术的角度,我国足球运动水平的提高,要很好地依赖于跑步运动的提高。你说呢?

1999 年《中国体育报》

不要轻易拔高

某电视传媒,评论阿加西在 9 年之后重夺法国网球公开赛单打冠军的事。在叙述了他前几年所走的弯路后,以铿锵有力的声调指出,他之所以再现辉煌,是因为他"悟到了生命的真谛"。听了这种极尽拔高之能事的评论后,有一种既如嚼蜡又如吞了苍蝇似的那种感觉。说到嚼蜡,是因为一旦某人取得了某项事业的成功,这类颂扬赞美之词就会满天飞,看多了听多了,也就让人麻木了,只会认为这是主持人在拉长时间,或者想使自己的评论具有某种"深度"而作态罢了。

应当看到,不少事业上的成功者,包括体育方面的成功者,往往与其刻苦、天分和机遇有关;在他们成功时,说说他们的汗水和成熟,说说他的勇气与气魄都是可以的,也是必要的。但要让人们真正了解一个成功者,切忌拔高。因为成功者不大可能是因为"悟到了生命的真谛"。其原因在于,生命的真谛是极难悟到的,即令人类历史上的许多先知和智者,也不敢轻易说领悟到,更何况一名仅仅获得冠军的体育运动员。

我这里丝毫没有贬低运动员的意思,因为能说"悟到了生命的真谛"的人,除了可信与可不信的宗教人物外,很难提到几个人的名字。这里我就不敢提任何人的名字,因为即使是历史上极伟大的人,我也没有把握说他一定"悟到了生命的真谛"。须知,人类至今对于生命的认识还处于起步阶段,距离真正认识还有难以想象的遥远历程,更何言悟到其真谛!所以,在听到这类颂扬时,就会产生吞了苍蝇似的感觉。

是的,让人更公正地看待运动员,特别是优秀运动员的刻苦和天分吧,也要看到大众的关爱、教练的指导和和家人的支持这些令他们取得成功的社会伟力吧;同时,不要忘记说说机遇,因为在体育竞技上的成功,机遇是相当重要的。如有时某选手的感冒,会使对手获得成功;有时某选手取得冠军,是因为真正能战胜他的对手由于所在国无力拿出路费而不能参加比赛,让他占了便宜罢了。

体育竞技除了奥林匹克精神外,还具有相当的观赏性、游戏娱乐休闲性。因此,对于体育运动的评论,还是不要故作深沉为好。特将这一看法就教于体育评论界,尤其就教于影响力极大的电视体育评论界。

1999 年《中国体育报》

拳击节目之悟

应当说我是最早看中央电视台拳击节目的观众之一,但也可能是以最审慎和最挑剔的目光看这个节目的观众之一。我看,是因为我爱它;我审慎和挑剔,也是因为我爱它。

我是早在解放前就知道拳击这项运动的。那时,邻居中有一位在洋行供职的高先生,除了喜欢骑马外,就是喜欢拳击。当然,因为我太小,他的拳击手套我甚至可以当帽子戴,所以我至多只从他那里学会了一句与拳击有关的洋泾浜英语"坡克欣"。

稍大一些,在大哥的带领下,我们兄弟三人练过用拳头击打悬挂式沙袋。这大概就与拳击有点关联了。

如今,在我看拳击节目时,因为马齿渐长和记忆力减退的原因,所以很少花时间去记人名、地名、规则和细节,而是着力于从比赛中领悟一点道理,以及对这项运动所涉及的某些边缘问题进行思考。下面试谈几点小小的体会:

首先,拳击是一项分级较细的体育运动。对体重的分级,体现了这项运动的公正性。相比之下,有些运动由于没有这种分级,使它们逐步沦为某种与生俱来的诸如身高等优势者的项目。例如篮球,如果某人身高超过2.3米,他成为优秀篮球运动员的概率就比身高1.7米者要高无数倍。有了身高,就成功了一半;没有身高,即便再努力,也极难达到它的高峰。这种不公正,充斥于许多体育项目。相比之下,拳击太可爱了!如能真正普及,它的群众性由于建立在公正性的基础上,将是其他项目难以望其项背的。

其次,拳击是一项意志与体力的极限运动。虽然它有严格的时间限制,但在那短短的时间内,运动员所表现出来的爆发力和体力的损耗,是其他运动所难以企及的。我常认为,就体力和身体各部位的锻炼程度而言,拳击真是一个极好的项目。真可以说,它的运动张力系数达到最高值,它的体力极限达到最高值,它的体力与智力的结合系数达到最佳值,它的意志和判断力的综合表现也达到最佳值。可惜的是,这项运动在中国的发展比较滞后,这应当引起有关当局的高度重视,采取积极步骤,尽快迎头赶上。目前,由于中央台每周星期天的拳击节目,在群众中已产生相当的影响,特别对于年轻人,影响更大,但各地的硬件设施却比较滞后,这是当务之急。

另外,我思考得最多的可能是拳击项目中是否隐含着某种非理性。我的这种思考,或者说这种担忧,是在阿里用他那颤巍巍的手点燃奥运会火炬的那一刹那开始的。虽然阿里的病并不能完全肯定是他从事拳击运动造成的,但也不能完全排除拳击的影响。应当说,阿里与另一些拳击运动员相比,还算是幸运的:WBS重量级冠军杰瑞德·迈克斯早已卧病在床,失去行动能力,而超重量级选手贝雷利·斯通和重量级选手吉姆斯·默里,相继猝死于1994年的英国拳击台上。看来,这已不是个别现象。我认为医学博士威维·兰德森经过多年研究后得出的结论有一定的道理:"拳头打在脸上,受损的并不仅仅只有脸部,真正重要的伤害是看不见的,它影响到你的大脑深处。"应当说,这还是他从生理的角度说的。我想,也许心理上的伤害会更严重。这种看法一度使我对这项运动产生某种怀疑和疑虑。但是,当我将它与其他运动中受伤害的情况进行认真比较后,觉得拳击造成的伤害也许并不比其他运动(如足球)要大到哪里去。虽然如此,由于人性中存在着残忍和非理性的一面,血腥可能赢得更大的商业利益。因此,我们不能过于让这项运动受商业的支配,应当加强对职业拳击运动员的保护,例如探索将业余比赛的装备用于职业比赛的途径。当然,这样做肯定会影响到票房收入和电视收视率,但与人文精神相比,票房收入和电视收视率应当是第二位的。过分的商业化,不仅会伤害拳击,也会伤害整个体育运动。

第四,拳击运动员的行为道德标准应当提到议事日程上来。如今,拳坛仍在继续吹捧泰森,如同足坛仍在继续吹捧马拉多纳。但泰森明明是个在场外有多次强奸劣迹的运动员,在场内有咬掉对手耳朵超常态违规的人;马拉多纳则在绿茵场外有长期吸毒史,并且是个有携带毒品犯罪行为的人。对这类人的继续吹捧,是否会对青少年产生某种暗示呢?——只要自己在某个体育运动项目达到相当水平,自己的行为就可以放纵,自己的道德标准就与社会标准能有所不同。最近的例子发生在 NBA 和欧洲足坛。NBA 的某个球迷偶像,被控诉强奸的女性不止一人;而欧洲足坛,已不仅仅是涉嫌强奸,而是涉嫌轮奸。这是更严重的罪行。

  我认为,体育圈不应跳出社会道德规范之外,对于强奸犯、毒品犯、假球、贿赂、服用兴奋剂、操纵比赛结果和其他犯错和犯罪的行为,不能以某个运动员和某个运动团体在体育方面的成就而冲淡它们,不能因某个运动员对体育迷仍有吸引力和商业价值就可以容忍其一犯再犯,关进去几天就可以保释出来,这个地方不让其比赛便可以换个地方比赛,如发生在泰森身上的那些令人困惑的情况。体育需要净化,这种净化应以法律为标准,对于真正有违法行为者,对真正有犯罪行为者,应当制订在一定时期内对其进行抵制的规则。这应当成为体坛,当然也包括拳坛的共识。

  体育是有美感的,拳击也是有美感的,而且不仅仅是外部的美,还应当是精神上的美。我们需要反思的,是不是由于商业化的腐蚀,或多或少地忘掉了这一本质上的召唤呢?

  拳击理应带个好头,因为拳击对人的感召力太大。如果它能带这个头,将对整个体育界,对整个社会的发展和进步功莫大焉!

2004 年《人民意志报》

二　自言自语

新芽的雨露阳光

在武汉人民广播电台建台55周年之际,我按报纸上的广告要求写了一篇征文,没想到竟得了一等奖。虽说这些年我的文学作品获得了不少奖,但我认为这项奖是最有意义的。

我永远都在告诫自己:我还是个年轻人,在文学上,我还是株新芽,虽然当时我实际上早是望七之人。

为什么我要认定自己是文学新芽?因为只有新芽才会最鲜活地记住滋润过自己的雨露和照耀过自己的阳光。

上世纪的1950年,我在武汉市北京路小学读书,而武汉人民广播电台的编辑部就在附近的一幢楼房内。每每从它门口经过,我总会情不自禁地向里面看几眼。那时,它在我心中十分神秘,是一个深不可测的地方。可是做梦也没想到,有一天我终于走进了它的大门。

这是由我的一篇作文引起的。

那年,抗美援朝的战鼓刚刚擂响,我在一篇作文中写了一首快板《打败美国野心狼》。作为一名小学四年级的学生,所谓快板,内容虽然不会有什么问题,但实在谈不上什么艺术性,无非是一些勉强可以押韵的文字堆砌罢了。可是老师却将它推荐给了电台,而电台的编辑竟然将它修改采用了,并且要我亲自到电台进行录制。我十分激动和兴奋,尤其是面对修改得密密麻麻的稿件时,我发现几乎每一句都经过修改,而且还有相当多的增删。这浸透着编辑们的心血和汗水的作品,却成了我的"处女作"。记得录制完毕后,我揣着电台叔叔阿姨塞给我的两口袋糖果回到学校,将糖果分给同学后,便躲在一边哭了起来。我记得我哭了,却不记得我为什么哭。也许是过于激动,也许是表示对老师、编辑的无尽感激。那泪水,就像接受了雨露阳光后的破土新芽上闪动着的晶莹水珠。

也许正是因为这次经历,不仅使我与广播电台结下不解之缘,也使我爱上文学,爱上广播,以后进而爱上电影和电视。虽然时代的磨砺和命运的捣腾,我有时看似离它们越来越远,但在内心,我始终爱它们,离不开它们,至少收音机成了我的终身伴侣。粗略统计,几十年来,我大概用过近20部收音机,矿石的、晶体管的和半导体的。

是的,在我40岁那年真正走上文学之路,继而走上专业文学创作之路,也与广播电台有关。

记得改革开放初期的1979年,作为一家小厂的负责人,我利用业余时间写了一篇小说《不要靠拢我》,发表在当年《长江文艺》七月号上,这是我真正意义上的小说处女作。不久,广播电台文艺部找到我,要我将这篇小说改编成广播剧。我虽然对于广播剧这一文艺形式十分陌生,但还是以饱满的热情试着将它改编了。不久,广播剧正式播出。虽然我听得出编辑老师对我改编的作品作了重大修改和增删,但原作和改编的署名还是用了我的名字。就像多年前修改我的《打败美国野心狼》一样,电台的编辑再次将自己隐没在幕后,将成绩和光环给予了作者。接着,辽宁、吉林和山东等省的广播电台也播出了这部广播剧。我通过反复收听这部融汇了编辑、演员、音响师和其他工作人员,当然还包括我个人心血的作品,体会到很多东西：什么是小说；小说与广播剧的异同；编创者与受众产生共鸣的特征；文字作品的局限性与听觉艺术的拓展面；情节在这两种艺术形式中的重要性及其侧重点等等。这些体会，使我总结出诚如当年湖北省文联领导骆文前辈给我的信中所说的"小说是精思的故事"，以及徐迟前辈在对我进行辅导时说的"仅仅有情节是永远不够的"这些重要教诲，从而使我下定弃工从文的决心，从而使我在40岁过后改变了我的人生和事业的方向，投身到文学那充满泥土气息的怀抱。我清醒地记得，我的文学之旅在其起步阶段和转折关头，都得到广播电台的助力，接受了广播电台的雨露和阳光！可以毫不夸张地说，没有广播电台的扶掖和培养，就没有我后半辈子的创作人生。

　　在广播电台的阳光照耀下，本着甘为他人作嫁衣的精神，在我从事文学工作的过程中，也给其他作者助了一臂之力，在他们文学之旅的征途中，聊尽绵薄。例如由我选发处女作的作家有池莉，她如今是广大读者熟悉的女作家；还有如今任湖南文艺出版社老总的作家曾果伟；我也成为其他许多作家成长的幕后"英雄"，如湖北省的女作家方方、现任四川文艺出版社副社长的作家金平、珠海电视台副台长的女作家成平、武汉电视台台长的作家赵致真、武汉电视艺术中心主任的作家胡大楚等等。应当说，我对他们的每一次帮助，就是我对广播电台一直对我的帮助的回馈，是一种对高尚献身精神的承袭。

　　文艺的进步与发展，社会的进步与发展，难道不是靠这种精神来支撑的吗？难道不是在这样的雨露与阳光下，使新芽成长为大树，使荒漠变成绿洲的吗？

　　我们每一个人，哪怕取得再小一点成绩，哪怕向前跨出再小的一步，不也应该对这种雨露与阳光心存感激吗？不也应该以同样的精神去关照别人、关照社会吗？如今我虽垂垂老矣，但广播电台种在我心中的种子,却让我永远年轻!

本着这种感情,我感谢广播电台,如同这个世界上的所有新芽感谢雨露和阳光!

2004年
获武汉人民广播电台建台五十五周年征文一等奖

紧走慢走,一天走不出汉口

人类发祥,择水而居,这决定了长江与汉水的交汇地必然成为人类的最佳聚居地和文明摇篮之一。武汉作为这样顺江形成的都会,虽无北国城市那方正的布局和大漠般的恢宏,但却有依水伸展的灵巧曲折和依托码头货栈而繁荣兴旺的经济文化。"紧走慢走,一天走不出汉口",既是江城的最大特色,也是它发展的必然。

忆往昔,贴江而兴的汉正街、长堤街、集稼嘴和六渡桥,路旁楼房多为前店后厂或上居下贾,可以购得全国所有的大货小品,也能加工出琳琅满目的珠光宝气;这里的市景市声,有着千古劳作与流通的积淀,也跳动着文化与文明的脉动。在凌乱嘈杂、狭窄无序和混沌迷失中,却也蕴含着无数商机、无尽空间和无穷魅力。

记得以"五彩"命名的数条迷宫般的小巷吗?记得挑水工的喘息和地面终日不干的水迹吗?记得汉正街的条石路和独轮车的"吱嘎"声吗?记得前后花楼和大小董家巷那破败的幽暗,神秘的阴霾,还有与它们毗邻并形成强烈反差的租界区吗?记得我们在江汉关的悠长钟声里,体味着远行者和蛰居者永远走不出困境的焦虑吗?如果你初进江城,从铜人像穿进汉正街,或从观音阁弯入长堤街,若非老汉口的指点,要想当天从错综复杂的大街小巷里穿出来,无异白日做梦！这种窘态，浓缩了千百年来人类寻求生存与发展的辛酸！

世事变迁，沧海桑田。如同歌中所唱："五一六，我们出了头，劳动人民的红旗插上黄鹤楼。"独轮车与条石路的同时消失是一个象征。在1954年防汛时，为在汉正街抢筑新堤，整条街的条石一夜之间被撬开，它们在负载了千百年的重荷后，在武汉人民战胜百年一遇大洪水的斗争中作出了贡献；同时，独轮车也被自行车、三轮车、汽车所取代。如今的武汉，沐浴在改革开放的春风中，大步跨入了新世纪。不少古街虽然依旧，但人们谈论的已不是它的老朽，而是它的历史价值。中山大道的扩建改造，解放大道的日新月异，建设大道的横空出世，发展大道几乎是在一瞬间的出现……让人兴奋得透不过气来。

是的，如今的武汉依然是"紧走慢走，一天走不出汉口"，但它却具有与往昔完全不同的含义。让我们步行于汉正街与江汉路，遨游于东湖与木兰湖，徜徉于沌口和光谷，沉思于起义门与二七街，怀古于黄鹤楼与盘龙城，漫步于洪山广场与沿江大道，让我们沉醉于怀古之幽和陶醉于故乡之美，走不出也不想走出它那热烈温馨的怀抱！

2002年《长江日报》
获"金色港湾杯"武汉——3500年纪念征文一等奖

老人与洪水

到堤上去慰问抗洪大军，遇到一位姓李的老大爷，高寿八十八，鹤发童颜，精神矍铄。老人一辈子住在武汉关西面的小街上，干了一辈子码头搬运。如今家里上慈下孝,正在安度幸福的晚年。听说我是"摇笔杆子的",便对我讲起荆江铁女的传说:古代,在长江中游的荆江,有一对如花似玉的双生女,为协助当铁匠的老父打制工具抗洪保堤,不惜舍身投炉,用青春和生命换得千斤好钢好铁,成就了著名的女儿铲、美人锹、铁女夯……

这虽是我早就听过的传说,但此时此刻由一位老人讲出来,不仅具有另一番意味,也引起更多的联想。的确,平日在摇曳的舞影和溢彩的市声中,常令人耳蔽目障,而在大难大灾面前,古老土地上的古老民族,才往往会再显传统美德,表现出心灵深处的强烈共振!

"可是1931年,"老人提到这一年的大水,顿时陷入痛苦的回忆,浑浊的双眼似乎噙满泪水。他告诉我,他的父母就是惨死于那次灾变的。"国运衰败啊!……"不过,他的神情很快恢复过来,接着说道:"1954年的大水,水位大大超过1931年,可是上下一心,硬是战胜了洪水。那年我参加抗洪抢险敢死队。你当时还小吧?"

"读初中毕业班啦,也参加过青年突击队,参加开挖汉正街,在那条街上筑子堤,你防长江洪水,我防汉江洪水——"

"嘿,看不出你也是个老防汛。嗬,嗬嗬……"老人不住地点着头,爽朗地笑起来,既是赞扬我,也是肯定他自己。"岁月不饶人,如今上不了堤,扛不起包。不过,送点冰镇饮料慰问慰问抗洪大军,还是办得到的……"

不知怎的,听他这一说,我的眼眶竟湿润了,没顾得上再说什么,便与老人一道冒着40摄氏度的高温,拎着一桶满溢深情的绿豆汤,向长堤的水泥闸口走去。

在抗洪守堤的人仰颈畅饮时,在老人向他们再次讲到荆江铁女的传说时,我仔细打量着堤外排天的浊浪,既感受到"择水而居"的人类必然会面临的"头顶河流"的尴尬,也进一步领会到荆江铁女的精神——中华民族与灾难进行不屈不挠斗争的伟大精神。

1998年《南方周末》

直面日历

  日历终归还是日历。可是日历啊,从本质上讲,你究竟是什么呢?几十年来,似乎总在这样问自己,但似乎又从未细细想过。直到白发狂生的年龄,这才似有感悟,认识到日历不过是逐渐走向成熟的人类用来衡量时间的一把标有刻度的尺子,而钟表则是它的另一种形态。认为日历和钟表就是时间,是人类的误判,因为日历和钟表并不是时间本身,更无法解释和表述时间的本质。

  然而,不少人却自以为弄清了时间的本质,并试图以各种方式对它进行表述和阐释。例如"时间就是金钱,时间就是生命",一时颇为流行,挺时髦,挺让人鼓舞。其实,这话属于现代经营管理领域的模糊语言,并不能真正解释时间,更没有道出时间的本质。它之所以让人激动、新鲜并产生莫名的兴奋与躁动,只是因为多年来,人们被不承认生活规律和经济规律的空洞政治口号压抑得太久罢了。

  从科学的角度看,时间果真就是生命与金钱吗?当然不是,时间自有其更深刻的含义。我对我不得不承认对于时间的本质一无所知而深感惭愧,但我对于人类还是充满骄傲之情的,因为在广袤无垠的宇宙中,似乎只有人类试图了解它的本质,而且确有极少数人,对时间的认识比较深入。日历的发明和制定,就是古代这类最优秀人物的科学成就,无论是西历还是农历,也无论是其他民族的历法。这既不是神示的结果,也不是随意的图解,而是对天体、星系深入观察和思考的心得,对动物生长和植物枯荣不断认识和比较的产物,从来也不是政治斗争的收获,更不是吟诗作赋者的才智结晶。特别是近当代,人类对时间的认识有了新的突破,以牛顿等科学家为先锋,打下了现代文明的科学基础;紧接着的代表人物是爱因斯坦,这位生前就被公认为人类历史中最具创造性才智的人物之一,在20世纪初的15年中,提出了一系列科学理论,其中对空间、时间和引力所赋予的崭新概念,使人类对时间的认识向前跨了一大步;再接着当然要数史蒂芬·霍金了,这位出生于本世纪40年代、如今还在世的科学家,虽然患了可怕的卢伽雷病(运动神经细胞症),既不能动也不能说,被禁锢于轮椅上,但却克服了令人难以想象的困难,将自己思想的航船,驶进了"神"的宇宙,探寻着遥远的星系,还有黑洞、夸克、"带味"粒子、"自旋"粒子、"时间"箭头……这只思想的航船终于扬帆前进,载着他超越了相对论、量子力学、大爆炸等理论而迈入创造宇宙的"几何之舞",在对时间的本质认识方面,使人类再次高歌一曲,创造了人类认识史上的一大奇迹……正是这些科学家,以他们的聪明才智,率领着人类向未知的世界前进,一再重铸着人类的灵魂,使之更加完美,更加科学,更加远离上帝,远离一切宗教。面对理论物理学和其他学科的飞跃发展,人类对时间的认识才一步步深入。我想,不仅我深感惭愧,凡能客观面对事实的人都会有这样的感受。

　　特别值得一提的是,这些理论物理学家,还有其他学科的带头人,往往在对科学作出重大贡献的同时,也对哲学进行着深入的探索,并且成就赫然。

　　超越宗教、民族、文化和党派差别的科学,才是人类社会发展的推动力。如同《第一推动丛书》总序中所言:只有科学活动是不断进步的,"哪怕在其他方面倒退的时候,科学却总是进步着","这表明,自然科学活动包含着人类最进步的因素。"就中国对人类的贡献而言,既不可能是长城和兵马俑,更不可能是君主帝王的文治武功或改朝换代的厮杀屠戮,而是属于科学技术范畴的四大发明,这不是显而易见的事实吗?

最令人遗憾的是文科领域。这个领域诚然不乏优秀者,他们成就卓著,贡献非凡。但也应当承认,其中不乏鄙薄科技者,他们对科学技术是第一生产力的结论,或根本不信服,或阳奉阴违。他们利用和霸占着相当一部分传媒与出版业,甚至霸占着仕途,或者交流着谋官技巧与为官权术,或者怜香惜玉与无病呻吟,或者自我张扬与自我膨胀,或者自我复制与互相吹捧,或者自我包装与精心策划,甚至你围我剿与互相攻讦,大肆浪费着纸墨,浪费着资源,浪费着人类宝贵得不能再宝贵的时间。尤其是历代不少文人,在对自己并不了解的领域如对时间的认识上,假装高明,颐指气使,掩盖无知。如往昔之"一寸光阴一寸金","时间如白驹过隙",如今日之"时间就是金钱,时间就是生命"。事实上,你可以不懂时间,不懂哥德巴赫猜想,不懂互联网,但你不能漠视这个伟大的领域。可是请翻翻报纸,请打开荧屏,究竟有多少是反映这个带领人类迈向新世纪的重大领域呢?政治经济文化、吃喝拉撒睡、衣食住行乐,占据了太大太大的版面和空间!有时我甚至会不无偏执地想,将文科纳入科学范畴,例如所谓社会科学的提法,似乎也是文人装模作样乔装打扮的产物。文界和传媒对科学的关注极少,更极少关注像理论物理学这类深刻的学科。掐指数来,在芸芸文科大军中,像徐迟这样关爱科学的人委实太少了,太少了!

是的,也许人类在跨入21世纪的门槛后,会对这个不公正现象持全新的态度。如今人们对所谓纯文学中大量平庸之作的冷淡,对规模宏大的电视肥皂剧之类作品的冷淡,也许是这一新现象的最初征兆。

是的,文学,文科(或者还是用"社会科学"一词),到了洗心革面的时候了。若做不到这一点,科学日新月异的发展,将逼使文科的路越走越窄。信息时代的到来,电脑的广泛运用,人类行为的快节奏、多变化和高科技含量,一定会将固执的文人反锁进书房,这是不言而喻的。

直面日历,我们都该充充电了。果能如此,就会以全新的心态直面日历,直面时间,直面苍茫的寰宇,亦即直面科技和科技人才为主流的未来社会。

1998年《羊城晚报》

我看接连死去的两位世界性女性

1997年9月,对于世界妇女界是充满忧伤和悲痛的,因为这个世界在这个月的短短几天内就失去了两位世界性的女性,一位是戴安娜,一位是印度修女特里萨。国际社会五彩斑斓的天幕似乎一下子被撕去了一块,露出苍白灰暗的一角。

但是,由于某些传媒的炒作,就普通民众所能接触的情况看,戴安娜所占的比重要大得多。对此我很不理解。

是的,戴安娜在某些方面是个很优秀的人,但她主要是个新闻人物。她对慈善事业的投入,对艾滋病患者的善心等,都是值得称道的。可是客观地说,比起特里萨来,戴安娜原本要逊色得多。这倒不是因为她的"世纪婚姻"让人有什么看不惯的地方,这是她的私事,严格地说与公众没有多大关系,除了好奇心之外。我只是说,她之所以能参加令人注目的、引人好感的国际性慈善活动,她的财产和她的地位,许许多多都是与生俱来的。她很幸运,投了一个好胎。假如她处于特里萨的地位,很难想象一位如此养尊处优的女性,能干出多大令世人为之倾倒的壮举来。

这么说似乎有些不厚道。人们对于死去的人，往往喜欢说些溢美之词，对于戴安娜，我也本想讲些好话，因为事实上她是不错的。可是，好话都被别人讲了，而且有些话好得太离谱了。"戴安娜不仅为我们所爱戴，而且为世界上其他国家的人所爱戴。"我不知道这话是否包括我。我对戴安娜只有好感，谈不上爱戴。甚至对她为推动慈善事业而拍卖自己的衣服，我也只有好感而谈不上爱戴。在这两位女性中，真正让我爱戴的只有特里萨！

然而，比较而言，一些传媒对特里萨的关注偏偏要少得多，少得可怜。这大概正是某些传媒的要害了：失去对人物最客观最公正的判断，仅仅为了迎合世俗的好奇心而不吝篇幅。

其实，特里萨是何等伟大！

在我有限的知识里，我知道她是1979年诺贝尔和平奖得主。国际上给予她如此高的荣誉，是为了表彰她"为克服贫穷所做的工作"。记得当年在奥斯陆的授奖仪式上，特里萨说过这样的话："我以穷人的名义接受这笔奖金。"但她同时还作出了这样的行动：拒绝参加会后的晚宴。她认为世界上还有许多人在忍受贫苦，参加这样奢华的晚宴是不应该的。在晚祷后，她对记者说："贪婪——对权力的贪婪，对金钱的贪婪，对名誉的贪婪，这是当今世界实现和平的最大障碍。"她获奖后，卖掉了奖章（请注意，她不是卖掉自己的衣服，她也没有什么值得可卖的衣服），连同奖金，全部捐赠给了贫民和麻风病患者，没给自己留下一美分。相比之下，据说戴安娜不幸遇难后，从她的汽车里发现了一颗价值连城的钻石。

在特里萨无数动人的事迹中，有一件事特别让我感动：1952年，她在一座印度庙的旁边建起了"垂死贫民收容所"，为的是让那些贫穷的、可怜的人，在弥留之际能享受到人间的真正温暖。据说她的这一举动，当时曾惹怒了寺庙里的和尚，他们聚集在收容所外，扬言要杀死特里萨及她所收容的病人。可特里萨以莫大的勇气用身体挡住大门,大声地说:"你们要杀就杀死我吧,让这些垂死的病人平静地去死吧!"说完,她双手合掌,双眼紧闭,一动不动,寸步不让。就这样,她以大无畏的精神震慑了闹事者。就这样,从1952年至80年代末,大约有三万名身患不治之症而又无家可归的穷人,在收容所里度过了他们最后的日子。对这位老人,有人尊称为"善良与光明的化身"。我想,这绝不是溢美之词。

戴安娜是值得报道的,作为英国人,她在英国政治生活中曾占有相当的地位。虽然这种地位从人与人的真正平等意义上看是不符合我个人的价值观的,但我尊重英国人的感情。我只是说,我们,至少我个人,仅仅认为她是值得报道的。但是,更值得报道、让人永远铭记在心的,应该是特里萨。一个应该飞越千山万水的名字是特里萨!

1997年《湖北日报》

十五斤大米

在双鬓染霜的日子,回忆久远的往事,心中泛起诸多惆怅,似在品味那无限的欢乐与酸苦。往事并非像不少人形容的那样如烟似尘。对我来说,不少往事都深深地刻在记忆里,随着年岁的推移,其情其景更加明显,其伤其感更为深沉。

我与妻可谓青梅竹马,从十一二岁开始,作为同楼邻居,常在一起学习与嬉戏。我实在想不起我们之间金色的少男少女情谊是何时发展成令人透不过气来的炽烈爱情的,如同彩墨画中云雾和山峦之间的色彩浓淡一样,这是一个柔和、渐进和不着痕迹的过程。这样,我们的新婚反而缺乏大起大落的情节和事件,不像群山中的泉瀑那样伴以奋斗与挣扎的轰鸣,倒像朝霞初照的湖面那样静谧安详。

然而爱是注定要接受考验和洗礼的,婚前没有,婚后一定得补上。

在我们婚后的漫长岁月里,发生了一系列惊心动魄的事件。然而,新婚不久发生的一件看似不大的事情,却与其他重大事件一样,深深地刻印在我脑海里。这件事我不止一次对那些拥有彩电、冰箱和全套新潮家具的新婚青年讲过,并企图以此来遏止和化解他们那极不稳定、永不满足的欲求。今天我将它写下来,但愿年轻人别认为这是年长者常有的唠叨。

记得当年,1962年,我们是在武汉市硚口区文化馆结婚的,新居就在贴近和平剧场的一排平房中的小小一间内。当时我从事群众美术工作,要求进步,工作积极,但对家庭生活却知之甚少。那时国家正处于战胜所谓三年自然灾害的尾声,情况开始有些好转,但物资供应还是很紧张。妻是个朴实的人,在困难面前表现得很坚强,从未叫过苦,这使我忽略了将要发生的不幸。

春末夏初的一天,她显得病恹恹的,没能去上班,我安慰了她几句便去了办公室。不一会,会计老周来叫我,说她在街口站队买米粑时突然晕倒在地,被街坊扶回宿舍。我慌忙回家,见她静卧在床上,已经苏醒,但面色如纸,十分虚弱。我头次碰到这种情况,除了一个劲地询问"怎么啦,你怎么啦"之外,竟手足无措,没有一点办法。这时老周端来一杯糖茶,让我喂给她喝,然后将我叫到门外,小声对我说:

"送她上医院检查一下,八成是有喜了。"

老周是个细心且生活经验丰富的人,他的话使我心头泛起一阵短暂的狂喜,但忧愁接踵而至:两个人每月不足八十元的收入、粮食的匮乏……

果然如老周所料,妻怀孕了。

晚上，我将妻拥在怀里，用坚定的口气说："新的生命是我们爱情的结晶，天大困难也要生下来，哺育成人。"妻"嗯嗯"有声，默默流出幸福而迷惘的泪水。

接下去的一些日子，最令我操心的是妻的饮食忽然变得十分挑剔了，时而想吃这，忽儿想吃那，而且尽是些虽在今天看来十分普通但在当时却十分难买的东西。记得有一次她说想吃鱼皮花生米，我骑着自行车跑遍大小商店，甚至通过熟人找到长江食品厂、江汉食品厂，但都一无所获。许多年以后，当我在市场上突然看到鱼皮花生米时，竟一下子买了三大袋，其时妻已完全不想吃这类东西了，也不记得自己曾有过那么强烈地想吃它的事。

在妻怀孕的日子，最令我为难的是杂粮，计划供应的粮食本来就少，而且绝大部分还是供应杂粮。有一天我将用杂粮煮的糊端到妻的面前。妻皱了皱眉头，苦笑了一下，推到我的面前：

"你吃。"

"我吃过了，这是你的。"

"我不饿。"

"你总得吃点呀……你想吃什么呢？"

"要是有点米，煮点稀饭吃该多好……"妻用埋怨的口气对我说："你难道不能用粮票换一点米吗？"想想妻在这类事上是很少用这种口气说话的，看来她一定是非常非常想吃用米煮的稀饭。

"可是……"我忽然记起妻的一个小名叫秋的远房表弟，在汉阳县兴隆集当兽医，便说："对了，也许秋那里能有些办法。"

"太远了，算了吧……"妻打量了一下我那单薄的身体，摇了摇头。

但我十分坚决，拿了粮票上路了。

去汉阳县的长途汽车每天有四五趟，当天下午我便到了兴隆集。听我说了原委，秋虽面有难色，但还是答应尽力去办。"今天怕是来不及了,最早也得明天,你在镇招待所住一夜吧。"秋的家太狭窄,的确安排不了我。

那天夜里,我在"吱嘎"作响的床上翻来覆去地睡不着,倒不是因为招待所太脏,臭虫太多,老鼠通宵折腾,而是担心这粮票能不能换成大米。

第二天我早早起来,焦急地等候秋的回音。看着一趟趟班车开过去,我的心越来越不安。

下午,秋终于回来了。他满头大汗,但却喜滋滋地背来十五斤大米。我忙迎上前,激动地握住秋的手,连声道谢。

"我现在就得回去。你姐等着哩。"我说。

"没有班车了,明天走吧。"

"那怎么办?没有法子让我今天回去?"

"这……那只有坐划子过江,然后步行十几里路,可以到汉口易家墩一路公共汽车的起点站,不过这样太累,那十几里路,也许还不止十几里,很难走的啊。"

"就这样,我一定要今天赶回去。"

秋将我送到汉水边,招呼我乘上一叶扁舟,反复叮嘱我一路小心。小舟划至江心,他还伫立在江边对我挥手。

登上汉水北岸,我扛着米袋一个劲地朝前赶路。

那是一段无路之路,荒坡野岭,荆棘丛生。远处有厂房有烟囱的地方就是易家墩,这个大方向不会错。我走呀走,赶呀赶,知道每跨一步,就离妻近一步,恨不得飞回家,坐上锅,煮一锅香喷喷的大米粥,端到妻的面前,换得她一个满意的笑。

但是我得注意,在这静得令人发怵的郊野,乌云在身后汉水的上空凝聚,沉重地压向大地,使四周变得昏暗多了,许多古代的和现实的故事杂乱地浮上脑际,拦路抢劫、谋财害命,这是再合适不过的地方……我有些毛骨悚然。当然,我不怕,我是一无所有的;不过且慢，我有十五斤大米。那年头，任何大盗小偷都会为它付出最大的代价，而我却要捍卫它，因为妻正望眼欲穿。这时，我的生命事小，我肩上的米袋事大。于是，我不顾汗流浃背，气喘吁吁地以最快的速度向公路靠拢，向有瓦房、有人烟的地方靠拢。

"喂！"什么地方传来一声叫唤，吓得我浑身一紧。回头一看，在一排废弃的土窑边，一位老农拄着锄头对我挥手。见我不停步，便大声喊："你的米袋在漏米……"

我这才注意到，旧米袋上裂开一条小缝，米粒顺着我走过的路撒了一条弯弯曲曲的线。我心疼地"啊"了一声，忙掏出手帕将米袋上的小缝扎紧，但并不敢回头收拾地上的米粒，而是以更快的速度向前赶路。

在华灯初上的时候，我才好不容易赶回家。

"煮稀饭吃，大米稀饭，快！"我以英雄归来的气概将米袋往桌上一放，接过妻递上来的毛巾，赶紧补充一句："你歇着，我来。"

哪知妻却很不好意思地说："我已经不想吃大米稀饭了，真的，不知怎么搞的，害你……"

"啊，不，不要紧。"我顿时感到疲惫不堪，但还是理解地点点头。"你想吃点什么别的？"

"我想，要是有一点泡菜……"

"好，好，泡菜好弄，老周家里也许有，我这就去……"

第二天，妻的单位来人通知她参加农村麦收劳动，我将这人拦在门外说她病了，硬硬地给顶了回去。哪知那天，当我去办公室的当儿，妻却偷偷去了单位，不仅参加了劳动，甚至还得了表扬。可是，当她劳动回来之后便感到腹疼，几天之后，妻便小产了……

妻小产后，显得更加虚弱。我将大米熬成稠稠的稀饭，端到她的面前。

这次，她没有拒绝，而是挣扎着从床上撑起身子，接过碗，双眼

直直地望着碗内的大米稀饭,哭了起来:

"都怨我,怨我……"

我也几乎流泪了,但并不怨她。

1990年《主力军》

1994年江西人民出版社《人之初》

一念之差

  最能体现色彩的是大自然。最能在平凡生活中再现色彩的,以世俗的眼光看来,是彩色电视机。最留恋和热爱色彩的人,往往是垂暮之年的老者。最令为人之子遗憾伤感和追悔莫及的,是没能给老母在最后一段日子提供可以看见最亮丽色彩的一念之差。

  20多年前,我得到一笔钱。这是在我的所谓"攻击"江青而获罪判处5年徒刑的冤假错案得以平反后得到的一笔工资补还款。由于我入狱前的工资本来就低,所以这笔工资补还款并不多,但对我来说,当时却是一笔相当大的数目,大到足以购买一台彩色电视机。那时,连黑白电视机都没有普及,彩色电视机对绝大多数家庭还是一个美丽的梦。

  有了这笔钱,我便想尽办法弄到一张彩电购买券,然后在商店橱窗前徘徊开了;我无数次在一台台彩色电视机前流连驻足,无数次设想,当这样一件神奇的影像和色彩再现设备放在家里的矮柜上,该是一件多么惬意的事。我想买它的目的是为了让母亲高兴,让母亲能方便地看到更绚丽的色彩。母亲年逾八旬,曾患过白内障,好不容易做了金针拨障手术,可以看见东西,可以分辨色彩;不过母亲已衰老得很难下床了。要知道,母亲的衰老是与像我这样的子辈的各种令人不堪回首的际遇有关的。在我入狱后的那些噩梦般的岁月里，母亲受过多少惊吓，流过多少泪水啊！因为给母亲带来如此巨大的痛苦，所以我的心中积累着沉重的负担和难以言状的内疚。我想，我不仅有安排好母亲生活的义务，更有抚平母亲心灵创伤的责任。母亲很难出门，而一台这样的机器将会给她多少色彩，给她多少与色彩相关的梦啊！

可是我有些犹豫，因为就物质而言，我当时真可以说是家徒四壁，"文革"的浩劫使一个三代之家早已百无一有。总算现在有了一点点钱，作为一个家庭，要添置的东西委实太多太多了：穿的，大大小小的袜子就应当买好些双；用的，至少热水瓶应当买一对；吃的，计划供应的东西应当全部足额买回家；交通，我上班的自行车不能不换外胎了；母亲需要一些药品，儿子需要一条围巾，妻子需要一件罩衫，我需要一双胶鞋……正因为如此，我便感到我想买彩色电视机的想法太奢侈，太过分，太超前，太铺排……就在这一念之中，我打消了将色彩买回家的念头。

不久，母亲去世了。

那是一个沉闷的、但对武汉这个"火炉城"来说气温显得太低了的暑季，一个"冷夏"，在汉阳扁担山安葬了母亲后，我双眼充盈着泪水，伫立在活人与死人的交界处，朦胧中看到绿色的树，红色的瓦，灰色的公路，还有那灰蓝色的天空和灰白色的云朵。现世虽然灰蒙蒙，但总还能说得上是色彩斑斓的，不过母亲已经去了，她不可能再与我们共同领略、欣赏和品味这些上苍的赐予了。我忽然感到一阵更大的悲哀和一个永恒的遗憾，像一堵破败的大墙迎面向我倒了下来。那是因为我猛然意识到，在我领到工资补还款的时候，没能放下一切杂念去为母亲买一台彩色电视机，没能在母亲最后的日子里看到最丰富、最自然、最具人生韵味的色彩，这该是一个多么严重而深刻的错误啊！是一个多么不可饶恕的罪过啊！什么袜子热水瓶围巾罩衫,什么奢侈过分超前铺排!有什么比让母亲看到色彩更重要的呢?我怎么会干出这种蠢事,放弃了购买意味着色彩意味着满足母亲对人生眷恋之情的设备?世俗的、实用的、犬儒的一念之差,使我没能以最理想最生动的方式回报和抚慰我的母亲,世上还有比这更令人遗憾更令人产生罪恶感的事吗?

但对于这次心灵的撞击,对于自己的忏悔,我没有对任何人说,包括没有对妻说,我将这一隐痛、遗憾和罪恶感深埋于心。

20多年后,我心中的这阵隐痛、遗憾和罪恶感丝毫未减。

20多年后,我第一次将它写了出来。我知道我没有勇气和力量进行口头表述,只得用文字,乞求母亲在天之灵的宽恕,乞求亲人朋友的原谅,乞求世人的理解和同情。

1999年《武汉晚报》

大哥,那边也有值得你抄录的作品吗

每年春雨纷纷的日子,我总会想起1963年便已离世的大哥。

大哥,一想起你,我的泪水就会在心中流淌。在你短暂的一生中,付出太多,得到太少。在你17岁那年,为了维持全家的生计,离开学校跨入铁路部门,在蒸汽和煤火中保证了我能顺利读完中学。其实,你是非常喜欢读书的。这点我太了解了。当年,你从家中的旧书柜里清理出《红楼梦》、《西游记》和《水浒传》,不仅读完了,而且以你惊人的记忆力,能够整章整章地讲给我听。你曾说,这个世界的精彩在于它有那么多故事,那么多的风云际会、儿女情长、刀光剑影、金戈铁马以及那么多的尔虞我诈和暴虐残忍!也许正是这些吸引了你。除了名著外,你还能讲其他许多好听的故事,包括童话、寓言,也包括你自己临时编的人物情节。故事使你愉快,故事也使全家欢乐。你还说,可惜家里差一部《三国演义》。你向母亲要钱买,可母亲实在拿不出钱来。于是你向同学借了一套,从那个暑假开始,用毛笔抄写起《三国演义》。你的行动感动了全家,于是母亲、大姐、二姐、二哥和我,都加入了抄写《三国演义》的行列。我们将章回分了工,整整花了三个暑期和两个冬天,硬是将这部巨著全部抄完,共计毛边抄写本244本。这样,我家就备齐了中国文学的四部名著,这成了我在同学中骄傲的理由。你的字写得那么好,在这部手抄的作品中,你抄得最多,几乎十分之九是你完成的。

你参加工作后,表现也十分出色,这从你经常拿回家的奖状可以证明。可是偏偏在反右以后,你被划为五类分子。记得拨乱反正时,我才得知你被划为五类分子的内情,原来你竟是因为说了"苏联篮球打不赢美国篮球"这样一句"恶毒攻击苏联,反动透顶"的话。于是你被"发配"到煤矿劳动。想起你自那以后愁苦和郁闷的面容,我不禁在心底呐喊:命运啊,为何对大哥这样不公!

是的,从那以后,你的郁郁寡欢是那么令全家人揪心,你没有笑容,没有故事,也没有爱情。终于你病了,而且病情发展得极快,不出半年,便在1963年春节后不几天,离开了这个被故事充斥的世界,享年二十九。

在我到那座煤矿为你清理遗物时,发现你的枕下有一本用铅笔手抄的唐宋诗词。我含泪翻看着,发现你并没有按当年抄《三国演义》那样从头到尾全部按《唐诗三百首》或《全唐诗》进行抄录,而是极有选择性,选的几乎全是表达伤感情绪的诗句和长短句,千篇一律是蓝色的基调,没有丝毫的欢乐。

可惜的是,当年以你为主用毛笔抄写的《三国演义》和你用铅笔抄写的唐宋诗词,在"文革"期间全被"造反派"抄走了,焚烧了。我没有保管好这些东西,这是我最最对不起你的地方。

你死得那么伤情,死后又那么孤单。所以在公众墓区扁担山进行改造时,我和二哥认真商议后,特地将你的骨灰与父母的骨灰放在一起,希望你在那个世界能得到父母的一点点呵护。

当然,我深深地明白,你最钟爱的还是故事,并且喜欢亲手将它们抄录下来。所以,在新坟完工后的第一次祭奠时,除了传统的钱纸香烛外,我特意在墓前焚烧了几枝毛笔和一叠抄写本,并泼洒了一大瓶墨汁。可是,在那边,有你喜欢的作品吗?有那么多风云际会、儿女情长、刀光剑影、金戈铁马以及那么多的尔虞我诈和暴虐残忍吗?有真正值得你要抄录的作品吗?

2000年《文化报》

大姐就读过的"圣玛丽亚学校"

在每年绍云大姐的忌日,凭吊她时,我都会不由自主地记起汉口天津路16号的那幢古老的西式建筑,即现为武汉老年大学、武汉书法家协会所在地的原英国小学。

绍云大姐从小沉疴在身,但她意志顽强,自习英文,十五六岁时已能阅读英文书刊。1947年,为深造英文,进入当时已被改名为"圣玛丽亚"的这所学校。

在我的印象中,在这座学校就读的仅有年龄相差悬殊的女学生二三十名,中外学生各约一半,基本上是宗教环境、英语氛围,由外籍女教师和修女任教,学生们一律称老师为"妈咪"。

每当天气有变,母亲便要我拿雨伞去接大姐。当我走近这所学校时,总会情不自禁地认真打量这幢别有异趣的建筑。

这建筑给我印象最深的是主楼上部的穹形屋顶,总会给我以半个地球的联想；穹形的顶部，高耸着十字架，使人不由生出对宗教神明的隐隐敬畏。这幢建筑的选址和总体安排颇具匠心，它的主楼立于街角，这样，由里向外便有了极开阔的视野；左右二层附楼，分别面对天津路和鄱阳街，呈"八"字形排开，使整幢建筑呈现特有的稳定感和对外的张力，且在透出几分宗教肃穆的同时，又显出几分难得的庄严。后来我才知道，此楼始建于民国初年，比一般的老建筑还要老，实为应当妥为保护的汉口老房子，至少作为立此存照，也是应该保护的。

当年我接绍云大姐时，是不敢贸然进入学校大门的。在门外静候时，常能听到楼内朗朗的英语读书声，还不时传出英语歌曲，且多为宗教圣歌。这些声音，似在抚摸和麻醉着上世纪四十年代末期的路面和楼宇；街道是萧瑟的，路人是稀落的，雨点是无声的，那种气氛那番感受，孩童的我很难表达。及至成年后，才觉得用"灰色的晚祷"来形容较为贴切。

时光的流逝洗涤着旧迹，自那以后，五六十年"倏忽"而过，当双鬓染霜的我再次走近这幢建筑时，不禁发出"城廓依旧人面非"的感叹。

仔细看来，该楼两侧的附楼已加高了两层，但却巧妙地保留了原有的风格和韵味。那次我是因公找书法家协会的一位朋友。跨入大厅，便感到建筑内空的对称但并不方正的玄妙，原来这种安排能使结构有更大的想象余地，并且做到布局严谨，空间放大，再配以宽大曲折的楼梯，使整幢建筑透出难以言说的大气。

我自然想起绍云大姐，不禁放慢脚步，黯然神伤。

见到友人，说完公事，我竟问他可知此楼历史否。没想他竟——道来，如数家珍。只是他并不清楚此楼曾一度为"圣玛丽亚学校"，当然更不可能知道这里的地面上曾布满我的绍云大姐的足印。是啊，这里，那里，处处都布满她的足迹……

听完我的补充，友人关切地问："你大姐后来如何？"

绍云大姐从"圣玛丽亚"结业后，英语已达相当水准，开始翻译儿童教育类专著。不过，她未能用英语疗治好她的疾病，最终在1952年的寒冬，病死于武汉市第四医院，即原普爱医院，时年二十。

友人善解人意，说道："我领你再仔细看看这座楼房吧。它快有一个世纪了，而亡者也离世五十余年……"

此时，我早已泪眼朦胧。

2002年《长江日报》

钢笔刻字

丰富得令头晕目眩的生活，反而容易使人忆旧。在电脑介入生活后，换笔成为一种时髦甚至必然，但我对笔依然保留着一丝难舍的恋情。这除用了多年传统的笔之外，还因为我曾在笔上施展过雕虫小技，并以此作为谋生的方式之一。那就是钢笔刻字。

上世纪70年代，人们还习惯于在上衣口袋插支钢笔。我当时正浪迹江湖，在艰难的谋生中，机敏地看准了钢笔！于是将修理钟表用的小螺丝起子磨得锋利无比，套进废笔套的管内，锋口露得越少越好，既有利于刻字，锋尖也不容易断。这是我摸索出来的一个非常重要的窍门，是我个人的创新，当时是不轻易告诉别人的；然后到制漆厂买来制漆用的的金粉和银粉（当然不是真金粉，而是铜粉之类），分装在两个封住口的小布袋里，在家里试了试，便大胆地干起了钢笔刻字的营生。

毕竟我在五六十年代曾从事过专业美术工作，别的本事不大，写仿毛体却是手到擒来，水平相当不错。于是，在汉口六渡桥、武昌大桥头或汉阳钟家村等闹市地段，我一天可以为十几人甚至几十人在钢笔上刻上他们喜欢的字、词语、诗句、格言或座右铭等等纪念性文字，每次收费一两角不等。这样，我的收入在像我这样的人中算是上了档次的，绝对超过一般干部的收入。

　　这种事天天做是不划算的，因为不可能有那么多的生意。但生活让我懂了点市场规律，懂了点消费心理，于是不定期地介入。每当新兵入伍、学校开学、春游秋游的日子，就是钢笔刻字的大好时光。我知道凡路过武汉的新兵，参观武汉长江大桥几乎是不可缺少的安排，而且他们每人的上衣口袋一定有一支或一支以上钢笔。在那些日子，我便早早起床，来到大桥头。当出现穿着新军装而又没有帽徽军章者，我便迎上前去，首先不经允许地"冒昧"从一位新兵口袋里抽出他的钢笔，在他还没来得及反应过来时便匆匆在上面刻下仿毛体的"四海翻腾云水怒，五洲震荡风雷激"或"一桥飞架南北，天堑变通途"等，然后刻上毛主席的草书姓名和年月日，再用金粉或银粉布袋在字上抹一抹，字迹便变成金字或银字。等对方回过神来，我便笑着将笔还给他，并声明是免费的。这时便会围上一群新兵和路人，接下来就会不断有人递上钢笔要我刻字。从第二支笔开始，我就不免费了。这样一天下来，最多时曾赚过近五十元，最少也可以赚二三十元。这在当时是个很大的数目。要知道，当时八级工一天临时工作的标准工资也不过三元九角五。有了这样的收入，所以遇到江湖上的朋友，是有能力请他们喝啤酒的。

　　令我遗憾的是，我没有给自己留下一点这方面的纪念，因为我没有给自己的钢笔刻过字。今天，我用电脑写作已经好些年了，钢笔刻字的工具也早已不知去向，口袋里插钢笔也早就成为昔日的记忆了。

　　记忆虽然苦涩，但也多少透出几丝苍凉的激情，泛起几丝追忆的涟漪。

2000年《长江日报》

发 饼

　　如今，食品的种类层出不穷，可是在我的记忆和感觉中，世上最可口的食品却是一种被称为发饼的干点。这是一种用面粉制作的圆饼，淡黄色，正面的中央用食用色素盖着一个鲜红的印章，像装饰，也像商标，吃起来松松软软，有点甜，有点粘牙。这种当年由武汉长江食品厂生产的食品，与我的苦难历程紧紧相连。

　　有人善意地劝我忘记苦难，活得快活点，潇洒点。可是我觉得忘记个人和民族的苦难有点可耻，所以还是记得与苦难相联的某些人和事，包括发饼。

　　苦难来临之前，我吃过发饼，没有留下特别的印象。后来我因无意中口头"攻击"了一个名叫江青的女人——其实说我"攻击"她真是"抬举"了我，我不过以问话的口气说了她"在上海滩是个二流电影演员"这类有油无盐的话——因而被捕。在监狱里，我最怀念的食品竟然就是发饼，尤其在看守所里，在粮食被明显克扣因而每天饥肠辘辘的情况下，更加怀念它。一个人这时不想大鱼大肉不想鱼翅燕窝而想五分钱一个的发饼，可见是个单纯得很的人，将这样的人关进监狱，是时代的一大误会。

　　服刑后释放回家，为了糊口，我便浪迹江湖，找些临时工干，或在街办小厂"混点"。有时干累了，碰到几位"文革难友"，便在路口的小店坐坐。再苦的人也要轻松轻松，于是就喝啤酒。可以不用酒杯，但却不能没有下酒的，便买来几个发饼，用手指将发饼掰下来一点，连同手指一起在嘴唇上舔舔，一个发饼竟能咽下一两瓶酒。久而久之，大家的酒量越来越大，连我这个过去从未喝过啤酒的人，最多时也竟一气喝过八瓶。当时几个人在一起喝啤酒也有些穷规矩：

谁喝得少谁付钱；喝酒时不准上厕所，上了厕所重新计数。不过这种规矩也不是死的，遇到刚出狱还没有找到工作的，绝不会要他出钱。江湖上义气为重。

用发饼下酒，成为我对当年苦难生活中的最美好的记忆之一。事实上，美好是有参照系的，苦中求乐的美好照样是那么鲜活。当年的事，许多都已经淡忘了，唯独这发饼，以及用发饼下酒的情景却怎么也忘记不了。后来发饼涨到八分钱一个，(谁说当年物价不涨？)后来又涨到一角钱一个，再以后就越来越难买到发饼了。

不久，"四人帮"垮台，大家便忙着跑申诉，跑平反，也就再没机会聚在一起就着发饼喝啤酒了。最终，发饼随着我们的苦难一起消失了。据说长江食品厂虽然还在生产这种食品，但已不是原来的模样了……

啊，我心中最可口的食品——发饼！它与我的苦难相伴，也与我的欢乐相伴，它是历史的见证。但这历史的见证早已不复存在了。

我问过孩子们，知道有一种五分钱一个的发饼吗？他们反问道：是麦当劳的新产品吗？即令五分钱指的是五角钱，也不会有这么便宜的东西吧？我说，是新产品，是真正的五分钱一个，但麦当劳没有这种智慧，生产不出这种与某些人的情感联系得如此紧密的食品。麦当劳只能生产口味，生产依赖，生产肥胖，生产"垃圾"，而不能生产情感。

当然，从心底，我不希望市面上真的出现这种产品。因为在我的潜意识里，对它还是怀有某种恐惧的，这是那个时代的烙印。

2000年《武汉晚报》

没有冰雪就没有真正的温暖

  捂着耳朵的帽子、使人像气泡鱼一样的棉袄棉裤、鞭炮锣鼓红旗飘,还有对春节的那种不住咽着口水的期待,这就是随意回想中我的童年和少年时代留下的春节印象。可是细细想来,这些特征似乎并不是最深刻的。

  那么最深刻的是什么呢?应当说是寒冷和冰雪!

  看来,最深刻的东西并不一定是最先浮于脑际的东西;看来,当温暖的日子徘徊在应当寒冷的季节时,最深刻、最具典型特征的寒冷和冰雪却隐藏起来,至于它给人们留下的是"丛中笑"的印象还是在丛中叹惋的感受,则另当别论了。

  寒冷,以及与寒冷结伴的呼啸的北风和大雪,小至对于武汉大至对于我们整个星球,变得越来越昂贵了。几个不大成气候的寒潮便凑合成了一个冬季,使寒假中的学生失去了许多美感和乐趣,也失去了日记中最值得留念的篇章。

  这不禁使我想起少年时代的那个寒假。那一年寒假是在伯父家中度过的。伯父在中学教书,住在偌大校园内一幢陈旧的西式建筑内,窗外就是萧瑟的林木和被林木掩映的空旷的运动场。为了朝思暮想的春节,我早早地将寒假作业做完,我是一个绝不在要开学时再赶作业的孩子。也就在我做完作业的那个晚上,伯父破例在我的床上加了一床没绱被套的棉絮,说今夜特别冷,而且预言一定要下雪。"阴冷阴冷的,不下雪不会晴。"可是我并没有感到特别冷。第二天晨光熹微时,突然被一群孩子们高兴的打闹声惊醒。啊,下雪了,下雪了!我一骨碌爬起来,将赤条条的双腿一下子捅进冰冷的棉裤筒里,眨眼工夫就冲出房门。我的眼睛被一片银妆刺得生疼生疼,树上的冰凌闪亮闪亮,不时有树枝发出被压断的"嘎吱"声。天空果然放晴,东方显出一抹粉红。我高兴极了,真想拥抱这个冰雪的世界,也想一下子追上正在打雪仗的小朋友们。可是脚下却不听话,因为每踩一步,雪儿就发出悦耳的"吱吱"声,厚厚的积雪拖住了我的脚步。眼看追不上他们,我只得自个儿从脚下开始,推着一个小雪团,边推边兴奋地呼唤,宣泄着少年的最大欢娱。很快,一个大大的雪团形成了,最后竟然大得我怎么也推不动了。于是就开始以它为主干,试图将它堆成一个雪人。我在雪团上做了个脑袋,在脑袋上镶两片石子成为眼睛,再镶两粒小石子成为鼻孔,然后在它的下方插上一根枯树枝作为雪人的烟斗……这时,小朋友们已转向我,蹒蹒跚跚地向我这里进逼,在距离雪人不远处开始向雪人发起进攻。他们向它扔雪团,打得它东一个雪疤西一个雪坑。我也狠狠地挨了几下。但为了保卫我的雪人,我便学着战争电影中的战士模样,藏到雪人的身后向小朋友们反击。我们的战斗吸引了更多的小朋友,于是,一场人数众多的雪人保卫战就像后来看的《瓦尔特保卫萨拉热窝》一样打响了……

这场战斗持续了多长时间我没法回忆,但是,我早已热得甩掉了帽子,贴身的衬衣也已湿透了,直到伯父出来叫我吃早饭,并呵斥走小朋友们为止,战斗才告平息。

回到屋里,虽然我被伯父安顿在炉子边,就着热腾腾的稀饭吃着刚出蒸锅的馒头,但我却渐渐感到刺骨的凉意。从那时开始,我就逐渐理解了一些道理:真正的温暖来自运动;最能带来温暖的运动是与冰雪打交道……

所以,我如今十分为小朋友们难过,因为他们很少见到冰雪,虽然今年可能又是一个暖冬,但可以肯定的是,人们不可能得到真正的暖意!

1999 年《武汉晚报》

中学记忆

我的中学记忆是美好和丰富多彩的，但最美好的是晨练和绿茵场。

当年的武汉四中刚由博学中学改制而成。这是一所男子中学，没有女生。这里培育出许多人才，像水稻之父袁隆平等。我不知道如今的中学有没有那么多宽阔的操场：一个标准足球场、两个小足球场，四五处可供一个班级作课外活动的场地。标准足球场是当年武汉市进行正式足球比赛的场地，著名的"摊联"足球队和四中代表队还有其他几支呼声极高的队伍，经常在这里杀得天昏地暗；来自四面八方的观众，其痴迷和热情绝不亚于如今的球迷。可是当年的这类比赛是不收门票的。

然而最令人难忘和最受欢迎的是教体育的万业文老师。他是一位精通足球和田径的中年人，年近四十而未婚。他善于以夸张的语言叙述他的体育成就和体育理念，他对体育教学的热诚和对同学的关心爱护更是令人难忘。记得有一次，我们班的体育小组决定提前一小时起床进行晨练。由于带头喊人的同学对时间的误判（那时的学生可没有手表或手机），以至当我们乘着夜色来到操场时，却发现还是凌晨三点。同学们正在犹豫之际，只听万老师的一声喊："全体集合！立正！向右看齐！向前看！向左转！回宿舍！"原来，他几乎每天24小时坚守着自己的岗位，学生们的所有活动全在他的视线之中。事后我问过万老师，怎么知道我们起了个"冒三更"。他说：当得知你们决定提前起床后，我就一直未能安睡，你们这样做是很容易起得过早的，这有先例，所以一听到宿舍有响动，我就赶紧跟了出来……我不知道如今还有没有这样的体育老师。

中学期间极丰富的体育活动，无疑对发育成长中的学生带来极大的好处。可以说，当年武汉四中毕业的学生没有一个不会踢几脚足球的，没有一个不会几招垫上运动的，没有一个不会在单杠或双杠上玩几个动作的，没有一个不会爬绳、爬竿或在浪桥上荡几个回合的。就我个人而言，如果说我在踏入社会后能挺过所谓"三年自然灾害"的营养长期而极度匮乏的考验，在"文革"中又能经受住非人的精神与肉体的折磨，"文革"后又能奋力拼搏，在没有机会进入大学的情况下能自学成长为一名厂长、编辑、专业作家并不断有作品面世，虽然原因很多，但与中学时期的体育锻炼是分不开的。如今，当我们这群走过中壮年并步入老年的汉子聚在一起回忆母校时，对此都有深刻的体会。

我们有幸进入这样一所住宿中学，也有幸遇到像万老师这样的体育教师。所以，当今天的中学生在享受各种现代化的教学工具时，我们并不像他们想象的那么羡慕他们，因为当年我们有他们如今做梦也想不到的轻松、快乐、愉悦、舒展和强健，特别是我们没有那么沉重的书包。

除此之外，我们还从中体会到如何改变中国男子足球的现状，也对中学的男女分校持肯定态度。这就另当别论了。

1999年《武汉晚报》

旋　律

每个时代都有其特定的旋律。如今50岁以上的人，一听到《歌唱祖国》《草原上升起不落的太阳》，或听到《红莓花儿开》《小路》、《莫斯科郊外的晚上》等，就会激动不已。但这些歌对于二三十岁的年轻人，恐怕就没有那么大的感染力了。他们喜欢的可能是"让我最后一次想你"、"爱你到永远"等等，还有就是我认为十分低俗的《老鼠爱大米》之类。这往往是家庭电视争夺战的原因之一，也是在不少家庭出现两台电视机、三台电视机的原因之一。好在如今的电视机不太贵。

　　事实上，每个时代都有它自己的歌。即令处于相同生存状态中（如防汛抗洪），不同时代的旋律也是不尽相同的。我参加过1954年武汉抗洪，一想起那个年代，一首激动人心的歌就在心底回荡："听吧战斗的号角发出警报,穿好军装,拿起武器……"这就是那个时代的旋律，无论是在申新纱厂筑护厂堤还是在郊县运竹篙；无论是在黄金口挑泥巴还是在武圣路搞宣传，唱的都是这首歌。几十年来，每当我听到这个旋律，当年的战斗场景就历历在目，就会热泪盈眶。但是，1998年的武汉抗洪就有些不同了，由于电视发挥了极其强大的威力，人们印象最深的就是极具动感的救生衣的色彩——橘红；最感人的场面就是军民筑堤坝、堵管涌和抢救灾民，但对旋律印象却主要是"真的好想你"了。

　　我觉得"真的好想你"在流行歌曲中算得上一首很不错的歌，它与"听吧战斗的号角发出警报"相比，表达了相同的人性和情感。但是，对于处于生死斗争关头的人们，我仍然认为1954年我们唱的歌更具英雄主义色彩，更具理想光辉，更壮美更深刻甚至带有视死如归的悲壮。

　　"我们再见了亲爱的妈妈，请您吻别你的儿子吧，再见吧妈妈，别难过莫悲伤，祝福我们一路平安吧……"

　　是的，这就是不同时代音乐旋律的差别，虽然不是本质的差别，但差别是显而易见的。任何人，只要他参加过1954年或1998年的武汉抗洪斗争，他就一定会对贝多芬对音乐的论述有深刻的感受：音乐表达的是人的心情，"这些心情，诗人将其化为语言，化为诗，我将其转化为声音,为音乐,这些声音在我周围鸣响、叫吼、狂怒咆哮,直到我以音符把它们谱下来而后已。"

"真的好想你"也好,"听吧战斗的号角"也好,虽然在力度上有差异,但它们都能以或直接或曲折的方式表达出一种与灾难进行抗争的心情,所以它们应能兼容。年轻人之所以对"听吧战斗的号角"表现出陌生,是因为如今的音乐人缺乏历史的广阔视角,对这些了不起的旋律介绍得太少。我相信,只要认真推介,年轻人也会喜欢这些歌的。50岁以上的人中,不少人之所以不太喜欢当今的流行音乐,是因为先入为主的理想、壮美、辽阔、悲凉和狂怒咆哮占据了他们太多的音乐空间。对他们最好不要惊扰,让那些理想的、诗化的音乐永远留在他们的心中吧。对他们的唯一要求只是:你们对于年轻人的爱好,对20世纪后期和21世纪的旋律,最好采取宽容和理解的态度。

但愿年轻的读者不要以为我在偏袒岁数大的人。

1999年《武汉晚报》

想当年……

如今的孩子最不喜欢听的一句话可能就是大人们不时挂在嘴边的"想当年……",尤其是当孩子在吵着要上麦当劳时,大人说当年"三年自然灾害时我们吃的是什么"之类,当孩子要买耐克鞋时,大人说当年"我们一双军色力士鞋要穿三五年"的话,当孩子上学要坐的士时,大人们说"我们那时上学可要翻几座山梁,蹚两条小河,当小河涨水时,我们当年……""想当年……"成了年轻人很不欢迎的用语,甚至一些成年人也认为时代不同了,不用再提往事了。特别是当年备受生活磨难和政治压迫的老三届新三届等,如今已过中年,他们将自己当年失去的理想寄托在孩子身上,愿意为他们作出任何牺牲;他们宁肯忘记过去,也不愿再用那些苦难来让孩子心烦,不愿用那些回忆来折磨自己。

实际上,他们腰斩了自己。这"腰斩"二字,十分残酷,但十分准确。

让我们仔细想想,"想当年"其实是一笔宝贵的财富,因为它是历史进程中离我们最近的那个阶段,因而在不少人的心中是最鲜活最生动最具体的。既然历史对人类的进程和发展具有无可估量的指导意义,"想当年"就不仅具有指导意义,甚至有一定的现实意义了。

一般来说,生活中常常出现的"想当年"虽偶尔与"好汉不提当年勇"有关,但大多是与苦难联系在一起的,只是人们常常忘了,苦难教育刚好是如今的孩子应当认真补上的重要一课。这并不是说我们的时代会倒退,而是说艰难的环境是有可能出现在人们面前的。想想1998年的大洪水,多么危险多么艰难啊!那与洪魔斗争的日日夜夜,那坚持到最后一刻的决心和勇气,那将自己的最后一壶水、最后一口粮让给别人的动人场面,人们可能还记忆犹新,可是,对于没有受到这样的教育,对于成天吃麦当劳的孩子来说,无异于天方夜谭。这样的年轻人能否经受得住这种考验,是值得怀疑的。事实上,局部的困难、小范围的艰险、短时间的无助,无论是在自然环境中还是在社会生活中,都是可能发生在任何一个人或一群人身上的。既然这是毫无疑义的,那么,今天的"想当年"的教育就是十分必要的。

曾见报纸介绍说,某机构曾组织一批日本学生与一批中国学生进行野外生存训练,结果发现日本学生的野外生存能力超过中国学生。虽然我对这一报道本身持怀疑态度,但我可以想象出如今的孩子在这类活动中的表现。他们会生火做饭吗?他们会辨认与区别能吃与不能吃的野菜吗?他们能处理脚上的水泡吗?他们能在旷野里睡上一夜吗?他们在野狼嗥叫、蚊虫肆虐或电闪雷鸣、方向莫辨的情况下,能熬过最艰难的时刻而迎接灿烂的朝霞吗?……洪水、地震、突发灾变等等既然是难以完全避免的,那么"想当年"的教育就永远是必要的,更何况"想当年"教育除了提高下一代的生存意识和生存能力外,还有极为深刻的社会学和政治学上的意义,所以它对年轻人是必不可少的。

当然,作为成年人和老年人,这种对青年人"想当年"的教育应当避免公式化、避免成为一种没完没了的唠叨。如何使它变得生动、形象,使孩子乐于接受并心悦诚服地从中感受到我们今天生活的幸福,以及这种幸福生活的来之不易,则是教育工作者和每一个家长要认真研究的课题。

1999年《武汉晚报》

哑 铃

一年总有几次清理储藏间。这是一个储存冬夏的被褥、凉席,但也储存历史,储存险些被遗忘了的情感与记忆的地方。

猛然发现一对哑铃,它们黑乎乎的、沉甸甸的、寂然无声地躲在最不让人注意的角落。我凝望它们一阵,没有像对待鞋盒、废灯和旧衣烂衫那样往外扔去,而是坐到一张垫脚的小凳上,将它们拎过来,摩挲把玩着,回想起它们的来历和我曾对它们寄予的希望……

我记得作为中医的祖父是豆芽菜体型,作为职员的父亲也是豆芽菜体型,而我却不甘于继承,梦想成为一条健壮的汉子,像打虎的武松,像抗金的岳飞。为此,我在中学时代一度迷上足球,在年级里竟有了一点名气,甚至一度混成校队"拎球鞋的"。但由于营养跟不上,也可能与基因有关,仍然多少具有豆芽菜体型的某些特征。

我常将家族的体型、体能放在一个民族的大范围内考虑。这种"不堪一击"的体型到处都是,假如不加改造,任其生生不息,代代遗传,那么洋人称中国人为"东亚病夫"至少是有些道理的,如同我们曾称日本人为"东洋矮子"一样。

改变家族的豆芽菜体型,是我爱祖国、爱民族的崇高理想的重要内容,一个美妙的梦。在这一点上,我不怕别人说我言过其实。

于是,在足球和其他各种形式的锻炼中,我的体型有了一定程度的改变,有了一些力量,也增加了一点面对强手的勇气。但后来的生活,特别是因"攻击"江青而蒙受五年不白之冤的艰难日子,几乎又将我的体型打回到原状。

是的,应当实事求是地说,虽然将武松和岳飞作为目标太缺乏操作性,不可能让我实现改变体型的梦想,但主要是大跃进、人民公社、三年自然灾害和文化大革命砸碎了我的这个爱国梦。

"文革"后期,当我获得人身自由后,我又做起这个梦。当别人还在七斗八斗时,我和另外一些"牛鬼蛇神"已开始探索新路子。我们鄙夷"甩手疗法"、"鸡血疗法",以及气功中的那些玄奥的神话,而相信朋友中的一个叫徐元凯的人,他提倡的是哑铃锻炼。在武昌那条古老的小巷内,在他的家中,他拿出了这对哑铃,向我介绍它们的作用和训练方法,并脱去上衣,让我亲眼看看他那经过哑铃锻炼后的健美体魄。我相信眼前的事实,也了解他正是以这副体魄而在不能从事他所热爱的英语教学工作时,一边在书画社任画师一边在模具厂当搬运的。他说他早已使用更重的哑铃了,便将这对"小小的"哑铃送给我。

我将它们带回家,并记下了训练要点,自己还配上插图。我用它训练了一段时间,但毫不见效。问徐元凯,他说我超过了训练的有效年龄。为此我难受了好一阵子,但我仍忘不了我的梦。

当我的长子到了可以进行哑铃锻炼的年龄时,我忙将它们连同我记录的资料交给他。我已不可能彻底改变我的体型和体能了,就将希望放在孩子身上!他进行了一段时间的锻炼,在没有社会氛围推动的情况下,在不得不进入社会寻找工作的情况下,中途停顿下来。不过,我感到他的体型明显比我好,至少不是豆芽菜了。

后来,次子到了可以练哑铃的年龄,我便为此下了一番真功夫。首先,我故意将哑铃放在家中最显眼的地方,让他的徐叔叔到家里来显显块头和肌肉,并买回《健与美》杂志。我想引他"上钩"。但有一阵子,那令我咬牙切齿的游戏机使他完全不理会我的苦心。

忽然有一天,我发现次子的床头挂了一张大大的国际健美"环球先生"雷吉帕克的黑白照片,这个南非健美世界冠军的照片是不多见的;又过了几天,世界健美冠军、美国的阿诺德·施瓦辛格的一张大型彩照出现在次子的书桌前方的墙上。我心中暗喜,又亲自到地摊买了一张闻名世界的动作大片硬汉史泰龙的剧照,挂在我们书桌的前方,并录下了中央电视台体育节目中的健美比赛镜头,还主动邀请孩子看施瓦辛格出演的影片《魔鬼终结者》等片。有一天我忽然发现,哑铃开始挪动位置了。

兴趣是最好的老师;偶像是最好的教科书。如今的孩子真要学什么也快。学侃,立即让你张口结舌;学款,立即让你倾家荡产;学歌,立即让邻居昼夜不宁;学牌,绝对比长辈精明能干。孩子学哑铃,很快便要另买一对更重的了。我毫不吝啬,给他买了。几天后,他发现青少年宫有了健美室,我毫不犹豫地给他买了月票,让他每周去两次。

哑铃等健美锻炼在他身上产生了奇妙的效果。很快,他的肩宽了,背直了,胸肌和腹肌都成块成形了,饭量也增加了。那天换煤气,17岁的孩子竟一声不响地将满满一罐子气一口气拎上了4楼。

每次他锻炼回家,我喜欢给他按摩。这对他是一种放松,对我是一种享受。我从他身上的每一块肌肉中,看到我的理想,我的梦。这种理想这个梦,我未能在我自己身上实现。想到这里,我鼻头发酸,心头泛起浓浓的苍凉。但在孩子身上,我得到宽慰。为此,我感谢生活,感谢时代。

可以肯定地说,我的次子不会成为豆芽菜;这也可以证实,人是可以改进自己的。我想,假如每一个家长都这样做,为改善自己和下一代的不良体型确立一个目标,那么,整个民族体质的改变就会成为现实。

据说日本在明治维新之后,曾为改变民族体质采取过许多全民行动,因此再称其为"东洋矮子"就显得很无知了;如果别人称我们为"东亚病夫",我们不仅要愤怒,要抗议,要拍案而起,更重要的是要采取全民行动来真正告诉别人我们不是"东亚病夫",我们已经变得健而美了。哑铃和健美锻炼仅仅是这种改变的千百种方式中的一种。

将孩子养得白皮细肉,豆芽弯弓,看山眼花,看水眩目,遇热泡冰,遇冷三包(包头包颈包腰),那只会真正成为"病夫"。即令出国镀金,衣锦还乡,也不过是个出口转内销的"病夫"。如果说往昔的"病夫"是历史的歧途所造成的,那么今天的"病夫"就只能怪我们自己的短视了……

我将这对哑铃擦拭干净,放进矮柜。我要将它们留给孙子用。他们正在上幼儿园,现在用还为时过早。

1994年《爱情婚姻家庭》

难忘小皮球

当双鬓染霜的我在滨江球场与踢足球的年轻人在一起时,我那像模像样的几脚常引起晚辈的惊诧,我自己也为之兴奋异常。每当这时,我总会想起少年时期与我相伴的小皮球。

上世纪50年代,我就读于汉口博学中学。这是一所教会学校,有许多处供学生进行户外活动的空间,所以,几乎没有一个同学不会踢几脚球的。当年,学生的足球活动分三个阶段:踢小皮球;踢型球(即现在的所谓小足球);踢标准足球。

最难忘的是那"永"字牌的小皮球。这是一种充气橡皮球,直径约十多公分,很适合少年练习和比赛。

博学中学是一所男校,一所寄宿中学,学生全都住读,课余时间常在小型足球场上进行7人赛或9人赛。绿茵场上,常常是几场比赛同场进行。在同一个场地同时进行几场比赛,这在如今可能是难以想象的,但在当时我们竟能做到互不干扰。大家都踢得十分认真,而且从中真正体会到没有比赛是很难提高球技的;寒暑假回家后,居住相近的同学便成立街道足球队。我所在的球队也以"永"字命名,在附近小学的操场上,或在偏僻而较宽的里巷内,找两块砖头摆成球门,比赛就开始了。虽然少不了出现踢碎人家窗玻璃的事,但那却是最让人难以忘怀的情景。

小皮球队中的优秀分子,会被选进班级或年级的球队。我就是其中的一员。这时就开始踢型球了,场地也就转到标准足球场上。

中学阶段最使我感到骄傲的就是这个阶段,虽然只有短短的不足半学期,虽然从未参加过正式的校际比赛,虽然一直被同学们戏称为"拎球鞋的"(替补队员,当年不叫"坐板凳的",因为在球场上,哪来什么板凳），但我仍然感到十分荣耀。校队中有人被选入市、省和中南五省代表队。与这些我心目中的真正球星同场练过球，是我在晚辈中念叨得最多的事。

博学中学后改名武汉四中。该校的足球队曾长期雄踞全市，不过今天回想起来，对我真正产生影响的是小皮球，因为它培养了我最可贵的足球情感与足球意识，成为我那黄金少年时期的象征物，甚至是使我成为终生球迷的原动力，对它的那份真情，渗透到我的灵魂中。

啊，"永"字牌小皮球，我一直弄不懂为何在如今的市场上再也难寻你的踪影。在街道，在公园，在学校，你仅仅是一种遥远的记忆，虽然这记忆是如此珍贵，但若从足球也要从娃娃抓起这一点看，你的失踪难道不是一大憾事吗？从中，我们似乎可以一窥如今中国足球衰微的因由。

1998年《深圳特区报》

我爱打碑

不久前，作家协会组织了一次保龄球比赛。说来惭愧，这还是我有生以来第一次打这种"洋球"。但是，我奇怪自己对这项运动竟没有一点陌生感。细细想来，原来打保龄球竟与童年时的一种运动，也可以称为游戏——"打碑"有某种相似之处。

的确，打碑与打保龄球极为相似，只是保龄球的目标物是几个制作精美的瓶形物，所用的"武器"是同样制作精美的球，而打碑的目标物是一块竖着放在前方的砖头，所用的"武器"是随处可得的半块砖或石块之类。就运动器材的价格而言，显然一个是天价，一个是完全不用花钱，但后者留给我的记忆竟是那么美好，丝毫不比打保龄球逊色。

　　记得当年，三五个小朋友聚在一起商定玩打碑，便找一块整砖竖在远处作目标，然后规定距离，顺序用砖石掷目标，将砖掷倒为胜。掷目标时可分地滚法、平抛法、高抛法多种，各人按自己的习惯进行。掷倒目标的人，可以"命令"未掷倒目标中的某一位做出一个固定的姿势，如举双手作投降状，或者头顶砖头不准掉下来，或者单腿跪地、伸出舌头、揪自己的耳朵等。这种姿势只有另外的人掷倒了目标物后才有权解除。在处罚和解除的过程中，渐渐形成了具有不同程度的友谊圈子。我曾被人"命令"倒立在墙边，时间久了，十分难受，后来一位高年级同学解救了我，从此，我与他建立了超出一般的友谊。尽管长大后各奔东西，但两人保持了好几年的通信联系，直到"文革"才中断。

　　打碑不限人数，玩的时间也不限，我想这对人的发育和智力的培养是极有好处的。至少不比打保龄球的好处少。可惜在如今的孩子中，根本看不到这么美妙的活动，因为他们一个个被困在作业的海洋中。我真可怜今天的孩子们。同时，我觉得时代发展中有一个极大的弊端，那就是将本来十分简单有趣的活动方式复杂化、贵族化，如保龄球之于打碑。其实这是商人们最欢迎的，如果人人都去打碑，他们的口袋当然不会那么鼓鼓囊囊了。时代发展的另一个弊端是，我虽然明明知道打碑不比打保龄球差，但要我现在去找几个朋友玩那掷砖头石块的游戏，却又怎么也下不了决心。

2000年《长江日报》

我的垂钓缘

今人时髦讲"缘分",钓鱼迷个个都有难解的渔缘。

我的一位朋友是位很不错的电工,过去是典型的"渔盲"。记得那年,他妻子生了一个可爱的女儿,喜不自胜,要在妻子面前"图点表现",便想到了民间的"喜头鱼(鲫鱼)煮汤",说这既能滋补妻子的身体,又能让女儿有更多的奶水,于是便上街买鱼。可是跑了几个菜场,什么鱼都有,就是没有喜头鱼,这样便"买"到我家来了。我是"铁杆"钓鱼迷,家中当然有,便任其自选。他高兴地拎走数尾半斤左右的大喜头。这几尾鱼果真讨得他妻子的喜欢。这样,他便接连到我家讨鱼。次数多了,他自己有点不好意思,便向我请教获鱼之道,我也就当上他的"启蒙教练"……

不到几个星期,他便成了钓鱼迷。

如今我们闲聊时,他说他是因我而成为钓鱼迷的。我说我接受不起这个"荣誉",你的渔缘在你妻子那里。他听后点头称是。

还有一位搞仪表的朋友,本来嗜麻将如性命,用别人的话来形容,真是个"恨不得把麻将煮水喝"的人。这当然影响了他们的夫妻关系。他妻子几次哭诉到我这里,我只得与她商议,用垂钓的方法试试,看能否将他从麻将桌上"钓"出来。当时,这仅仅是试试,我可一点把握也没有。谁知他跟我钓了几次后,竟然比我还入迷。他说,要是知道世界上有钓鱼这样迷人的事,我早就不打什么混账麻将了。不到一年,他便成为远近闻名的垂钓高手。在与我谈及此事时,他也说我是他渔缘牵线人。我说不,这是你自己与鱼有那个缘分。

至于我自己,垂钓活动始于少年时期。当年,我家楼上住的许伯伯喜欢钓鱼,也经常带我去钓。头几次是帮他背竿拎篓,后来便自己系线绑钩。我从老人家那里学到了钓鱼的道理,如"醉翁之意不在酒,钓徒之意不在鱼",这就够我受用一辈子了。

与前两位不同的是,我后来成了许伯伯的女婿。用渔友的话来说,我将他的女儿给"钓"到了手。不过令我遗憾终生的是,老人家在"文革"中去世时,我因过于"关心国家大事"议论了几句江青而身陷囹圄,不能在他身边,未能送终。自那以后,我的垂钓便成为我对他老人家的怀念。这种深藏于心的怀念,永远都带着几缕苍凉,永远都萦绕着几许愁绪。

垂钓者那难解的渔缘,因人而异,各不相同;回味各人的渔缘,会感受到世间的百态,也更能领略到垂钓活动的绚丽风采。

1998年《中国体育报》

牵 引

鄂西北的山,雄伟奇险。我和陪伴我的朋友商量去垂钓。我们一没去水库,二没去鱼塘,而是顺着山梁往前走。来到一个守林人的小屋旁,我拨开遮眼的树枝树叶,看到一片月亮形的水面静卧在大谷底。我们从守林人那里借来一大盘麻绳,我拦腰将自己系紧,朋友在上面照看着绳头,这样便开始了我有生以来第一次探险式的山谷垂钓。

太阳升起,天空一片碧蓝。

金钩抛下,很像抛进天际苍穹,不像抛进水中。

我静静地注视着浮漂,感到杂念渐消。这样过了好久好久,亏我练就了好耐性。

突然,浮漂轻轻顶起,然后迅速下沉。黑瞟!就在这一刹那间,我做出本能的反应：提竿！凭手感，我知道是一条上了斤两的鱼，便小心地遛起来，不敢有丝毫马虎。好一阵鱼才露出水面，是一条火焰般的金色大鲤鱼，不下三四斤。它被钓线牵引着，显然感到很无奈，但仍不屈服，伺机翻身，企图摆脱。

我征服过比它大得多的鱼，所以充满信心。于是我开始作弄它了，轻提，呛水，松一松，让它暗自得意一阵，然后又将它牵引过来……它疲乏了，用泪汪汪的眼睛盯着我，似在向我乞求。

我有些走神了，看看它，看看钓线：你是被这钓线牵引的生命，而主宰你命运的是大自然的另一个生命，是我！

就在这一瞬间，我注意到我腰间的绳索，顺着它一直看到山头。鱼儿被我牵引，以生命为代价；我被绳索牵引，以人生为代价。

我牵引鱼儿的钓线和山头牵引我的绳索，不正是生命和人生的主宰吗？

作为社会的人，我甚至连金色鲤鱼在咬钩之前的自由也没有，而且牵引我的绝不仅仅是一根绳索。无数的思念、牵挂、担忧，都是牵引我的绳索。

我知道，我是一个凡夫俗子，我摆脱不了这些牵引。假若我真能摆脱，那么我就不是我。

我与金色鲤鱼不一样，它仅仅是为了一口美食而失去了那么美妙的、全部的自由乃至生命；我不是为了一口美食，而是为了情感，为了责任，为了人生，甚至可以说，这些捆绑我的绳索就是我的生命的一部分。我是心甘情愿拿我的一部分自由去换得这些的，因为这些平凡的、琐细的、杂乱的甚至不尽合理的牵引，织进了社会的经纬，它本身便具有人生的无限的美！

但钓线对于金色鲤鱼的牵引却没有这种美。对于金色鲤鱼来说，这太残酷了……想到这里，我情不自禁地猛一抖腕，让钓线在脑线部位——连接金钩和主线的那一小段较细的钓线——断掉。我注意到金色的鲤鱼似乎朝我愣了一眼，然后迅速钻入水下。从水面的波纹看出，它为庆贺它的自由,快乐地向水的中央游去……

1994年《爱情婚姻家庭》
1994年《东西南北》"特别推荐"

跨世纪对话

记得在2000年,我与老冯有过一次对话。这段对话传开后,被朋友们戏称为"跨世纪对话",也有的称为"永恒的对话"。当然,它也几乎成为别人见到我时对我的诘问。

那时,老冯看来人高马大,是个兴趣广泛的人,也是个非常能干的人,会赚钱,也会用钱,很受人羡慕;他为人也很好,喜欢说笑话,走到哪里都受人欢迎。这天,在一个朋友聚会的场合,他走到我的面前,开始与我进行了这次重要的对话——

"坐家(他故意这样称作家),屁股坐出茧了吧?"

"没有,可能功夫没有到家吧。"

"人家背后对你有意见呀。"

"是朋友,就请当面提;有疑问,就请当面问。"

"好,是条汉子。恕我无礼了——请问:你会抽烟吗?"

"不会。"

"你会喝酒吗?"

"不会。"

"你会打麻将吗?"

"不会。"

"你会跳舞吗?"

"不会。"

"那么,"他用故作百思不得其解的目光看了我一会,然后用质问、调侃、严厉和快人快语的口气,用其实早已有了结论但却装出疑问的神情大声问道:"你不会抽烟不会喝酒不会打麻将不会跳舞,那么你为什么活在这个世界上?"

应该说,我一时对于这句问话无言以对……在周围朋友们的一片大笑声中,我和老冯结束了这次对话。

……时光荏苒,几年过去了,我一直在朋友们"你为什么活在这个世界上"的并无恶意的诘问中生活。应该说,当时我对老冯的问题是用简洁的语言回答的,只是在人们的大笑声中,很少有人注意到我其实还在咕咕哝哝地作些"解释性发言"。意思是:我其实会抽烟,只是戒了多年;我也会喝酒,只是后来改为只喝点啤酒和葡萄酒;我也会打麻将,但从不与人打需要付钱的麻将,从来只是为顶角而打个十几二十分钟;我还会跳舞,但哪来时间在空气混浊的舞厅"泡"呢;同时,他并没有问我会不会钓鱼,而我却十分会钓鱼,并且多年来从未间断,甚至还出版了两三本关于垂钓的技术专著,如今的不少鱼迷手上的这类书。不少人看的这类书,也许就是我写的,也许是从我的书中抄过去的,只是多年前写的这类书,我用的是另一个笔名:少牛。但现在我已无法对老冯作出解释了,因为,请允许我以极为沉重的心情告诉各位:我们那位人高马大、兴趣广泛、能力极强、会赚钱也会用钱、精于跳舞和麻将、迷恋喝酒和抽烟的老冯,已经不幸逝世了,享年52岁。

他死于肺癌。

《羊城晚报》

我的一次自我精神分析

离发薪还有两天,我到放日常开支的抽屉拿钱,发现钱已用完。我突然产生出很强烈的气恼,甚至夹杂着一些愤怒:"怎么搞的,这剩下的两天还过不过?!"

妻解释说,因为买了些东西,这个月多花了些钱,这些东西是家里必需的,并没有乱花钱……我不听解释,继续吼道:"什么必需不必需,百货公司的东西没有一件不是必需的,把百货公司买回来算了……"妻委屈地没再应声,任我发了一次少有的脾气。

我在家里基本上算个温和的人,为什么对一件算不上什么的事发脾气,我自己也搞不清楚。我既不是视钱如命的人,也不是一个会花钱的人,我一不抽烟,二不喝酒,三不打麻将,四不赶舞场,五不洗桑拿,我与妻的工资,除存一点点外,几乎全都放进抽屉,全部用于日常开支,从不计算,更不记账。凡购大件物品,凡有特殊开支,是不从日常开支中支付的,而是动用存款。因此,作为一个正常的人,我不应为这件事发脾气。我的无名之火从哪里来?

无名火源于某种心理障碍和缺陷,而心理障碍和缺陷的产生根源是十分复杂的。

按弗洛伊德的理论,人的心理障碍和缺陷皆源于童年的可怕经历。但是,我找不到与这次发脾气相关的线索。虽然我的童年是在家庭经济窘迫的状态中度过的,但因为有文化很高的母亲的呵护,所以这些窘迫并没有以直接形态和不能忍受的程度降临在我的头上;即令某些窘迫影响到我们这代人,但因为我有哥哥姐姐,所以大都由他们承担了;我小时候参加了一些"勤工俭学"的行动,也只给我带来愉快的回忆,未曾在我的心理上造成创伤,并未留下阴影。

顺着时间我继续搜索,将回忆的范围扩展到二十岁以后,扩展到婚后,扩展到所谓三年自然灾害的末期。突然,我记起一件事,一件几近忘却的事。

我知道,我的追溯已有些超越弗洛伊德对这个问题的时限上的理论界定,但分析的方式是相同的。

那是一次发工资。当时我在一个区文化馆从事美术工作,月工资35元。一位姓周的会计扣除我的部分借款和当月的饭菜票款后,递给我一个工资袋。我从工资袋中掏出的仅仅是5分钱,一个5分钱的硬币。望着这5分钱,焦虑、委屈、不安、气恼全都涌上心头。我眼眶模糊了,转过身去,将这5分钱从窗口扔了出去。听得见它在瓦面滚动了一阵,落在隔壁和平剧场的大院某处……

当时,妻正处于初次怀孕的期间。在万般无奈之中,我不得不向亲友们开口借钱,不得不用粮票到汉阳县为妻换得一些大米。没有最起码的日常开支经费与令我十分尴尬和怀有羞辱感的印象紧紧联系在一起,并从心理上深深伤害了我。至于我是如何开口向人借钱的,我怎么也回忆不起个中的细节,因为思绪中流出的是一阵又一阵痛苦和一股又一股苦涩……

从那以后,我也许变成了这样一个人:这个月要么百无一有,吃腌菜不咸,酱油泡饭可以度日;要么有最低限度但绝不断档的月度开支;同时,我也有赴"国宴"不馋的心态。这种"吃腌菜不咸,赴'国宴'不馋"的态度,实际上是建立在对月度开支断档的恐惧之上,是心理创伤的未愈伤口,久而久之,形成了某种心理障碍和心理缺陷,一旦发现月度开支断档,便不由自主地歇斯底里大发作。这就是那场脾气的由来。而我平日的省吃俭用,计划开支,几乎近于自虐和苦行,亦为这种心理疾患的另一种表现形式,是对发生月度开支断档恐惧的下意识防范。

将心理障碍和缺陷的成因由童年发展到青年阶段,这也许是我对弗洛伊德理论的一种中国式的运用和发展,它肯定包含着深刻的心理机制和社会与心理关系的奥秘。

我长长地吁了一口气,感到岁月的沧桑,感到人生的苍凉……

而双鬓染霜的妻子,与我共同度过了漫长而艰难的岁月,受的苦不比我少,但她并未出现类似我的心理障碍和缺陷。看来,妻的神经比我坚强。我,表面看来是一条硬铮铮的男子汉,其实远比妻脆弱。也许像不少学者指出的,就心理承受能力而言,女人比男人要强,女人比男人更有弹性。

1995年《爱情婚姻家庭》

一双运动鞋

我想说说我与体操双杠世界冠军,如今的李宁体操学校校长、体操国际裁判黄力平的故事。

在我国七运会上,黄力平一举夺得男子体操全能、单杠、双杠和团体四块金牌,成为无可争议的"金牌王",好似一颗体坛新星冉冉升起;接着,又在澳大利亚布里斯班的世界体操锦标赛上夺得双杠冠军;后来,又在亚运会上成为男子体操团体队主力并勇夺双杠冠军。

我作为黄力平家的老邻居,是看着这孩子长大的。他原本是一个瘦弱并且性格腼腆的孩子。与不少从事体育的人不同,他热爱学习,尤其爱好文学,并且钻研哲学。我与他建立了深厚的忘年之交。

别看他在赛场上盘龙戏凤,旋转飞舞,一派英武粗犷和豪迈洒脱之气,赛场外却是个沉默细心和重视友情的人。从年龄上看,我肯定是他的父辈,但他对我的关心特别令人感动。自他进了国家体操队，几年内通过他父亲之手，转送了两件东西给我。第一件是日立牌电动须刨。他可能到了刮胡子的年龄，所以想到我。此后的几年，这个电动须刨一直陪伴着我，每天对镜刮胡须时，自然会想到他。

第二件是一双运动鞋。作为垂钓爱好者，该是多么需要这样一双鞋啊……

但是且慢。当我从他父亲手上接到这双鞋时，我的心头微微一震。我从这双鞋中似乎感觉到一点别的东西，感觉到像他这样一个性格稍稍内向的年轻人的某种暗示。

人际间的交往和交流永远是双向的。并非我总在接受他的礼物而躺在年龄上享受年轻人施予我的温暖，我其实也在默默地、满怀热情地关心着他，注视着他。有时为他祝福，有时为他担忧。

我联想到他当时的处境。

他在1991年7月28日的天津"李宁杯"体操比赛中，在进行跳马的"踺子后手翻直体720度"试跳时，发生严重的意外受伤。他的右腿膝关节外侧半月板被撞碎，膝关节前十字韧带及内外侧韧带全部撕断，由天津紧急被送至北京医学院第三附属医院做手术。

意外受伤对于运动员的打击程度，与运动员的水平是成正比的，与运动员在大赛中的位置的重要程度是成正比的。当时的黄力平，不仅在中国男子体操队训练测试中成绩名列前茅，六个项目都过关，难度动作堪称一流，是一位无可争议的世界级运动员；同时，他的竞技状态处于巅峰，技术水平如日中天，正是大放光彩的时刻。当时，世界锦标赛和奥运会在即，他属于挑大梁、为国争金夺银的运动员；处于别人难以替代的位置。偏偏在这个当口，出现如此严重的意外受伤，对于一个年轻人，面临的是何等严峻的考验，何等巨大的精神折磨啊！更为严重的是，在体操界，似乎还没有一个人在受到如此严重的创伤后能重返赛场的，这可能影响他的后半生，影响他那青春正旺的人生历程!

　　我是在他术后恢复期间收到运动鞋这件礼物的。李宁牌运动鞋、"李宁杯"体操赛,还有,他此前的另一次受伤,也是在"李宁杯"体操赛的赛场上。这些加在一起,极有可能在他心理上产生某种联系和暗示。

　　我知道,国家体操队希望他创造奇迹,重返赛场。但他重返训练场需要比伤前增加百分之二十的腿部力量。按当时国家体操队副总教练黄玉斌为他制定的恢复目标,他应能成功翻出自由操的直体二周,但他的膝关节内还扎着钢钉啊!

　　他一定是不堪忍受恢复过程的痛苦,那锥心的压腿和令人窒息的静蹲。他是否有些动摇?是否想打退堂鼓?

　　在他处于人生十字路口的时候,我来到他父母的家。我们应该商量出一点办法。哪知他们早有安排,母亲北上进行安慰和劝导;母亲回汉后,接着父亲又急忙北上……

　　"告诉黄力平,我虽是五十多岁的人,但一定要穿上他送我的这双鞋,参加一次千里跋涉的活动。"我认真地对他父亲说。

　　这样,就有了我1993年5月27日开始的第一次汉江全程之行。我穿着这双运动鞋从武汉来到陕西省宁强县嶓冢山,来到汉江之源,即"嶓冢导漾,东流为汉"的漾水源头石牛洞,并顺流而下,考察了整个汉水流域,来往行程两千多公里,并由此开始了一部关于汉水和汉民族及楚文化的"跨学科"的文学创作。这次行程对我同样是十分艰难的,但在我的心中,是藏着替黄力平分担一份痛苦的感情的。

　　黄力平的父亲黄寿千将我的想法、计划和行动告诉了正在为参加七运会作艰苦训练准备的黄力平。

　　我猜想,聪明的黄力平是能体会到其中的含义的。

　　我想,我们这辈人,不能老是用语言,用对旧事的缅怀,还应当用点行动来支持和引导我们的晚辈。

本着这种感情,我注视着电视屏幕,看到黄力平一次又一次登上冠军的领奖台。我心情的激动,是旁人难以察觉的,也是旁人难以比拟的。

1994 年《人民意志报》

石牛溯源

没有长江的恢宏,没有黄河的壮阔,汉水作为长江的最大支流,通常总是默默无言地将那清幽的河水,连同它的古老、它的灵魂,它的潇洒飘逸和它的浪漫雄奇,无私地注入长江,为的是奔向遥远的归宿,汇入浩瀚的海洋。

站在武汉黄鹤楼上,可以看到青幽的汉水在注入长江以后,仍久久地保留着它的本色,与泥黄色的江水形成显明的对照和反差,并紧贴着长江的北岸,延绵数里,好不容易才完成与长江的融合,消逝在极目的东方。

这条往往被人忽略的河流,在历史上是占有重要地位的。它与长江、淮河、黄河并称为"江淮河汉"。古代地理学家郦道元,远在1400多年前,在著名的《水经注》一书中,除黄河、长江外,只给了汉水和渭水以三卷篇幅的地位。汉水曾流经陕、甘、川、豫、鄂五省,几经改道后,如今仅流经陕、豫、鄂三省。现全长约1577公里,流域面积达16万平方公里。

在高等教育出版社出版的《中国自然地理》一书中,有这样一段文字:汉水与黄河相比,其平均流量多29%,其径流总量多16%,而径流模数则是黄河的6倍!

这是较权威的结论。看来,黄河之于中国,黄河之于世界,其意义之大,其象征性之强,国人无不为之骄傲,而汉水竟然在诸多重要数据方面远胜于黄河,的确令人为之眩目,为之心动!可以毫不夸张地说,在我们这个可爱的蓝色星球上,汉水是一条不容忽视的大河。

汉水与东方的大多数河流一样,也是从晚霞映照的西部逶迤流来,它的神奇、它的故事、它的功过和它的辉煌,还有它所孕育的灿烂文化,似乎到了撩开其面纱的时候。

对汉水流域的考察、采风,是从探寻汉水的源头开始的。

乘火车来到陕西省汉中市,转乘汽车到西南部与四川省交界的宁强县。沿途,三千里汉江时而像一条白色的玉带,在阳光下显得五彩缤纷;时而像幽幽的长龙,在青山中盘旋。这或曲或直、或宽或窄、或急或缓、或分或合、或如小夜曲般温柔如梦、或如进军号般雄健高昂、或如脱缰野马般暴烈狂奔的汉江,使人不由得渐渐感到它其实是大自然的宠儿,是生命的源泉,是民族的温床,是人生的写照和楷模。瞧它穿越秦岭巴山,流经陕南沃野,在鄂西北的崇山峻岭中,百折不挠,顽强奔走,根本不在乎人类是如何评价它。

现代科学证明,汉水形成于地球早期的造山运动之始。在长江、黄河形成的七亿年之前,便由叮咚之泉发展成潺潺之溪,再发展成浩浩之水,终至恣肆汪洋,形成气候。也就是说,当汉水已经是一条七亿岁高龄的老河时,长江和黄河方呱呱坠地。可不可以这样说,在混沌初开、乾坤始奠之日,长江曾是汉水的支流呢?

溯源之行,处处可以感到汉水是一条南北文化交融和重铸的河流。山地坡地既有稻菽,也有旱粮。果林像一片片绿色中缀满红与黄的图画。正是由于稻米和麦粟的兼种并蓄,积数千年,传无数代,给汉水流域的民众以体魄形态、文化气质和大脑灰色细胞以滋养和影响。所谓"唯楚有才",原来还有物产资源作依托。

宁强县原名宁羌县,是古代羌族人较为集中的地方。

据当地人介绍,汉水素有南源、中源和北源的三源之说。北源在甘肃,汉水改道后可以不计。中源名漾水,南源名玉带河,皆在宁强县境内。

由于《尚书》中有"嶓冢导漾,东流为汉"的记载,所以中源常被视为正源。

所谓"嶓冢导漾"的"嶓冢",就是指嶓冢山,在宁强县烈金坝乡汉源村。古时候由县城去那里,得行数日,今天由于山路开通,道路宽阔,且汽车快速,驱车前往,不到两个小时。在一座象征工业文明的横空出世的铁桥下,嶓冢山已遥遥在望了。

进山口有一座石台的残址,是古人祭祀汉水源的地方。那里曾是唐代所建的一座禹王宫,古称嶓冢祠,后被拆毁。今天尚存丹桂一株,相传也是唐代栽种的。

丹桂冠如华盖,由一圈围墙保护着。它的旁边,竖立着文物保护碑和"禹宫古桂"碑。这真是一棵神奇古老的桂树,它目睹了人间的沧桑巨变,记述了汉水的历史,标志着一个流域的起点。我仿佛闻到糅合着山野气息的花香。据说,花盛之日,香飘数十里。它以肃穆的外形、悦人的色调和葳蕤的生机,象征着金戈铁马,昭示着和平宁静,体现着生命脉动。

进入山口,一条被称为汉王沟的溪流在山石中穿行。顺溪行,忘路之远近,觉山渐高,路渐陡,山谷变得狭窄幽深了,山溪也越来越小了。但是,水流声却因高山的回应显得越来越雄壮威武,像辚辚的车马狂奔,似滚滚的雷声轰鸣,全然不是常常被形容的那种叮咚之响。也许,那是无山之水的声音,而这里发出的才真正是山水合奏的自然之声!

山野起伏,山花竞艳,流水的两旁,凡数米见方的平地都开成水田,早稻虽迟于平原,但已开镰收割。一畦田收获的稻束还不够一个人抱。远处是零零星星的挂坡田,有小麦,也有杂粮。虽然难计算出单产,但这些杂处的南北作物的长势都很好,当然是得益于汉源之水的滋润。

山民十分乐观,对着进山的人们,在远远的山坡上唱着优美的山歌。

歌声在山谷回荡,令行人驻足聆听,并学着回应。这一唱一合,几声呼唤,几番招手,然后双方共同发出快乐的"嘀嘀"声,其情其景令人永难忘却。

经过长时间时缓时陡的登山行走,突然,山的深处出现灰黑的瓦和泥黄的墙,接着看见数缕炊烟,听到几声犬吠,给人带来异样的惊喜。这种由衷的惊喜之情,也许正是人类最本质的亲和力,只是相比之下,在人烟稠密处,这种可贵的亲和力被稀释了。只有在这里,在高山深处,在水之源头,这种健康而原始、美妙而纯朴的感情才会如此强烈地在心头涌动。

大自然具有陶冶人的性灵的伟力,具有还原人的美好感情的力量,此刻才真正让人深深领悟到这一点。

山民十分友善,留行人休息,问饥问渴。一位老人遥指蟠冢山说:汉王沟的发源处我们称汉王山。翻过山梁,古时有座汉王寺,传说汉王当年被人追赶,曾在那里躲藏过;山上有一个汉王的系马桩,有鼎锅那么粗,当年站在汉中市就能看到它,可惜被后人毁了,说是桩下埋有金砖。毁掉的圣物再也不可能还原了,罪过啊!如今,谁也翻不过那座山梁了。传说汉王就死在汉王山上,也埋在汉王山上;山顶曾有汉王坟,后人寻找不到,便立了一个牌位,上面刻着汉王的封号;汉王寺旁本有一棵三人合抱的柏树,当年"大跃进"时被人砍了……

怀着凄凉,告别了深山的人家。

山路蜿蜒曲折,山石似人似兽。溪水抚慰着行人,时隐时现地伴随着行人。它汩汩淙淙,应和着大自然的节律,吟唱着宇宙的赞歌。

迎面就是溪水的源头,亦即汉水的源头;而山的那面,却是长江的另一条支流嘉陵江的发源地,我走近的正是汉水和嘉陵江的源头分水岭。

啊,汉水和嘉陵江,汉水和长江,你们在这里失之交臂,只有在三千里之遥的武汉才再相逢!

在这壮美的景色中,雄伟的分水岭给两条伟大的河流注入了那么浓重的离愁别绪,赋予了它们以无限的思念和难以言状的惆怅。难怪唐代著名诗人温庭筠在《过分水岭》一诗中,既写了行人与其相伴相依的溪水的感情,又吟唱出汉水与嘉陵江的向背之恋:"溪水无情似有情,入山三日得同行。岭头便是分头处,惜别潺湲一夜声。"

带着这种久远的、淡淡的苍凉之情,终于看清了溪水的源头。

只见壁立千仞,好一堵绝壁,好一座峭崖,好一座山!它宛若一堵硕大无朋的石碑,静静地耸立在亘古的荒山野岭的顶巅,无比庄严。传说中的治水英雄夏禹就是在这里导漾东流的。

传说与现实奇妙地交织在一起,使人不禁产生由衷的敬佩、崇拜和激动。

嶓冢山的山脚前,有一片布满奇石异草的缓坡地,将山峰衬托得更加陡峭险峻。昂首而视,见无数石燕从它们栖息的洞内飞出,穿梭翔舞,蔚为壮观。仔细看去,发现它们自由出入的洞口似乎比它们的身体要小许多。这每一个洞,便标示着一个燕之窝。燕窝之所以珍贵,是因为它是由石燕的唾液与野草珠露凝合而成,吸天地之灵气,沐山野之雾露,得日月之精华,是任何人工合成物都难以取代的。

在这陡峭的山壁上,有几处难以攀援的山洞,皆有泉水从洞中沁出或滴落。其中一个被巨石堵住的山洞叫石牛洞,洞口略显方形,高宽各约三米,深约三四米,泉水从它那好似龙嘴凤喙的钟乳状悬石滴落下来,叮叮咚咚,永不歇息。它们滴落到山石泥土上,缓缓消失,再在数十米外的地方浸出地面,并与西南面山峰洞口流出的泉水相汇,形成一条小溪。

这就是汉江之源!

饮一口吧,这无比洁净无比神圣的溪水,这汉水源头的一滴一滴,每一滴都是第一滴!激动的泪花蒙住我的双眼。汉江儿女的泪水岂不也源于汉水,源于此?

只有此刻,人们才能顿悟出人的生命原本与大自然的生命是同本同源的。这种顿悟令人心头震颤。

这里苍岭横空,气势非凡;这里云飞雾绕,气象万千;这里泉幽林密,峥嵘遮掩,正所谓"巨峡自天开,峨峨蟠冢来。回环幽谷底,清浅汉江源。"

流出汉水第一滴的山洞为何叫石牛洞?

原来,细看这塞在洞口的巨石,多么像一头钻进石洞的石牛!它的头部和前半身都钻进石洞中,只将后半部和臀部留在外面,留在人间。

据神话传说,曾有天神来此,迷于美景,失手将玉帝的宝塔掉落山脚,将地面砸了一个大洞,从洞中涌出滔天的洪水,危害生灵。玉帝大怒,惩罚了天神,并派一头神牛下凡协助大禹治水。神牛舍身堵住了石洞,化为石牛。洪水被堵住了,仅留下一股细泉,渐成汉水。大禹在石牛的后背刻下八个蝌蚪文作治水之纪念。这八个字奇怪无比,历数千年,仍无人可识。

如今,这八个蝌蚪文字呢?

我在石牛的后背仔细寻觅,终于看清了两个半字。其余五个半字呢?记起山民的介绍,在"文革"中被无知者毁掉了!

我们先民认识、改造以及和与大自然和谐相处的珍贵记述,这无价的文物,人间的瑰宝,受到人为的损毁,而且是毁在我们这一代人手上,这使现在的汉水,在从山中流出伊始,心头便罩上阴影。这真是时代的耻辱,民族的悲哀,令人叹息,令人号啕,令人扼腕啊!

我不由自主地跪了下来,匍匐下身子,让我温热的躯体紧贴着潮湿的山土,代表时代和民族,代表汉江儿女,向大自然,向巨山水源,向大禹石牛请罪!

山风轻拂着我,传达着大自然的胸襟和石牛的宽容。幸亏近年常有飞机在它四周播种造林,使植被恢复良好,使山山岭岭沟沟壑壑显得葱郁苍翠,它才获得些许安慰。更有汉中地区的有识之士,早将八个蝌蚪文字拓印保存下来,这更是不幸中之万幸!

据山民说,石牛洞每到下雨前,便会发出雷鸣般的巨响。下雨时,洞口涌出的水很大,远远看去,像挂着一口白布袋。一位老人说,石牛是神牛,劝人不要对它摄影,说凡有人摄影,清清的溪水便要浑浊三天。对此当然不可当真,但山民的认真和虔诚,非常令人感动。

然而这石牛洞的石牛,确乎折射出华夏民族对牛的崇敬。在对汉民族的考古发现中,牛是仅次于龙凤而受人顶礼膜拜的圣物。传说中的神农氏就是牛首人身。确实,在漫长的农业社会,牛是伟大的,它吃的是青草,挤出的是牛奶;它俯首耕耘,默默无声,没有索取,只讲奉献,成为人生的楷模和民族品格的象征。

原来,最神圣的往往是最原始最细弱的,像石牛洞中溢出的滴滴玉珠,涓涓细流,如同胚胎之于伟人。

原来,最伟大的生命力往往是藏匿最深、最不愿意抛头露面的生命,像这条具有永恒生命力的石牛!

正是它们,蕴藏着中华民族的全部基因和遗传密码;正是它们,肩负着哺育和延续民族生命的重负。

任何人来到这里,都会产生返璞归真的冲动,都会在此久久流连。但凡夫俗子的我,不得不离去。我屏息敛声,对汉水之源和石牛行了深深的注目礼,在仰着头接饮了数滴汉水源头的泉水并细细品味了它的甜润后,再才与它依依惜别。

挥泪别石牛,何处是归程?

1994年《芳草》

栈道幽思

"云自苍梧去,水自嶓冢来"。汉水流出嶓冢山后,出宁强县,进入勉县,横贯陕西省南部,造就了得天独厚、美丽富饶的汉中盆地。

这是一块古老的土地。举目望去,山水林木都流溢着光彩,以北国的大漠之势和南方的奇险之态,述说着朝代的更迭、征战的尘烟和千古的风流。这里,处处都曾是战马嘶鸣驰骋的疆场,处处都曾是古人斗智斗勇的舞台;无论是卓著的功业还是万古的憾事,都留下它的痕迹,不仅未被历史的烽火熔化,相反,在岁月的嬗递中,历史的活剧反而愈来愈显得清晰明了和撼人心魄。

汉中市博物馆的友人,个个都是饱学之士,他们熟悉和热爱这里的每一寸土地,对于远来的行人,有问必答;对于资料的索求,绝无半点保留,处处显示出大汉的风范,其古道热肠,令人感动。

来到汉中市河东店镇北十公里处,见一堵白墙上写着醒目的地名:褒姒铺。

友人介绍说:这就是褒姒的故乡。

原来,在中国原始社会末期,汉中市北部曾崛起过一个强盛的部族——褒人。"夏传子,家天下"。夏禹开了一个坏头,将尧和舜的择优继位变为世袭,封其子为褒君,建立了奴隶制国家的褒国。

后来,周幽王举兵伐褒,褒国献出绝代美女褒姒求和。周幽王得到这个美人,终日宴饮,"日耽于酒",这才引出了家喻户晓的"烽火戏诸侯"的故事,当犬戎兵来,求救无应,被杀于骊山之下。

此后，秦蜀为争夺汉中，展开了多次战争。秦楚为争夺汉中，也互不相让，皆因汉中地腴民饶，四塞险要，秦岭屏障于北，巴山横亘于南，汉水横贯其中，粮草丰盈，险关庇蔽，可攻可守，能进能退，古有"天汉"之称，真可谓"川原尽沃野，天府如关中"，为历代兵家必争之地。

古代交通，遇大川可顺流而下或溯江而上，但遇大山则难以逾越，即所谓"怕山不怕水"。在大山面前，如不思进取，则常使某地域呈封闭状态。封闭愈久，则愈落后，这已为世界各民族的发展史所证实。

汉水本身有贯通东西的作用，但在秦岭和巴山面前，南北的勾连却是十分艰难的。但聪明而不畏艰险的古代中国人，以极大的投入，修建了令古今中外叹为观止的栈道。

"栈道千里，通于蜀汉"。汉中的栈道，主要有褒斜道和金牛道，秦代以后，又陆续增添了子午道、故道以及傥骆道、米仓道。这些栈道中，褒斜道是由关中入蜀的为时最早、规模较大的一条道路，历来受到重视。继汉武帝"发数万人作褒斜道五百余里"之后，到了东汉明帝永平中，又以"广汉、蜀郡、巴郡徒二千六百九十人，开通褒斜道"。在这次开通过程中，凿通了石门这个我国最早的穿山隧道。其后，褒斜道上人流车马，畅通无阻，秦岭天险一变而为坦途。

石门两山对峙，有虎峰、熊峰之胜，具漫道雄关之险，汉水最大的支流褒水奔流于两山之中。在这里开凿穿山隧道，是一个既大胆又艰难的工程，需要大无畏的勇气和较高的科技水平。

世界最早的隧道是公元前2180年至公元前2160年在幼发拉底河下修的一条约有900米的砖砌人行隧道，连接古巴比伦的赛瓦拉米斯女王时代的王宫和丘比特寺院。但这隧道是用明挖法施工，用砖石衬砌而成的，无论在施工技术方面还是在隧道功用方面，皆不能与褒斜栈道的石门隧道相提并论。

公元前36年，罗马人在那不勒斯修的一条隧道比石门隧道大约早100年，但那条隧道仅供人穿行，未能行驶车辆。

由此可以说，石门隧道是世界上用于通行车辆的最早的穿山隧道。

特别值得一提的是，石门隧道内的裸露岩石，其表面修整平顺，无斧凿钻錾的痕迹，大约是采用的火烧水激的方法之后再加开凿而完成的。这在当年，应当是一项重大的技术创新，由此显示了我国先民的智慧和才能。

随着社会的发展和时代的变迁，褒斜道为适应政治、经济和军事的需要而不断开拓和修整，所以《读史方舆纪要》说:"褒斜之道，夏禹发之，汉始成之，南褒北斜，两岭高峻。中为褒水所经，春秋开凿，秦时已有栈道。"据考证，秦时确实已开凿成能通过大部队和辎重的栈道了。此后，褒斜栈道一直是南北兵争军行的必由之路，亦为经济、文化交流必行之道。正如《史记》所说："栈道千里，无所不通。"当时已是"商旅联椸，隐隐展展，冠带交错，方辕接轸"，一派热闹兴旺的景象。蜀汉丰富的物资源源不断地运往关中，长安三辅地区发达的文化流传蜀汉，对推动南北交流、民族融合、祖国统一，对发展经济贸易和文化交流，功莫大焉!

褒斜栈道的设计和建筑艺术，在国内外也产生了深远影响。据近年对其全面勘察测量表明，全线纵坡不到百分之一，起伏流畅自然，富有节奏感，运用了美学上"欲直必曲"的手法，而且五里一站，十里一亭，三十里一驿。亭驿建筑相当讲究，时而一廊，时而一阁，时而一楼，时而一亭，以引人入胜而称奇，以绵延数百里而见雄，不仅有层次，并且极具美感，显得何等庄严雄伟和稳固坚实！资料表明，当代日本的高速公路、奥地利Ａ－10山区高速公路，特别是世界各地不少高梁栈桥设计，都从褒斜道汲取了营养，受到了启发。

1994年《芳草》

摩崖怀古

由于褒斜道的交通便利,也由于山河堰的引水灌田,世世代代的民众深受其惠。为凭吊胜迹和记述功业,相继在雄奇的石门内壁镌文记事和抒怀表情,世代不绝。自汉至明清,已发现34种,连同南北山崖上的摩崖,总数达104种。其中,有多次修治褒斜道的历史记录,也有重修山河堰的真实写照,还有历代名人的题字和诗文,可谓琳琅满目,异彩纷呈。

按我国的习惯,方形石头上所刻的文字为碑,圆形石头上所刻的文字为碣,天然石壁上所刻的文字为摩崖。

褒斜道上最享有盛名的摩崖石刻有13种,被称为"石门十三品"。

石门十三品中,计汉刻八块,曹魏和北魏各一块,宋刻三块。其时代之久远,特别是汉刻之如此集中而又幸存至今,是珍奇而罕见的。

十三品原在远离闹市的幽谷之中,与古栈道、古石门隧道是融为一体的,为绝世之奇观。因处深涧绝壁,故历代兵燹祸乱并未将其毁坏。可叹本世纪60年代中期,国家决定兴建拦截褒水的大坝,兴工之时又逢十年浩劫,单纯为了便利,竟在石门所在地施工,遂使数千年之古文物濒临灭绝之危。经有识之士奔走呼吁,齐心协力,连续奋战几个寒暑,方将石门十三品及其他珍贵摩崖迁至汉中博物馆。1981年,兴建石门十三品陈列馆。当来到陈列馆时,看到十三品原刻陈列于广厦明堂之中时,禁不住心潮起伏,热泪盈眶,长叹此乃不幸中之万幸也!

石门十三品,一向为书法家所称道。其中的《石门铭》,为魏书之精绝。观其分行布白,可谓疏可走马,密不透风;其势若瑶岛散仙,骖鸾跨鹤。看"石门"、"玉盆"、"石虎"等题刻,皆属写景之妙笔。特别是"衮雪"二字,竟有人将其好动如狮的书姿同曹操的性格联系起来,别有见地。有人为此作诗曰:"滚滚飞涛雪作窝,势如天上泻银河;浪花并作笔花舞,魏武精神万顷波。"

　　站在《山河堰落成记》摩崖前,有感于古人对水利的重视。

　　因褒水又名山河水,引山河水灌田所修之堰名山河堰。相传为汉相国萧何所筑,后人亦称萧何堰。三国时,诸葛亮为充实仓库,北伐曹操,曾增修此堰。该堰对历代农业的发展起了相当的作用。

　　在古代中国的发明创造中,人们不应忘记附丽于诸葛亮威名之中的科学技术专家和能工巧匠的木牛流马的设计制造和运用。这种被称为世界历史上最早的机器人,至今仍是千古之谜。可惜纪念这一发明的场馆,在本世纪六十年代的水利建设中,随着无数价值连城的古文物一起沉入水底。

　　人杰地灵的汉中,有无数值得大书特书的人物,张骞是杰出的代表。公元前138年,他第一次出使西域,被匈奴拘禁了10年,逃出后,经大宛,找到大月氏。公元前119年,他再次出使西域,经乌孙、大宛到达安息。他两次出使西域,开辟了中西文化交流的通道。这条出玉门关经天山南北路,越过葱岭,到中亚或更远地方的通道,成就了千古传诵的丝绸之路。

　　然而近年考古发现,在丝绸之路之前,一条彩陶之路早已形成。汉民族的对外经济文化交流,可以追溯到更久远更久远的历史中。

　　是的,我们不仅可以从汉中人张骞的丝绸之路追溯到汉民族更古老的向西南方向的交流之道,那就是《唐史》曾有记载的古盐道。这条已沉入水中的小道,当年隐沉于崇山峻岭和莽莽荒原之中。它不可思议地穿过整个神农架,从汉水抵达长江,然后进入四川,直达云南,莫知其终点。它极可能是一条通往南亚各国的通道。难怪当今汉文化学者和楚文化专家称其为"第二条丝绸之路"。我们可以设想,西汉的雄图大略者,向西北方向指点,成就了以张骞为代表的丝绸之路;但同时也会向西南指点,成就了另一条丝绸之路,或称古代的盐铁之路。

专家学者们,请沿着这条古盐道探寻下去吧,向前方,向远方,跨过山川河流,越过一条省界又一条省界……也许,一个崭新的、瑰丽的、与丝绸之路同样古老同样神奇的新天地,会出现在我们面前!

1994年《芳草》

大汉天声

在汉中,在整个汉水流域的行程中,与各地专家学者、文人雅士经常议论着一个往往被人忽略但又极为重要、极为有趣的问题,那就是占中国人口百分之九十二、占世界人口五分之一的汉族人,为何称之为"汉"?

我以为,这应当追溯到西汉的建立。

当年楚汉相争,刘邦撤军于汉中。

汉中市的朋友将我带到濒临汉水的拜将台。汉白玉栏杆夹着一条起伏的路,巍巍的亭楼立于古老的方台上。一座高大的汉碑上,"汉大将韩信拜将坛"八个大字异常显眼。就是在这里,韩信怀才得志,登上历史舞台,真所谓"学剑早轻万人敌,登坛还使一军惊"。在楚汉相争中演出了一幕又一幕军事活剧。

刘邦亡秦灭楚,完成了统一大业。由于他曾被封为汉王,为纪念汉中之龙兴,也取"天汉"之祥,便将王朝定国号为汉。他在汉中驻跸的高台,也冠以汉字,号为汉台。现为汉中博物馆馆址。登台而上，只见石狮护门，门楼古朴，红墙灰瓦，有别于其他古建筑。左面有褒斜栈道史陈列馆和石门十三品陈列馆；右面的望江楼巍峨耸立于花木丛中。历史在这里留驻，兴亡在这里浓缩，汉中、汉王、汉朝、汉台，男人称汉子，民族称汉族，汉字从此世代沿袭，一脉相承。

西汉的大一统天下的形成，使国力大增；汉武帝刘彻又将汉王朝推向高峰，之后又有东汉和刘龚等人先后立国称帝，沿用汉号有八个之多，这在中国历史上是少有的特殊现象。西汉传10代、12帝、214年，东汉传8代、14帝、195年，汉代共历26个帝王，时间之长，影响之大，也是罕见的。

汉朝的疆域，东南至海，西至巴尔喀什湖、费尔干纳盆地、葱岭以西；西南至云南、广西及越南北部中部地区；北到大漠，东北延至朝鲜半岛中北部，成为当时世界上幅员广阔、实力充盈、财富汇聚、辐射四方、万国来朝的第一大强国。"汉有天下，历数无疆"，"汉有天下世长，恩德结于天下"，"汉官威仪"，"大汉天声"，可知汉声汉名远播，汉字汉号何等深入人心，具有何等强大的凝聚力和向心力！

作为在地理上勾连黄河流域和长江流域的汉水，成为这个伟大民族的根源，不仅具有象征意义，而且具有多方面的实际意义。汉民族在漫长的历史发展进程中，其源头主要有炎黄、东夷、苗蛮、戎狄和百越，从点到线，从线到面，多元互生，融合了诸多民族文化混血而成长，并形成范围宽泛、绚丽多彩、灿烂辉煌的民族文化，从衣食住行到日用器物，从民俗风情到科学技术，从天文地理到礼乐刑政及典章制度，都有其独具风采的基本内容和厚实积累。汉民族的青铜器、瓷器、丝织品，自古以来就领风骚于世界；造纸、指南针、火药和印刷术，对改变世界的面貌作出了贡献。汉民族的特征鲜明而稳定，以其独特的风貌、风姿和风情，屹立于世界民族之林。汉民族有自成体系的线性文字——方块汉字，是与尼罗河文明的埃及象形文字和两河文明的巴比伦楔形文字同样古老、独特和优美。它不仅保存了汉族人民丰富的文化遗产,而且对于祖国的统一起了极为重要的作用。汉字在发展过程中,由于符号性越来越强,已显示出最易进入电脑的特征;同时,汉字又是世界上为数极少的可作为艺术品的文字。

汉学亦称"朴学",系汉儒考据训诂之学。一切中国学问亦被称为汉学。当今世界上,已涌现出越来越多的汉学家。汉民族的武术被世界人民称为"功夫",它的自卫强身功能已被公认,其艺术欣赏价值也是很高的。汉民族神奇的中医药成就,已成为世界医学界的奇葩,它的理论和疗效,已被越来越多的人所接受。汉民族的烹饪,风靡全球。汉民族有以春节、清明、端午、中秋、重阳等节日为代表的民族节日体系,亦有独具一格的"红白喜事"礼仪。具有汉民族特色的商品被称为汉货,巧夺天工的玉雕、石雕、贝雕、微雕、象牙雕等工艺品名满五洲,用于雕塑装饰的玉石称汉白玉。

将汉民族的诗、画、书、印"四绝"融为一体的国画艺术,是世界艺术宝库的珍品;汉民族有集"唱、做、念、打"于一身的汉剧。而现代中国的戏剧国粹——京剧,正是同汉剧与汉族其他戏剧融合发展而成的。至于汉书、汉赋、汉乐府、汉文学等等,以汉为标,以汉为本,发展形成了如此林林总总、气象万千,且经历了岁月沧桑和时间考验的博大精深而又灿烂辉煌的汉民族文化。

汉,将广袤无垠的土地连接起来,将一个伟大民族的发展史串缀起来,将遍布世界的华人凝聚起来,这是伟大的黄河、长江及将它们勾连贯通起来的汉水的骄傲。

汉文化是汉民族智慧的结晶。汉之称谓始于西汉的建立,西汉因汉中而得号,汉中以汉水而得名。一切汉者,盖源于此!仁者爱山,智者乐水,以水为灵,以水表情。由汉水而兴起的汉文化,上承远古,下开未来,几千年生生不息,发展丰富,并融合和吸收大量外族文化和新文化而发展壮大,成为一种以变与不变、动态与静态、主体与多维共存的汉文化为主体,以多民族文化为基石,并包括中华儿女在海外开拓奋斗的移民文化在内的中华民族大文化!

综观今古,这一具有极强生命力并对外来文化兼容并蓄且极具融合与同化力的中华民族大文化的精华和核心是:自尊、自信、自强不息,以及独立不倚、中庸宽和。由这种文化产生的社会理想,当然是"共同富裕,天下大同"。这是我们国家赖以生存发展的基础,甚至是整个东方文化精神的柱石。而这永不衰竭、万古长流的三千里青青幽幽的汉水,正是汉民族的精神象征!

1994年《芳草》

"抱瓮丈人"的启示

汉水流经汉中,浩浩荡荡向东奔走。秦岭在北岸逶迤,巴山在南岸呼应,峰峦叠嶂,夹江对峙,使汉江更形威严,更加多彩多姿,但更形崎岖,更加奇险。

汉水流过西乡,秦巴两山更加靠近了,而另显峥嵘的凤凰山盘桓其间。汉水与它的支流越河在河谷中调笑嬉戏,形成"三山夹两川"的地貌。这里就是人们常说的安康盆地。

安康古称金州,自然景观具有南北交汇的色彩,但以南方为主。这里东接襄沔,西连梁洋,南通巴蜀,北控商虢,连接陇海和成渝两大交通动脉,直通长江经济开发带。

来到安康不能不去石泉。到了石泉不能不去瞻仰之祖和鬼谷子的隐居地。之祖是战国时代的纵横家,鬼谷子是苏秦和张仪之师,皆是历史上了不得的人物。如今,遗迹虽存,却早被历史风雨剥蚀得极难辨认,倒是"江流蟠冢雨,帆入汉阴山"的诗句时时袭上心头。

放眼望去，只见乱云飞卷，山峰苍茫，平添了一番思古之幽。

安康人文史可上溯至石器时代。毗邻的秦岭北麓，已发现蓝田猿人；东边的伏牛山南部，已发现南阳猿人。可以推断，安康是人类始祖活动的乐园。

最早记载安康的典籍，当数公元前数世纪成书的《禹贡》。其中写道："华阳黑水惟梁州。"梁州就包括今之陕南。汉水北岸相传有妫墟。舜让位于禹，禹疏浚江、河、淮、汉四巨川，"嶓冢导漾，东流为汉"，汉江崖岸的"禹穴"至今犹存，传说为大禹治水的休息之所，可惜此次未能前往。

说到安康的文化底蕴，应当提到楚人庄子。这位道家学派的重要人物在其作品《天地篇》中，塑造了一个抱残守缺、不思进取、反对改革的"抱瓮丈人"的形象。大意是说有一丈人为浇灌庄稼，抱着水罐在井中装水，虽然花了力气但效果不好。南游于楚的子贡看到了，劝他使用取水的器械，但他说："有机械者必有机事，有机事者必有机心，机心存于心中则纯白不备，纯白不备则神生不定，神生不定者道之所不载也。"并声言用机械取水"吾非不知，羞而不为也。"拒绝科学技术的人，总会讲出许多道理。这个形象的社会意义之大，怎样评价也不为过分，它表明在我们的民族性中，虽有其积极进取和崇尚完美的一面，也确有固执守旧的一面。正是这种固执守旧，几千年来，阻碍了科学的发展和社会的进步。今天，这种民族心理仍表现在某些人身上。产生于安康地区的"抱瓮丈人"应当成为一面民族的镜子，让我们经常自省。

也许由于这个形象的启迪和教育，安康地区竟也出现过不少著名的技术专家。隋炀帝时代的右光禄大夫、宫廷技术专家何稠就是例子，他曾受命建造六合城以威胁敌方。

安康的朋友以十分自豪的口气向我们介绍了史书曾有记载的这个技术成果。它是一座活动的城垣，周长八里，上面插满旌旗，站满甲士。何稠是用短短半个夜晚搭盖成的,被世人疑为鬼斧神工。可惜与诸葛亮的木牛流马一样,仅留其名,未留其物。

我们与安康的朋友共同发出叹息:为古人的一句诗我们可以考证千年,为皇妃的洗澡之地我们可以研究数代,而与之相比,我们对像六合城和木牛流马这样的科技珍品的研究,则显得太不够了。这种偏颇和失衡,不能不说是造成我国近代积弱和贫困的原因之一。

1994年《芳草》

金州忧思

在陕南,人们到了安康说汉中,到了汉中说安康。汉中因汉江而得名,成就了世界上人口最多、文化最古老最悠久的汉民族的完整统合,汉中的地名起得翔实,也寓其中庸之国道;而安康之名则起得理想,起得浪漫。

在历史的长河中,安康并不安康。

安康的苦难,除政治和军事的原因外,主要是来自自然灾害,特别是水旱两灾。

汉水流域也闹旱灾,这不是奇闻,而是血泪的史实!

从西汉到元代,1600多年,陕南只发生旱灾25次,平均60多年一次。到了明代,277年发生旱灾36次,平均约8年一次。但从1911年到1985年,75年间却发生旱灾44次,平均不到2年一次。年代越近,旱灾越频繁。请记住这一至关重要的特点。

不要以为汉水是取之不尽的。1928年,陕西"自春徂秋,滴雨未沾,井泉涸竭,泾、渭、汉、褒诸水断流,车马可以从河道通行,多年老树大半枯萎。"紧接着1929年,"夏秋颗粒无收,赤地千里,青草毫无。"1930年，由于连续"三年不雨，六料未收"，真所谓"十室九空，饿殍遍野，为祸之惨，空前未有。"

但是，汉水的流量有时又大得可怕。在安康地区，曾达到每秒三万多立方米之巨，而有时又小到几乎断流。1987年3月9日，流量曾低至每秒37立方米。汉江两岸人民就是在它每秒30000立方米到37立方米这样极为悬殊的流量面前与它周旋、奋斗和抗争！汉水像一个老顽童，对人类开着残酷的玩笑，将人类的生命财产和文明成果，玩弄于它的股掌之中。

安康以盛产黄金闻名，但再多的黄金也挡不住汉水汛期的狂涛，捉摸不定汉江反复无常的脾性，掌握不定汉江难以测定的风云。

汉江在给两岸人民带来无限欢乐的同时，又经常带来巨大的痛苦。

陕南的水灾，唐代以前是百年一次，唐代则是60年一次，北宋为42年一次，南宋是22年一次，明代则缩短为12年一次，清代缩短为6年一次，民国时期进一步缩短为2年一次，而从1949年至1985年竟为1.7年一次！这又是一个至关重要的特点，也应记住。

安康地区的洪水主要发生于暴雨流经期，受灾范围主要在河沟两岸，但往往具有毁灭性。

其实何止安康地区，汉水流域的每一座城镇都有频繁水灾的血泪记录。

这是我考察汉水流域得到的最重要的信息之一。

在我们享受汉水的恩泽之时，千万不要忘记它给我们带来的灾难。因此，我们在环境问题上，是与之斗争还是与之和谐共处，是一个非常非常重要的话题，是一个需要极为严肃研究的问题。我们是否应当少一些对它的利用、开发和改造，而应当重视对它的反哺、培育、保护和还原！？

1994年《芳草》

灵渠漫步

　　沁人心脾的桂花香浸透了桂林市，也浸透了市南63公里的兴安县及县内秦代著名水道工程灵渠。

　　我独自沿着灵渠那极具物理学原理、具有很高抗压强度的鱼鳞状的石坝（亦称天平）漫步，脚下的石块，向前延伸、延伸。这些石块经过两千多年的江水冲刷和岁月剥蚀，变得那么苍老、古朴和斑驳。淡淡的泥青色石纹，使人想起远古的刀光剑影和苦役劳工的呻吟，然而它却依旧那么坚实、顽强。又不禁使人感到中华民族的伟大、古老和现实中的我的渺小和浅薄。这种感觉在几年前参观秦代兵马俑时同样强烈地出现过。

　　如果说秦代兵马俑除具有历史考古和艺术的划时代意义外，还折射出君主为谋求冥福而不惜劳民伤财的淫威和贪婪，那么灵渠的修建则除具征战统一的意义外，尚具有发展交通、兴修水利的实业功德。

　　秦代兵马俑由于埋藏于地下两千多年被突然发现而震撼世人，秦代灵渠却因两千多年来一直袒露于地面默默地造福于国人却几乎被人遗忘。至少在宣传和知名度上，远远比不上兵马俑，这实在是不公。

　　公元前221年，秦始皇在统一了北方六国之后，又举兵50万，对浙、闽、粤、桂进行远征，史书上称为"秦戍五岭"。征战在浙、闽，顺利取胜，而在粤、桂受挫。究其原因，乃广西与内地的通道不畅，远不能胜任大量军需运输。于是，改善交通、保证供应成为战争胜败的关键。始皇运筹帷幄，决定在兴安开凿人工运河，修建灵渠，把长江水系的湘江和珠江水系的漓江沟通连接起来，使援兵和补给从长江经湘江通过灵渠源源运抵漓江、珠江流域。这样,迅速改变了局面,很快征服了岭南,建立了桂林、南海、象三郡。从此,岭南广大地区正式归入中原王朝的版图。灵渠在完成统一中国的大业中,起了极为重要的作用。

步至渠坝的顶端,便见一前锐后钝形似犁铧的建筑,此处称为铧嘴,是灵渠工程中最令人叹服的地方。铧嘴的功用是保护南北溢流坝的安全和分导南北的流水,使江水劈分为二,一由南合于漓,一由北归于湘,北占水七分,南占水三分,故有"湘七漓三"之说。

登上铧嘴上方的一座古亭,见亭内立有二碑,一为明代万历十七年梁梦雷书刻的"伏波遗迹"碑,一为清乾隆五十六年查淳书刻的"湘漓分派"碑。特别是"湘漓分派"四字,功力深厚,气势雄浑,是难得的书法精品。

选长江、珠江两大水系之最近处开凿人工运河,虽是当年征战之必须,但亦是兴修水利、发展交通和扩大农田灌溉之最伟大的工程抉择之一,是造福万代之举。如果说,世界上洲际、大洋之沟通,巴拿马运河和苏伊士运河堪称奇绩伟业;那么,若论大陆内地水系之沟通,无论就其历史的悠久—构筑的科学—技艺的精湛等方面,还是就它的流域面积及受益范围,灵渠应誉世界之最!

从铧嘴返回,继续踏着这两千多年前人工垒砌的渠坝,忽见来时忽略了的一个平台上有一小阁,名"南陡阁"。这里古树交柯,清风徐来,桂香阵阵。登阁回首,但见两旁水面开阔,铧嘴像一艘疾驶的快轮,两旁呈现其犁出的水波,雪浪翻飞,流水潺潺,景色愈显瑰丽。李宗仁先生曾在此阁赋楹云:"南北关山展,陡江云汉横"。

我在阁上伫立良久,思量着秦始皇的文治武功。千秋功罪,世人各有评说,但无论说到修筑万里长城还是说到统一度量衡,也无论说到焚书坑儒还是说到统一文字,特别是说到统一中国大业,都千万不要忘了灵渠,虽然它在本质上是由千千万万劳动人民以其血肉甚至生命换来的。

1990年《湖北日报》

五洲百戏面面风

　　杂技中国古称"百戏"。诚如德国玛玛演出公司编导安·赫乐先生所言："像梦一般神秘的中国杂技，三千多年来，一代代流传至今……"现今，它是武汉最具竞争力的表演艺术之一。当我国首座具有国际演出水平的武汉杂技厅，像含苞待放的荷花在改革开放大潮中拔地而起时，便迎来世界杂技精英！

　　首场比赛演出，国内节目却仅能欣赏到4个。因是国际杂技节，时间和空间多让给外国杂技团。不过，国内节目仍然是那么精彩，令人目不暇接。齐齐哈尔的"空中体操"是杂技和体操的完美结合和升华，动作准确，配合默契，几乎毫无破绽。"对手滚杯"体现了近年进步极大的福建杂技团的创新精神。作为东道主的武汉杂技团的"飞车顶竿"，是车技与顶竿等技艺的结合创新。气势恢宏的"女子车技"，主骑手由男性改为女性，更增添了节目的难度和巾帼的豪气！

　　我国杂技，处处体现了"更新更难更美"的追求，而来自五洲的杂技英豪，更使欢乐的节日增添了异彩：

　　坦桑尼亚带来了"晃板技巧"。武汉人对坦国的杂技倍感亲切。若干年前，武汉杂技团曾接待过一批前来求学的该国黑人青少年。今天的节目可以看出承袭了东方杂技艺术的精华，并结合坦国特点发展创新。两位演员表演得认真严谨，在滚筒下面1层和上面5层踏板，均用盛水的杯子支撑，表现了过硬的平衡技巧。值得一提的是，节目自始至终是在以非洲鼓为主的打击乐伴奏中进行的。这举世闻名的鼓声，具有极强的非洲地域特征和民族精神的象征性，使节目更具感染力。表演桌前的乞力马扎罗山风景画，由攀上高峰的演员镶拼上白雪皑皑的山顶。强烈的爱国热情令观众尤为感动！

法国马戏学校给我们带来的都是高空节目，也许法国杂技有高空表演的特色和优势。人们不会忘记，1984年8月24日，法国著名杂技演员菲力浦·珀蒂用45分钟走过从巴黎夏乐宫到埃菲尔铁塔的长达685米的高空钢丝，令人叹为观止。今天，呈现在我们面前的由迪迪埃·柏斯凯特表演的自行车走钢丝，动作难度极大，惊险场面贯穿始终，而演员却神态自若，无论步行或骑车，如履平地。另两位高空表演的女演员，在口环悬吊高速旋转时，使节目达到完美的境界。

这次，十分高兴地欣赏到加拿大太阳马戏团的4人柔术。也许由于加拿大国土的四分之三靠近北极，有着漫长而寒冷的冬季，所以极其理解该团取名为"太阳"。加拿大人十分热爱杂技。在首都渥太华，一年一度在封冻的里都运河河面上举行为期10天的冬节——温特鹿节，极受欢迎的冰上杂耍给加拿大杂技艺术赋予了最火热的追求；举世闻名的温哥华的斯坦尼公园水族馆中的逆戟鲸表演，大概也使太阳马戏团的柔术从中得到灵感。

柔术是容易表演得一般化的节目，传统的招式和造型不易突破，但太阳马戏团献给武汉国际杂技节的柔术却体现了深刻的编排思想。当灯光由暗转明，照亮了在八方形墨绿色表演台上的雕塑般的4人造型时，如同初升的太阳点燃大地之火。接着，4名演员或登台或翻落，或台面或台底，或穿插或匍匐，充分运用了现代舞蹈的语汇，在优美扑朔的音乐中，使画面既具有原始的神秘感和图腾美，更具有独立品格的现代美感，将传统的表演程序完全抛弃，令人耳目一新，发出心灵的震颤。

俄罗斯马戏公司给我们带来了世界第一流的节目。"驯狮虎"中的4头兽王雄狮和8只猛虎,使演出一下子进入到大马戏的规模。马戏是200多年前由英国传到俄国的,并迅速得到发展。前苏联马戏一直被视为严肃而富有特色的表演艺术,其地位和影响不亚于歌剧和芭蕾。世人称前苏联的芭蕾舞为"大芭蕾",其马戏也被称为"大马戏"。

"驯狮虎"的全部演出,令观众将心提到嗓子眼上。当护网外的工作人员被雄狮抬抬前腿而吓倒在地时,也引起观众的一身冷汗和一阵掌声。惊恐和兴奋,这种极度矛盾的情绪始终震慑着观众的心,充分体现了"人为万物之灵",体现了人类的智慧勇气和俄罗斯人民的剽悍乐观。他们另一个节目"狗熊走钢丝",是极有特色和创造性的节目,集演员高空表演、驯兽高空表演和小丑表演于一体,营造出色彩斑斓、热烈动人的气氛。狗熊的表演似由被动的演出提升到主动的显示,使节目的整体综合实力发挥得酣畅淋漓。

乌克兰的3人小丑表演比预想的还要好,其原因是表演中除运用了传统技巧和手段外,还赋予了一定的现代意识,使内涵更为丰富。例如在晃板表演中,联系上了现代人的奖牌意识和竞争意识。结束时,小丑露出前胸的无数奖牌,后背的无数奖牌,取帽致意时,又出现一串奖牌,观众在笑声中,既品味出节目所弘扬的竞争意识,也体现出某种善意的讽喻:人生不应只为奖牌以及自我奖励的弱点。

乌克兰共和国是一个几乎没有文盲的国家,大学生占全国人口的万分之一百七十多。较高的文化水准是高品位文化艺术的温床。小丑表演作为艺术,也是如此。

由此,我们不难理解小丑在装扮成原始人的表演中,用大锤猛砸失音的录放机,使其轰然爆发出迪斯科音乐的内涵。这狠狠的一锤,不仅与人们切身的现实感受相合拍,而且将人类的原始状态和现代进步的关系巧妙地显示出来……

五洲百戏面面风,由世界吹至武汉,由武汉吹至全球。文艺的金桥银台,必将而且已经带动众多领域的进一步开放、交流和发展。这种态势又将反过来使武汉的文艺舞台更加丰富多彩!让全世界向往武汉、羡慕武汉人吧!

1992年《长江日报》
获湖北省作家协会、东湖新技术开发区、长江日报周刊部"潮音"
纪实作品征文二等奖
获中国武汉国际杂技节证券杯新闻奖

洈水上的"新神"

友人邀我去湖北省松滋市洈水新神洞一游。"新神?"我问。"是的,新起的名字,领导们经慎重研究定下来的。"我带着几分狐疑,去了。

就其景色而言,与"神"是没有任何相干的,因为它是一派纯美的大自然,除了那条巍峨壮丽的拦河大坝外。登上坝顶,凉风扑面,顿感湿润清新;放眼远眺,眼前是一座浩淼无垠的水库。远山如黛,烟雨中极尽瑰丽,既给人以壮阔,也给人以难言的苍凉;玉绿色的库水,其清丽和洁净堪称一流!作为长江支流的洈水,在崇山峻岭中蜿蜒而来,在这里静静地歇息片刻,舔舔自己长途跋涉时留在身上的伤淤,消解一下受到人类破坏带来的烦愁,积蓄着奔向长江奔向大海的力量。此处南接武夷山脉,地处长江三峡、张家界和古荆州三大旅游热点的中心部位,成为鄂湘边区旅游"金三角"的一颗钟灵毓秀的明珠!

登艇游览，只见港汊遍布，无数湖心岛尽展风姿。船行约四十多分钟，登岸约行三公里，来到被誉为"华夏第一奇洞"的所谓新神洞。

这是一个溶洞，本以为与在其他地方所见溶洞没有什么不同。但进得洞来，便发现它有许多不同之处。洞内由亿万年地壳运动留下的"边石坝"，令人惊叹。它体系完整，高大峻美，比目前国内发现的最高的"边石坝"还高出一米半；洞内流泉叮咚，形成多级瀑布，一泻三跌，珠玉飞溅。这里还有国内首次发现的"空中舞台"。拾级而上，登上"舞台"，使人不禁想要随大自然的节拍翩然起舞；更有那高达十几米的巨型"百褶屏"，像一块巨大而做工精巧的屏栏镶嵌在奇妙曲折、深邃幽远的未名境界的前方，细细数来，竟有近三百道皱褶，为国内溶洞中所鲜见；尤其是在"幕布"的下方，有一道天成的"花边"，令人叹为观止。垂直的"乾坤柱"巍然耸立，呈扇状环形排列。令人大开眼界的是，这扇状的每一褶边都具透光性，从这边可以看到放在另一面的手影。据说这类钟乳石幔，大约每四百年长一寸，而这十数米高的庞然大物，它身上该浓缩了多少时光啊！站在它的面前，不禁叹人生之短暂，宇宙之无穷，自然之神奇，造化之迷幻。也许，宗教产生于人类自我渺小的感受；也许，宗教是人类不可知论的必然归宿！

这集峻、怪、雄、奇、幽、旷于一身的新神洞，难怪松滋人为它的开发感到骄傲。不过，这里越是美轮美奂，便越觉得"新神洞"的名字起得不伦不类。友人介绍说，此洞发现于西晋，自古称为"响水洞"。响水洞？多好的一个名字啊，它既具有声感，又极雅致。我实在弄不懂今人为何弃之不用，而偏要称其为"神"，且十分俗气地称为"新神"！

归途中，友人问我何故沉默不语。我说除了为它的名称外，还为这千古不朽的山，万年不衰的绿，是否会因人类的开发而画上句号。坦率地讲,我进洞时最早发现的既不是它的峻怪,也不是它的雄奇,更不是它的幽旷,而是……而是在那千年洁净的洞中流泉里,发现了不少硬壳香烟包装盒、白色食品塑料袋,还有其他各种各样的污染物;其他风景名胜地也大都如此!在大自然面前,人类是最自私的……

友人听后,怔了怔,然后点头称是。他是当地人,热爱这块土地,当然也理解我的忧郁。但是我还是真心地对他说,你说得不错,这的确是一个绝妙的处所,我要将它介绍给我的所有朋友。当然,介绍时要加上一句:这里不准抽烟;不准乱扔垃圾……

1996年《中国水运报》

登颐楼

素有"青分楚豫,气压嵩衡"之称的鸡公山,在云雾中时隐时现。当云消雾散时,可见远山如黛,层次分明;近处绿海,掩映着样式各异的建筑,著名者如瑞士楼、美国楼、西班牙楼、瑞典楼等。能纵览鸡公山全景的地方,除了鸡公山头的报晓峰外,就数颐楼了。

人们喜称颐楼为志气楼,倒不全因其名较俗易记,而是事出有因。

昔日鸡公山作为避暑胜地,早被列强看中,纷纷在山上圈划势力范围,建楼房,造别墅,使此地的建筑呈世界别墅群集罗列与展览媲美之势。1921年,直系军阀吴佩孚部14师师长靳云鹗,目睹此情此景,心中愤愤不平,决心造楼一座,一定要高于洋人的别墅和楼房。于是当年开工,于1923年建成此楼,取名颐楼。

此楼高21米,共4层,坪台上有两座色彩明亮的覆钟式塔亭,外形似受藏传佛教建筑艺术的影响,但又渗透着中原文化的特质。楼壁系花岗岩石料嵌砌,方正端庄,雄伟壮观。能在此纵览全山,晴朗时甚至可见南北一线的京广铁路,可见它鹤立鸡群之势,压倒式样各异的外国风格建筑。"志气楼"名称,乃世人念靳之民族气节而传诵开来。

  主楼与后楼有石梯相连。后楼为一座两层建筑。由主楼通往后楼的门厅,门饰豪华,建筑精美,两侧上部各有一回头狮雕塑。若问双狮何故回首,乃瞻仰门之正上方云彩立雕,更仰视云彩所拱之红日一轮!

  中国少年儿童手拉手活动鸡公山营地即设于此,难怪刚进此楼便见该活动"地球村"的鲜明标记。

  颐楼四周,林木繁茂,鲜花争艳,尤以低矮的古柏引人注目。它们各自具有龙蛇缠绕般的躯干,虽被游人抚玩得平滑如镜,但枝叶却依然苍翠,令人称奇,令人汗颜,亦令人情不自禁地赞叹松柏类植物生命力之强大!

  传言此楼曾被武汉某公司收购。难怪楼前已竖起当前不少企业常见的并列旗杆3根。但询问管理人员,言此楼现又归信阳地区所有。颐楼虽几度易手,但却未见多少商业遗痕。我想,大概曾经买颐楼之房地产商人,亦未能或未敢改变该楼的文化底蕴和原始风貌,未能在此获利而放弃。果如此,令人心头快畅。

  须知志气者,民族之精神也,它理应不受铜臭之影响。

1998年《武汉晚报》

显陵之"显"

　　湖北省钟祥市的文化遗存显陵,在20世纪即将结束的日子,被联合国教科文组织列为世界文化遗产。这既让人高兴,也使不少对它不太了解的人感到意外。其实,显陵早该获此殊荣。我多次去过钟祥,也多次参观过显陵。前年为大力宣传基层党员干部的榜样吴天祥,我还去那里进行过好些日子的采访,因为吴天祥是钟祥人。流传于当地的关于他少年时看守瓜田的事迹,就发生在距显陵咫尺之遥的红埂。少年吴天祥曾在那里书写过一首励志的对联:"天当棋盘星当子,何人敢下?地当琵琶路当弦,有谁能弹?"

　　显陵建在距钟祥市区仅5公里的松林山上,是一座建筑形式同北京十三陵相仿但又独具风格的皇城陵寝。它是明代嘉靖皇帝朱厚熜为生父朱祐杬和生母蒋氏修建的合葬墓,也是我国中南五省独一无二的一座明代封建帝王陵墓,距今已有460余年的历史。这座陵墓的修建用了约20年时间,占有整座松林山和300多亩田地。过去,它每年的祭祀规模与北京十三陵相同。

　　进入墓区,可见用汉白玉雕成的半浮雕红门和碑亭,门前左右各立下马碑,碑上刻字传为严嵩手笔。所经单孔桥桥下的九曲河水,潺潺流入著名的莫愁湖。神道弯曲,入口处两旁有高12米的华表,道旁对列着一对卧狮、一对獬豸、一对卧麒麟、一对骆驼、一对立马、一对卧马和两对文官和两对武官,全用整块汉白玉雕琢而成。石坊上的独角兽雕塑精美,造型异巧;圆形祾恩殿前后,有用琉璃镶嵌而成的双龙壁和琼花壁。殿后宝城,周长520米,有散水龙头雕塑。墓区的外城长达7华里。

　　可以想象得出显陵工程的浩大和豪华。至今,钟祥还流传着这样的民谣:"皇陵皇寝真豪华,琉璃耀眼雀难踏。埋了圣主仅二人,死了百姓无数家。"这当然与历史上任何著名的建筑是完全一样的。万里长城的"万里朱殷",金字塔下的累累骨冢,无不如此。但同时,显陵也和不少著名历史建筑一样,构筑了历史,传承了文化,是一部矗立于地面的教科书,同时也体现了我国当年的建筑艺术风格,体现了古代劳动人民的聪明智慧和艺术才能。

在几百年的沧桑岁月中,显陵屡遭损毁,最大的一次损毁是李自成所为。

公元1642年,李自成攻承天府不破,移师杀向显陵。但由于明将固守,一时难以攻取。军师宋献策号令兵马砍树木,堆积于显陵木城之下,放火焚烧,使明守兵逃遁。李自成登上纯德山,又放火烧了显陵享殿。降将杨良裕请求开掘显陵,取出宝物,以资军饷。李自成说:"天下之大,岂少区区墓中物?"又有人说:"明朝曾令汪乔年伐大王祖墓,此仇不可不报。这显陵乃兴献王之坟,正是崇祯的祖坟,今日将它伐冢,正所谓以怨报怨,有何不可?"李自成听后,就下达了挖墓之令。只因一时找不到墓穴入口处,再加上战事紧急,这才中途作罢。

清王朝为保护文物,于咸丰十一年五月二十二日,曾在显陵入口处刻有石碑:"示仰该地人民知悉,自示之后,如再有人挖陵前对岸纯德山脚土者,许地保看役人等立即扭票责以遹违之罪……"当然,真正对显陵进行保护和修葺的,还是在1949年以后,特别近20年。这样,才使我们能看到今天这令人震撼并在世界获得极高声誉的文化遗产之全貌。

2000年《武汉晚报》

如歌的古村——大余湾

歌谣1——"左边青龙游,右边白虎守,前面双龟朝北斗,后面金线钓葫芦,中间如意太极图。"

已不止一次去黄陂区大余湾了。虽是一座古村,但在如今的交通条件下,要去也很方便。从黄陂区的中心北行四十华里,至著名的研子镇;再沿一条金风习习和玉露重重的古驿道,东行约十华里,便至木兰川南端的一片秀美之地。远远望去,只见陂塘散布,岗峦纵横,垄亩披金,屋舍俨然。

这个湾子的所有房舍,一看就知道是经过严格规划、按传统要求认真修建的,然而它却与如今的规划局无关。它最早是在明朝初年,在朱元璋诏令赣湖大移民的社会背景下,由江西东北部的德兴迁徙而来余氏家族。他们在此定居,并逐渐繁衍成在居住环境和生活观念上都自成体系的一脉宗族。

可以认定的是,从江西迁来的余氏家族的先祖,是具有相当文化背景的,是极具儒雅之风的。这点首先可以从他们选择定居地址的精当判断和认真态度上看出端倪。

他们看中此地的第一要件是木兰山和木兰湖,以及通往长江的滠水河,在木兰山的山脚处寻觅近水的落脚点。"仁者乐山,智者乐水",此为仁智俱备。第二要件则是对当时被称为"风水",而如今却可解释为对环境优劣的评价和选择。他们选择环境,真可谓优中选优,颇费工夫和思量。最后被选中作为落脚并打算久住的地方,用一首世代相传的民谣,可以生动地勾勒出它的地貌与环境特征:

"左边青龙游,右边白虎守,前面双龟朝北斗,后面金线钓葫芦,中间如意太极图。"

的确,即令时光已过数百载,我们今天在村民的指引下,也可以找到与民谣相对应的一切:伫立于村南双龟山上,可见不远处有七块形色相若的花岗岩,天上北斗星,此乃"前面双龟朝北斗"之谓;左右两山盘踞,恰似青龙与白虎扼守护卫;村后的西峰山绵亘起伏,恰如金线贯穿着一串葫芦般的山群;踱入村中,一湾池塘与紧紧相邻的田垄,几乎就是活脱脱的一幅如意太极图!

余氏家族就是在这样一处从观念上体现了浓厚的传统文化底蕴的地方,开始在木兰山脚下的这片神奇土地上,营造着他们的民居建筑。

歌谣2——"前面墙围水,后面山围墙,大院套小院,小院围各房,全村百来户,穿插二十巷,家家皆相通,户户隔门房,方块石板路,滴水线石墙,室内多雕刻,门前画檐廊。"

大余湾人砌筑的宅院,无论形式和格局,用材与技术,历代传承,坚持着统一的理念,坚持着严格的规范。如今所存的房屋,多半有几百年的历史。个别看来,错落于岗峦浅丘之间。但整体观察,却发现它体现了极为完整的安居构想,并一以贯之:"前面墙围水,后面山围墙,大院套小院,小院围各房,全村百来户,穿插二十巷,家家皆相通,户户隔门房,方块石板路,滴水线石墙,室内多雕刻,门前画檐廊。"

余氏先祖以村前涧溪作沟壑,依村后紧挨的西峰山而筑的石寨墙为屏障,并内连各户。这样,可以外御贼寇,体现出以氏族为中心的联防自卫的决心。当然,这样也形成了相对封闭的生活体系,既体现了古老的民本理念,却也为较完整地将这座民俗村长期保存下来提供了条件。

黄陂大余湾民俗村的房屋,几乎全是用大块大块裁打得十分规整的条石砌建而成,因而显得整齐划一、坚固耐用和令人赏心悦目。屋顶均为硬山式,隔间的垛墙笔直地砌上瓦端,突出于檐外,昂首飞翘,极具动感,给人一种凤抬头、龙望远的联想。

　　屋前檐额的古典装饰,虽经"文革"的涂炭,但在热心于传统和文化并力主保留其风俗风貌的村民的整治清洗下,也都显出了它那难以抹煞的古老的绚丽。细细看来,竟是题材极为丰富的彩画,内容有鸟兽动物、卷草花卉、自然风光、民间故事、放牧拾薪、童稚耍玩等。其中,龙凤形象较多,且造型丰富,神态逼真,用色大胆,栩栩如生。即令时光的打磨和人为的摧残令其斑斑驳驳,却完全能够体现出该村先祖那自古传承的对悠然心境的向往与追求,以及对大自然的纯朴之爱。

　　这里的许多房屋,大都是这样的:走进去,宅第进深四间,面阔三间且与隔壁相通;天井、庭院、转楼、厅堂和后厢房之间,有雕刻精美、完好无损的镂空鼓皮屏肩,其图案有蝙蝠、牡丹,刀工圆熟,形象生动,寓富贵吉祥、福至心灵之意;天井正中,有长方形的石砌水池,与天井之上的一方无瓦之顶垂直对应。这样,不仅上面利于看天采光,下面利于积雨蓄水;同时,还具备了排水功能,体现了对水的珍惜和对水有蓄有放的讲究。厅堂里,有年代久远的太师椅,令人不禁想安坐于上;主卧室里,宽大的镂雕木床陈于木板隔墙的一侧;书架上,摆放着不少书抄,其中不乏线装古籍,使室内弥漫着浓郁儒雅的书香之气;过道阁楼上,置放着犁耙、手推水车等农具,具形具象地展示出一户户耕读之家的生活图景。

　　这一切都让人留连,不忍离去。这时,热情的主人会将珍藏的古时妇女梳妆奁、厚重的石砚台、古秤、古斗以及青花和粉彩瓷器拿出来,供客人把玩鉴赏。

　　庭院之外,打谷场旁,有石磨石碾。从石磨下沿的字迹可以辨认清代"嘉庆廿二年"(1817年)的字样,距今也有180余年的历史了。

歌谣3——"流水穿村过,过溪搭桥梁,出门到田间,观鱼清池塘。"

这里的村民广植花木,美化庭院,日出而作,日落而息,谱写和吟唱着一首悠远舒缓的桃源之曲。在他们自娱自乐创作的作品中,就有这样的诗句:"流水穿村过,过溪搭桥梁,出门到田间,观鱼清池塘。"充分表现他们保留和继承了古代遗存中那种难得的恬静与淡泊的生活方式,反映出"天人合一"的人生理念。这里的村民认为,陶渊明"采菊东篱下,悠然见南山"的心境,是一种积极的心境。他们中的不少人,都能背诵这位将人与大自然融为一体的古代诗人的诗句。

这里的民风中,透着难得的儒雅之气。这里盛行着读书之风,历代"学而优则仕"者可真不少,几百年来,涌现出的进学、中举、点翰林的学人雅士,在家谱中记载甚详。到了如今,这里的老幼,无论从工从农,从军从商,大都能背诵一些唐诗宋词。至于"唧唧复唧唧,木兰当户织"的《木兰辞》和"三十功名尘与土,八千里路云和月"的岳飞《满江红》,则更为普及。这里最泛书香的日子,就是各家各户在内庭晒书的日子。据长辈说,他们晒的书中,有不少岳飞的手迹书信,因为岳飞当年曾长期在这一带策马扬鞭。可惜的是,许多最为珍贵的东西,不幸毁于"文革"。

这是一座令人大开眼界的民俗村,而且就在武汉这座特大都市的"后院"。它不仅值得学人研究,也值得武汉和全国民众参观游览,从中可以了解我们的历史和文化,并研判先祖的足迹,领略他们的眼界,学习他们的思想,参照他们的生活方式和观念形态,并从中窥视我们民族的灵魂,以及把握民族之魂自由呼吸的节拍。

2004年《长江日报》

三　自以为是

跨世纪魔线

作为具有社会性的人,我们不得不承认现实生活是不得不受某些形态制约的。这种形态像福音,指引着我们的前路,也像食粮,充实着我们的饥肠。当然,它可能更像绳索,将我们牢牢捆绑。

是的,从现象上看,我们的生活确实与捆绑着我们的绳索,与各种各样的"线"分不开。举目望去,家中的电线、电话线、各种生活管线如水管线、煤气管线,还有天空和水面上的航线,地面上的马路线,公路线、铁路线、公交线,机动线和非机动线,空中的无线电和微波线,以及埋藏在地底下的电缆线,军用线、民用线,普通线和光纤线等等等等,许许多多有形的线,更多更多无形的线,它们虽为我们的生活提供了必不可少的便利,但也对从自由的原野走向格式化文明的人类造成诸多限制,形成难以言状的重负。

这是人类为求得自身发展而必须付出的代价。

这种发展最终对人类将意味着什么,任何高明的未来学家都难以回答。

然而,人类目前从这些管线中得到的益处是有目共睹的,而且众所周知,这方面越发达,一个民族才越强盛,一个国家才越壮大。事实上,人类已经离不开这些智慧成果了。

在诸多的智慧成果中，对人类的发展和民族的强盛至关重要的，也许要数与信息、文化、文明和娱乐休闲紧密相关的电视了。这根连接着亿万人的线，如今已成为人民群众生活和学习的生命线！当它与空间、电脑和手机联姻后，如虎添翼，最大限度地满足和发挥着人类的想象力，并会直接将人类带向 21 世纪和更远的将来，这是毫无疑义的。

面对荧屏我每每回想，人生的风风雨雨，与它有着多么难言的因缘和曲折的联系啊！

电视是科技进步的产物，因此，它与任何科技成果一样，有一个从简单到复杂、从粗放到精致的过程。这个过程不仅是科技发展的缩影，也不可避免地浓缩了时代的风云……

1 架在梧桐树上的天线

我第一次接触电视是 1963 年。在武汉市，可以说属于较早"玩"电视的人之一。读者，1963 年你见过电视、看过电视、玩过电视吗？我想，多数人没有。当然，当年我个人是"玩"不起电视的，我是"沾"公家的光。

那时，我在武汉市硚口区文化馆工作。记得是暮春的一天，文化馆长戴书国要我拿一张支票到市广播器材厂买电视机，我心中立刻充满激动和好奇。由于这是严格按计划分配的产品，所以要先拿介绍信到市文化局社会文化科转介，然后才能到厂里去买。买时，厂方详细向我讲解关于它的使用方法，特别是其中几个旋钮的操作要领，如"水平"钮和"垂直"钮等等，历时半小时。经过"培训"后，我便用三轮车将这台比戏箱还大的电视机运回文化馆。

见到这玩意，全馆职工的那股高兴劲简直没法形容。一行人小心翼翼地将它抬到少儿活动室，安放在前方正中的台面上。由于我是受过"培训"的，所以戴馆长指定除我以外，任何人不得随意动它。

人们围在它旁边,看我这样弄那样弄,可是我却怎么也调不出画面来,急得额头直冒汗。后来我才记起,回来时由于过于激动而忘了将一卷扁平的天线和一个天线架带回来,而关于它们的重要性却是"培训"时讲得十分清楚的。于是我只得骑自行车又跑了一趟。

　　回来后,对于天线装在什么地方却犯难了。幸亏会计老周帮忙,弄来一根又粗又长的竹篙,将天线装在它上面。可是这竹篙安在什么地方合适呢?我们围着少儿活动室四下张望打量,最后,目光盯住小院内的一棵高大的梧桐树。好,就这样,于是我们又是找梯子又是找钉子、锤子和铁丝,经过一番努力,忙出一身大汗,终于将竹篙固定在树上。看到超出树梢的天线架,我们好不得意。再经过一番调试,果然出现了画面。在一片掌声中,戴馆长将少儿活动室的钥匙郑重地交给我,同时宣布电视每周对外开放三次,每次从晚上 7 时到 9 时,成人每人每次 8 分钱,儿童每人每次 5 分钱。这样,当年专职从事美术工作的我便增加了一份新的工作。不过当年文化馆干部提倡"一专多能",容不得我推辞。

　　这项业务的开展受到周边群众的热烈欢迎,每当开放的日子,门外早早便站起长队。老周负责卖票,我负责验票。晚上 7 时差 5 分,老周便负责守门,而我则负责开机和调试。

　　这台电视机是天津出产的,虽说外壳大得不得了,其实荧屏很小,相当于后来人们常说的 12 英寸。但是,每当出现画面和伴音时,总会引来人们的啧啧之声,为它的奇妙和新鲜发出由衷的赞叹。我想,当年法国人发明电影时,人们大概也是这样的神情。

　　然而令人头疼的是它并不稳定,画面质量时好时坏。每当画面出现问题时,我便检查每个旋钮。其实我并不真正了解画面质量不好的原因。当实在"旋"不出画面时,我便亮起电棒顺着天线一路检查到梧桐树的顶端。有时不得不撞撞梧桐树,竟也偶尔无意将画面"撞"出来。这台电视机就这样磕磕绊绊地"混"到第二年夏天。

这一天,正当节目顺利进行时,突然狂风大作,接着是瓢泼大雨,画面即刻变得混乱不堪。我知道这与旋钮无关,径直冲到梧桐树下,见竹篙已经歪斜,便在下面尽力用手将它顶正。大雨虽将我全身淋透,但我咬着牙坚持着、坚持着,并不住大声询问老周画面怎样啦。

画面好了片刻,但很快又不行了,并且再也恢复不过来……直到老周对我说观众已走空了,我才放弃挽救它的努力。

后来,天线倒是扶正和加固了,不过电视机再也不肯出现画面。找厂里来修过几次,一直修不好,只得将它搬进仓库。

2 架在水箱上的天线

此后若干年,虽然世界的电视技术飞速进步,但我和不少人一样,无缘接触到电视机。不过在我心中比别人也许多了一个问题和期盼:如何才能使电视机有一种清晰而稳定的收视效果呢?这样好的宝贝如果没有好的收视效果,如果总需要人不是成天对它调试,就是冒着大雨在梧桐树下与它苦斗,它的存在除了引起人们的好奇之外,又有什么意义呢?

20年"倏忽"而过,再一次与天线打交道已是80年代了。由于众所周知的原因,中国的发展进程被整整耽搁了10年,电视的发展至少在普通民众中停顿了10年。

忽如一夜春风来,千树万树梨花开。党的十一届三中全会以后,各项事业飞速发展,各项技术长足进步,并给人民群众的生活带来巨大变化和利益,电视渐渐进入寻常百姓家。与城市的发展同步,与大众的需求同步,我家也有了一台属于自己的电视机!

买回电视机的这一天,对于全家人来说无疑是一个喜庆的日子。但我没有料到,天线依旧困扰着我。

收视效果不好有许多原因,然而最让人头疼最让人无奈的原因是:周边高层建筑的影响;如今的建筑物,都是钢筋水泥的,它对电视的影响是无法排除的。是的,这是无法排除的,自己很难随意搬家,更不能让越来越多的高层楼房搬走。于是,令人神往的荧屏不是大雪纷飞就是多层重叠,有时真让人弄不明白究竟是世界变成这样,还是自己变得老眼昏花。

没有别的出路,只得加入在坪台上架设天线的行列。

嗬,坪台上早已森林般架着天线,各式各样的竹篙、木杆,横的竖的斜的,拉扯着形状各异的天线,显得杂乱无章和不由分说,并且全都摆出"欲与天公试比高"的架势。我既不能影响别家的天线,但又要为自己争得"一席之地"。观察分析判断了好久,这才在水箱处找到一个空当,好不容易将我家用竹竿捆绑起来的天线架了起来。

有了天线,电视效果虽然仍然受到地理位置的一定影响,但与没有天线相比,自有天壤之别,全家人愉快地"享受"了好些日子。

可是有一天,画面突然不行了,不仅下起了"雪花",而且画面中的人物和景色全都变成"斜拉桥",有的甚至扭成了麻花。一问邻居,也是一样,而且全都想起昨晚的那场狂风暴雨。这样,所有人家都奔上坪台……

究竟有没有一个方法,能将千家万户的电视天线问题彻底解决?使它不仅能照收到更多的台,而且有可靠而稳定的收视质量?

看来,我和不少人是孤陋寡闻的,当时并不知道这个问题在有些国家早已成为现实,那就是有线电视!

3 从无线到有线

经过一段时间的所谓公共天线热潮,并饱尝了这类尝试的苦头后,终于有一天,大院外有人来进行有线电视登记收费了。这时,不少人已经有了这方面的知识和期待,各家各户几乎倾巢而出,立即成为有线电视的用户,没有丝毫的迟疑。

电视的收视质量,在一定意义上代表着人们生活的质量。参加到有线电视的收视行列,无疑是提高生活质量的重要步骤之一。

是的,电视与人们的生活关系越来越密切了。须知,科技的发展是呈加速态势的,电视的发展更是如此。电视与电影一样,是20世纪与人类生活关系最为密切的科技成果(虽然它发明得很早,但推广到民间却较迟)。应该说,电视与电影有着千丝万缕的联系(其中包括制作上的艺术要素)。就中国而言,60年代以前,人们的生活曾受电影的极大影响和控制。可是60年代以后,电影潮起潮落,不甘被时代所抛弃,努力奋斗,但终于将主导地位渐渐让给了电视。虽然它依然保持着一道电视难以跨越的风景线,不过它的圈子日渐缩小已成定论,因为"电影是处在影院情境中的窥视,是仪式化的社会行为,而电视则是客厅中的收视,是日常生活的文化代理"。对于个人而言,电视比电影有着更大的自由度,而自由是存在于人类本性中的永远追逐的目标。是的,电视如山泉如饮水,如血液如空气,渗透于我们的全部生活,"濡化"和滋养着我们。

然而几十年的经历告诉我们,这一目标只有当有线电视出现后,才能较好地得到实现。虽然如同任何新科技的发展和推广都要经历一段曲折一样,有线电视在经过了并不完善的过程后,已渐渐走向成熟。

如今,它有令人目不暇接的频道,可以通过卫星观看各地的节目,使人们的选择度得到极大的发挥,各种各样的欣赏追求都可以通过迅速的选择得到满足。人们忙碌了一天后,可以舒舒服服地靠在沙发上,用一个小小的遥控器选择自己需要的频道。这时,各个频道的节目质量就成为人们选择的重要标准了,所谓"仅此一家,别无分店"已成为历史。

4 日新月异和层出不穷

我不得不提到武汉有线电视自办的电影频道和资讯频道。想来全国的情况相似。

武汉有线电视开办电影频道与中央电视台开办电影频道一样,是电视走向成熟的的一个重要举措,也是与电影的默契配合的范例;或者可以说,是电视本身具有自知之明的表现。虽然如前所叙,电视比之电影,有无比巨大的优势,但电视也有其自身的不足。就目前的制作水平看,电视尚存在一定的差距,有些是一时难以克服的。从技术层面上看,电视是难以表现《辛德勒名单》的深刻和《坦泰尼克号》的恢宏的,也很难表现《音乐之声》的音响和《沉默的羔羊》的层次,至少在短期内难以达到这类作品的水平。因此,它客观地承认这一点,并充分发挥其覆盖面广的优势,与电影携手开办了电影频道。于是,电影的精品通过电视的传播手段普及到广大群众之中,起到电影本身难以起到的作用。这种有意识的互补,有益于观众,有益于大众,有益于文化艺术的普及。当人们从荧屏上欣赏到电影精品时,既感谢电影,更感谢电视,感谢有线电视!

另一个令人感兴趣的是"探索频道",它的播出既满足了人们在信息时代的强烈求知欲、对世界先锋信息先睹为快的心理;同时,也对我国的信息产业起到一定的参考和推动作用。因此,该频道的设置和安排,不仅是匠心独运,而且具有一定的前瞻性和探索性。

电视的"魔"线,将会发挥它越来越大的"魔"力,这是可以期待的。

须知,电视是人类科技的一个大大的跨步和令人叹为观止的成就,它的发展也将仰仗科技的提高,而这种提高是呈加速度的。在有线电视普及后,新的传播方式和终端形态真可谓日新月异。

人类为"线"而苦恼,但人类最终会为"线"而欢呼,因为科技的进步就是为了使人类生活得更加美好。

1999年《中国电视报》摘要发表
收入长江文艺出版社《我与有线电视》

一次突击式采访

  电话铃声闯入美梦,令人兴奋的幻觉突然消失了,接电话一听,竟是一位我早年在一家小厂任负责人时的同事陈师傅打来的。她说她昨天在电视里看到了我,很高兴……"昨天我在电视里?我说了什么?""鬼管你说了什么,能在电视里见到面就很高兴了,平时大家都忙……"她说话的腔调仍像在工厂里共事时一样。

  掐指算来好多年,从创作电视剧《母子情》、《荷花姑娘》及电视连续剧《漩流》开始,我前后在电视里露过若干次面,平均一年不到一次,大都是过眼云烟,从未接过到谁专门为在电视里见到我而打来的电话。只有这一次,不仅得到如此及时的反馈,使友谊的暖暖细流再次滋润心田,更重要的是,它竟是我写出一篇理论文章的发端。

  这是好几年前的事了,在一个阳光灿烂的冬日,文艺界与企业界的代表在武汉东湖新技术开发区大楼顶层那间非常气派的会议厅里开了一个热热闹闹的联欢会。在欢声笑语中,突然有人悄悄来到我的身边,一看是有线电视台的小涂。她对我耳语道:请您出来一下,有点事。我丈二和尚摸不着头脑,便随她来到会议室侧面的一个单间。抬眼一看,"坏了,上当了。"这里原来是有线电视台临时布置的采访间,几乎天天在屏幕上见面的那位容貌甜美的女主持人,不由分说地要我就影视问题发表一点看法,随便谈点什么都可以;而摄像机已对准了我,仿佛在说:"快讲,不讲我就开炮啦。"面对"突然袭击",我的脑子便不由自主地高速运转起来,开始了即兴谈话。不知怎的,我谈到类型片问题。话匣子一开,竟也说出个头绪来,越说越顺。我谈到西方类型片,如爱情片、警匪片、推理片、生活片、科幻片等等,谈它们的极致发展,谈类型片的规律和对于情节性影视创作的影响,谈类型片未来的走向和目前在类型片中出现的大投入趋势的利弊。当然,更重要的是,我联系到中国影视制作的现状,谈到如何学习"大片"和如何正确对待"大片",以及如何突破类型片的定式,如何充分调动和运用中国原创故事的丰富资源,包括中国大量高质量的小说作品和故事类文艺作品的辉煌传统,从而希望中国影视人能走出一条投入较小而水平很高但又能突破类型片定式和跳出类型片窠臼的具有中国特色的影视制作的新路来……

我在即兴谈话中对这个学术问题是否谈得像上面说的那样全面,我实在记不清楚了,不过,当清晨的电话铃声惊醒了我以后,放下电话,我确实陷入了深深的思考。除了友谊的联系我要感谢有线电视台之外,更重要的是,我在这个领域的思考是由此引发的。后来,我就这个问题写出了理论文章《大片的位置》,并在报纸上发表了。平时,我写文艺理论文章不多,写得好的更少,可是,这一篇我却认为写得尚可。

我常想,如果说有线电视台因得知文艺界与企业界某日某时在某地联欢而到场,这并不难做到,难得的是那种敬业精神。他们那样认真地进行了策划,在现场布置了临时采访间,因而能比其他传媒更深入地利用了这次活动,不仅仅报道出一则新闻,而是采用让一批文学界、艺术界、企业界的代表就影视问题发表即兴看法的方式,制作出一套节目。

文艺家和企业家的看法中,肯定是会有闪光点的。这些闪光点往往就是人们常说的灵感。这些灵感对于采访者和被采访者,都是可能出现升华和超越的。而这种升华和超越,既体现了某种灵性,从中也可以窥视创造性劳动的特征和路径。应该说,有线电视台的朋友们是深谙个中规律和奥秘的。

本着这种感情,我深深的感谢这些朋友。

1998年《武汉广播电视周报》

走出大制作的误区
——从《亡命天涯》谈到《追捕》

注意到这个问题,是由看美国影片《亡命天涯》引起的。听说《亡命天涯》不错,不是《追捕》,胜似《追捕》……于是,我决定去影院潇洒走一回。

实不相瞒,也许由于期望值太高,我对《亡命天涯》是颇感失望的。事实上,它的"轰动效应"很短暂,这也证实了我的看法。细想起来,赞美这部影片者,主要是冲其大制作、大场面而来的:火车与汽车相撞,这种场面的投入之大令人咋舌;剪辑之精,让人叹为观止;地下水道的那场追逐戏,其镜头的调度,声光的配置,演员的认真和奋不顾身,实为近年所少见。显然,它的票房价值,有相当一部分原因在于大投入、大制作,不惜工本营造真实惨烈和极度戏剧性的总体氛围。

好莱坞影片中的相当一部分名片,是以大制作取胜的。别说火车与汽车相撞,就是成千上万匹野牛的狂奔,也能栩栩如生地表现出来。壮观,它本身就有魅力、有美感。当我国影视逐渐步入世界的时刻,少一点小家子气,多一点大投入、大制作,是理应受到支持和欢迎的。尤其是史诗类、惊险类、科幻类的影片。

然而大投入、大制作,由于本身具有的魅力和美感,容易造成制作者认识上的误区,即将作品的成功完全依赖于大投入和大制作,而忽视了作为综合艺术的电影电视其他方面的要素。这样的作品,虽然能红极一时,亦有较高的票房价值,但很难称为上乘之作。

只要与 70 年代在许多国家广受欢迎的影片《追捕》比较一下,就可以看出《亡命天涯》因创作者认识上的误区而显露出的平庸之处。《亡命天涯》和《追捕》同属通俗类的情节片,并带有动作片的某些特征,票房价值都很高。两部影片的情节框架很相似,叙述的都是主人公受冤,历经磨难,以自身努力为主,追查真凶而雪冤的过程。但是《亡命天涯》除了大投入大制作的优势外,几乎在其他方面都不及《追捕》。

首先,《追捕》在人物设置和情节安排上,视界开阔、细致精密、跌宕有致:上至财团与政界的勾结,下至工人和乡女的命运,摩天高楼内的黑幕,远山农舍的惨剧,几条情节线既清晰又扭结,逐次推进,处处运用了"三S"技巧(即惊奇、悬念和出人意料),层层剥笋,松紧得度,让观众得到极大的愉悦与享受。片中透视出日本社会的深刻矛盾,达到同类影片极难企及的程度。而《亡命天涯》则重主线(理查德·金保医生的命运),轻副线(警长杰勒德的追捕行动)和支线(犯罪集团)过于朦胧。这种处理是有悖大众化片种对情节清晰的要求的。

其次,《追捕》充分注意到演员本身的条件和素质,使扮演杜丘的高仓健的刚毅和冷面,以及扮演真由美的中野良子的娇美纯情得到完美发挥,从而增强了明星效应的张力和魅力。即令扮演警察的演员和作为次要人物的横路俊二,也具有令人印象深刻的独特造型,使整部影片的众多人物大都具有一定程度的性格特征。正因为如此,影片在中国放映后,迅速掀起了"高仓健热",真由美也成了家喻户晓的人物。但《亡命天涯》显然没有重视这一点,不少观众看完影片后,连医生金保和警长杰勒德都没有区别开来(在医生金保刮去胡须以后,两人的外表太相似了)。该片着力于场面效果和镜头技巧,没能注重影片最重要的方面——人物及性格,这是很令人遗憾的。

再者是音乐。《亡命天涯》的音响处理的确令人耳目一新,音乐却差强人意,而《追捕》却在音乐上独具特色。音响和音乐终究有表里之分。前苏联电影剧作家斯米尔诺娃说过,情节是性格的翅膀,音乐是情节的翅膀。《追捕》张开了这两对翅膀,让情节和人物飞入观众的心里,使人难以忘怀。特别是那首无字歌,竟使不少人发出这样的赞叹:不是受过深深冤屈的人,是谱不出如此动人心魄的旋律的。

《追捕》之后十几年,《亡命天涯》竟也造成轰动,这是同类影片在世界范围表现出的一种艺术迷失。不着力于综合艺术上的发展,不在以情动人方面下工夫,不在个人命运与社会矛盾上展示更深刻的背景和引发人们的思考,单纯在大投入、大制作和动作、镜头、声光上下工夫,单纯追求感官刺激,是很难创作出具有较为持久影响的真正巨片的。

1995年《湖北日报》

感激厦门

看过电视连续剧《不要和陌生人说话》后,心中泛起对厦门的感激之情。

感激什么?感激厦门让这部电视连续剧使用该城市的真名,而不是用海州市、滨海城、临海市等在地图上根本没有的地名,更不会出现像某些打着纪实性艺术片的名义但却将西安市改成安西市那样让观众像吞了苍蝇一样难受的感觉。

这的确涉及文艺创作中的一种令人啼笑皆非的现象:编创者不敢轻易在作品中用一个真实的地名来演绎故事,而是在一个人们一眼就能看出是虚构的地方假模假样地说东说西,从而多多少少使作品失去其艺术的真实感。编创者为什么不敢轻易这样做?他们是担心惹出不必要的麻烦。某些城市因为作品表现了阴暗丑恶(作为故事,不可能每个人物都是英雄,总会有另类有丑恶,有值得反思和批判的人和事),而引起该市或其相关部门的抗议乃至官司。这种麻烦一旦惹上身,编创者往往需要牺牲整月甚至整年时间,去与那些本来一天到晚在办公室喝茶看参考而现在有了一件可以与编创者扯皮的机会而兴趣盎然的官员纠缠来纠缠去。虽然这种官司往往不了了之,但这些官员却以此"捍卫"了他的城市的荣誉或某个部门或行业的形象,甚至为此而获得褒奖。

　　生活中的这一现象,让人着实看不懂。按常理,既然是故事,它就是虚构的;既然是虚构的,某地或某个部门或行业领导或从业人员,就不妨把自己当观众,何苦要对号入座,去扯这些无聊的皮呢?瞧,外国的影视作品就很少用虚构的地名,案件不是发生在洛杉矶就是发生在华盛顿,不是发生在纽约就是发生在东京,有些并不光彩的角色,其身份就是某部门的头儿,甚至是中央情报局局长或总统;在日本影片《金环蚀》中,那些接受商界别墅加美女贿赂的甚至是昭和多少多少年的首相和大臣。当然,编创者也不能用艺术实施人身攻击,这些局长和总统、首相和大臣肯定是史实上并不存在的虚构人物。然而从中可以看出,这些城市的官员和民众并没有将这些故事当真,并没有因此而对编创者进行指控。在英国伦敦市,从市长到市民,并没有因为福尔摩斯探案中有许多案件发生在伦敦而对作品进行封杀;相反,他们认为这是伦敦的荣誉,有的街区还争当这部虚构作品主人公的"原始居住地",并指认纪念屋,竖立纪念碑,开辟旅游路线,把假事当真事来宣传。

　　相比之下,我们的编创者太可怜了。然而他们的可怜也不全怪地方或官员,因为不扯这种皮的地方和官员毕竟是绝大多数。这一现象也许更多是出于编创者内心深处的阴影,也许那把"利用小说反党是一大发明"的利剑还有形无形地悬在他们的头上,犬儒主义早已根植入他们的潜意识。而改变这一现象,使我们的编创者有更自由的心灵,从而更能展开想象的翅膀,创作出更多更加深刻的作品,城市和官员要努力做到"为人不做亏心事,半夜敲门心不惊",编创者也不要"疑心生暗鬼",编个安西市而却在镜头中的地图上明明让人看出是西安市这种尴尬事来。在这方面,这次厦门市的确做出了榜样;同样,《不要和陌生人说话》这部作品的编创者也作出了榜样。

当然,首先要感谢厦门,同时也感谢作品涉及的福州。

2002年《厦门日报》

跨过类型片的门槛

艺术家们都想在创作上有所超越,《大宋提刑官》也是如此,它的超越表现在试图跨过类型片的门槛。为此,他们在中国古代传统宝典中进行了不懈的挖掘,难能可贵。

《大宋提刑官》虽然声称为悬疑剧,但它不同于阿加莎·克里斯蒂和柯林·道尔的正宗悬疑类作品,如阿婆的《尼罗河惨案》及柯林·道尔的《福尔摩斯探案集》等。那都是典型的悬疑推理作品,根据这些作品摄制的影片,属于典型的类型片。这类作品为突出悬疑与推理,尽可能淡化时代与政治,不试图负载阐释历史内涵的重任,尽可能减弱主人公的生活背景,如福尔摩斯就似乎难言家庭,波洛几乎没有私生活。它们以悬念、推理、惊悚和出人意料为主要特征,将这些做到极致。它们虽然老派,但至今仍拥有大量读者和观众。以阿加莎·克里斯蒂为例,在今天的互联网上,就有不少关于阿婆的网站,不少人以"阿迷"自诩。类型作品的力量,由此可见一斑；同时，类型作品是需要一定数量为基础的。

在他们以后，悬疑类型片有了不少试探性的发展，如《追捕》强化了对政治强权的揭示，《本能》、《沉默的羔羊》试图从心理层面有所突破，而同类大量的作品却演变成另一种类型，即所谓的警匪片，并与枪战片、功夫片交织互融，从而渐渐失去了悬疑的类型特征。我们今天的《大宋提刑官》，一脚踩在悬疑片类型上，另一脚踩在社会学、狱典学、官场学、史学和法学层面上。当然，从它试图跨过类型片的门槛这一点上看，无疑是积极的。正因为如此，它不得不为了担负起阐释历史内涵的重任而着力介绍人物，铺排生活场景，细叙政治过节，描述人物情感，从而破坏了悬疑片应有的紧凑紧张，弱化了观众对事件和结局的期盼度，形成许多可以避免的硬伤和难以避免的漏洞。

不过，在影视作品越来越走向庸俗的苦雨凄风的景况下，《大宋提刑官》却令人耳目一新，所以播出后能引起大众和传媒的广泛关注，甚至不少人大呼"精彩"和"过瘾"，就一点也不奇怪了。

2002年《文化报》

从进口大片中学点东西

似乎已成为城市影院主流的进口大片，实际上是指西方通俗电影中的大投入大制作的精品，人们高兴有机会享受到这样的影片。当然，人们渴望进一步享受到西方艺术电影中的精品，不过那是另一个话题。

有人说，中国不大可能学习制作这样的大片，这是因为一般来讲，中国不可能出现有如此魄力的投资者。这话虽有一定的道理，但却掩盖了许多可能进一步探讨的问题：中国电影工作者其实是可以从中学到许多其他东西的。如果说资金是电影制作的"硬件"的话，那么，创意策划、剧本研究、艺术技巧、高新科技、导演和演员的素质等等则是它的软件。有一句让人伤心的流行话说：即令有《泰坦尼克号》的资金，也拍不出同等水平的影片。这话其实主要是指的"软件"跟不上。

因此，影视界除资金问题外，应该认真研究一下究竟应从进口大片中学些什么。

不要一说学就伸手要钱，其他方面要学的东西可多啦！下面试举几处：

《泰坦尼克号》在创意上的出新之处在于，大胆地将一个陈旧的历史事件与一个陈旧的爱情故事结合起来，从而达到化腐朽为神奇的目的。当人们都竭力在"新"字上做文章的时候，他们却回过头来在"老"字上做文章。冰海沉船是个老掉牙的事件；一位有钱的姑娘爱上一个穷小子，这也是老掉牙的故事，甚至其中姑娘要跳水而被穷小子相救、两个男子争风吃醋等等，都是老得不能再老的故事处理模式，我们在别的影片中已看过许多次了。但是高明的主创人员故意将这两"老"加以碰撞，再加进高科技的催化剂，就让一个全新的、既赚眼泪又赚钞票的作品出笼了。我们不能从中得到一些启示吗？

如果说《泰坦尼克号》是在大事件上做文章，那么《拯救大兵瑞恩》则是在"小事"上做文章。这当然是一个极有意义的"小事"：上级军事当局不能让一位母亲在战争中失去所有的孩子。请我们的电影工作者想一想，在我们的战争史上，这类事件难道还少吗？除掉这个剧情发展的出发点和落脚点，这部影片其实就是一部典型的战争片，全片一片硝烟，甚至被拯救的瑞恩都不是这部影片的主角。然而仔细看来，这其实是一部并没有拘泥于具体战役史实的战争片，如同《这里的黎明静悄悄》也不是拘泥于具体战役的战争片一样。不受战争史的具体战役事件的制约,使制作者有了更大的处理空间。这应该算是作者的幸运与聪明之处。

在巨大的处理空间里,出现了影片一开始就长达20分钟的战争场面。请想想,任何电影技术部门中有追求的、摩拳擦掌想大展身手的人,谁不为有这类可以尽情施展才华的机会而欢呼雀跃?是的,所有的技术、技巧、想象和手段都有用武之地了。在方方面面才能能得到尽情发挥的情况下,出新便是意料之中的了。

在影片中,作为"翻译"的新兵曾主张按国际惯例不杀俘虏,可是当他发现被他放走的俘虏又在杀人时,于是,他后来在俘虏群中亲手将这名俘虏杀死。这是他第一次杀人,然而这一声枪响,却响得那么激动人心;在桥头保卫战中,一名德国士兵经过艰苦搏斗用刺刀杀死一名盟国军人后,神志受到强烈刺激,于是在他离开那座凶宅下楼梯时,竟从"翻译"身边擦肩而过但却"视若无人",没有动手,而"翻译"也出于紧张害怕没有向他开枪;至于该片主角右手的轻微颤抖,帕森氏综合症的初步症状等,这些具有人性和个性的处理,难道我们的电影工作者"学"不到吗?我看不是学不到,而是可能处理得比他们更好……

由此我们似乎可以感到,中国少见真正的大片,虽然资金是其中的一大问题,但根本问题还在于制片人、编剧和导演的大气,在于他们真正的想象空间,在于制作前的奇思妙想和精巧策划,而不在于耍小聪明和耍贫嘴。

2000 年《湖北日报》

不爱新片

　　人不算老,但却留恋老影片,留恋到几乎不想看一切新片的程度,并且认为一个人一辈子喜爱一两部影片就够了。去年被人"诳"去看了一部《坦泰尼克号》,虽有些感触,但却并没有动摇这种看法,甚至认为这部影片完全是一个老事件与一个陈旧故事糅合起来的"双重老片"。当然,对于年轻人,它还是非常有吸引力的。

　　令我偏执地排斥几乎所有新片的当然不是所有老片,而是一些震撼过我心灵的某些老片。也许是性格使然,我喜欢哀怨的、情感绵长的影片,而不太喜欢喜剧片、动作片,不太喜欢美国西部片和警匪片,这当然也与我在成长岁月中体会到的欢乐太少有关,因而对日本的《追捕》和《望乡》念念不忘。前苏联的《两个人的车站》,我甚至觉得没有拿到奥斯卡奖是该项奖的永远的遗珠之憾。

　　应该说,老片中给我印象最深的是《追捕》。按一般的分类,它属于我本不喜欢的情节动作片之类,但吸引我的是高仓健扮演的那位主角的深沉委屈之情和清洗不白之冤的执著精神。另外,它震撼于我的还有那极具感染力的音乐。那首无词的"啦呀啦"一旦响起,我的双眼就不由得不噙满泪水。我甚至觉得,该片的曲作者一定有过受到极大委屈的人生经历,不然怎么会写出如此洞悉人生、体察冤情而又长抒不平的曲调呢?当然,作为受众的我,当年因"攻击"一个叫江青的女人而蒙受五年牢狱之灾的痛苦经历,也许是我将这部影片看作我的至爱的内在原因。我曾在我创作的一部长篇小说《五彩包围圈》中,将我的这种感受通过一个人物的泪光写了出来,它被我的同事和文友们认为是我写的所有小说中最精彩的细节之一。

改革开放之初,在"文革"后举办的第一次日本电影周放映了《追捕》后,我已记不得自己看它看过它多少遍了。自从有了录像机,我便在电视台播放它的时候将它录了下来,有空就欣赏一番,虽然这样的录像质量很差。后来有了VCD,我买了它的碟子,这才着实能够十分舒服十分清晰地欣赏它了。

人的一辈子,能如此喜爱一两部影片也就够了,如同情爱和性爱,最好认准些,吝啬些,追求至爱,相伴终生。

2000年《人民意志报》

连续剧的"连续"

电视自进入寻常百姓家,虽依仗其科技手段表现出某种汹涌的强势,但也因家庭时空的过于广阔而出现某种力不从心的无奈,肥皂剧的应运而生,为的是用较低成本占据更多的家庭时空。诚然,肥皂剧也有给人印象深刻和使人产生期待感的作品,但多数如同流星,稍纵即逝。严格地说,肥皂剧是电视艺术商业化的一种"自我矮化"现象。

然而,一集接一集的电视剧,并不都是肥皂剧,也有摄制得十分认真的。如根据中国名著改编的几部电视连续剧,虽然水平参差不齐,但就制作者而言,都企盼将其拍成经典,总体水平远胜港台的多角情爱剧和超自然动作剧。

在电视连续剧中,一集一集地连接处理,其方式和水平是观众十分感兴趣的,因而也是不少编导刻意对待的。常用的手法中,有用情节发展段落衔接的,但这种手法由于情节段落的长度不同而常常处理得不尽如人意;最常用的是以悬念造成观众期待感的手法,如某人进入一个陌生而恐怖的房间,突然有一只手在他肩上猛地一拍,定格,字幕,这集结束了,想要知道是谁在他肩上猛地一拍,只有等待后一集。十多年前,我在处理电视连续剧《漩流》时,也用过这类手法,当某人用眼睛对准船舱的孔洞向另一房间窥看时,定格,字幕,让人们期待于想弄清此人究竟从孔洞中看到什么。然而,这种手法用得过多,也就没有多大意思了。当今,许多才华横溢的艺术家,往往有出人意料的连接处理手法。他们或者完全淡化悬念,而是从艺术的大气上着眼,让人们产生浓厚的欣赏欲,而不去细究连接方式,一集一集将它看完。这当然是最上乘的,但可惜这类作品凤毛麟角;有时,我们也可以看到艺术家的灵感火花闪现在某部连续剧的某处。如《水浒传》这部人们颇多微词的电视连续剧,在写武松被发配的那一集结束时,没有采用任何悬念,而是一场武松发配路上遇到郓哥的戏。两人相对无言,然后互相说"没有亲人了",处理得含蓄、深邃和高远,令人拍案叫绝。镜头结束于郓哥的面部,别具一格,令人感动。这显然是对连接手法的突破,产生了以韵味取胜的效果。

不过,当今对连续剧连接处理造成最大伤害的倒不是电视剧本身,而是播映单位的广告冲击。用广告腰斩电视剧,无疑对本已十分脆弱的电视剧造成硬伤;另外,就是人为地拖延播出时间,将本来是完整的一集电视剧胡乱分成两集乃至三集。这无疑是播映单位的自我亵渎。如能加强规范,这种现象应是可以避免的。

1998年《湖北日报》

不要挤干名角

张艺谋在《一个也不能少》中,对名角效应提出了挑战,但这仅仅是文艺现象中的个案,想来张艺谋本人也不大会坚持下去。作为演艺圈的主流,仍然是名角呼风唤雨;作为受众,追星族依旧疯狂。正因为如此,制作人和导演,仍然将主要目光盯在名角身上。这不仅压抑了新星,也会产生挤干名角和窒息名角的后果。

记得当年,一名受人尊敬的女评弹老艺术家,用那一曲爱国主义的旋律和唱段,赢得多少中国人的热烈欢迎!她的唱使人热血沸腾,效果奇佳。可是对于这样一位老迈龙钟的人,节目制作单位只考虑效果,竟一而再再而三地要她出场。虽然她依旧兢兢业业,尽最大气力,可是观众却有些心存不忍了。有人提出异议,却被人说成是不懂"卖点"的外行话。

1999年春节联欢晚会又给人一种印象:名角被编导挤干了。一旦被挤干,名角的表演就会显得特别吃力,就会走形;尤其是年事渐高的名角,就有可能在其艺术生涯中画不出一个圆满的句号。

赵丽蓉是受人尊敬的、多才多艺的名角,对她的表演,特别是在春节联欢晚会这样收视率堪称全球之冠的场合的表演和发挥,是受亿万群众瞩目和欢迎的,但却让她唱《坦泰尼克号》主题歌。这既让她感到吃力,也让观众失望。编导在安排上是尽力想将她那带着浓厚诙谐幽默情趣和地方色彩的艺术技巧和多面手的张力发挥出来;而且按一般的想法,她在艺术门类方面的表演跨度越大,越能赢得观众的掌声,如过去让她跳几步国际标准舞、让她来几招几式功夫拳脚等,都因为她在这些门类方面确有几个像模像样的招数而能达到编导的目的。也许正因为对这样创造出的效果过分自信(不是赵丽蓉本人的自信,而是编导的自信),所以才出现让她唱《坦泰尼克号》主题歌的创意和安排。然而这个声乐曲子的难度较大,观众听得太熟,期望值又太高,而赵丽蓉的确不适合唱这类曲目,结果使赵丽蓉的表演明显缺乏几分像模像样的婉转。一旦缺乏这一点,那么她在表演中的其他优势就不可能更好地衬托出来。事后谁也不会说赵丽蓉演砸了,但观众看得别别扭扭却是实在的。时间虽然过去了很久,但人们一想到这个节目,总会说出编导对赵丽蓉有"杀鸡取卵"之嫌的话来。

对任何角色的表演设计和安排,特别是对名角,一定要对其艺术功力和适应能力留有余地,不能太短视,不能只为达到近期目标而采取"掠夺式"的使用方式,不能挤干名角,要为名角着想,要爱护名角。这应当作为编导的一种职业自律,也可为编导多多发现新秀创造更多的机会。作为名角也应当学会自我保护,不要过于服从编导不恰当的安排,不宜过分不服老,而应审时度势,客观地对待自己,这样才能最大限度地延长自己的艺术生命。

1997年《人民政协报》

细节:以情动人的纽带
——小议美国影片《迫切的任务》

一般来说,我国的影视编导们对于细节的处理、运用和开掘下工夫不够,这是作品感染力不强的原因之一。高明的影视编导是异常注重细节的。由于创作规律中有"情节可虚构,细节要真实"之说,所以运用细节的工夫实在比构思情节更重要,也更具难度。好莱坞堪称将这种在极度虚构中追求极度真实演绎得淋漓尽致的典范!美国影片《迫切的任务》虽不算大片,但在细节处理上却颇具匠心,甚至使有的细节成为对观众动之以情的纽带。

影片有许多在细节处理上的闪光点。如报社总编听说当晚要处死的杀人犯可能另有隐情时,他正欲吃冰淇淋的镜头立即定格,然后回放了一段往事,再回到这个镜头上来。这不仅表现了总编的职业敏感,也使这一事态的重要性在观众的心中留下深刻印象。

另外,当记者史蒂夫在挽救受冤人犯的当晚被妻子逐出家门时,运用了妻子退还给他的结婚戒指为道具:当史蒂夫心情沮丧地酗酒而掏出这枚戒指,让它在吧台上旋转,从而使史蒂夫猛悟到被害人被抢走的项链这一重要的物证被忽略。正是这个联想成为全剧情节的转捩,在全片中起了四两拨千斤的作用。

正是这些处理,成为该片成功的基本保证。然而更令人感动的,却是对一支绿色蜡笔的处理——杀人犯法兰克临刑前,他的妻子和女儿前往狱室探视。这是极易处理得很平淡或很做作的过场戏,可是编导却在女儿为父亲画的一张画上大做文章。

这是一张尚未完成的画,女儿要在狱室内为父亲画完。可是在涂色时却发现绿色蜡笔不见了。母亲说不管涂什么颜色都行,但女儿坚持要绿色,因为她要画一个绿色牧场,她哭着要绿色。这本身就具有象征性。有了这一处理,这场戏便显得不俗,人物之间的情感交流就变得生动而充分了,观众也受到感动。但编导并不满足于此,而是进一步让狱警使用先进仪器寻找女孩失掉的绿色蜡笔,最终在探监母女乘坐的汽车下面找到它。女孩拿到绿色蜡笔,终于画完了这幅使整部影片大为增色的绿色牧场的画。

看到这样的场面,谁不为之动容呢?谁不为编导在细节处理上的灵感、机敏和苦下真功深表钦佩呢?虽然绿色牧场这幅儿童画的出现带有理想化的色彩,但建立在生活真实基础上的理想化不正是我们向往的,不正是我们为之心旌摇动的吗?

的确,在不少时候,细节不仅能加深对人物的刻画,也能成为情节的转捩,甚至可以成为对观众动之以情的纽带,它与音乐一样,同样可以成为情节的翅膀!

2004 年《中国广播影视》

汇编类型作品的善恶评价

在报刊和电视节目的制作中,有一种颇受人欢迎的形式:汇编及排行。一般说来,像《地球故事》就属汇编,而像明星榜或事故年表等则属排行。只要有好的创意,再加上有深度的分析和优美的解说,这类充分开掘现有资料以满足人们求知欲和新鲜感,满足人们了解某一领域宏观状况的要求,是值得提倡的,是大有发展空间的。

但是,这类作品要注意对事件的评价。例如在关于科技灾难排行榜的电视片中,对切尔诺贝利的核泄漏事故和对航天飞机"挑战者"号升空爆炸,虽然都是技术问题引发的,但一个是在成熟技术中出现的责任事故,一个是在试验性过程中难以避免的灾难事故,放在一起进行叙述时,一定要有客观而公正的评价,要有准确而权威的解说。在切尔诺贝利事故中的一万多名死难者,无论是抢救人员和群众,无论是当即死亡的还是很久以后才死去的,全是无辜的受害者;尤其应当指出,由于对消息的封锁,大大加重了灾难,所以当局应当受到谴责。而"挑战者"号的爆炸所造成的七名宇航员(其中包括一名女教师)的死亡,却是十分悲壮的。这七个人不仅是美国的英雄,也深受世界人民的赞颂,他们的死是为人类科学技术的进步而献身。然而在电视片中,人们感觉不到这种区别。

上述偏颇并不是最重要的,真正令人不安的往往表现在对犯罪事件的汇编和排行的专题作品中。例如最近看到的《世界列车抢劫排行榜》、《世界银行抢劫排行榜》等,有时间、地点和主要情节,但却感觉不到善恶评价。不仅没有这种评价,相反,在说到有些漏网的犯罪分子时,竟露出某种钦羡的口气,说他们从此可以当一辈子富翁了等等。应该说,这种排行本身就暗喻着对犯罪手法和犯罪"水平"的评判。因此,对受众(特别是对青少年)无形中会产生某种负面影响,虽然这并不是作者的本意,虽然这种负面影响并不一定立刻显现出来,它仅仅是一种潜移默化。然而,潜移默化对人的长期影响则是众所周知的。

当然,可以看得出来,这类作品是从进口片中翻译播出的。可是,我们的制作人员,难道仅仅满足于这种全盘照搬吗?多投入一点力量进行筛选,重新撰写解说词,或者在片头片尾作出某些说明和警示,难道非常困难吗?

电视对人的影响太大了,我们的制作人员要常常为受众着想,特别要为是非辨别能力相对较弱而模仿欲相对旺盛的某些青少年观众着想。这种要求大概不算过分吧!

2000 年《湖北日报》

呼唤国产科幻影视作品

在好莱坞巨片中不乏科幻作品,有些作品创造了极高的票房价值,如《星球大战》、《银河帝国的反击》、《天地大碰撞》等;有些获得多项奥斯卡殊荣,如《侏罗纪公园》等;有的如《内尔》虽然褒贬参半,但由于对未来世界和外星文明的深刻理解和精心阐释,又有著名影星扛鼎(女主角由奥斯卡奖获得者、《沉默的羔羊》中女主人公扮演者出镜),使其仍然具有震撼人心的力量。

我们虽然不能简单地认为科学进步与科幻作品之间有必然的联系,但是科幻作品对于丰富人们(特别是青少年)的想象力起着极大的作用,则是不容否认的。尤其是以往的许多幻想已经变成现实以后,更使人相信今天科幻作品展示的事物,有可能在不久的将来成为现实。因此,说科幻作品对科学技术的发展起着积极的推动作用,是一点也不夸张的。众所周知,原子弹的发明者之一雷奥·斯里拉德在日记中就曾这样写道:"我读了威尔斯的《获得自由的世界》(威尔斯是软科幻的代表作家,硬科幻的代表作家是众所周知的凡尔纳)受到很大鼓舞,决定把爱因斯坦的理论公式应用于实际。我们也都知道,当今困扰人类的环境污染问题,科幻作家早在几十年以前就已在作品中敲响了警钟。"

然而,我国的科幻创作却一直处于落后状态。从文学方面看,我国的科幻创作在新时期到来时曾露出过可喜的曙光,以叶永烈为代表的一批中青年作家在这方面起了很好的作用,科幻影片《珊瑚岛上的死光》受到观众的欢迎,但在八十年代中期便不知何故沉寂下来(我看与当时有一位重量级人物发表了指责科幻作品的文章有关),叶永烈等人也转而创作纪实作品和其他样式的作品。这不能不认为是中国在文化艺术领域中的短视现象。须知,当时的中国还刚从"文革"的梦魇中朦胧苏醒,人们在文化艺术领域尚处于惊弓之鸟的状态,一有风吹草动,立即逃之夭夭。然而事实上,世界文艺理论对科幻作品却有越来越高的期盼,并已出现这样的主张:将来最高级的文艺作品要在科幻中发掘,因为科幻作品涉及人类与环境这个广阔而重要的领域里的各种观念,不断提出新的思想和新的憧憬,对人类的未来,从实践到观念上,必将产生重要影响。这话虽然说得有点绝对,但大方向是不错的。

我在八十年代中期曾创作过科幻电影文学剧本《主攻手之谜》(发表于《西部电影》),西安电影制片厂曾计划摄制,但因种种原因,也许与前述的原因有关而未能如愿。

时至今日,我国影视界不能再对科幻作品视而不见了。我不反对历史片、生活片、武侠片、警匪片等等类型片的生产,甚至不反对贺岁片和泡沫剧,不同的观众有不同的需要。但是,完全忽视科幻作品这样一个重要的片种,对于影视的宏观指导者来说,不能不是令人遗憾的疏漏。

要知道,时代的脚步已踏进21世纪,我国在文学方面,科幻创作已出现欣欣向荣的可喜局面,涌现出一批优秀作品,它们无论在文学品格和故事架构方面,与国外作品相比毫不逊色。1999年高考题《假如记忆可以移植》又极大地推动了这方面的创作,甚至在大学和中学掀起一股不可小觑的科幻热。这既是时代发展的需要,对于影视制作者来说,也蕴含着极大的创作空间和商机。我们制片机构的眼光是否要放得更开阔呢?其想象力是否需要用科学和幻想来培植培植呢?

1999年《武汉广播电视周报》

第一是节奏,第二是节奏,第三还是节奏

《大宋提刑官》由大约11个故事组成,真亏得主创人员的好耐心,硬是将它拖成52集。如果按"干货"要求,以每个故事的平均容量计算,两集可以讲完。这样,它若压缩成22集左右是再好不过了,但它硬是多拖了约30集。也就是说,它有30集是"水分"。不信请看奥斯卡得奖大片《坦泰尼克号》,那么复杂的情节,也不过两个多小时;再看类型相当的《尼罗河惨案》《东方快车谋杀案》,时间就更短了,而福尔摩斯的许多案件,都在半小时左右。这正应上了一种说法:论节俭,电影要向电视剧学习;论节奏,电视剧要向电影学习。

当《罪证》播出时,我曾撰文指出它的节奏太慢:一慢在水边和街道的景观上,二慢在警察的抽烟和"诉苦"上,三慢在过场戏太多

上,四慢在人物应当交锋却"失之交臂"的安排上,五慢在演员说话时"嗯"、"啊"、"这个"等的拖沓上,六慢在蒙太奇处理时快慢失度而总体过于舒缓上,七慢在同样的话一遍一遍反复讲上……共指出了十点,并刻薄地认为,不少国产电视剧,看起来全像由慢镜头组接而成。《大宋提刑官》中,除了没有警察抽烟和"诉苦"之外,其余的问题与之相比,皆有过之而无不及。仅那个母亲讲的关于心的故事就说了不下三遍,至于对案情的分析判断,更是重复多多。造成这种慢节奏,不知是不是制作者为经济目的而在主观上的故意,而非艺术水平限制的缘故。

这是影响我国电视连续剧质量的要害之一。这问题不解决,它就可能滑向肥皂剧的圈子。(当然,这里不是贬低肥皂剧,那也是一种类型,它公开声称是肥皂剧,一般不用外景,主要播给一边做家务一边看电视的家庭主妇看的,即播给不能专心看电视的人看的,播出时间多在白天,然而其中不乏质量较高的,如前些年的巴西作品和当今的某些韩剧。)

谨向《大宋提刑官》主创人员进一言,如想在电视剧制作上更上一层楼,一定要做到惜时如金,如同一个好作家要惜墨如金一样。就我国电视剧的景况而言,当今首先要解决的关键问题第一是节奏,第二是节奏,第三还是节奏。当我国电视剧节奏快起来而又能让观众看得明白之日,就是我国电视剧总体水平跨上新的台阶之时。

2003 年

被疏漏的"静态"电视新闻

一般来说,电视"老记"最钟情于具有动感的新闻。1998 年的抗洪报道,他们除了民族的自豪感和事业的责任感可圈可点外,其新闻的动感也让他们充分发挥了一番!请看,汹涌的洪涛,惊天动地的抢险;再看,救生舟的贡献,空投时的浩气;还有,水中人墙的勇猛,背石扛料的艰辛,真可谓惊天地泣鬼神。他们拍下多少历史的不朽瞬间!

但是疏漏难免。主要表现是对在抗洪斗争中起了决定作用的从事脑力劳动的专家学者反映得不够。

我想,这主要是这些抗洪英雄的工作大多缺少动感,他们常常处于"静态"之中,或者蹲在现场的一隅,或者坐在办公楼的电脑旁,或者干脆是在冥思苦想,有的甚至钻进图书馆和资料库,很难吸引"老记"们的视线。

可在实际上,专家学者的功劳是怎么说也不过分的!以九江堵口为例,那实际堵口的场面当然是彪炳千古的,有的镜头应该收藏入我国的史馆,传给子孙后代。可是,这一堵口方案的形成和具体指挥,却是长江水利委员会设计院副院长杨昌煦。正是他的智慧和勇气,正是他及时而充分地运用了解放军某部在这方面的高科技成果,才使得这一方案付诸实施,才使得世界舆论为之啧啧!再如隔河岩水库"极限库容"的确定,在对水文的计算中,甚至使用了设在丹麦首都哥本哈根的计算机,专家学者们完全是冒着要嘛成功要嘛"犯罪"的危险,将水库水位定于令人惊心动魄的 204,这才使荆江水位最多时减低了 17cm。须知,如果没有这个 17cm,对于一道干堤,将意味着多少物力和劳力的投入!姑且不说如果由于江水上涨了 17cm 而可能造成的荆江分洪或干堤溃口了。这难道不是惊心动魄的吗?

试想,假如武汉中华路险段在发现堤身"出现问题"后,如果不是 GPS(全球定位系统)的加密监视,如果不是全占仪等高科技手段的投入,如果不是专家学者的科学分析和严格论证,不也照样会出现千军万马投石抛料的壮观场面吗?果真如此,想来"老记"们是不会放过拍摄这种场面的机会的。然而,这一切并没有发生。须知,避免了动感极强的新闻的出现,其实是对国家和人民作出了最大的奉献。可惜这一最大的奉献在新闻中反映得较弱。

几乎所有参加抗洪的专家学者都说,在抗洪斗争中,最难说出的一个字是"不",即对即将发出的某项抢险命令作出否定的结论。然而他们还是作出了不少这样的结论,包括对于荆江分洪说出"不"字。这可是责任重如泰山的一个字,该有多少可资开掘和报道的新闻包容其间啊!问题在于它缺少动感,当然也在于"老记"们缺少这方面的敏感。除此之外,我们在充分肯定这次报道成绩的同时,还要看到"老记"们在学养上也有尚欠火候的一面,在对待作为"第一生产力"的科技和科技人员的认识上有所不足。

电视表现手段从电影中汲取了许多营养,一般来说,蒙太奇就是为表现动态而产生的。然而作为电视新闻,它的任务并不完全等同于电影。电视的新闻性使它需要对社会的发展有新的认识,尤其对于作为"第一生产力"的科技有更专业的研究,对科技中的静态事件应摸索出更多的表现手段,这难道不是电视新闻工作者要认真思考的问题吗?

当"老记"们作出了骄人成绩的时候提出这点意见,真有些不好意思。

1998年《湖北日报》
获湖北日报"竹叶山杯"茶座征文一等奖

关于细节

如今的影视制作人,对于作品的选题、人物、情节、内涵乃至演员、摄影诸方面都比较认真和考究,但在细节上往往粗制滥造,许多虚假和马虎的细节,像掉在一锅粥里的老鼠屎,十分倒观众的胃口。

例如,在一部被称为"精心打造"的反腐倡廉的作品中,在将一名罪犯押至刑场的路上,为了表现罪犯在这最后的时刻看看将要离去的世界,镜头在罪犯行进中穿插了几次田野的摇拍镜头。这几个镜头可以称为这名罪犯的主观镜头。但问题却出在观众中,感觉到的竟然是这名罪犯不是在向前走,而是在向后退。这其实涉及被称为"对角线"的导演常识。我不相信这名导演不懂,我认为这是导演对细节的疏忽,对作品的不负责任。这种错误是我们在可以看到的西方优秀作品中很少见到的。

再如,由央视播出的大型电影连续剧《江山》中,有一场众多解放军为"盘龙市"运粮的戏,但粮包的大小与军人们负重的举止神情却极不协调。观众会问,他们背扛肩背的是粮包还是棉包?如果是棉包,似乎还说得过去;如果是粮包,这些军人的力气未免大得令人难以想象。知情人都知道,这些作为粮包的道具,大多是由塑料制成的,往往不是真正的粮包。用塑料包代替粮包,在影视制作中是完全允许的,但背塑料包的人却一定要将它们当粮包来背,否则给人的印象就是一个"假"字。

一个细节的假,往往使人觉得整部作品假,这实在是不划算的事。

还有,在不少作品的室内布置中,往往有些字画是粗制滥造的,给人的感觉是由完全没有中学水平的人胡乱涂鸦。它不仅倒观众的胃口,也在一定程度上影响了作品的档次。

优秀的作品是十分讲究细节的。除了情节上的细节处理外,道具、环境、季节、服饰、发型,甚至划船的桨、钓鱼的钩线、军服的标记等等,也都应与作品表现的年代和人物的特征尽可能相符,来不得半点马虎。文学创作中有一句十分管用的话:情节可虚构,细节要真实。这话对于影视编创人员和剧组人员,也有十分重要的指导意义。

2003年《中国广播影视》

仅仅感动于英雄？

近年，央视推出《感动中国》的活动。在推介广告中，有诸如任长霞等英雄人物的事迹，既为活动造势，也为提醒人们不要忘了投这些英雄人物一票。我可以肯定地告诉央视，我和我认识的许多朋友，都会投这些英雄人物一票的，因为他（她）们的行动，确实令我们感动。

但是且慢，难道我们仅仅为英雄人物、英雄事迹而感动吗？我们感动的难道仅仅是英雄？仅仅是正面的事迹？

我们知道，感动并不完全等同于敬佩。虽然英雄们的事迹是既令人敬佩也令人感动的，但面对纷繁的社会生活，人们的感动并不完全针对英雄。有些是针对平凡的人和事，有些是针对令人酸涩的人和事，甚至有些是针对令人愤怒的人和事，当然还有些是针对既令人酸涩也令人愤怒的人和事。因为，能引发感动的事物是极其多元的。

例如对于我来说，在2004年最令我感动的一件事，是央视新闻频道"社会纪录"中看到的"民工吃西餐"所讲述的那些人和那件事。说实在的，我早已年过花甲，经历的欢乐、悲哀和痛苦太多太多，我自信不太容易受到什么感动，至少，近三十年我没有流过泪。这倒不是什么"男人有泪不轻弹"，"有泪往肚子里吞"等等，而是因为自己见到、听到和感受到的事太多了，有些见怪不怪，甚至有些麻木。但那个夜晚看到的"民工吃西餐"，却真正让我感动了一把，感动得我几乎要流下泪来,感动得我整夜难眠。

瞧,几十位农民工要回乡抢收,这可是争分夺秒的事,但老板却不给工钱,农民工连回家的车钱也没有,只得由工头带着找老板讨要。老板不知是出于无奈还是出于对农民工的嘲弄,拿出一张大宾馆的消费卡顶工钱。工头带着农民工来到大宾馆的西餐馆,本想以折扣的方式从消费卡中换出点车费。但西餐馆坚决不同意,因为这卡只准消费。大半天没吃没喝的农民工只得吃一顿吧,因为吃一顿总比什么也没得到要强。可是西餐馆却以"衣冠不整"为由不同意农民工按四十元左右的价格与其他客人一起吃自助餐。须知,那些低胸妆和光大腿的妖艳女人在任何这类高档餐馆是不属于"衣冠不整"的,而普通农民工反倒成了衣冠不整!西餐部主管在大放了一番厥词后,总算同意在他们的客人吃过之后,让农民工吃一顿包餐,而这时每位的价格便涨至六七十元。可想而知,农民工的这顿西餐吃得多么辛酸,他们吃的是自己的汗水和泪水啊!……

我知道我的眼睛有些模糊了,泪水在我眼眶里闪动;我更知道这件事里包含着卓别林式的喜剧色彩,以及它所反映的社会价值标准的倒置,再也不是躲债而是作为债主的"杨白劳"们的剜心剜肝的痛苦,以及再也不是讨债而是"躲债"的"黄世仁"们的丑恶奸诈,还有那犬豕不如的西餐馆主管,对农民工在那等状况下"吃西餐"还要狠狠地宰一刀!

这就是我的感动,2004年的最大感动!

敬佩是感动,同情、辛酸、动容,这难道不也是感动?

我希望我们的央视,以更宽广的视野来审视人们的情感,在看到我们英雄的同时,也要看到平凡的人、尴尬的人、酸涩的人和苦难的人!那样的感动中国,才是人性的,新进的,才是既弘扬正气又鞭笞邪恶的,才是最大多数人的真正感动!

2005年《长江日报》

虽然也是老百姓

如今的电视，越来越贴近群众，许多与老百姓的生活、学习、欢乐、忧愁密切相关的节目，日益受到人们的欢迎。这无疑是精神文明建设的成果，是电视制作人既追求收视率也追求社会效益的表现。

但是，在不少打着"表现老百姓普通生活"旗号的节目中，却发现越来越多的以演员、歌星、画家、作家等名流为对象的节目，描述他们的喜怒哀乐，纪录他们的日常起居，表现他们的奋斗拼搏。应该说，其中不乏精彩，给人启迪，给人教育，开阔了观众的视野，拓展了人们的认识空间。不过面对这一现象，另一个问题却悄然出现：这类节目是否适合表现名流？

当然，也可以说这其实并不是一个问题，因为演员、画家、作家、歌星们不少都没有一官半职，他们不也是老百姓吗？为什么在表现老百姓的节目中不能表现他们呢？

是的，这话确实有理。不能说这类节目不能表现他们。可是话得说回来，虽然他们也是老百姓，但是，他们的职业和收入是与他们的知名度有相当关系的，利用反映老百姓普通生活的节目反映他们的生活，终究有故意提高他们中某些人知名度之嫌，有为他们作免费广告的嫌疑。即令节目制作人的本意不是如此，至少也是节目制作人偷懒的表现。因为表现他们的生活要容易得多：表现对象容易找。这些人的生活中，让人感兴趣的东西相对要多；同时，他们也会作"秀"，拍起来真是太容易了。而找一个默默无闻的老百姓，既要有可以深挖的内涵，又要寻找适当的切入点，还要摄制对象能与摄制组默契配合，困难要大得多。然而，这类节目的策划与制作，不正是电视界从业人员对自己提出的挑战吗？如今却在"老百姓"的大帽子下面，绕了一个弯，又回到平时熟悉的套路中去，这是不是对这类电视节目创意的某种"巧妙的"否定呢？是不是对老百姓的某种有意或无意的糊弄呢？

是的，这些名流的确是老百姓。但是，电视中关于他们的生活和创作的栏目委实太多了，他们的出镜机会也太多了。请给真正普通的、平凡的、也许他的一生只会上这么一次镜头的老百姓留一点空间吧！因此，如果铁下心来要制作一点关于老百姓普通生活的节目，就应该狠下心来将名流们从这类栏目中去掉。虽然这对名流们有些不公，但相信名流们是不会过于计较的。

当然，话也不用说得太绝，如果有过去曾经是名流而今天已从名流圈中淡出，融入广大老百姓的洪流之中的人，其平凡的生活中又确实有对人们认识人生和认识世界有所裨益。如一位曾是非常著名的女演员，以博大的母爱几十年如一日地培育照料一个残疾儿等，让电视镜头再次对准他们也是值得欢迎的。

1999年《人民政协报》

慎待犯罪技巧

在有关犯罪问题的电视、新闻和文艺作品中，如何反映犯罪分子在作案时的犯罪技巧，使其既令人信服但又不成为传授犯罪技巧的"教科书"，是长期未能解决好的问题。如最近有篇破获制贩假币案的新闻，较详细地描述了一种鲜为人知的造假拼接法，详细得像上手工课。有人认为，这无异于传授犯罪技巧，可能会激活某些人潜抑的犯罪欲,有教唆犯罪之嫌。又如电视剧《罪证》,在表现妇科主任白寒冰谋杀"情敌"曾文君的过程中,对于作案用药及其不易被侦破的机理介绍甚详。尤其是某些所谓纪实性侦破片,如盗窃文物的《五一六大案》,发生在东北的杀人抢劫案和发生在北京与新疆的杀人抢劫案。该片在摄制上的冗长拖沓姑且不论,在犯罪步骤、具体实施、现场处置、枪械隐藏及反侦察等细节上,真是细致得如同教科书一样。这不禁让人想起国际恐怖集团的头目本·拉登领导的"基地"所拥有的那本长达7000页的"圣战百科全书",它覆盖了诸如如何进行生化武器袭击和白刃战中如何寻找敌人致命软肋等"游击战"的方方面面。其中,第11卷竟详细讲解了如何散布有潜在致命威胁的生物体和毒药,包括肉毒杆菌毒素、病毒感染、炭疽和蓖麻毒素;关于爆炸物一卷,专门以一页篇幅讲述了如何将一包香烟变为一枚炸弹的问题,并详细说明了在香烟、打火机、床垫、椅子、巧克力块、牙膏和发刷中填装炸药的要点。如果有作品反映拉登,而将这些内容详细介绍,会产生怎样的效果呢?

是的,作为犯罪问题作品,如警匪类和推理类作品,要想完全不写犯罪技巧和手法几乎是不可能的,如同爱情作品,不写情爱机缘和示爱方式,是不太可能的一样。《罪证》正是在这方面有令人信服的描写,所以增强了真实感,提高了收视率。至于采用纪实手法的《五一六大案》,在描写犯罪分子盗窃文物方面,详细地表现作案方法和过程,似乎在所难免。

其实在同类作品中,我国的创作水平并不很高。在西方,自柯林斯的《月光宝石》开此类作品之先河后,涌现出一大批优秀的犯罪问题作家和作品。柯南·道尔、阿加莎·克里斯蒂等,他们除强调人物命运和情节外,也在知识性与技巧性方面有所开掘,使作品更具可读性和冲击力,因而赢得了受众,创造了品牌。经后人努力,该领域又有新的发展和突破。相比较而言,我们的作品刚好在这方面显得生疏拘谨,缺乏对矛盾双方在智力和技巧方面真枪实弹的描写。这是缺乏生活,缺乏掌握相关领域知识的表现。

但这并不等于说我们应当更加露骨地表现犯罪技巧,因为如果这样,必然会在取得真实感和冲击力的同时,在社会上产生负面效应。近期报载的一件文物盗窃案和一件中学生绑架案,据犯罪分子交代,他们是从文艺作品中得到启发的。虽然我们不能因此而将责任推给作者,但慎待犯罪技巧显然成为作者应当认真注意的问题。

如何做到这一点呢?我想最重要的应当是避免明示犯罪技巧中最关键、最具操作性的要害。如在《罪证》中,可写到这种既能致人死命又不会被法医检验出来的药物,但却不点明具体药物名称,或干脆虚构出一种药品;在报道那则制贩假币案时,对拼接法点到为止,而不必具体介绍拼接方法。艺术地隐没或虚拟出关键部分,想来是可以做到的。而要做到这一点,则应着力于作品艺术品格的提高。虽然西方有些作品在这方面没给我们提供好榜样,但在研究西方同类作品的精品,如福尔摩斯探案和波洛探案,会发现真正扣人心弦的还是人物命运的波澜和案情的扑朔迷离,而不是犯罪的具体技巧。这些作品往往具有弱化纪实性、节奏较快、强化想象空间和精巧构思的特征,充分运用了"三S"技巧,即悬念、惊奇和出人意料,并以此淡化或虚构出基本上无法仿效的犯罪过程中最具操作性的部分。

是的,提高艺术品格是最费力但也是最可靠的途径。解决这一问题的真正奥妙,也许就蕴藏其中。

2000年《湖北日报》

对抽象进行具象化表现的重大尝试
——试评影片《苏菲的世界》

看过影片《苏菲的世界》,心中像有无数的小鹿在奔突,许许多多感慨真是无从说起。当然,首先要感谢挪威电影人,他们以北欧人在瑰丽和奇寒环境中锤炼出来的坚韧顽强,以冰清玉洁的童心纯情和北极之光的孤高远志,向世人奉献了一部令人难以言说的经典之作。与其说是献给儿童,不如说是献给全人类,献给电影艺术的圣殿,并向一切媚俗的、功利的但却肤浅的、粗滥的影片叙说真正影片应有的品格:虽然不可能绝对完美,但却要倾尽心力地向艺术的高地挺进!他们做到了这一点。因为细细想来,当前在影坛炙手可热的《哈利·波特》之类与之相比,也显得逊色不少。

确实,以情节为特征的故事片,一向视抽象为大忌,"聪明的"电影人往往避之唯恐不及。但本片的编导们却迎难而上,偏偏要向儿童,当然也包括成人,讲述在人们印象中是最最抽象的哲学,而且要讲述的是尽可能完整的一部需要车载斗量的世界哲学史。他们将不可能变成可能。这有赖于乔斯坦·贾德的同名原作的精妙,也有赖于具有强烈探索精神的编导们的慧眼,他们将不可能变成可能;还有赖于十分精到地采用了儿童的视角,以回家的父亲、充满好奇心的苏菲和具形具象的哲学史的代表人物及与哲学有关的经典事件场景这三个支点,从而三点一面地完成了既诡谲奇幻又丝缕清晰的具有魔幻色彩的完整作品;同时,也有赖于以"你是谁""世界从哪里来"的悬念为经,以转达席德的信件为纬,巧妙地架构了故事,为人物的心理展示、色彩的丰富引人、场面的变化有致、音响的扣人心弦,特别是时空的跨越转换,还有后面将要再次提到的译制的完美动人提供了坚实基础。影片让观众惊奇地发现,原来先贤们所言"哲学是生动的"、"哲学推动着历史"并非是哲学家的自恋,而是可视可触可感可悟的千真万确的事实。

除此之外,作品处处闪现着智慧之光和艺术的灵感,可圈可点之处通篇可见。如满足苏菲对人类自身和对宇宙巨大好奇心的引路者,竟是一匹狗,其寓意在于说明作品的终极探求不仅仅限于人类自身,而在于生命。这种象征手法虽在文艺作品中并非鲜见,但在这部作品中运用得如此自然流畅,的确难能可贵;再如,在表现十月社会主义革命的场面时,从人物特征到场面氛围,乃至细节处理和音乐运用,尤其看出编导的深厚功力,因为它若稍有破绽,能逃得过对于这段历史及其哲学耳熟能详的中国观众的感官……

毋庸讳言,从严格的意义上说,由于当今流行的世界哲学史自身的局限性,《苏菲的世界》不可避免地表现出"欧洲中心"的特征,作品基本上排除了东方哲学,尤其是中国哲学。原作如此,影片也未能有所完善。事实上,作品中对于人类起源的追问和悬念、是生存还是毁灭这个值得考虑的问题,以及苏格拉底关于"世界是从哪里来"的提问到柏拉图的洞穴神话,同样是东方哲学史和中国哲学史的永恒话题。东西方这种至少是平行发展的哲学探求,如能以更为恢宏的视野加以观照,《苏菲的世界》将更臻完美。当然,指出这些显得有点苛求了。应该看到,作品的基本出发点是献给儿童的,原作者和电影编导是有将其制作成哲学入门精品意图的,那么,对于在本质上确实抽象,并且面对世界哲学史的艰深和纷繁,尚存某些通俗化手法可以采用,如旁白和字幕等。如果像现在这样,有些地方连成人也难以看懂,对于儿童,岂不关窄了进入哲学天地的大门?

然而瑕不掩瑜,《苏菲的世界》确实是近年少见的精品佳作。能将这部作品纳入译制选题,允分体现出湖北电视台的译制者极高的艺术品位和鉴赏力。以华语观众的角度纵观全片,他们能较准确地把握住作品的节律和较深入地传达出作品的精髓,分分秒秒都体现出这个译制集体是极为优秀的。正是这个优秀的集体,不仅向观众献出了《苏菲的世界》,还曾推出过美国22集电视系列片《再现罪犯的人》。这部作品不同于普通警匪片,其中的罪案多与心理变态和五花八门的邪教有关,是一部译制难度相当大的作品。但他们的译制取得相当的成功,获得中国电视剧的最高荣誉——"飞天奖"优秀译制片金奖;世界名片《巴黎圣母院》获得中国广播电视学会译制片一等奖;侦探片《彼得施托姆》和儿童剧《童犬埃里克》也在全国大奖中榜上有名。据说,他们正在译制最新版本的《哈姆雷特》和电视剧《亡命天涯》。

我们有理由期待着从这个省级译制集体的创造性劳动中获得新的艺术享受,我们从心底深深感谢他们。

2002年《电视世界》

魔术、特技与影视幕后

1999年7月3日,美国魔术大师弗兰斯·哈拉瑞在埃及金字塔高地上,在巍然屹立的狮身人面像前进行特技表演,竟使狮身人面像这样的庞然大物神秘地消失了两分钟。另一位获得过麦克阿瑟基金会"天才奖"殊荣的职业魔术师詹姆斯·兰迪,曾在大庭广众中将一架波音737飞机变得无影无踪。可贵的是,他们都没有像中国的气功师那样将技巧当成"特异功能"而心怀叵测地制造崇拜,而坦承这些不过是魔术,并不是魔法。这些真正的魔术师成为诸多虚幻、奇妙和神秘现象的最佳阐释者,受到人们的尊重,也使人们永远对魔术产生好奇,使这门艺术与技巧相结合的观赏门类得以继承和弘扬。

虽然他们都承认这是魔术,但他们却拒绝有人采访和摄制他们的幕后制作,因为一旦某些技巧和门道公之于众,魔术将因失去好奇心而失去观众,他们要使魔术与观众保持一定的距离和神秘感。不窥探和报道魔术的幕后,不仅是对魔术师的尊重,也成为传媒的操守之一。

其实,魔术与观众的这种距离和神秘感,在任何艺术门类都是存在的,也是必要的。影视艺术中的某些特技设计和幕后制作技巧,同样如此。可是我们现在的不少专题节目,却争先恐后、连篇累牍地窥探和报道影视幕后,恨不能将圈内所有的创意与技巧和盘托出。如在"走进幕后"以及"形象片的制作"节目中,早已不满足于将一演二与一演多、攀岩登山、替身应用、场记作用、化妆变形介绍个通透,甚至将不少具有绝妙创意的特技也一一公布出来。

须知,不少影视制作技巧如同商业机密和技术专利一样,都饱含原创者的智慧和心血,是应受到精心保护的。景泰蓝制作技术的泄密,对我国造成的损失是众所周知的教训,而关于川剧"变脸"技巧是否应当公开和某香港影视大腕表示愿意拜师学此技巧,也成为国人关注的问题。这里要指出的是,不要以为美国某些大片中令人耳目一新的技巧都是所谓高科技。据接近好莱坞的朋友透露,其中有些也仅仅是成本低廉的创新,是说出来谁都会做但不说出来谁都称奇的诀窍。而这些创新和诀窍,他们是绝不告之于人的,如同可口可乐的配方。他们账单中的高成本,有相当一部分是这类创新创意和诀窍技巧的高回报,同时也是将经济不太发达国家的影视竞争对手吓退的一种手段。

明白了这一点,也就明白了我们有些幕后节目制作人,是多么不懂艺术中的技巧对于保持观众好奇心和神秘感的重要性,说明他们多么缺乏知识产权保护意识。所谓我国影视业的不太成熟,由此可见一斑。我希望中国影视业多挂几块"后台止步"的牌子，影视业方方面面的"腕儿"，尤其是化妆造型、特技置景、电脑动画班子的"腕儿"，能安于寂寞少露面。生活就是这样，有些职业天生是要多露脸的，如演员；有些职业天生是要躲起来的，如影视幕后工作者。

2005年《中国广播影视》

戏说影视（之一）

怀古思幽本天性，播些古戏本无妨。

无奈如今影视界，却以"戏说"玩市场。

"戏说"又数辫子戏，无虎荧屏充大王。

通篇皇帝和太监，外加妃子美眉娘。

皇帝个个是明君，最喜最爱是私访。

"深入基层"堪可嘉，"访贫问苦"实平常。

路见不平侠客行，平反冤案好心肠。

如今干部学一二，肯定会上光荣榜。

还有娘娘和美女，机智灵活又大方。

更有太监与和尚，插科打诨本领强。

如要学做马屁精，千万不能漏一场。

胡编乱造编剧俏，张冠李戴导演忙。

你说违史我不怕，"戏说"本是大箩筐：

剽窃成了巧移植,错错得正妙锦囊。

场景更富想象力,妓女每集都出场。

个个沉鱼落雁色,外加青楼真排场。

大红灯笼高高挂,雕梁画栋龙凤床。

恩恩爱爱情更切,"梁祝"看了敢开腔?

实在剧中没有戏,一阵厮杀混时光。

莫道专制养淫主,个个都比泰森强。

血泪史实被篡改,暴君酷吏被雪藏。

不怕批评不怕骂,不怕子孙戳脊梁。

一心只为钱钱钱,管它是魔是娇娘!

1999年《中国电视报》
获 1999《中国电视报》征文三等奖

戏说影视(之二)

男人坐的大班椅,女的驾驶新奥迪。

住的别墅真富丽,进的酒店五星级。

男的个个有保镖,女的人人有情敌。

西装革履粉面郎,或披长发或青皮。

巨乳肥臀冶艳女,好似模特争晋级。

丈夫肯定有外遇,老板岂能无"小蜜"!

一个"款爷"九女追,靓女身边众男依。

男的个个是种马,女的人人是狐狸。

三角四角无数角,二奶三奶好"福气"。

横眉怒目争酸醋,相互陷害施诡计。

一言不合就动手,有了打闹不愁戏。

摔了花瓶撕婚照,砸了电器滚楼梯。

千般情节一个"巧",外加无数床上戏。

编导精通"房中术",管它少儿宜不宜!

三四万字小中篇,可以拉成五十集。

谁说剧中没情感?痴男怨女三二一。

可惜痴情没基础,恩爱可是假把戏:

女警依恋男毒贩,少年爱上五十七;

正方患了失语症,坏人大讲空道理。

情节实在难展开,一个"病"字解难题:

女儿患了白血病,妻子瘫痪要断气;

如若还难到高潮,男的车祸血淋漓。

真实情感何处有?不在影视在邻里。

1999 年《中国电视报》

获 1999《中国电视报》征文三等奖

卖　点

近来看电视,忽然有一个有趣的发现:无论是《大宅门》还是《铜嘴铁牙纪晓岚》,也无论是《京城第一大状师》还是《战国英雄吕不韦》,甚至在《少年包青天》等热播剧中,都有不小篇幅描写妓院,而且这些妓院都开得气派非凡,除了亭台楼阁、雕梁画栋外,妓女们也一个个燕瘦环肥,能歌善舞,打扮得浓妆艳抹,珠光宝气,表现得媚态十足,妖冶作态。它给人这样一种错觉,即妓院多于民舍,妓女多于民妇,甚至让人误以为妓院就是中国古代的生活主流和当时主流文化的集中体现。

这种错觉,不禁令人哭笑不得且扼腕叹息,同时也不得不佩服我们的编导们如此高明的"共识"。据说,这种"共识"来自不少编创人员对电视剧"卖点"的寻觅。记得50年代的电影,编导们就发现了"战争加爱情,群众最欢迎"的卖点;而现在,这个发现竟被发扬而光大,搞得好像我们这个世界的芸芸众生就这么个德性——倘若没有几个妓女在剧中插科打诨,或者与主人公勾搭,或者争风吃醋大打出手,我等小民就没有观赏兴致了。而他们所关心的收视率就会下降了,广告收益也就要大打折扣了。

再来看看与电视"配套"的广告,大都挤满香车美女,似乎追逐奢华和美女在人们的生活目标中不占第一也数第二! 例如某袜商广告:弄个美女穿上薄而透的裤袜,靠在沙发上,正面正地对着亿万观众将两条玉腿高高地跷来跷去,再配上广告语"不止是诱惑",其露骨的程度早已超过"儿童不宜"。既然"不止是诱惑",那么请问,比诱惑更进一步的是什么呢? 为了寻求"卖点",电视剧的编导和广告商都不约而同地瞄准了"性"或性挑逗,这已是不争的事实。

说到"卖点",自然想到"买点"。在当前正在进行的整顿娱乐场所行动中发现,有不少挂羊头卖狗肉的娱乐城、发廊、桑拿浴、迪厅,也与这些"卖点"有异曲同工之处。艺术源于生活,广告引导消费。既然剧中是这样的,既然广告是这样的,"和尚干得,我为什么干不得?"卖者有理,买者亦有理。于是就有干这些肮脏勾当的场所屡关屡开、繁荣"娼"盛的现象。当然,这类事屡禁不绝的原因委实复杂,比如与以罚代管等也有关。但电视和广告找"卖点"和三陪女找"卖点",与某些执法人员和"消费者"找"买点",似乎更加默契。这正是我辈的深深悲哀。

2002年《中国广播影视》

电视剧的九大泡沫

纵观荧屏,深感电视剧有九大泡沫正越吹越大,令人担心这些泡沫一旦破灭,电视剧将何去何从,该怎么办。虽然有点杞人忧天,但作为热爱中国影视的人,不能为此承受不少压力,作些观察和思考。现将泡沫列为九类,供大众评判和提出挽救方案。

泡沫之一:古装泡沫。电视剧当然少不了古装戏,但比例不能大到使人很难找到反映现实生活的作品,尤其难觅现实的儿童题材和农村题材的作品。而那些难得的现实题材作品,又往往是平庸的商业作品或虚假的献礼作品。这样一来,古装戏的泡沫便吹得更大了。

泡沫之二:辫子泡沫。在古装泡沫中,辫子泡沫要单独说一说。中国有几千年文明史,历朝历代的感人事件和人物可谓车载斗量,难以数计,可不知为何编导们特别钟情于辫子戏。有位难辨真假的行家说，这是因为辫子戏"开锣"较早，留下一大堆满清的服装、道具和外景，继续再拍相同朝代的古装戏可以节约成本，于是便一路拍将下来，终至不可收拾。此话虽失之肤浅，但也值得一听。

泡沫之三：帝王泡沫。古装戏也好，辫子戏也罢，但在任何时代，文艺作品理应表现各种各样的人物，理应做足三百六十行的文章。然而如今的古装剧，在"皇天之下，后土之上"，似乎除了皇帝、妃子和太监外，再无其他人物的生存空间。这些锦衣玉食的皇室"宝贝"，或一呼百应，或明争暗夺，或与百姓同吃同住同劳动，或清明廉正赛包公，将一本凝重沉甸的历史大大歪曲，并美其名曰"戏说"，让成人看不懂，令孩童受误导。

泡沫之四：豪宅泡沫。好不容易盼上现实题材的作品，见到的却是粉脂铺天的男人和珠光宝气的女性，住的豪宅深院，开的高级轿车，一副副王子公主般的派头。假如我是外国人，看了这些中国的电视剧，一定会认定美英当属第三世界，而中国才是世界头等富国，并且富得流油。

泡沫之五：滥爱泡沫。虽说爱情是永恒题材，但电视剧给世人的印象却会认为，中国人怎么全是既不做工又不种地、每天24小时全泡在爱情里的滥爱动物？瞧，男的个个是帅哥，女的人人是靓女；男人全有第三者，女人都有老情人；三角四角不够味，连环爱情正当时。"这些电视剧严重歪曲了中国人的形象！"这是一位老艺评家的话。话虽有点传统，但却十分到位。

泡沫之六：多集泡沫。单本剧早已绝迹，上下集也难见踪影，如今，两三个无病呻吟的小男女，小小一个三角恋的情节，便能动辄十几集、几十集地拍出来。有人唱："橡皮筋，糯米糖，想拉多长有多长。"指的就是电视剧。这样下去，百集、千集、万集的电视剧看来是指日可待的。然而，当电视人凭长度赚得盆满钵满时，怎会想到浪费了多少观众的光阴。也就是说，在谋了财的同时，害了多少人的性命！如此又臭又长的"王妈妈的裹脚"，结果必将导致民族电视剧的衰落。这绝不是危言耸听。

泡沫之七：慢动泡沫。慢动作与缓节奏，是电视剧主创者的最爱。不信请看充斥于电视剧中的那些不厌其烦的过场戏，如某角色出一次门：出门、锁门、掏车钥匙、开车门、上车、开车、车拐弯、等绿灯、在车上点烟、按喇叭、加速、再拐弯、再加速、减速、停车、下车、上台阶、灭熄烟头、按门铃、摆出姿势等开门、寒暄、进门……时间过去了好几分钟，观众还不知道此人为什么要出这趟门；再如，某角色思念情人，于是在室内踱步，一圈两圈，看照片，拿起电话欲打又放下，再踱步，点烟，吐烟圈，躺下，又起来，再踱步，没完没了。观众急得要换频道，但其他频道早已道了晚安……慢动泡沫成了中国电视剧的痼疾顽症，并与多集泡沫互为补充，共存共荣，成为我国电视剧的一大特色和"亮点"。

泡沫之八：会议泡沫。早年民谚说："国民党的税多，共产党的会多。"如今则有另一说法："街上的车多，戏中的会多。"真让人不可理解。在难得的现实题材的电视剧里，为什么会出现那么多会议？尤其在本应快节奏的警匪片、枪战片、情节片里，会老开个没完，而且每次会议都要等到既不在现场又不在一线的上级领导作出英明指示后才散会。有人说这是因为编导们有"尊长癖"，其实是出于通过审查的考虑。至于为什么要用开会争取通过审查，则有更深层的原因，人人心知肚明。

泡沫之九：噱头泡沫。如今的电视剧，小品化倾向越来越明显了。表现为：油腔滑调搞噱头，空无一物演闹剧，浅浅薄薄装深沉，干脆笑星打头阵。其实，没有深刻正剧（包括震撼人心的悲剧和发人深省的喜剧等），是难以弘扬民族精神的，它只会使电视剧走向浅薄，走向无奈，甚至走向庸俗和浮躁。须知，艺术是有门类特征的，相声是相声，小品是小品，电视剧既不能是相声也不能是小品，如同相声和小品不能是电视剧一样。它们之间只能相互汲取营养,而不能越俎代庖。

以上数点,可能以偏概全,难免挂一漏万,如有得罪之处,敬请原谅;如有错误之处,敬请指点。如能有所改进,则是国之大幸!

2001年《人民意志报》

从《魂断蓝桥》的片名说起

当年,由美国米高梅影片公司出品,由费雯丽、罗勃和泰勒主演的一部精彩影片要在中国上映,片名如译成《滑铁卢桥》固然不错,但发行商为吸引更多观众,也为了使其有一个不仅具有文化品位而且又与内容贴切并具有情感色彩的片名,便向社会公开有奖征求译名,于是便诞生了著名的、脍炙人口的《魂断蓝桥》。

这使我想起一件往事。1980年夏,参加完在庐山举行的全国文学创作会议后,湖北省的作者们在《长江文艺》编辑部的带领下,前往井冈山举行笔会。一位姓汪的作者写了一篇小说,名为《魂断春柳桥》,向一位姓王的作者征求意见。王某看完后建议道:作品名称是否能改一改?因为它使人联想起《魂断蓝桥》。汪某认为有些道理,便费了很大脑筋改了篇名,但后来大家发现,这位提意见的王某自己写的一篇短篇小说,竟然取名为《复活》! 一时在文友中传为笑谈。

文艺作品取名是一门学问,其中最忌讳的是雷同或过于近似,尤其忌讳与经典作品或比较成功的作品雷同或近似。可是纵观当今文坛艺坛,这类现象实在太普遍了。"戏说"则满目"戏说","风暴"则遍地"风暴","激情"则全都充满"激情"。更严重的是,许多作品竟然与某些名作完全相同。前不久热播的电视剧《失乐园》，不知作者是否知道日本作家渡边淳一有一部长篇小说也叫《失乐园》，并且拍成同名电影，在文学和电影圈内占得一席之地。记得当我打开电视时，看到荧屏右下角的"失乐园"三字时，又看到有位在中国较有人气的演员在荧屏内作态，心中甚感疑惑：这位中国演员怎么会到日本去参加这部作品的重拍呢？看了一会儿才知道，作品竟是国产的，说的是与日本《失乐园》风马牛不相及的另一类故事，心中真不是滋味。最近在报上看到，某省正在筹拍一部电视剧，作者还是一位颇有名气的女作家，可剧名竟然是《云中漫步》。谁都知道，《云中漫步》是一部外国大片，而且是取得许多奖项的大片。我们的作家为何不能为自己的作品起一个既富有文学韵味又不同于其他作品的名称呢？

无独有偶，正在我写这篇文章时，却从影视圈传来消息，称我国正筹划拍一部反映水上运动的影视作品，而作品名为《出水芙蓉》。可是谁都知道，在电影史中，《出水芙蓉》作为美国的一部与水上运动关系很大的娱乐片，影响是极大的。

我真弄不明白，在具有无限扩展空间，在可以展开无限想象的文学艺术领域，为什么非要用别人已经用过的或与之极为类似的篇名、片名和剧名?! 想来并非江郎才尽，而是创作者忽视了这个问题，或不愿在这方面下点工夫罢了。

据说，当年给《魂断蓝桥》起名的是一位文艺圈外的女性，她冥思苦想了好几天，终于给取了这样一个可谓经典的中文片名。我们真要提倡这位女同胞的创新精神；不知如今的创作者在对作品起名方面是不是会为之汗颜。

2002年《湖北日报》

冷眼电视剧之情人潮

在"腕"们的大力示范和市场行情的协力驱动下,时下只要我们看电视剧,动辄就是一二十集甚至二三十集的"情感"剧。人物一出场,孩子们就会问:哪个是第三者?哪个要离婚?哪个是情人?然后开始评头品足,滋滋有味,真令人哭笑不得。

是啊,一个电视"情人潮",汹涌澎湃地出现在亿万受众面前。不信,请打开电视机。不是《怦然心动》就是《危险真情》,不是《口红》就是《爱是一个危险的错》。甚至其他类型的电视剧,如动作片、警匪片中,也少不了搅和上这类情节"味精"。这是在"戏说剧"与"皇室剧"的混合杂交潮流尚未完全退潮时又涌动的一股新潮流。

应该说,"情人"问题是一个广泛而深刻的问题,由它引发出诸如离婚、"二奶"、重婚、家庭暴力、单亲家庭、单亲子女教育等等严峻的社会问题。其中,有些已上升为法律问题乃至形成对现行法律的冲击。电视剧对这一社会现象进行艺术的再现,是无可非议的。但是,一旦形成潮流,就有点令人不安了。因为如此集中如此大量生产与播出同类型电视剧,首先违背了民众文化需求的多样性。作为一个制作单位,可以按自身的优势大量摄制某种类型的电视剧;作为一名演员,可以根据自身条件专扮某种类型的角色。他们这样做,或他们改变"套路"另塑自我,都是他们自己的事,人们无须饶舌。但作为一座城市,一个省或许多省,众多电视台长时间集中播放同一类型的电视剧,则是非常令人费解的事。

我们的文艺在多样性方面,曾有过深刻的教训。"四人帮"横行时的"八亿人口八个戏"那令人难以容忍的现象姑且不论,记得在那之前,曾有过一台戏《十五贯》,就因为形成潮流,一哄而上,长期而多剧种地占领着舞台,使一部本来相当不错的戏被人们看腻了,看得写出这样的打油诗:"今天十五贯,明天十五贯,看了十五次,还要接着灌,演完十五贯,看你怎么办?"做梦也没想到,这种题材单一现象会变换形式出现在今天的荧屏上!真所谓"今天情外情,明天多角恋。联台大展映,滥情充卖点。"

问题的严重性也许更表现在这类"行情"看好的电视剧,普遍质量平平,水分较重,模仿多,出新少。有的甚至情趣低级庸俗,或对插足的第三者看重其戏剧冲突而忽视应有的道德评价,或对某些背逆社会伦理观念甚至违背现行法律的滥情者大加渲染,似乎这类角色个个都是多情种子、俏丽佳人、帅哥靓女,而且全都来往于灯红酒绿、豪宅星馆之中。这对于受众,特别对于涉世之初的青少年,极易产生负面影响。事实上,不少观众已开始对这类电视剧投以冷眼。一些为人父母者,对子女观看这类电视剧作出某些限制,如同限制孩子们阅读某些"新新人类"创作的"另类"情感文学作品一样。

当某类作品在社会上出现这类反应时,主创者就应该冷静思考一番了。荧屏不是不需要情感剧,可我们的观众究竟需要什么样的情感剧?经济效益无疑是需要的,社会效益难道不应摆在它的前面吗?

相信电视"情人潮"终会退潮,而且一定是退在由于过度模仿和过度炒作而出现的收视率极度萎缩上。如若不信,让我们拭目以待。

2000 年《湖北日报》

谁在"诱奸"?

朋友要我看一部从网上下载的影片。但当我看到《空房诱奸》

的片名后便拒绝了。其实对于像我这个老掉牙的人,《金瓶梅》完全版、《鳏夫忏悔录》、《法国中尉的女人》、《查泰莱夫人的情人》、《肉蒲团》等等都见识过,想来《空房诱奸》这类影片也不会对我造成什么重大影响或对我的世界观有多大的负面干扰,我是不想耽搁时间。朋友却笑着说:"别迂腐了,看了再作评论吧,不会毒害你的。"这样我便坐了下来。

影片一开始就出现了它的原始译名字幕,我说:"片名应该是'空房间'嘛,怎么改成'空房诱奸'?"

朋友以为我在指责他在电脑上为自己的文件"重命名",忙解释说:"网上就是用的'空房诱奸'这个片名,外国影片常常有不同的译名。"

我没再说什么,静下心来看完了这部韩国影片。

客观地说,《空房间》虽算不上什么大片名片经典片,却应该算是我近年看到的一部较优秀的影片。它描写了一个靠给住宅散发广告为生的年轻人,以他的"心灵手巧",每晚进入家中无人的住宅,在别人家里吃喝、梳洗和过夜,但他除了"享用"人家冰箱中的一些食物外,不偷不抢不干坏事。影片中的人物和情节,于夸张中带着几分变形,于趣味中带着几分酸涩。其间,他还碰到一位受到丈夫虐待的女人,并以自己的诚实感动了她,演绎了一段虽有造作痕迹但还勉强看得过去的爱情故事。应当说,影片的观赏性很强,若深入考究,其思想性也比较深刻,对人性的丑恶和爱情的真伪也有了全新角度的展示;全片毫无"黄色"与"淫气",即令情爱场面也处理得含蓄干净。尤其值得一提的是,该片语言极少,符合传统电影理论对影片的要求,即最大限度地用镜头的剪接来表现人物和故事,令人想起《战舰波将金》中的经典的、类似默片的"蒙太奇语言"。看来,这部影片的制作者有比较扎实的电影理论的基本功底。而这,正是我国许多电影人所缺乏的。

然而，面对这样一部较为优秀的影片，我们网站的管理者为何将它改成《空房诱奸》这个既与故事情节不符也与主题思想毫不相干的片名呢？是影片在"诱奸"观众，还是网站管理者在"诱奸"网民呢？答案是十分明显的。

外国影片的译名其实是十分讲究的，优秀者如《魂断蓝桥》等，刻板者如《放牛班的春天》等，心术不正者如《空房诱奸》等。

《空房诱奸》这类片名，明明是对原名的恶意篡改，对优秀影片的肆意玷污。这种现象应当引起我们的警惕和重视。

2003年《中国广播影视》

听电视

随手揿开电视，播的不知是一部什么国产电视剧。一男一女在对话，说了半天也不知所以然，至少剧情没有向前推进。让他们说去，我进卫生间做起临睡前的洗漱。

客厅的电视剧中的一些对白不时撞击着耳膜。

男角色大声表白了一句爱情，由于情绪过于激昂，我没能听清，很是遗憾。

女角色：(大意)我知道你的苦恼，我是理解你的；你们男人，在心的深处，依然保留着古老的大男子主义的思想，总爱以强者自居，因而有什么苦恼总是压抑在心里，而没有发泄的渠道。不像我们女人，内心有了苦恼，就会寻找一个寄托，寻找一个发泄对象，寻找一个港湾，寻找一种庇护，因而女人的痛苦是有人共担的，如同妇人的欢乐是有人共享的一样。我从心底是同情你们的，包括你在内。但仅仅是同情……

男角色：(大意)不是苦恼，而是爱情，你应该懂得什么叫爱情！

女角色：(大意)是的，我懂得什么叫爱情。当听到一个人名字的时候，我会不由得紧张万状；当月儿升起的时候，我会想到他此时此刻正在干着什么，是否也在想念着我，如同我这般思念着他；当他一声咳嗽，我会立刻想到气候是否发生了变化，他是否应该加件衣衫；当他向我走来，我会手心出汗；当他与别的女人在一起，我会嫉妒；我愿意与他同生死，共患难，愿意为他赴汤蹈火，愿意与他远走他乡，愿意与他分享欢乐，愿意与他生育后代……然而，虽然我与你不错，对你有较好的印象，但我没有刚才说到的那一些情感，一点也没有，只有同志式的关心，朋友式的关照。因此我可以肯定地告诉你，我懂得爱情。但不是你心中的那种爱……

男角色：(大意)你知道我今天为什么到你这里来？我不顾一切地来到你的身边，不是为了听你对我讲这一番大道理，而是来向你表白我那强烈的爱！在这个世界上，绝对没有第二个人有我对你这么强烈的爱！我爱你！我爱你！！！

女角色：(大意)你有许多急事要处理，我建议你应当回去处理那些事。至于你刚才的表白，从心理学的角度分析，是一种……

我已洗完脚，这段对白还没有结束。我回到客厅，"砰"地关上电视机。

受够了，受够了，这些伪理性的、千篇一律的、矫揉造作的、故意拉得长长的好多赚稿费的电视连续剧！

这大概不是一个新的问题。但为什么一直是这样？仅仅是编导者的水平吗？有没有更深一层的原因？例如是否有意无意地以各种方式给文学介入电视制造障碍？而众所周知，英国电视剧水平的提高，其原因正是用各种方式吸引文学的介入，特别是吸引小说家的介入。

中国不少小说家为何不愿意介入？有人介入之后为什么又很快退出？并将这种介入称之为"触电"？据我了解，主要是因为电视人和导演们,在电视制作的中期(更别提后期),以小说家对电视艺术的某些无知、偏见或说了一些外行话而对他们进行了有损人格的贬抑、鄙薄乃至排斥,有时给他们的报酬甚至比不上剧中一个普通演员。而他们对电视和蒙太奇艺术的某些无知、偏见或外行话,本来是可以原谅的,电视需要他们的是另外一些更重要的东西,例如结构和语言,还有较深层次的哲学思考……

瞧,我又在胡思乱想。如果再加上胡言乱语,是会得罪人的!

不说了。最后加上一句,我虽然打开过电视,但从严格的意义上讲,在今晚收视率的统计上,我不能算收看了电视。

1996年《武汉广播电视周报》

英雄人物的语言缺乏症

在当今我们看到的电视侦破片、警匪片中,编导们在反面人物身上下的工夫不少,而英雄人物反而受到忽视,表现得直露、呆板、枯燥、公式化,出现严重的语言缺乏症。而对罪犯的过度刻画,直接加深了英雄人物语言缺乏症的"病情"。

艺术语言不仅仅指口头语言,还应包括一切刻画人物的艺术手段。这里单就对白来说吧。如在较有收视率的电视连续剧《黑冰》中,对于利用先进工业技术大量生产毒品的郭小鹏,编导几乎调动了全部艺术手段加以刻画,不少地方因刻画得太过分而显得虚假。如描写他如何尽孝,几次三番亲自为母亲洗脚,甚至在负罪向境外逃亡时,也再一次回到母亲身边给母亲洗脚和跪别,这样才落入法网;再如写他如何"坦然"面对失败和死亡,给人一种"视死如归"的印象等。片中有他大段大段表白心迹的独白、对白,似乎很是"深刻"

和"富有哲理"。甚至在被处死的前夜，还要约请曾卧底在他身边的女公安人员鲁晓飞（即在他身边的汪静雯副总）谈一谈。一番"铿锵"而"深刻"的自我剖析，几乎将观众的注意力全拉到他那一边。也就在这场戏中，编导的英雄人物语言缺乏症表露无遗：我们的英雄，本来应该大加颂扬的鲁晓飞，此刻却显得那么呆滞，一言不发，在听完了这个十恶不赦的罪犯的"慷慨陈述"后，竟黯然离去，给人一种"逃离"的感觉。

衬托出英雄人物语言缺乏的，还有另一个反面人物G先生，一个国际大毒枭。他出场不多，却刻画得栩栩如生。他将他的人生经历讲得那么富有传奇色彩，那么引人入胜。还有，本来片中的公安部门领导曾信誓旦旦地要与国际刑警组织合作，将侦破的主要目标锁定在他身上，可是直到全剧结尾，也没有达到这个目的。在仅仅将海州药业的问题弄清楚以后，就庆贺胜利，似乎准备"刀枪入库，马放南山"，而任凭国际大毒枭逍遥法外。这就不仅仅是英雄人物的语言缺乏了，同时还是英雄人物的智慧缺乏，将英雄人物和整个公安机关表现得没有目标，或视目标如儿戏。

英雄人物语言的苍白，还表现在他们的爱情生活也那么简单乏味，那么不可信，不能让人激动。这种令人不安的现象，不仅表现在《黑冰》中，还表现在其他几乎所有国产影视作品中（相比而言，《罪证》稍好一点），这应当引起影视编导人员的重视。这种现象的根源在于，编导对正义力量理解的浅薄，对公安、检察、法院工作本质的陌生，或者说他们仅追求形似而疏于内心开掘。

观众并不反对编导将罪犯刻画得深刻，因为这种深刻能扩大观众的视野，提高对社会对人生的认知程度，观众不满意的是那种对罪犯貌似深刻而实则美化的雕琢；同时，观众渴盼编导能在英雄人物身上下更大气力，使他们的形象更生动可信，从而坚信由这些形象组成的大军，能给人以勇气和信心。这其实正是这种类型作品应该达到的目的。

2004年《湖北日报》

对爱情的理想化诠释
——小谈《大明宫词》

　　《大明宫词》无疑是一部很有特色的电视连续剧，这源于编导对作品的美学追求。如服饰、灯光、音响、色彩都十分精美，而作品的语言则打破常规，追求诗化，并且达到一定的水平，给人耳目一新的感觉。然而遗憾的是，这种美学追求仅仅停留在表层，而在这部作品的灵魂——太平公主的爱情方面，却失之天真，失之过分的理想化，使之成为作品的硬伤；复杂而精彩的爱情故事一旦建立在这种硬伤之上，就使观众难以出现编导们期待的感动效应。也就是说，观众在欣赏的过程中，一种"权且当作故事看"的情绪总也挥之不去。在编导们刻意营造的强烈而本应极富感染力的场面中，依然只有一种局外人的激动。如果编导们在对人物的把握上多下些工夫，多掌握一些史料，就编导们的水平而言，本来是可以表现得更有深度的。

　　薛绍与发妻慧娘的爱情，理想化超出罗密欧与朱丽叶的程度；太平公主对薛绍的爱情，则纯洁得令人极难相信是一个公主的爱情。须知，太平公主的父亲是"普天之下莫非王土"的一国之君，她的母亲是史书中的重量级人物武媚娘，因而她可以幼稚，可以多情，但不能不具有公主的娇纵。这种难以言状的娇纵和不食人间烟火的任性，不会因为出嫁就完全改变过来。事实上，公主即令在婆家，也是有特殊身份的。即令从礼节上说，也应"先君臣后上下"、"先君臣后夫妻"。"君臣"置于所有关系之首，这是封建皇族与一般贵族间应当严格遵从的,更何况还有溶于血液中的习惯势力。在她出嫁后,编导们仅仅在表现她作为一个女人、妻子的一面,而遗忘了他作为公主的一面,使人们在电视中很难发现可信的史实基础。虽然在前几集,由周迅扮演的太平公主比较可信,但出嫁后的太平公主却分明失去了公主的特征。这不能怪演员陈红,只能怨编导从这里开始便进入了唯美主义的误区。很难相信作为一个公主,能在新婚之夜独守空房,能在薛绍家中忍气吞声地生活五年之久,能容忍并挚爱驸马以欺君手法留下来的前妻所生的孩子叶儿,能在薛家恭顺如同任何布衣百姓家的媳妇,甚至有过之而无不及……总之,无论从历史上还是人性上看,她在丈夫面前早已不是一个令人可信的角色。花如此巨大的精力摄制的如此精美的电视连续剧,却使最主要的人物的最重要的情感历程游离于观众的认同度之外,这不能不令人分外惋惜。

2000年《长江日报》

巧合应不留痕迹

——浅谈《罪证》中的巧合

也许由于2000年春节前后影视节目的令人失望,所以节后播出的20集电视连续剧《罪证》有较高的收视率。当然,更重要的原因在于它是一部情节剧,并且具有警探剧和推理剧的特征;同时,它在编剧、摄影和表演诸方面,与同类作品相比较为精美,所以成为观众的收视热点。

《罪证》在人物关系的安排上,充分运用了巧合手段。

巧合是一切情节剧中特别重要的技巧,不然怎么说"无巧不成书"呢？总经理罗培石的小情人许丽雯的后妈曾文君，碰巧是罗培石青梅竹马的同学，双方曾有过恋爱的过程和怀孕的经历。当年罗培石"像扔掉一块破抹布一样"抛弃了曾文君，二十多年后又使她的女儿怀孕，并出现那么惊心动魄的"松开你的手就坠落了我"的场景。这种安排上的"巧"，不仅是大胆的，也是富有想象力的。在许丽雯坠海而死、罗培石通宵难归的那个恐怖的夜晚，在他的永安公寓的套房内，自己的女儿正与男友一起"共度良宵"。罗培石身心极度疲惫地驾车返回公寓的清晨，刚好是女儿与男友离开公寓的时刻，他们擦肩而过。这又是一个大胆的巧合。更为巧合的是，罗培石女儿的男友，又曾与许丽雯在大学期间有过一段恋爱过程。还有，曾文君发生车祸后，偏偏送到罗培石的妻子、作为妇科主任医生的林寒冰所在的医院抢救，这也不能不认为是一种用心良苦的巧安排……总之，这一系列或大或小的巧合，作为主创人员，主观愿望是为了有利于情节的铺陈和发展，力求达到丝丝相扣，引人入胜。一般来说，处理上是比较成功的。

由于"情节可虚构，感情要真实"，这些巧安排对于情节的虚构提供了广阔的空间，从而使情节能够从容自如地发挥刻画人物性格的作用。看得出《罪证》的主创人员在创作上是用心的，对于细节的处理、语言的逻辑、人物行为的心理依据，都表现得较为老练和娴熟。他们在力求逼近真实，这是难能可贵的。

然而，巧合虽是重要的创作手法，但又是一柄双刃剑，如果用得过多过滥，就会将真实推得越来越远，从而违背主创人员的基本愿望。可惜的是，《罪证》在巧合的运用上有些过多，过巧，虽未达到过滥的程度。因此，观众虽然喜欢看它，却并不特别信它，常能听到随口而出的评价："真巧！""哪有那么巧？"正是由于这些"巧"，拉开了剧情与观众的距离，使观众不太容易融入剧情，不太容易真正动情和投入，不太容易使自己成为剧中的某一分子，与人物同悲共喜。

而这正是艺术创作的较高目标。迷失这些目标的巧合,难免有矫饰之嫌。而矫饰,是艺术创作之大忌。

当有了一个好的故事结构以后,如何使作品真正让人感动,作家艺术家们要做很多工作。其中,把握"巧"的度。也就是说既要巧得合理,又不能留下巧的痕迹,的确值得认真探究。我们可以从《罪证》中得到这方面的有益启示。

2000年《文化报》

从《水落石出》中的不合理谈起

让我们想想,如果一家工厂的负责人涉嫌杀人藏尸,而公安局重案组全班人马到厂里来,亲自动手大挖新修的水泥地坪,推倒新建的院墙,并从中挖出受害者的尸体,这会在全厂引起怎样的"轰动",全厂将会呈现怎样的气氛,生产能否正常进行,副厂长是否还有心思或者还有勇气继续做贩卖国家保护野生动物的非法生意……任何有一点点实际生活经验的人都会说,这不可能。但是曾在央视热播的刑侦片《水落石出》中偏偏出现这种情况。

不仅仅如此,片中还出现这样的情节:杀人犯逃到偏远山区的亲友家去,公安局重案组全班人马(似乎任何大小案件,都是这个重案组全组出动)涉水跋山追到深山,却发现这里虽然鸡鸣犬吠,就是看不见杀人犯的亲友和其他山民,只有杀人犯一个人在这里"等着"公安人员来抓他。这种场景可能吗?任何有一点点生活经验的人都会说这不可能,因为至少杀人犯的亲友应该出现。当时的现场和气氛,应当远远不止剧中所表现的那么苍白和"单纯"。但在这部连续剧中,偏偏是这样安排的。这些不合情理的情节和场景,在不少电视剧中比比皆是,成为观众不想看国产电视剧的主要原因。

表现现实生活的故事和电视剧,尤其是以逻辑、推理为特征的刑侦故事和电视剧,虽然可以是虚构的,但它一定要建立在合乎逻辑和经得住推敲的前提下。如果编造的痕迹太重,失去真实感和可信度,观众就会认为假。信都不信,何言感动?

我相信《水落石出》是以一定的生活作为基础的,甚至极有可能是以真实案件和真实人物为"样本"的。但是我们的编剧却将它编得很假,这的确是令人深思的问题。记得一位西方艺人对中国艺人言及影视创作时说:评论界有人认为,西方的影视故事是将假的编得很真,真得让你相信,让你感动;而你们的不少作品,是将真的编得很假,假得让人不信,让人不得要领。这话虽然有些刻薄,有些忘记了西方的影视作品也并非都是让人觉得真实因而并非都很令人感动,但我们的作品倒真如此人所言,实在令人不安。

我认为像《水落石出》这种质量的电视连续剧能在央视黄金强档播出,反映了我们电视剧制作水平的某种倒退,因为它比此前我们曾看过的《重案六组》、《罪证》等要差许多,虽然《重案六组》、《罪证》等并非无可挑剔。

这里有必要让我们如今的电视编导们知道艺术创作的某些ABC,记得我在一篇文论中提到这点:情节可虚构,逻辑要合理;人物可虚构,感情要真实;场景可虚构,细节要严密。须知,合理与真实,是现实题材作品,尤其是现实题材的刑侦作品最最重要的前提。

但愿今后不要再看到或少看到像《水落石出》这样破绽百出的影视作品。

2003年《中国广播影视》

警匪片的会议与节奏

受中国传统戏剧的影响,一般中国影视作品的节奏是较慢的,这是不少国产影视作品渐渐远离观众特别是远离年轻观众的重要原因之一。尤其是警匪片,节奏问题显得更加突出。一般来说,警匪片对节奏的要求比较高,要求节奏比较快:一方面,它需要从总体看来以相当快的节奏紧扣观众心弦,达到紧张、惊奇和出人意料的目的。这其实也是警匪片的重要创作手法。另一方面,它需要一定的时空,运用各种手段来"解释"情节,因为它是大众类作品,不能让观众完全看不懂。我国的警匪片,往往过多的注重于达到后一目的,而所运用的手段又大都喜欢采用会议形式:汇报案情、分析案情。这种会议又大都如实照搬生活中的会议室场景。例如有人说,《犯罪升级》中的会议占了全片的三分之一时间。这似乎有点夸张,但仔细想想,这部连续剧确实只有会议——在一个由工厂车间临时布置起来的破案指挥部内召开的会议——以那么冗长那么枯燥和那么不厌其烦的重复,留存于有心人的记忆中;对于无心人,除了一片空白,很难再留下一点什么。也有人说,该片创造了会议时间占全剧时间比例之最的吉尼斯世界纪录。这虽是玩笑话,但确实应该引起业内人士的高度重视。

在警匪片的情节发展中,各种级别的会议的确是不可少的,问题是这些会议是否一定得用会议的形式进行展示。在非会议的场景中,甚至在过场戏中,在搭档的对话、警员生活细节的雕琢、领导对下级的一个眼神,乃至"反方"人物的描写中,都可以将会议过程以非会议的形式表现出来。如 2000 年播出的《刑警本色》和《罪证》等片,在这方面进行了不少有益的尝试。的确,在会议问题上,我们需要更多的创造,而这需要编导对生活的更加熟悉和具有更丰富的想象力。

目前,在我国文学艺术圈内,还鲜见类似阿加莎·克里斯蒂和柯林·道尔这类作家创作的几乎是独行侠式的警方或非警方破案高手的典型。我们真佩服这些大师,他们在作品中几乎完全摒弃了会议,除了阿加莎·克里斯蒂独创的"最后一分钟宣布谁是凶手"的相关人员的那种家庭式的会议外,他们不需要一而再、再而三地重复"在市委和市政府的领导下"、"市委书记十分关心这个案件"、"上级领导认为……"不需要在作品中召开没完没了的会议。虽然他们的作品仅仅是同类作品中的一种,且并非不可超越,然而他们创作时的非会议情结倒是令人羡慕的。与他们相反,我们的编导在创作时的会议情结竟已发展到与艺术完全不相干的程度,实在显得可怜和无奈。

只有真正艺术地摒弃会议情结,我国警匪片的节奏才可能上升到一个新的层面,虽然这不是警匪片节奏问题的全部,但却是相当重要的方面。

2003年《中国广播影视》

不食烟火又何妨

虽然《重案六组》在同类电视连续剧中并非无可挑剔,但它在节奏这一中国刑侦片的"瓶颈"问题上有了一些突破。再也不是缓慢的"抒情"镜头,再也不是袅袅的"思考"烟雾,再也不是冗长的说教对白,再也不是观众已知谜底而侦察员还在装模作样的七分析八讨论,再也不是上楼要上个心烦意懒,走路要走个鞋破脚软。总之,常见的影响中国同类影视作品的节奏问题有了较大改观。

不要小看这一突破,因为我们的编创人员长期在类型片中缺乏对不同类型特点的理解,往往将正片中的庄重、伦理片中的哲理、悲剧片中的思考、喜剧片中的噱头乃至先锋片中的探索,统统囫囵吞枣地灌进侦破片和警匪片中,使该快的快不起来,该紧张的紧张不起来,该恐怖的恐怖不起来,该揪心的揪心不起来。现在有了一个好的开端,希望能做得更好。

然而,还有一个问题在这类影视作品中未能得到较好的解决,《重案六组》也未能免俗了。那就是在这类作品中,总要花相当篇幅描写警察作为普通人在生活中的矛盾和艰辛。如果这种描写有惊人之处或有神来之笔,倒也罢了。事实却是,这些描写总不外乎强调警察们的收入不高,在"款"们高消费的反差前如何正确对待;工作忙而对家庭照顾不够,心怀歉疚;因工作性质特殊而难以找到对象,或已找到的对象渐渐远离等等,大同小异,难有新意。这些描写,除影响节奏外,还影响情节发展的流畅,对于刻画人物并无助益。记得几年前我曾与一位拍摄这类电视片的导演说过,能不能将这些场面和人物统统删掉。导演显出一脸无奈,似乎只有保留这些,作品才好"过关"。另外就是"不这样表现,我们的公安人员岂不是成了不食人间烟火的人","这会降低作品的可信度"。一番争论,没有结论。

其实,这类作品中的警察,不食人间烟火又何妨?作为艺术品,并不能按"全景"思维和纪实手法来架构全剧,而应紧紧抓住不同类型片的不同特点,将全部艺术手段用在能调动观众情绪的焦点上来。还是举阿加莎·克里斯蒂的例子。她创作的典型人物波洛,观众忘不了他的翘胡子,但更忘不了他破的案子。或者说,虽然事后记不清案件细节,但在欣赏时却一直能被情节和悬念吸引。请问,谁知道波洛在家庭、个人爱情等方面的情况?不知道,或作家根本没有写这些东西。而这并不影响它成为经典作品。再说柯林·道尔创作的典型人物福尔摩斯,除了为营造氛围而写了他的某些癖好外,对他与"人间烟火"相关的事,也基本不予涉猎。可这妨碍了这个形象在同类作品中的地位吗?

所以,我们可以创作专门写公安人员个人生活的作品,但如果是创作侦破片、警匪片,则应最大限度地将笔墨用于写案情写情节,写涉案人员的心机和公安人员的智慧,而警察不食人间烟火,并不影响对人物对作品深度的开掘。不知我们的编创人员是否认同这一看法。

2002年《中国广播影视》

不要将疾病当成"筐"

记得2001年有一部表现亲情的电视连续剧,主人公是位作家,他在给前妻哺养的女儿的治病途中,为防止女儿因精神疾患发作而逃跑,不惜将自己的手与女儿的手捆绑在一起,给了观众一些感动;接着,为进一步表现亲情,编导又让这位父亲患上重病,坐上轮椅。就这样,全剧病了一个又一个,直到需要结尾而又不知如何结尾时,编导又选择了再病一个的手法,让主人公的后妻也患上一种需要南方的阳光才能治疗的疾病,便离开"是非之地",从而消化了许多矛盾,有了一个收场。这样的处理,让人感到疾病成了一个"筐",一旦无计可施时,就信手将它用上,将人物和情节甩到"筐"里去,从而拉长了剧本,也轻易解决了许多人物关系中的难题。

将疾病当成一个"筐",无疑是编创者偷懒的现象。曾以为这是个别现象,但后来看到许多编创者都喜欢采用这种手法,即所谓"戏不够,病来凑"。例如2002年春节期间,在央视一套午夜播出的电视连续剧《欲望的代价》中,如果说贯穿全剧的舒岚的精神分裂症尚能为观众接受,那么作为主要悬念之一的欧阳教授死于心脏病,就让人觉得编创者在手法上有些捉襟见肘。至于主人公、矛盾冲突的始作俑者周玉轩最后也患上肺癌,那就更是画蛇添足了。虽然疾病作为"生老病死"这人生能充分出情的四大现象之一,在必要时运用它,并将它用好,是完全无可非议的;有时,疾病甚至可以作为一部作品的贯穿线索,用以充分表现人类的情感,展示社会的众生相,例如日本电视连续剧《血凝》就是如此。但是,如果将疾病作为一个"筐",不分青红皂白,一遇难点就病倒一个,再遇难点就病死一个。将这个"筐"装得太满太多,则会令人生厌。因为这不仅反映出编创者因功力不足而出现的困惑与无奈,同时也折射出作品在制作时为赶潮头赶工期,不惜粗制滥造的不够敬业的态度。当然,归根到底,是有些编创者没能真正深入生活,对丰富而纷繁的人生体验,缺乏深刻的探究和理解。艺术贵在创新,情节安排上切忌重复,更不能滥用,不能将某种安排变成一个"筐"。不仅疾病不应作为"筐",即令巧遇、邂逅、车祸、误会等等,也不应作为"筐"。剧情的安排和发展,一定要从生活中认真提炼,这是掺不得一点假,要不得一点花招的。

2004年《厦门日报》

从"侃"说起

侃,无疑是艺术创作的手段之一。海阔天空,天马行空,以空对空的侃,只要侃得或令人激动,或令人捧腹,或令人舒坦,或令人陶醉,或令人打发时间,都未尝不可。过去,侃多见于文学作品或口头作品。有些作家和表演艺术家有此特长,因而形成卖点。这是可以接受的。更何况许多看似闲侃的作品,却寓含着深意,细细品来,竟是以闲侃为手段,抒发对人生对社会的深刻理解,对受众教益颇深。虽然这些作者大多声称自己没有一点想去教育别人的意思。总之,侃的天地很大,大众也喜欢有更多更好的以侃为特征的作品问世。后来,侃风刮到了影视圈,渐渐成了不少泡沫剧中不可或缺的创作元素。

请看如今的泡沫剧,有几部不是没完没了的对白、对侃、调侃,使本来以情节为主的艺术样式变成了以耍嘴皮子为主的"侃"剧。当然,这也未尝不可,艺术可以创新嘛,虽然有些作品中的侃是为了掩饰作者知识的贫乏。

然而,纵观文化艺术圈中的侃,有一种真正令人不安的现象,那就是毫无是非原则、不辨真善美和假恶丑的胡侃。它们之间攀比的似乎不是艺术性和技巧性,更不是内涵和深意,而是看谁的胆大。其实,比胆大,本身就是文艺创作的误区。

文学作品中这类例子太多了,只因其受众范围不大,影响较小。但"移植"到影视泡沫剧上来,借助其电子传媒的巨大威力,其不良影响和副作用就绝对不可小觑。

这里仅举一例。在近期播映的一部电视泡沫剧中,一个人物在大侃特侃中不知怎么提到狼牙山五壮士。此人的那种漫不经心和嬉皮笑脸倒可不必计较,但却万万没有想到竟然在形容五壮士跳崖的壮举时,以漫画式的口吻说什么"一个个大头朝下",像"天女散花",像"跳水运动员",嘻嘻哈哈一番,再加之插科打诨,让人听来不禁齿冷,不禁愤然。狼牙山五壮士到了这样的编创人员和表演人员手里,不去歌颂倒也罢了,但无论怎么说也不应当这样被人嘲弄。

我总觉得,艺术工作者的心中,应当对先烈怀有崇敬之情,对待国家、民族和历史人物及历史事件,应当持严肃的态度;尤其对于革命烈士和爱国英雄,应当有庄严感。即使采用喜剧形式,也应怀有仰慕之意和热爱之情。须知,即使在人们认为自由得无以复加的美国,当人们听到国歌时,也是手捧心口、正色肃立的。我们对于为国捐躯的英雄人物,有什么资格去嘲讽呢?

我们提倡和坚持百花齐放、百家争鸣。但是,严肃的态度和对先烈、对国家和对民族的庄严感,是这一文艺方针得以顺利贯彻执行的前提,这大概不是苛求而是人们的共识。

2000年《湖北日报》

电视广告,爱你有商量

属于商业文化范畴的电视广告,近年发展迅猛,质量也有明显提高,所以人们有时并不将它作为传媒的附属物看待,有些人甚至爱看广告了。真的,与其将时间花在无聊的泡沫剧上,不如看看既有创意又有信息量的广告。然而,人们在关爱电视广告的同时,也认为该领域的有些内容是需要商量的。不是批评,是商量。如今谁还敢批评谁呢?

有一则电视广告这样说:"今年春节不收礼,收礼只收×××"。不管广告人怎么声明这仅仅是广告,但它肯定对于送礼与收礼这一习俗和现象进行了价值认定。"不收礼",对;但又要收礼,而且只收什么礼,对不对呢?这究竟是要人们收礼还是劝人们不收礼呢?不要笑人们爱联想,因为这广告还让人们与廉政建设联系起来,甚至会想得更多更远。因为在电视播出这则广告时,就有孩子随着它的语调和节奏说出这样的话:"今年春节不收礼,收礼只收大红包。""今年春节不收礼,收礼只收压岁钱。"由此看来,这句广告词是有可能对受众产生误导的。是否有这么严重,当然难说。

又如某产品的电视广告中有"爱你就是爱自己",这好像是从一首流行歌曲中借过来的词,记得听歌时就有一种令人不舒服的味儿。但歌词往往受音乐旋律的制约,影响力不是那么明显,一旦转移到电视广告中来,影响力就放大了:它不仅仅将"你"与"自己"混为一体,而且由于声嘶力竭地大叫"爱自己",这会不会给人以"自私光荣"的联想?至于时下在荧屏中反复出现的"青春没有失败",那种强加于人的感觉总也挥之不去,谁敢说自己在青春时期没有过失败的经历?青春时期有时间去吸取失败与挫折的教训倒是真的。

最让人感到要商量商量的,是近期一则电视广告中直白地大呼"21世纪是娱乐的世纪!"这种武断的结论真叫人啼笑皆非。人们难免发出这样的诘问:21世纪究竟是个什么世纪?面对这个不得不严肃对待的问题,答案的不一致是完全可以理解的,但21世纪绝对不会是"娱乐的世纪"。诚然,娱乐是需要的,而且娱乐是与人类的文化相伴而生、互动发展的。但娱乐永远不可能成为某个世纪的最重要的特征和内容,过去不会,现在不会,将来大概也不会。尤其在当代,人类面临的问题太多了,如南北贫富的加大、全球环境的恶化、世界恐怖活动的猖獗、不间断的局部战争、愈演愈烈的邪教组织、越来越严重的资源危机、金融杠杆化带来的世界经济的不确定性,还有宗教和民族矛盾、经济一体化的正面和负面影响以及政治多元化的趋势受阻等等,怎么可能是娱乐的世纪呢?……那则广告既然是宣传娱乐产品,不妨轻松一点,不要给这类产品加上太沉重的前置和后缀。如果这样,食品行业是否可以宣传"21世纪是吃饭的世纪"呢?服装行业是否可以宣传"21世纪是穿衣的世纪"呢?防晒护肤行业是否可以宣传"21世纪是防晒的世纪"呢?广告都做成这样,是否太累人了呢?

提出这点看法,仅仅是为了与业内人士商量探讨。当然,电视广告业如果偏要故弄玄虚,故意吓唬人,那也是没法的事。

2000年《武汉广播电视周报》

电视广告之八大败笔

败笔之一:"隐晦挑逗"。继广告"不止是吸引"中以女人的双腿正面对着观众进行交叉动作之后,最近,一个手机广告又采取了类似的挑逗方式,即在一个女人"八"字型的大腿上叠印出一个手机,与女人双腿同角度地展开手机盖,同样具有性挑逗的效应。奉劝这些广告制作者还是少在这方面下工夫为好,使我们的广告更纯洁、更大气、更美妙。

败笔之二:"东施效颦"。目前的娱乐圈似乎在大力宣扬所谓"野蛮",而且是女性的野蛮。看得出这是从某国的一部青春电视剧中学来的,只是学得不伦不类。如让一个女人将一名男人"野蛮"地抓进汽车,当这男人再出现后,满脸的口红印。再如,让一个年轻女孩拍着桌子凶狠地大叫着要某某饮料等。我想,这是不是广告制作者"江郎才尽"的表现呢?

败笔之三:"洋腔泛滥"。如一个药品广告,本是一位中国医生进行推介,广告效果不错,但不知怎的,换成一个外国老头,用走了调的西方式的中国话进行推介,结果因听得不太明白而使广告效果大大降低。最让人难受的是一则饮料广告,非要请一位"野蛮"的外国之"星",说些中国人根本听不懂的话,真不知道这些公司是不是宣传费太多,有意不想达到宣传效果。须知,多数优秀的电视广告,不仅看电视的人能"看"懂,即令那些离开电视在书桌前工作的人,在厨房内忙碌的主妇,也是能"听"懂的。再说,我们大力提倡说普通话,连过多的粤腔、沪腔、东北腔、陕西腔也要适当控制,怎能让洋腔泛滥呢?

败笔之四:"点睛太晚"。所谓广告的"点睛",即要让观众和听众能知道你宣传的产品名称或你的厂家名称。现在有不少广告,制作了许多精美画面,配上绝妙的音响或音乐,但却在最后匆匆将产品名称和公司名称一带而过;由于多则广告是接连播放的,所以我们常笑话这些广告制作者并不是在为该产品或该公司制作广告,而在为播出中的上一则广告的产品和公司效力,因为观众和听众往往将这些精美的画面和音乐与前一则广告联系了起来。你说企业是不是花了冤枉钱?

败笔之五:"费解之语"。广告的用词用语,特别要求简洁准确,尤其是准确。但有些广告词语却显得不够认真。如"媚惑蔓延中","媚惑"是不是"魅惑"之误?请制作者再行斟酌;而"魅惑蔓延中"听起来老是觉得不顺耳,是否为生造,也是要再行斟酌的。有时,是需要请教语言文字学家的。

败笔之六:"强化丑态"。广告中以"丑"衬托美是可以的,但是一味夸大"丑"则不可取。例如某罐头食品广告,让一名本来不太丑的"星"涎得流出口水(特写镜头),而且用指头在口水上蘸上一蘸,这便创造了广告丑态之最。这类广告还是应该有所改进为好。

败笔之七:"噪音恶心"。同样,以"噪"衬托美妙旋律,也是可取的,但一味夸大噪音,确实令人败味,让人听不下去。某药品在宣传其疗效前,先夸大其病痛的难受程度,让拟人化的"病"在胃中钻孔、喷菌、吹气,那钻声、喷声和吹声,真让观众和听众恶心。在所谓现代化的生活中,尤其在城市,噪音本就成为人们生活的重大困扰,好不容易安静下来,欣赏欣赏电视,放松放松,但却听到这样的噪音,实在让人难以接受。

败笔之八:"堆砌过多"。有的广告使用了不少美好的词句,用意无非是宣传企业文化,这是无可厚非的。但是,如果在短短一则广告中,用了太多的美好词句,形成堆砌,效果可能适得其反。如某企业,在极短的非产品宣传(即仅仅宣传企业文化),就用了"笃诚无息"、"博厚悠远"、"不息为体"、"日新为道"、"至诚无息"、"博厚载物"、"广博揽物"、"悠远成物"这么多词语,让人怎么记得住呢?堆砌,无论是产品的堆砌还是广告词的堆砌,都是商业广告之一忌。

2003年《中国广播影视》

不仅仅说秦池

1997年的新年伊始,各方面传来令人振奋的消息,更有香港的回归等重大事件,向人们展示了更美好的前景,使人们倍增信心。但是,如同太阳也有黑点一样,在中央电视台,所谓"标王"的秦池酒在元月一日起的黄金时段再度亮相。

其实人们多从经济学的角度谈这件事。一位朋友说:"秦池酒再也不能喝了,因为谁知道它的每一瓶里有多少钱用在广告上?"另一个朋友说:"还是喝地产散装酒吧,因为大广告酒必然会出现大量假酒,散装酒至少是真酒,更何况价格中没有摊广告费……"

我认为,这些议论虽然不能说没有一点道理,但却有隔靴搔痒之感。问题的要害在酒的本身,而不仅仅指秦池酒。

如今的广告,最多的是酒、化妆品、药品这三大类,其中最令人不安的是酒。

我希望电视台的广告应当有点公益心,而不能仅仅盯着钱,这当然不仅仅是指中央电视台。

公益心的表现是多样的,其中最重要的一项就是不宣传或少宣传对人类健康有长期损害的商品,例如酒。我总觉得,收这类产品的广告费,多少有悖于文化传媒的正义和良心。

古人说:"堪叹酒色财气,尘寰彼此长迷"。后人称"酒色财气"

为"四恶",现代人称"酒色财气赌毒"为"六害"。无论是"四恶"还是"六害",酒都排在首位。关于中国的酒,请听一位外国酒类专家的评论——报载,澳大利亚酒商霍里昂先生考察中国白酒市场后,向他所服务的"欧亚酒业协会"发出报告。开头是这样的:这是一个发展中的国家,但令人吃惊的是白酒酿造在这里得以空前发展,每年的产量是一个天文数字——60亿公斤(人均5公斤),而且还有上升的趋势。真不知道在粮源不丰的境况下,居然年耗150亿公斤粮食酿制这种足以使人麻醉乃至发疯的烈性液体干什么?

　　确实,这个问题应该问问中国的各级领导,更该问问这么多酒厂的头头,当然还应当问问包括中央电视台在内的各种传媒,以及酒类广告投标的策划人!你们的认识水平为何与这位外国酒类专家有如此大的距离?在中国电视广告和其他各类传媒广告的联合攻势下,我国的酒民一直呈上升的趋势。据统计,中国常饮酒的人在1.2亿以上。这其实是一个十分保守的统计。其结果必然如历史上的诗酒泰斗李白酒后所吐的"真言":酒多必滥酒,酒滥必伤民,伤民必败国。

　　这里特别需要对包括中央电视台在内的各种传媒负责人提一提我国历史传说上对酒的价值评价。据《战国策·魏策二》记载:"昔者帝女仪狄作酒而美,进之禹,禹饮而甘之,遂疏仪狄,绝旨酒。曰:'后世必有以酒亡其国者。'"大禹的话,既是预言,又颇似咒语,说得极有远见,真乃卓识。仅就中国的历史而言,无数事实证明这话是真理。

　　最早被大禹不幸而言中的竟是大禹之后的末代皇帝桀。桀"作瑶台,疲民力,殚民财,为酒池糟堤,纵靡靡之乐,一鼓而牛饮者三千人。"因此,他被汤打败了,"遂放而死",不仅亡了国,还丢了身家性命。《三辅皇图》中说到秦始皇的"酒池肉林":"秦酒池在长安故城中……长乐宫中有鱼池、酒池,池上有肉炙树。"历史上"烽火戏诸侯"的故事是众所周知的,周幽王迷于褒姒之色,并与她"日耽于酒"。由于戏弄了诸侯,当犬戎果真大兵压境时,他再点烽火求救,便毫无效应了。于是,他在骊山之下丢了性命……"观今宜鉴古,无古不成今"。想到酒对于中国民族素质的负面影响,怎不令人忧心忡忡?有鉴于此,所以我很有些瞧不起秦池总裁王卓胜。时间将证明,他所谓"1997年,我们每天开进中央台的是一辆豪华奔驰,开出的将是两辆豪华奔驰"的"豪言壮语",终会成为我们伟大民族所厌弃的垃圾。(后来,事实证明了我的判断。)

将中央台与垃圾扯上了一点关系,并没有恶意,只是呼吁像具有极大影响力的中央电视台,对酒的广告应当设立严格的界限,例如不为烈性白酒作广告之类。

文弱书生之言,姑妄言之,亦请姑妄听之。

1997年《三峡晚报》

肝肝肝与干干干

在人们十分注意健康问题的时候,一种与饮酒有关的产品在电视广告的强势簇拥下推了出来:酒前酒后服用,第二天舒服一点。

广告真有魔力,在如今的酒楼饭店,已有一些新潮人物,在与人赌酒时,会学着广告中那位"皇帝"的模样说道:"放心,我有那玩意儿,第二天会舒服一点,让我们干吧!让我们一醉方休!"

我很难受,因为我知道这些人是受了广告的误导:请看这则广告,它以"干干干,肝怎么办"起头,给人一种这种产品可以解决肝的问题的感觉,但实际上它却只能使狂饮者"第二天舒服一点",至于"肝怎么办"、"干与肝"的根本矛盾、如何"既要干又要肝"就不是它的事了。这是这则广告的要害!

这种广告的欺骗性十分隐蔽,因此它比露骨的虚假广告的危害更大。

如果仅仅只是"第二天舒服一点"而诱人放心大胆地狂饮,干干干,那么,推出这种产品和推出这种广告的用心就昭然若揭了!它既是在推销自己,也是在推销所有具有成瘾性的酒!如果人家不饮酒,不过量饮酒,不纵酒,要这种产品何用?

在厂家、广告商、传媒三方赢利的情况下,民众将受到酒精更大的伤害!

说到这里,有必要再次强调一下酒的危害性。实验证明,白酒中含有的醇类(包括杂醇油)、醛类、脂类和微量物质如氰化物、铅等等,可以使人的神经系统、消化系统、心血管系统和肝脏发生器质性病变。仅以醇类为例,如果向血液里直接输进25~50克乙醇,约为1~2两60度白酒的酒精含量,就可致人死亡!白酒中的甲醇本身具有毒性,而它在人体内的氧化物毒性更大,尤其会对视神经和视网膜造成直接损害,严重时会导致死亡。10毫升甲醇可引起严重中毒,双目失明;急性者可出现恶心、胃痛、呼吸困难、昏迷甚至死亡。脂肪醇的毒性和麻痹作用超过乙醇,可使神经系统充血,其中异丁醇和异戊醇的毒性更大,后者有相当大的全身性毒性,严重的可使消化道粘膜坏死,肝脏弥漫性脂肪浸润,肾曲小管上皮蛋白变性,神经系统和呼吸系统粘膜发炎、水肿及溃疡。杂醇油能使人的神经系统充血并引起恶醉。一个人只要恶醉一次,其对身体的伤害就超过害了一场伤筋动骨的大病……

资料显示,临床心血管病患者,63%有长期饮酒史;死亡的心血管患者中,81%是性情暴躁的酗酒者。美国营养研究基金会董事长、著名营养学专家Robetilnn先生在《酒与健康》一书中写道:"有证据显示,长期饮酒过量会伤肝,或引起行为失常。"

看来,我们对酒广告和与酒有关的广告应当保持高度警惕,对这类药品的准入和广告的把关应当更严一些。

2000年《文化报》

健康的和病态的电视广告

孩子们从电视中记得最多的甚至背得最多的是什么呢?电视广告和广告词!

随着社会经济的发展,利用传播媒介做广告是必不可少的。工商界越来越重视广告,无疑是社会经济的一大进步,值得欢迎。诚如幽默妙语所言:"做生意没有广告,犹如在黑暗中向姑娘挤眉弄眼送秋波。"

纵观时下的电视广告,制作水平有高有低,这是可以理解的,但在健康的广告中却往往夹杂着不少病态的广告,却不能不引人深思。

的确,有不少广告做得非常好、非常健康、非常阳光和非常新颖,表现了制作者的水平和技巧,更表现其修养和境界。好的公益广告自不必说,这里仅以商业广告为例。如一则洗衣机的广告,那"我梦见山间的小溪,梦见您"、"妈妈,我给您送来了……"诗一般的语言表现了女儿的心声和社会的进步,最后一句"献给母亲的爱",很令人感动;又如一则拖拉机的广告,由一位购机者劝一位犹豫的老农,发展到购机的老农对当年劝他购机的人夸拖拉机,简直像连续剧,颇具匠心。有一则大西北的电视广告,那低头含羞的新娘和粗犷热烈的喜庆气氛,让人置身其间,深受感染……

但是,也有另外一些广告,却令人大倒胃口。如一则空调广告,那个大腹便便的老板,不仅形象可憎,而他身边那极尽阿谀奉承之能事的所谓小姐的"您办公室和房间的空调都装好了"的肉麻的话，竟令人产生这样的联想：如果此公是国营企业老板，则有侵吞公款的嫌疑；特别要指出的是，说这话的那位既像秘书又像情人的女性，其大拍老板马屁的媚眼神情，真有点令人作呕。这样的广告由于有较高的声光技巧，比那类露点大腿和风吹裙裾的广告更令做父母的和教育工作者担心。

大家知道，对于电视中出现的内容，举凡电视剧、专题片等，尚有评论、评奖等方式予以鞭策和引导，但对于广告，大概因为厂家出了钱，颇有点听之任之的感觉。当然，谁也不会怀疑电视台会对广告完全放任自流。

是的，最具群众性的电视广告，还是要靠群众来进行监督。在开展对广告进行评论和评奖的活动中，能否少由"专家"打分，而多由群众直接进行投票？甚至我想，是否在权威媒体上，开辟对电视广告的排行榜专栏和分级专栏，以利于电视广告的健康发展。

1992年《武汉广播电视周报》

丑与审丑

最近看到两则电视广告，一则是"金"什么牌啤酒，一个是"银"什么牌饮料，几乎没有什么创意，都是尽力以丑吸引观众。瞧，"金"什么牌啤酒中的男性，对着的眼珠儿直翻白，以毒瘾发作般的姿态向扭摆着的酒杯酒瓶"冲刺"。再看，"银"饮料中的女性，张大那硕大无比的嘴，不仅像要吞下饮料，甚至是想要吞下整个世界；特别是嘴角的那一溜明白无误的涎水，更是令人恶心。

以丑为卖点，近年似乎十分时尚，上述的两则广告真是算不得什么。要说丑,最凶最早也最多的是在儿童卡通片和电脑游戏中。那些以丑为荣的造型与暴力、恐怖、荒诞和怪异联姻,将丑推向极致。青面獠牙早已是小菜一碟,更多的则是巨大而尖突的乳房,深蓝深蓝的面庞,外加凸胀而火红的双眼,鲜血淋漓的大嘴,丑丑联合,丑丑共舞,"塑造"出一个个丑陋名角的形象。它们与各种更加丑陋的怪兽怪客怪物相互撕咬拼杀,剜眼剖胸,演绎着整具整具骷髅的故事,描写着在虚拟世界里与怪诞无比的所谓"机器人"进行着永无止境、是非莫辨的血腥战斗,甚至还"巧妙"而厚颜地贴上"科幻"标签。凡此种种,让人实在看不懂,也实在想不通。这究竟是作家艺术家们思想精进而达至新的美学境界,并将传统的审美观逼进死胡同呢?还是他们自己"一心向钱(前)"地追逐时尚,或黔驴技穷,专事摹仿,表明其失去方向,辨不清真伪,分不出美丑,闻不出香臭?!有可能是后者。

医学报告显示,如今的孩子们,在精神上出现的问题越来越多。究其原因,除社会、家庭因素和作业负担过重外,最重要的恐怕就是这类丑恶形象的刺激。正是它们,扭曲了孩子的梦境,矮化了孩子的人格,模糊了孩子对事物的美丑判断标准,并使其长期处于恐惧状态;同时,这些丑陋的形象不可避免地助长了孩子们寻求强烈刺激的热情和释放出潜抑于人性中的暴力倾向。如果这就是艺术的作用,那么,真正的艺术美学追求岂不荡然无存!

今天,我们已经淡化了文艺的教化功能,容纳了它的娱乐功能和经济追求。但这并不等于说,为了追求利润,可以将丑陋的种子潜移默化地植入孩子们纯洁的灵魂中。须知,即令表现丑恶,依据审"丑"标准,也应达到鞭挞黑暗丑陋以衬托光明美好的目的。不知这类正在热卖、热播、热映、热演并大上令人怀疑的排行榜的作品,是通过哪些渠道批发给孩子们的,不知道这些作品的作者和艺术家们是否让自家的孩子也看这些东西。

据说一位给这类卡通片的配音者,当自己配音的作品在电视里播放时,便将女儿带到阳台上,教其背诵克雷洛夫的寓言《狼和小羊》。这真有点黑色幽默的味道。

2001年《海口晚报》

香烟与"万岁"

应该说这是一篇批评电视的文章,虽然不是批评电视的整体和某个主持人。

1995年6月中旬的一天,下午5时半过后,我偶然揿开电视机,在中央电视台二套节目"经济信息联播"中,看到一段令我惊诧的画面,听到一段令我困惑的解说。

电视内容是介绍一家卷烟厂的生产成绩。这种专题片就像有些期刊中的关于某企业的"报告文学",让人一看就知道是广告,或称"软广告"、"隐形广告"。

介绍卷烟厂的生产成绩,从严格的意义上讲,带有香烟宣传的性质。这使我想起国家规定中关于每包香烟盒应当印有的"自我宣传":"吸烟有害健康",因此,作为极具威力的传播媒介——电视,对卷烟厂的介绍,无疑是直接或间接地对有害健康的香烟的肯定和褒奖。因此,说这个节目(或这类节目)有助纣为虐之嫌,甚至说有谋财害命之嫌,恐怕不为过分。

吸烟有害健康,绝非危言耸听。请想想,这个结论如若还有一点值得讨论的余地,烟厂是断断不会软弱到甘愿将这话印在香烟盒上的。烟厂一般是很有钱的,有钱的一般是财大气粗和颐指气使的。财大气粗和颐指气使的厂家怎么会轻易承认自己的产品是害人的产品呢？看来，这早已不是需要讨论的问题。

问题的严重性在于，种种数字表明，当西方社会的吸烟人数迅速降低的同时，中国的烟民却在迅速增加，在香烟消耗量、烟民总数、烟民增长率、女烟民增长率、小烟民增长率、与吸烟有关的死亡增长率等方面，中国都不光彩地居于世界领先地位，如同中国的随地吐痰率、随手扔垃圾率、公共汽车上不让座率、口出粗言率不光彩地居于世界前列一样。

在这种令人忧心的状况面前，当然有人心中窃喜，那就是洋烟商。洋烟商本来是心烦意乱的，他们自己国家的烟民在减少，宣传、广告、推销乃至吸烟场所都在越来越受到抵制和限制，在与吸烟受害者家属的索赔案中屡遭败绩，香烟产业已经败相毕露。但是，他们突然像看到一片新大陆、一片绿洲、一个救星那样，发现了中国这样一个广阔的市场；更重要的是，这里的如此众多的人口中的相当一部分，竟然还处于对香烟认识的无知阶段。他们的欣喜和欢呼是完全可以理解的。如今还有国家级的电视台在帮忙，这怎不叫他们心花怒放？！

具有讽刺意味的是，人们在电视中曾听到中国某海关高层人士说出这样的话：中国至今尚未进口过一根洋烟。不管这话是真正的官样文章还是真正的虚假宣传，满街的洋烟使人不得不承认，洋烟无论是以进口的方式还是以走私的方式，实际上已经打入中国市场，而且占有相当的份额，拥有一批相对固定的烟民；更为可怕的是，这些烟民往往显出十分得意的神情，认为抽洋烟是一种荣耀，一种身份。

我一直以为中央电视台在这方面是清醒的，如同我们不能以牺牲精神文明去换得物质文明一样，我们也绝不能以牺牲国民的健康去换得经济的发展。但是我十分失望，我在中央电视台二套节目中看到的画面，使中央电视台在我心中的美好形象受到损伤。在此，我表示,我将以六个月内不收看中央电视台二套节目中的"经济信息联播"表示我的不满和抗议。我呼吁,同时我也相信,更多的人会加入到这一抗议行列。

事实上,问题不仅仅表现在宣传和介绍了一家卷烟厂,问题还在于这个节目中的一段解说词和一段现场录音。解说词的大意是说,该厂的一位工程技术人员以"万岁"来称赞取得成绩的厂长,并说,正是因为这一点,电视记者才去采访的。于是,画面上出现了这位工程技术人员的近景镜头,让他高谈他称这位厂长"万岁"的理由,并表示这似乎是广大职工的心声。

坦率地说,听到这里,我差点呕吐起来。

诚然,任何人都可以用他自认为准确的方式来赞扬某个人。我对那位工程技术人员对自己所敬重的厂长的赞扬没有意见,那是他的自由,他有权呼厂长"万岁",即令呼"万万岁"也无妨。问题在于采编人员。

采编人员对于所采编的内容,应该有一个全面的判断标准,这个判断标准的形成基础理应包括历史感和大众心理。首先,采编人员应当想到,将厂长、万岁、香烟这三点联系起来,会对民众心理造成怎样的联想和暗示;其次,"万岁"在中国历史上已具有一定的特殊含义,任何从"文革"走过来的人,对它是十分熟悉的,它与我们民族的自豪感、光荣感是相悖的。当年,全民呼唤过它。正因为如此,它给全民造成了不堪回首的记忆,使国民经济到了崩溃的边缘,成为全民需要认真自省的重要内容。厚重的历史既是荣耀又是警示,光荣与羞耻同时存在于每一个民族的心灵深处。作为中央电视台的采编人员,其历史知识和心理学知识,理应对其采编内容的取舍具有上述的起码认知。这方面给我的失望,超过单纯对香烟的宣传带给我的失望。

我再说一句,我不怪那位被采访的工程技术人员,他怎么说是他的事,我怪的是采编人员。我实在想不通,他们怎么会对这样几句对厂长的颂扬那么感兴趣。

另外说一点,我对这个报道的最后一个镜头十分反感:这个厂长站在风景优美的水边,故作沉思状地大抽其烟。

当肺癌等与吸烟相关的恶性疾病夺走一个又一个生命之时,再优美的风景,再潇洒的姿态,又有什么意义呢?

应当指出,这种刻意安排的"潇洒"而"优美"的镜头,对年轻人的影响是不可估量的。他们天真、善模仿以及浅薄的趋赶时髦的心理,会使他们成为最主要的受害者!

1995年《武汉广播电视周报》

从粤腔到沪腔

前些年,在电视广告的语言腔调中,粤腔的比例较大,曾引起人们的反感,不少从事语言文字工作的人更感愤怒。这种反感和愤怒是完全可以理解的。其实,反感和愤怒是一点用也没有的,因为这种腔调的背后,有经济的背景,当然也多少有些政治和文化的背景,但主要是经济的背景。让人们感到某些从事广告业的人身上的那股铜臭味。

最近,我发现在广告中粤腔倒是少了许多,但却挤进来不少沪腔。如在央视播出的一则宣传某种电子学习用品的广告中,本来前几句还是普通话,但到了最后一句"考了第三名啊"却变成了带有浓重沪腔的假普通话,尤其是那个"啊"的拖音,简直"沪"得惟妙惟肖,让人感到全身不舒服。这种现象的出现,依然有经济的背景,当然也多少有些政治和文化的背景,但主要是经济背景,同样让人嗅到某些广告业者身上的铜臭味。

　　这还是指个别厂商个别产品的广告,更有甚者,央视本身制作的一则公益广告,本来是从灵长类动物呈濒危状况的角度进行环境保护的宣传,立意很好,但全篇却用了川腔。同样,这也难以使人认同。

　　其实不仅是广告用语,凡是面向大众的传播语言,除特殊的需要外,都要规定使用普通话,这应当是常识。因为这种提倡,不仅仅是受众的需要,更与国家的统一有关。历史上,若不是秦始皇统一文字,中国的政治版图可能会是一个什么样的状况呢?相对而言,在我国宝岛台湾,国民党着力推广国语的举措很有成效,使如今大陆绝大多数人与台湾同胞交流时没有多大语言障碍;相反,让我们两湖的人听听粤语沪腔,还有其他许多地方方言,却有时真得带上翻译。

　　对于地方方言,虽不宜全盘否定,但对面向广大受众的传媒领域和面向广大青少年的教育领域,是一定要硬性规定使用普通话的,相信这不再是有争议的事。

　　传媒应带头反省这个问题。

2008 年凤凰网博报

四　自圆其说

"作家学者化"与"学者作家化"

　　关于"作家学者化"的提法，提了很久，争了很久，肯定、怀疑、否定；再肯定，再怀疑，再否定。让人感到拿笔杆子的人、文化圈子里的人，总喜欢以己之长比人之短；学者总喜欢鄙薄作家，而学者型作家更喜欢鄙薄非学者型作家。近来又有人撰文，称作家学者化是个不争的要求，并且以海涅的成长为例，振振有词，使人怀疑关于这个问题的新一拨争论又开锣了。

　　以偏概全，以个例证明一般，似乎是不少人惯用的手法。最近，听了几位非学者型作家私下针锋相对地提出另一个要求，即学者作家化。话虽偏激，但也似乎说出了一点道理：如果不是作家型的学者，在学术领域里怎能以生动的文笔总结自己的成果和表述自己的观点？即令写点科普作品，也应提出"学者作家化"的要求。他们举出一个例子：最近某出版社策划了一套供中等文化程度的青年人阅读的与科技有关的图书，由两名作家和三名相关领域的教授级专家分头撰写。前者是没有"学者化"的作家，后者是地地道道的学者。结果出乎意料，两名作家的书稿文笔生动、深入浅出，连标题都十分吸引人，令编辑连连叫好；而三位学者中的两位写的书稿却太过专业化，通篇都是术语和公式，晦涩难懂，甚至还有不少语法错误……

我听了这样的例子却认为,虽确有其事,但说话的人却带点情绪,也有些夸张。我不同意他们提出的"学者作家化"的要求。因为我认为,不能要求每一个学者都是作家。不过令我搞不懂的是,为什么老有人在反反复复地提"作家学者化"。这究竟是关爱作家还是与作家过不去呢?

须知,作家和学者,干的并不是同一类工作。因此,不能对其知识结构和思维方式提出统一的要求,何苦因有的作家的学养暂时不丰而提出"作家学者化"呢?它的可笑之处如同提出"学者作家化"一样。

有学者型作家,也有作家型学者,这无疑是天大的好事。但这可以作为一个目标,也可以不作为一个目标。因为有不当学者而照样写出好作品的作家,也有不当作家而在学术领域里大出成果的学者。

诚然,作家应当占有尽可能多的知识,但应该允许这种占有不一定非得很系统,更不必那么专业,他们的功夫应表现在情节的架构和语言的运用上,表现在对人物形象的塑造和人物性格的揭示上等等。完全不必用本来就十分模糊的"学者"标准对其进行要求,更不必非得一说这类话就加上一个"化"字。说句实在话,即令在不少文学作品中所谓哲学层面上的追求,也不太可能是作家提笔前必须要想透的问题。作家的劳动有时带有冲动的特征,有时带有苦行的特点;他们有的冥思苦想,十年磨一剑;也有的受灵感驱使,作品一气呵成。总之,与学者的工作特点相去甚远。

细读提出作家学者化要求的文章,总想弄懂什么是"学者"的真正标准。读来读去,发现不少论者最终还是落脚到一个"文凭"这可触可摸的"硬件"上。从这一点来看,"作家学者化"的要求的荒谬性就更明显了。高尔基没有这个"硬件",但能说他不具学者风范?事实上,不少成熟的作家,即令没有学历,却也可能逐渐成为超出一般意义的学者概念的学人,与真正的学者一样,同样可以成为文化巨人。

古代的不说,仅就现当代有定评的作家中,我至少可以举出几十个没有大学文凭的作家来,虽然不一定每一位都是一流的,但其中肯定有不少是一流的。其实,学者中是否又都是清一色的一流的呢?

由此让人想到,一个"化"字,实在是容易误导学界的。动不动就来个"化",很容易将问题推向极端,这大概是不争的事实。因此,除了四个现代化是毋庸置疑的外,对于其他问题,还是慎用"化"字为好。

1998 年《湖北日报》

在"精思"二字上下工夫

小时候,我常常沉溺于听故事,无论是武松与潘金莲还是孙悟空三打白骨精,也不管是诸葛亮草船借箭还是杜十娘怒沉百宝箱,都深深地吸引了我,引起我无穷的遐想、沉思和追索,启迪着我的智慧,培养了我最初的善恶观和美丑观。后来,我也开始讲故事给别人听,其中少不了添枝加叶、移花接木和编造杜撰,并常常为此而沾沾自喜,自鸣得意。因此可以说,我对文学的爱好和追求,早在我的童年便通过各种故事偷偷地在心中埋下了种子,一颗爱的种子。这样,在我四十岁开始真正学写小说时,便表现出对创作的特殊热情,在作品的风格和表现手法上,无形中也表现出注重故事情节的倾向。我的起步是蹒跚的,但却得到省市文联、长江文艺、长江丛刊、文坛前辈和其他文学期刊编辑对我的扶植和鼓励。《长江文艺》十分宽容地在头条位置发表了我的小说处女作《不要靠拢我》,它实际上是一篇国际题材的故事。在这之后创作的《骨肉情》、《母与子》、《账》和《奇特的约会》等短篇小说,也都主要是向读者讲述各种各样的故事。

然而对于这一点,我并非是充满信心的。文坛内"善于编写故事"的评语,对任何一个作者来说,都不能视为真正的赞扬,大多数情况下只能算作善意的批评。因此,我常常怀疑自己,常常发出这样的自问:我的这种注重故事情节的倾向对不对?这究竟是我从事小说创作的优势还是弱点?该如何在认识故事情节在小说创作中的地位?

我求教于理论书籍。书中告诉我,小说是一种运用文学语言的、叙事性的文学样式,是以人物形象的刻画为中心,通过一定的故事情节和具体环境的描写,生动而形象、深刻而又多方面地反映生活的一种文学样式。

这无疑是全面、准确的,但给我的印象却是朦胧的。也许是我的文学基础太差的缘故。

有一次,一位文艺界前辈、前湖北省文联负责人骆文,在就我的小说《美术沙龙》的修改问题给我的来信中,对小说的定义表明了这样的看法:"小说应当是精思的故事。"由于是针对我的具体作品进行表述的,而且特别简洁明确,因此一下子进入我的心里,对我产生很大的影响。我的认识似乎向前跨了一大步。

诚然,小说是属于叙事文学范畴的。一般来说,它理应有事件,有故事情节。任何一篇小说,总是撷取生活中的某人某事在发展运动中的一个片断。严格地讲,世间从来没有一个有头有尾的故事。人和事的运动发展是可以往前无限追溯、往后无限延伸的。即令"大团圆"之后,事件也仍然在继续发展着,未有穷期。因此,即使是长篇小说、巨制大书,也只是叙述运动进程中的一部分;而哪怕再短的作品，或者所谓"没有故事情节"的作品，也必然是人和事在发展运动中的某一环节或某一截面，只不过可能是一个很小的环节和截面罢了。哪怕再怎么现代派的作品，甚至魔幻之类的作品，也是人在交错的时空内对诸多生活环节和生活截面的艺术化的剪裁，甚或是胡乱而标新立异的组合。正因为如此，与其说"自从契诃夫以后，小说就不再是一般意义上的故事"，倒不如说，自从契诃夫以后，小说就不再是一般意义上的有头有尾的故事。

然而现今的小说又确实不同于传统故事，关键在于"精思"二字。这给作者提出了更高的要求，同时也指明了小说创作的广阔道路。诸如题旨的开掘、细节的描写、心理的刻画和精神的分析，包括故事情节本身，都应该精思、再精思！这样，在"精思"二字的引导下，这些年来，我沿着注重故事情节的路子继续往前走，发表和出版了一批长篇、中篇、短篇和小小说，初步领略了创作的甘苦。

我的体会是，故事情节是作品的骨架，细节的描写是作品的骨肉，而通过故事情节和细节描写塑造的人物性格和表现的时代精神，是作品的血液，是作品的精、气、神。

不过，文无定法。作品的故事情节的设计和展开是各不相同的，一个有追求的作者在这方面应该做到不落别人的窠臼；同时，在逐步形成自己风格的过程中，也要防止落入自己的窠臼。

到了上世纪90年代以后，我就主要从事长篇和中篇小说的创作。无论是发表在《长江》丛刊上的《五色土》，还是发表在《花城》上的《镶金边的云彩》，篇幅都比较大，容量也比较大，对故事情节的要求更具体，甚至达到心中没有一个大致情节梗概便不能动笔的程度。因而渐渐领悟到，所谓故事情节，其实就是人的命运，就是人物的悲欢离合。源于对生活的观察、对人物命运的研究而结构出来的故事情节，绝不是小说创作中可有可无的要素。正如一位作家所说，真正好的故事不是编出来的。好的故事，精思的故事，应该是对人物命运的深刻表现。如果说我的小说中还有许多不足,那绝不是因为我写了故事,而是因为我在"精思"二字上下工夫不够。

"精思",不仅指对故事情节本身,更指向语言文字、细节、人物心理和精神等方面,因为只有这些方面充实了,人物性格鲜明了,题旨开掘深刻了,故事情节才真实可信,才真正站得起来。否则,故事情节将只剩下一副架子,如同一副无血无肉的骨骼,那才是真正的"胡编乱造",那才是小说创作的穷途。

当然,既然生活现象是那么复杂,文学现象也会更复杂。我不想在故事情节和人物性格这二者之间画等号,更不想指出谁是第一位的,谁是第二位的。我只想说,故事情节是人物性格的逻辑,不能脱离开人物性格一味追求情节的奇特、故事的惊人。但是,好的故事情节也一定是人物性格的翅膀,如同好的电影音乐是影片情节发展的翅膀一样。人物性格可以在好的故事情节中得到升华。同时也应该看到,有的作品故事情节的密度大,以情节取胜,有的作品故事情节密度小,甚至只写了某个故事发展进程中的一个瞬间,这都是允许的;还应该允许有的小说既不注重故事情节,也不注重人物性格,而以一种隽永的情调和沁人的意境来征服读者,这取决于作者的气质、素养、兴趣、习惯和风格。文学创作的百花园内,理应是万紫千红,争芳斗艳。

由于历史的包袱太重,我在文学的道路上是一个艰难的跋涉者。更由于起步太迟,加之缺乏必要的文学准备和艺术灵气,所以我只能更多地学习各种表现方法。我写各种各样的作品,甚至写跨学科的作品,几乎与故事情节说了声再见,这其实是我想进行多方面的探索和积累。因为我十分重视学者杨江柱先生在评论我的小说创作时告诫我的话:"形象思维的各个环节,如同各种肌肉组织一样,都需要有意识的锻炼。"

诚然,我的这些在"精思"二字上的追求还只是初步的、肤浅的,我的"自我感觉"老是好不起来,我面前的路老是那么长,那么艰难。我自知自己是一个永远到不了终点的跋涉者,但我心甘情愿地走下去。

带着这种心情,仅以这点想法,就教于各位前辈和各位同行,更就教于各位读者。

1984 年《长江文艺》

仅仅是尝试
——我写"跨世纪跨学科丛书"

尝试是人类得以发展的行动基础,文学似乎也应该这样。我写"跨世纪跨学科丛书"就是一种尝试。这套书共五本《成瘾性》、《隐形杀手》、《流动的文明》、《超越生命临界点》和《非理性》计 140 万字,已由中国社会出版社出齐。

说它"跨世纪",不完全是时间的巧合,因为在主观动机上,的确是想就人类面临的跨世纪难题做一些思考。其中,有的难题可能不仅会由 20 世纪跨入 21 世纪,甚至会由 21 世纪跨入 22 世纪;有的问题人类可能根本不能解决,例如成瘾性问题。虽然我写这本书花费的时间最多,为解决这一难题请教了不少人,想了许多办法,提出许多建议,但是越研究进去,越感到悲观。它似乎会长期存在下去,一时还看不到真正解决这个问题的前景。

说它"跨学科",是因为我深深感到,随着时代的进步,人类面临的诸多问题中的任何一个问题,将不会局限在某个特定领域,它必然纵贯于社会学、心理学、宗教学、医学、生态学、生命学,当然还有文学等等方面。如果不作跨学科的思考和研究,人类也许不可能解决任何问题。这既是我的出发点,也是我创作此书的方法。文学在其中的地位也许仅仅是一种载体。我作为作家,作为曾痴迷于纯文学的作家,深感这样认识这样做,对文学是有所不恭的,但这是出于无奈。

事实上,科学与文学的联姻是跨学科的起点。科学与文学是文明这棵茁壮大树上的两个重要分支。但人们常常强调它们的区别,如科学用抽象思维,文学用形象思维;科学以理性的逻辑形成反映事物的本质和规律,文学以感性的形式描写社会和人生;科学的人长于理智,文学的人富于感情等等。但是仔细想来,两者都是人类适应自然和认识世界的产物,不可能不存在天然的纽带和联系。其实,人类早期的文学样式——神话,它是人类黄金般的想象和幻象,就根植于人类科学意识的萌动上。细看中外历史,许多伟大的人物,既是文学家也是科学家,如亚里士多德、罗蒙诺索夫,还有中国的张衡、沈括、郦道元、徐霞客等等。

然而我的"跨世纪跨学科丛书"与前述的既是科学家也是作家的作品的不同之处在于:他们是作为科学家时写科学,作为文学家时写文学。他们的双重身份是以较单纯的方式分别表现出来的,即使是以文学语言写科学,也是针对某一学科而言。而我则试图在占有诸多学科的成果基础上,对涉及人类的某一命题进行跨学科论述。但是,我作为一名普通作家,受我个人经验及学养的局限,很难像某些前辈那样是某一项或几项学科方面的真正权威。因此,我只能尽可能从各学科研究的最新成果和结论上尽可能地进行具有某些创见性和探索性的论述,我不能取代各学科的真正研究。因此,在我的心目中,每一门学科的专门人才都是我的老师,他们的成果鼓励和启发着我,而我的作品仅仅是使用文学的语言将各学科的成果运用到对某一命题的综合性叙述上,以联想和创见争取给读者以某些启示,甚至给某些专业研究人员拓展一点想象的空间。

这套丛书的写作,应当说是对时代特征认识的产物。众所周知,时代的变化和科学的发展表现为出新、高速、全方位和大信息量,人们在快速地接受着来自各方面的信息,也快速地将自己的信息输送到社会。这种以信息为特征的社会,如同未来学家托夫勒所指出的:"我们正处于新的综合时代的边缘"。当今各学科的相互渗透已成不争的事实,这可能就是跨学科的时代,也可能是涌现通才的时代。

另外,人们生活节奏的加快,需要快速、简明而数量极大的信息。由于人们生活在膨胀着的信息的包围中,于是休息的目的与其说是欣赏,不如说是以休闲性的刺激来缓解紧张的情绪,这就决定了对短平快和大信息量作品的需要,而传统的文学样式显然是不太符合这种需要的。这也是我为什么在140万字的作品中,用了近3.6%的文字,即近5万字的篇幅写提要,其目的就是为了让读者即使不看全书也能很快对全书了然于心,轻轻松松地将并不轻松的话题读下去,使阅读不再是一件辛苦的事。

有人称我的这类创作为"泛文学创作"。我很难指出这种定义上的表述是否正确,但是需要指出的是,这类作品关注的依然是人性问题,这是它不同于一般科学作品的区别所在。是的,人性依然是这类作品不变的主题。

谨以此套丛书加上本文,就教于文坛前辈,就教于各位同行,特别就教于各位读者。

万义之母与新的起点
——为自己进入老年而作

浅薄不是过错,过错在于满足;满足会使浅薄固化。而浅薄的固化对任何人都是有害的,但对作家的伤害可能是致命的。

1979年，我40岁那年才在文学领域发表小说处女作。时代耽误了我，但此后我如何不耽误自己呢？为此，我常常自审自问：对于一个没有学历的作家来说，我该怎样充实自己？为此，我在此后近20年中虽写过不少作品，按字数计算早已超过500万字。其中，有我较为满意的长篇小说《五彩包围圈》(昆仑出版社出版)、《狱霸》(长江文艺出版社出版)，中篇小说《通向手术室》、《美术沙龙》、《心锁》，当然还有已改编成电视剧并由中央电视台播映过的《母子情》、《荷花姑娘》等等，然而我自知并未完全摆脱浅薄。这样，我在写作的同时，从两方面对自己进行强化充实。一方面是从中国古典文学中汲取营养。为此，我较系统地读了一点中国古典著作，并以出版自己校注和简释的清代蘅塘退士《唐诗三百首》(湖北人民出版社出版)作为学习的小结；另一方面，我着手对中国历史文化进行一些研究。

　　我很幸运，住在长江流域中段，汉水的入江口。于是，我两次对三千里汉水进行了全程考察采风。在这过程中，我体会到文学必须站在世界和人类的高度，关照人与自然的关系，并以跨学科的视角思考人类在世纪之交面临的各种问题。这方面的努力以中国社会出版社出版我的一套"跨世纪跨学科丛书"作为小结。

　　通过对汉水的两次全程考察采风和无数次区域性考察采风，我接触到中国文明中最古老、最优秀的部分，开始理解到中国文化和文明的精髓，开始领会到中华民族精神的真谛。

　　汉水这条古河，首先使我了解到为什么世界上人口最多的民族称之为"汉"！是的，我们唱着《黄河颂》："五千年的古国文化，从你这儿发源……"可是考古新发现不断证明，中国古老文明远远不止五千年，同时中国肯定还有与黄河流域文明平行发展的文明。我思考着这样一些问题：地质学家已经证明，远古的长江不是向东流而是向西流。这究竟意味着什么呢？恐龙蛋化石群和郧阳猿人为何都大量而集中地出土于汉水流域？这是否意味着对"非洲夏娃"的假说提出了挑战？也就是说，人们可以这样发问：人类的文明曙光有可能出现在中国吗？有可能在出现于黄河流域的前后也出现于长江流域和汉水流域吗？还有，远古的炎帝与黄帝的分合及炎帝的去向具有怎样的意义？

在汉水流域的神农架发现的《黑暗传》，不少学者已认定它极有可能是汉民族的史诗。如果肯定如此，它意味着什么；如果它不是汉民族的史诗，又意味着什么？同时，在地方文化工作者的帮助下，我考察了数处楚长城遗址。要知道，楚长城比我们熟知的秦代万里长城要早四百多年，更不用说比明长城要古老得多！

当然，更加撼天动地的是楚国的崛起和以屈原、宋玉等为代表的楚文化的异彩。这一切都明确无误地传达了中华民族的亘古之情，那就是爱国主义思想和祖国统一的理念！

这是一种怎样的感情啊！如果说，身处海内外的华人对某些问题可能因具不同视角而在看法上不尽一致，但在对待爱国主义和祖国统一上却是完全一致的。

对于这一点，人们往往从西汉的建立来寻找其渊源：汉代以前，现在的汉人被称为"夏人"或"秦人"。如同《辞源》"汉"字条所载："古代边裔部族称中国人为汉人，以汉代强盛，号令远及边裔，边裔人只知中国为汉也。"

想当年，刘邦在与项羽争夺霸业的过程中，力量相对较弱，被项羽在戏亭召开的分封会议上封为汉王。《史记·高祖本纪》是这样记载的：(汉元年，公元前206年)正月，项羽立沛公(刘邦)为汉王，王巴、蜀、汉中，都南郑(今陕西省汉中市)。刘邦到了汉中，招揽人才，练兵聚粮，仅五个月，便用韩信"明修栈道，暗度陈仓"之策，一举平定"三秦"，挥兵东出，逐鹿中原，扫除群雄，五年灭楚，统一中国，建立国号。为纪念汉中之龙兴，也取"天汉"之祥，仍用"汉"字，定名"汉朝"。这说明汉朝是由汉中而来，故曰："汉族一词，源于汉中"。西汉因汉中而得名，汉中因汉水而得名，汉民族之所以称之为"汉"，皆因潇洒飘逸和浪漫雄奇的汉水！

然而，中国的爱国主义思想，却有更悠久的历史。汉民族在漫长的历史进程中，其源头主要有炎黄、东夷、苗蛮、戎狄和百越，从点到线，从线到面，多元互生，融合了诸多民族文化混血而成，并形成范围宽泛、绚丽多姿、五彩缤纷、灿烂辉煌的民族文化。古代中国文明，具有同一的多元特征，主要分支为信奉龙图腾的夏族和信奉凤图腾的夷族，北南呼应，携手共进。早在春秋战国时代，以屈原为代表的爱国主义思想已经形成。

屈原是楚国人，楚国主要凭借"筚路蓝缕，以启山林"的精神发展壮大。楚成王以后，其疆界已发展到东海之滨、齐鲁之野、五岭之地，成为赫赫然之强盛大国！当秦灭六国统一天下后，屈原的爱国主义思想便有了一个更大的背景，因而加速了其深化的进程。到了发端于汉水、立都于长安的西汉形成空前的统一和强大的国家时，屈原的爱国主义便已根植于广袤的国土和民众的心灵。所以说，爱国主义和统一理念早已成为我们国家和五十六个民族的灵魂皈依和万义之母，成为几乎所有朝代的为人标准和近代所有进步政党的政策基石！

正是这一伟大的思想，保证了中华文明成为全世界所有文明中唯一继续发扬光大并不被外来文明所取代的文明！所以，英国考古学家丹尼尔在1968年出版的《最初的文明》一书中，认为古代世界共有七种文明具有"独立起源"的性质，1981年，他在《考古学简史》中又增加了两个，这样共有九个"独立起源的文明"：古埃及、两河流域、中国、印度奥尔梅克、玛雅、查文、爱琴—米诺斯和南俄。如果按古文化圈划分，则有五个：古埃及、两河流域、中国、爱琴—米诺斯、印度。然而，在漫长的历史进程中，古埃及已经后继乏人。两河流域、爱琴—米诺斯和印度，无不具有双重的文化背景。两河流域文明是苏美尔人创建的,后由阿卡德巴比伦人继承和发展;爱琴—米诺斯文明是克里特人创建的,后来由希腊人继承和发展;印度文明是由蒙达人或达罗毗荼人创建的,后来由外人继承和发展。也许由于地理条件的原因,也许由于其古老和自成体系的缘故,唯独中国文明没有这种双重的文化背景。

是的,中国文明是唯一没有双重文化背景的文明,所有炎黄子孙,无不珍惜这一文明,无不为此感到骄傲。这也是为什么中国虽近代积弱而不自馁,虽受列强欺凌而终能自立于民族之林,虽历长期苦难而能中兴的真正原因。

然而长期以来,中国人民的心中仍有一份遗憾,一份渴望,那就是还有未归的子女啊!1997年,作为一个时代的标志和象征,香港回归了,不久,澳门也回归了;本着这种浓酽的感情,我们同样期待着台湾海峡两岸的同胞能同饮黄河水和长江水。

我们歌颂爱国主义,因为她将我们联系在一起,她使我们永不分离,她使两个大写的字——中国——放出永恒的耀眼光辉!

这样,我的文学创作便注入更清晰的理念。

我年过六十了,但对我而言,只是一个新的起步!

1999年《人民政协报》

拥抱理想 拥抱崇高

我们是跨世纪的见证人,所以我们是幸运的。

新世纪的全部历史和文化传承的重担,肩负在我们身上,这是每个跨世纪者的光荣使命和不可推诿的责任。然而,文化是有文明和腐朽之分,文艺是有精华和糟粕之别的。区分二者,弘扬文明和精华,扬弃糟粕和腐朽,理应贯穿于我们文化艺术创作和演出活动的始终,也应成为文艺工作者塑造灵魂和人格自塑的目标。

回顾逝去的历程,审视身后的足迹,我们有理由骄傲,但却没有理由自满。也许找到不足才是理性的,才能获得继续前进的动力。

当一家家纯文学报刊关门大吉之时,我们在承认纯文学固有的特征决定了它空间狭小和受众有限的客观存在外,是否也应从纯文学自身的孤芳自赏、以我为中心并逐步走向程式化、沙龙化、梦呓化中找到它的缺憾呢?当名人隐私和明星绯闻打着"通俗文化"和"娱乐大众"的旗号,充斥于我们的荧屏和期刊版面的时候,我们的艺术家以及传媒是否也应该想想雅俗共赏的真谛,思考一下有关良知和尊严的话题呢?

然而真正戕害我们文艺的是打着俗文艺招牌的所谓快餐文艺。"新新人类"的"另类作品",以其所谓"具有冲击力"的赤裸裸的性描写和对极端个人主义的宣扬,大肆侮辱理想,践踏崇高,甚至滑落到精神"黄、赌、毒"的边缘。另一个严重的问题是人们常说的文艺工作者的"自身人格分裂症"。如在词曲意境令人陶醉的歌声背后猛料般的人格丑闻,以"倾城之貌"为幌子的"泄光"大比拼,以滥情为特征的所谓情感剧的狂轰滥炸,以"强者恒强"为掩护的逃税、假唱和殴辱记者等等,不一而足。这不应视为世纪末的疯狂,它本来是腐朽世界观的再现。

有人展望21世纪时说,娱乐就是生活。这话有一定道理,问题是应有怎样的娱乐形式和怎样的娱乐心境。这需要引导。传媒在引导方面无疑扮演着举足轻重的角色。但是,传媒首要从记者被"明星"保镖殴打中受到某种启示。某些"娱记"所选择的"热点"、"焦点"往往是炒作出来的。那种经不住时间检验的一支歌曲红遍全球、一张艳照身价百倍的现象,除了纯商业操作的负效应外,传媒也起了推波助澜的作用。因此,记者所挨的耳光,则是其自身没有发现真正崇高所付出的代价。适度冷落那些突然暴富的"明星",给他们以成长和成熟的时间,这是对他们的真正爱护。多花些时间和心力,开掘更具个性化色彩的健康向上的题材、样式和人物,也许是跨世纪传媒的首要任务,当然更是一切文艺工作者的首要任务。

当一名弘扬人类文明和优秀文化的代表,体现先进文化的前进方向,是每一位有良知的文艺工作者的前路。听吧,新世纪的航船已鸣响了起锚的汽笛,新世纪的舞台帷幕已徐徐拉开,让我们拥抱新世纪的曙光,如同我们拥抱生命,拥抱理想,拥抱崇高!

2000年12月30日《湖北日报》

龙文化的翔舞

与其说巧合,不如说巧证:2000年刚好是中国农历的龙年。2000年在全世界人们的心目中占有特殊的地位,如同龙在中国人心目中占有特殊地位一样。

有人说,这个龙年是旧世纪的压轴之年。其实无论起始还是压轴,它都可说是极不平凡的,它具有世纪之交的伟力,暗喻万物轮回的规律,它响彻人类向一切未知领域奋进的天籁之音,因而它具有无与伦比的象征性。

象征性既是文化的特质之一,也是文化的重要表述方式。虽然文化素有精华和糟粕的重要区分,但龙文化是中华文化和世界文化的真正精华。龙文化既是对东方历史文化的全面阐释和继承,也是五彩缤纷的现代世界文化中不可或缺的组成部分。龙是中国先民的图腾,东方人类的偶像,同时也是几千年中华历史的镜面,因而它能最大限度地表达出中国人的秉性、理想和追求,最大限度地表现出中华文化的色彩、本性和特质。

若问中国人为何善修长物:长城、运河、长堤……这体现了人类最可宝贵的品质——韧性。而这,充分表现在龙的造型上。若问中华大文化为何具有那么大的包容性:既能亲和古今,又能容纳百川……这体现了人类最可宝贵的品格——虚怀若谷。而这,充分表现在中国人对龙的想象和描述上。瞧,东方之龙既能入江潜海,也能穿山越岭,还能遨游苍穹。在不可穷尽的宇宙中,没有龙不能涉足之处,没有龙不能翩翩起舞之地,没有龙不能翻江翔舞之所。在龙的翔舞之地,百花盛开,万鹤齐鸣。这既是东方文化和世界文化之必需,也是文化本质之必然。艺术之神唯有在它的面前,才能尽显其幻化之功;民间智慧唯有在它的面前,才能绽放出朵朵奇葩。

但是,无论是图腾还是偶像,几千年来,龙及龙所演绎出来的文化艺术,始终因人性中的专制与私欲而受到制约,长期被统治者所凌迟和利用。所谓龙袍加身,所谓九龙回廊,在属于中华民族的龙被打上封建王朝印迹的漫漫历程中,也给民众带来"荼毒生灵,万里朱殷"的苦难。只有历史的车轮驶至20世纪50年代,在真正站起来的中国人民面前,特别是在近20年来龙腾虎跃和龙凤呈祥的欢乐旋律中,我们和我们的世界才实实在在领略到龙文化的真谛!

让我们沐浴着世纪之交的春风,发扬龙文化的精神,以从未有过的韧劲和从未有过的包容性,吸取全人类的文化营养,在新的世纪创造出既有中华民族特色又属于全人类的文化奇迹!

我们有理由做到这一点。

2000年《湖北日报》

新世纪文化蠡探

新世纪的文化是旧世纪文化的延续,但又是旧世纪文化的新生,因此,新世纪的文化艺术是需要重新阐释的。

我们从旧世纪承袭的文化中令我们感到骄傲和自豪的虽然不少,但越到后来越有一种普遍存在的沉重感。这表现在两个方面,一方面是旧世纪文化的表层部分显得太"纯"并日益贵族化,由此产生了许多"精美"但却很难为大众喜爱和认同的作品,虽然这些作品很会造势,但却渐渐失去自食其力的能力,而需要各种漂亮的如史诗之类的名义向纳税人伸手;另一方面,旧世纪文化的阴暗底部又掺杂了太多的糜糜因素,无论多么令人神往的文化样式和文化传统,例如茶文化中的清纯、垂钓文化的幽静、服饰文化的实用和美观等,一旦商业化,便多少被诸如"三陪"和黄赌毒所败坏,甚至长期被人视为圣殿的出版阵地,也曾有过被性教唆和邪教玷污的记录!

任何事物都会美丑扭结和正反混杂,但人类总在追求主流的清正。遗憾的是当新的世纪来临之时,无论是东西方或是南北极,也无论是海内外或是我们身边,在文学和艺术,在纯和俗,在对真理的追求和对娱乐休闲的需要方面,上述负面现象却有愈演愈烈之势。因而摆在文化艺术与娱乐圈的从业人员面前的任务也就更加繁重。

我们需要看到一个趋势,那就是在网络的支撑下,文化艺术与娱乐休闲逐渐趋向个人化。未来学家托夫勒的贡献在于较早地看到了这一点,不足的是他没有找到真正的出路。出路仍然在于专业人员的引导。这种引导至少在中国首先表现为产业化的过程。我指的是真正的产业化,而不仅仅是凭着某种权势挂一个大得吓人的牌子。它需要成熟的制作人和经纪人,需要成熟的商业运作机制。

这是因为任何个人化的文化艺术和娱乐休闲,很难突破游戏的范畴,而作为人类的精神范畴,而作为人类的精神追求,对需要团队精神和大投入的作品需要量是极其巨大的。因此,产业化不仅是社会的需要,也是事物发展的必然。

在产业化的过程中,扫清泡沫和净化底部将是最重要的任务,真正做到这一点也许需要几十年甚至几百年,但必须去做,而且应当相信人类是能够完成这个任务的。做到这一点的思想支撑是什么呢?我想,人们应当回到我们曾经为之努力但后来不知怎么被遗忘或淡化了的那种认识,那就是正视文化的真正内涵是使人变得更具有人性,认识文化的真正本质和意义在于让受众从心里厌恶一切肮脏的、卑鄙的、虚伪的、粗俗的和一切贬低人和迫使人痛苦的东西。诚如高唱《海燕之歌》的高尔基所说:"一切在乎人,一切为了人!"这应当成为文化艺术和娱乐休闲产业的核心。希望商业利益与这个核心不要发生冲突,如果一旦发生了冲突,人们应当自觉地抛弃商业利益。做到了这一点,人类将会在新的世纪得到新生。

2000年《湖北日报》

不要忘记:至少要读100本书
——忆徐迟

徐迟老师走得太突然,身在武汉的我,竟然是从《炎黄世界》总编李骏先生深夜从广州打来的长途电话中得知这一噩耗的。他在病中,我并没有去看他。他可能并不记得我,因为我们见面的次数很少,而且都是工作性质的见面,而不是私交;况且,诗人燃烧的是激情,而不是记住别人的姓名。

作为诗人,作为师长,他的死必然带着浓浓的执着、浪漫、献身、忘情,当然还有神秘,真正的诗人之死,似乎都是这样。

对于老师的死,我除了悲痛外,还有那莫名而深沉的向往与崇敬,我禁不住推开窗子,凝望着夜空:星星并不明亮,灰蒙蒙的,象征着老师生前对人生和自然的预言,游荡着老师那对宇宙永恒冥想的灵魂……

我是在40岁那年认识徐迟老师的,那时我刚刚发表了小说的处女作,《长江文艺》于1979年12月在湖北省军区招待所举办笔会。我第一次参加这样的活动,而且只发表过一篇作品,而且还担任着企业的领导工作,而且中途还得回厂照料,因此,只能夜以继日地写呀写的。当时参加笔会的还有汪洋、黄大荣等,还有的来自二汽的、葛洲坝的、武钢的笔友,他们有的现在在文学上干得轰轰烈烈,有的在其他领域干出了骄人的成绩。不过,那次笔会最重要的一件事,是老师亲临的关怀。老师给我们列出了100本书的书名(有些书如《战争与和平》,虽算一本但何止一本),要我们读。是的,老师是这样说的:要想成为一名真正的作家,必须,至少,认真读完这100本书!

这100本书中,除了中外名著外,甚至包括《圣经》。老师要我们将这本书当做一本文学作品来读。事实上,后来我确实从这本书中发现了它那独有的文学品格。

要我读书,并且要我读老师精选出来的名著,这其实已经够了。老师在我的心中,已真正树立了老师的形象,与我此前读老师的《哥德巴赫猜想》时一样,心中洋溢着对老师的景仰,一种在世俗生活中很难产生的情感。

但我有我的难处。我要上班,下了班还有人为厂里的事找我,可怜的业余时间又想写点东西,所以我读得很慢。因此,我当作家的愿望也就实现得慢。不过,即令后来当了作家,我仍然没有读完这100本书。因此,我从来就不敢在别人面前说我是作家。

1987年,湖北省作家协会在大悟县召开中篇小说创作座谈会,参加的有汪洋、洪洋、方方等,老师也去了。在会上,老师再次提起那100本书。我如实地说了我的情况,并且建议老师在这100本书的名单中,加进几本心理学、医学和社会学的书;如果要保持100本书的这种对人有象征意义的整数,则减去其中某些书。没想老师竟然同意了。老师是一个并不固执己见的人。他在会下还称赞我在心理学上"看来学到了一点东西"。在博学的老师面前,我的脸顿时涨红了。

那次,可能就是那次,是我最后一次与老师面对面交谈。

老师走了。可我为什么没有从心理学和医学的角度事先得到一点点预兆呢?我想是我对老师的近况没有过多关注的缘故,以为对于诗人作家,关注其作品就够了。但事实告诉我,这是不够的,甚至从某种意义上说,是自私的。

我无法排遣心中的悲伤与失落、痛苦与惆怅,我又记起那100本书的叮嘱。

老师啊,我至今还没有读完它们。但是,不说为了当一个真正的作家,即令为了表达对老师的怀念,我也应该继续读下去。我想,这是对老师的最好怀念。

1997年《对外经贸时报》

老鄢,你不该前排就座

——悼作家鄢国培

1995年12月22日深夜,临近12点了,我刚刚放下手中的书准备就寝,突然电话铃声大作。拿起话筒,传来作家方方的声音。她告诉我一个极其意外却又令人震惊的消息:鄢国培遭遇车祸,不幸去世。啊,这不可能,我前些天还参加了由他主持的全省影视创作座谈会,怎么今天就……方方说,她昨天还见到他,与他说过话。他是搭便车回宜昌,回自己的家去,坐在车的前排座位,在高速公路上发生的车祸,车上其他人都只是受了伤,唯独他一个人遇难……

我和方方都不肯相信这是事实,但这又确实是不得不承认的事实,是我们不得不承受的深深哀痛。在遥远的年代,我曾熬受过失去兄长的痛苦,那种心头发紧、心底苍凉、眼前一片黑暗的剧痛记忆犹新,这次,它再一次将我笼罩。我一直将鄢国培看成我的兄长。他不该前排就座,不该前排就座啊……

鄢国培,我是在上世纪70年代末期从《长江》文学丛刊发表的连载长篇小说《漩流》上知道他的。那时我还在一家小厂工作,是这部小说的忠实读者,但当时我却怎么也不可能想到,我在此后的生活中,会与这部作品,会与这位作家结下不解之缘。

我步入文坛之后与他相识了,但并非仅仅是工作之必须,而是因为我们相互发现对方具有许多与自己的共通之处:我们属于同一个时代的人,对人生有许多相同或相似的看法。他来自黄金水道的长江航运业,我来自深街小巷的集体小工厂,我们心中共同的圣火——文学,照亮了我们共同的目标,使我们走到一起来了。当年,他在长航为他提供的一间招待所的小屋内,我在妻子单位办公楼的坪台上临时建起的小房中居住,各自书写着我们的白日之梦。可喜的是,我们都住在长江边,而且相距仅十来分钟路程。这样,许多黄昏,我们徜徉于长江大堤,沐浴着江风,观赏着暮色,畅述着人生,研讨着文学,无所不谈也无所顾忌。想想当时的情景,回忆着他的音容笑貌,我的眼中不觉噙满泪水……

鄢国培在创作上的勤奋是人所共知的,继长篇小说《漩流》之后,他又推出了姊妹篇《巴山月》和《沧海浮云》,以"长江三部曲"奠定了他在文学上的地位。他的水手生涯和作为近代长江航运史记录和再现的历史责任感，当然还包括他的智慧、才气和勇气，使他在文学上达到了相当的高度。在上世纪 80 年代的前几年，他是我国拥有最多读者的著名作家之一。

1984 年，他将改编《漩流》为电视连续剧的改编权交给我，这是我文学生涯中的一件大事。这部 12 集电视连续剧由武汉电视台摄制，在包括中央电视台在内的数十家电视台播出后，受到广泛好评，并在中南地区获金帆奖。记得 1985 年 5 月，我在四川奉节参加《漩流》的外景拍摄时，接到他的长途电话，提到我们曾商议过的东行考察采风计划。我回汉后，便与他一起乘船东行，到芜湖、苏州、杭州、扬州、嘉兴、宁波和普陀等地进行了"不要接待、不坐卧铺、不住带卫生间的房间"的"三不"式的采风游览。

这次旅行使我对他加深了了解：他是热情的，但也是冷静的；他是忠厚的，但也是睿智的；他是不瘟不火的，但也是才思敏捷的；他是高产的，但也是厚积薄发的。

后来，他成为湖北省作家协会主席，将主要精力用于"为他人作嫁衣裳"的工作。他的行政工作无疑对他那势头正旺的创作产生了一定的干扰。在这方面，我为他的"前排就座"发出过深深的叹息，但对他的奉献精神又敬佩不已。他担任领导工作几年，我们来往甚少，这是因为经过前些年的亲密交往后，一旦他的地位发生了变化，我们就各自心知肚明地回到"君子之交淡于水"的交友原则中。偶尔我们相约水边湖畔，在清风绿水间投竿抛饵，与鱼为戏，并相互比赛垂钓技能。往往他邀我便是他胜，我约他便是我赢，各占熟水之利。垂钓无语，然而"入世"的思考和"出世"的景观，尽在不言之中⋯⋯

他去了，他去了，我清楚地记得，我还欠他一次钓情，他还欠我一个饵方。罢了，老鄢，我用不着还你，你也用不着还我，让我在今后的创作中、垂钓中、远行中，时时记住你就行！

但我还是要说，作为知交我不得不说，老鄢，你不该前排就座，你最后的回家之行不该前排就座;你后期的文学生涯也不该前排就座。我若不这样说,我就不配作为你的知交。

老鄢,我心中永远的痛!

1996 年《人民长江报》

开始苏醒的灵魂
——我的小说处女作

我想,任何一位作家想到自己的处女作都会激动不已,我也如此。虽然饱经世事沧桑,历尽坎坷磨难,自认已经十分冷面。不堪回首的十年动乱消蚀了我的最可宝贵的年华和大部分才智,直到四十岁那年,我才有可能将隐蔽起来的情感和仅存的冲动以最有限的方式表达出来,完成了一篇以国际事件为题材的小说《不要靠拢我》。当作品在 1979 年 7 期《长江文艺》上头条推出后,文学前辈和广大读者的热情反应这才真正唤醒我那处于半昏迷状态的灵魂。因此我走上文学之路,这要感谢时代;冷面使我具有包容性,苏醒的灵魂使我初闻宇宙之音。

骆文前辈在给我的信中指出"小说应当是精思的故事",虽是小说的诸多定义之一,但十分切合我对小说的感悟。这样,当我的处女作面世之后,那一发不可收的创作势头使我不仅被称之为"快枪手",更使我的作品具有较强故事性的特征。前辈徐迟要我读一百本书,虽然我无法完全做到,却使我认识到学海之无涯和先行者的关爱。学者杨江柱与我深究了我的处女作特征,使我认识到我的创作之触媒原来是一位知名度不太高的作家鄂华和他的一部同样知名度不太高的国际题材小说集《女皇王冠上的钻石》。我虽然读过一些世界名著,但鄂华的这本书之所以让我特别喜爱和受到较大影响,却是因为它与我的创作潜质相符,使我认识到我的创作优势和不足。因为触媒作家和作品的优势就可能是我的优势;触媒作家和作品的不足就肯定是我的不足。可是学界对作家的触媒现象研究不够,其实这应当是创作理论上的一大课题。

由于知道了自己的不足,加之没有进入任何大学深造,所以我制订了一个长期的自学计划。虽然这个计划的每一阶段从来都没有完全做到,但主动学习总比自以为可以不再学习要好。如果说我还能蹒跚地进步,首先要归功于徐迟先生关于读一百本书的叮嘱。我虽然对于文坛关于"作家学者化"一说持相当保留的态度,但我实际上是心怀不甘,想探索一条符合像我这样半路出家的、没有学历的作家的进步之途。经过不间断的边创作边学习过程,果然有了一些心得,心境也有了一些变化,我开始以超越文学的目光关注人、生命和世界,对文学与社会科学、自然科学的多学科兴趣渐浓,并决心创作出一种新的作品样式,即将严肃性与可读性、文学性与科普性、信息性与创见性结合起来的大文化跨学科作品。当此计划一出,便产生了一种特殊的感受,那就是像在鸡公山军区疗养院举行的那种可以从舞场跳到山路上那类月光舞会上那样,别是一番山野情趣,别是一番浪漫情怀。这也如同我的小说作品一样,是在严肃文学和通俗文学的切点上狂舞。也就是说,我今后在创作上的可能成功或不一定成功的探索,都是我的处女作的延续。但我也知道,当这些积累过程告一段落后,我仍会像个顽皮的孩子,虽然突然出走,虽然翻墙越院,看了看比文学大得多的世界后,最终还是会回到母亲的怀抱,最终还是会继续写"精思的故事",继续写小说。

本着这种感情,处女作令我永志难忘。

1984年《书刊导报》

纪实作品的新标杆

——读《辛德勒名单》

好的文学作品,可以为影片的制作提供好的基础,这是百试不爽的,也是我国制片单位应当特别加以重视的。

影片《辛德勒名单》之所以能获得奥斯卡七项大奖,不能不说与同名纪实巨著有相当的关系。所以谈影片,不如谈原著。

长篇纪实作品《辛德勒名单》实在是一部难得看到的优秀纪实类文学作品。我是满怀激情一口气读完这部作品的。我的激情中包括对战争的厌恶、对法西斯暴行的仇恨、对良心和正义的赞美和对作者的深深感谢。

《辛德勒名单》的作者为了写奥斯卡·辛德勒这个人,对辛德勒所拯救的五十位生还者进行了访谈,作了详细的记录,而这些访谈对象几乎遍布世界各大洲,他们分别居住在澳大利亚、以色列、德国、奥地利、美国、阿根廷、巴西。可以想象得出作者在采访方面付出了多么艰巨的劳动!

资料的核实印证,是有分量的纪实作品产生的前提。据作者介绍,这本书的内容仰赖了二战期间的辛德勒的旧相识和他战前的许多朋友们所提供的资料和文件,还依赖了辛德勒犹太人存放在亚德瓦歇姆、殉道者与英雄纪念组织中的丰富证言,以及辛德勒本人的札记与信件。同时,作者还让三位重要的知情人"分享他们对于辛德勒的珍贵记忆与重要文件资料",使之"拥有更丰富的资料来呈现出精确的事件,同时他们也不厌其烦地花费了许多时间阅读此书的初稿,提供了极其有价值的指正与建议"。作者同时还获得了不少珍贵的录像带与照片资料。

资料的大量占有与校正，是重要纪实作品成功的前提。值得指出的是，作者并未忽视与人物评价相反的资料。虽然该书的主人公由于在二战中拯救了大批犹太人而获得以色列的荣誉十字徽章、圣赛尔维斯特教皇骑士荣誉封号和以色列正义之士的封号。1972年，他还得到希伯来大学杜鲁门研究中心的一层楼，放置他拯救犹太人的事迹报告和获救者名单。但是，对于大量证言中的微不足道的4份负面性评价，作者也坦诚地予以了披露。这种对待作品价值相反意见的重视，不仅丝毫无损于主人公的形象，相反，使作品显得更加真实，更符合历史的复杂性和人物性格多样性的特征，因而更加令人感动。

作为贵在创新的文学，对描写对象的独具慧眼的选择也是甚为重要的。作品描写的这个英雄，是一个资本家，一个积习成癖的赌徒，一个善于利用贿赂和黑市交易迅速致富的人，一个色鬼。而作品的视角则是全方位的描述。对于奥斯卡·辛德勒，作者丝毫也没有回避他上述的丑陋，其描写的细致和写作的力度是十分充分的，使一个活生生的人物跃然纸上，令人倍感真实。

让一个日耳曼人、一个纯亚利安种族的人去认识和揭示希特勒的种族灭绝政策和对犹太人的灭绝人性的大屠杀，让他去感受"空气的愤怒"，从而出于人的本性站到犹太人一边，施展出他个人的魅力和智慧，开展了一场极冒风险的拯救犹太人的庞大计划和行动。奥斯卡·辛德勒拯救的犹太人数以千计。他所拯救的，实质上是人类的良知！

一个极为巨大的主题，一部英雄史诗，建立在对主人公正面与负面的极其深刻和细致的描述上，这可能就是经典纪实巨著诞生的根本原因。

正因为如此，以同样态度制作的影片，就有了获得巨大成功的基础。

我国也生产不少根据文学作品描述的史实摄制的大片。我不怀疑其中少数具有很高的艺术价值。但就多数而言,我们缺乏的可能不是导演的才能,而是作为基础的真正大手笔的纪实原作。

1995年《长江日报》

模糊见深刻

年近四十的南斯拉夫摇滚歌手白雅嘎早在1991年创作的歌中,便写了这样的句子:"谁都可能是朋友,也可能是敌人。"这模糊的句子比之歌词中"每五十年就有战争"这样明确而且因后来北约曾对南联盟狂轰滥炸而得到验证的句子,给人更深刻的印象。的确,"谁都可能是朋友,也可能是敌人",将变幻莫测的国际风云,尤其是巴尔干地区的长期争战状况,表现得令人忧郁,令人心悸;它的深刻性更表现在它可以引申到人类的各个方面,让人产生更多的联想。甚至可以由此想到人生,想到自己的生活,想到周边人的命运……

大家知道,南斯拉夫的塞族人有一种观念和习俗,那就是"在苦难的战争中,文艺女神也沉默了"。所以,信奉这种观念和遵从这种习俗,白雅嘎在北约轰炸南联盟期间虽然积极参加广场音乐会以鼓励人们渡过苦难,但他没有创作新歌。不过,当他得知中国驻南联盟大使馆遭到轰炸,知道了邵云环、许杏虎和朱颖的名字后,心中便产生了这样的想法:也许有一天会为他们写一首歌,于是他默默地打着腹稿。在他的腹稿中有这样的句子:"很难说这是和平,但也不能说这就是战争。"细细品来,这又该是多么模糊但又多么深刻的句子啊!它甚至使人想象出,在世界即将进入21世纪的时刻,国际关系、国际标准乃至战争形态都发生了变化,出现新的特征,变得更加模糊了,变得更加需要深入研究了;这似乎在呼唤爱好和平的人们,要更加警惕啊!

白雅嘎这种模糊中见深刻的创作,使人想到摇滚歌手应有的品质。白雅嘎作为摇滚歌手不仅能作词、作曲,还能演唱和充当吉他手。尤其是在歌词创作上,能达到如此高度,会令不少中国摇滚歌手汗颜。须知,白雅嘎之所以能在摇滚乐坛上展翅飞翔,洞悉人生和世界风云,与他的文化素养是分不开的。他是大学毕业生,学的是世界文学和南斯拉夫文学,这使他能不依赖夸张的造型而以他对世事的深刻领悟,征服听众和观众。当从照片上看到白雅嘎穿着普通T恤,显得整洁、文雅、亲切而不是虚夸、怪诞和刻意刺激谁时,不少人都会说:他是高雅文静和在平凡中见深情的歌手;他是磁性的、真正的摇滚……当然,这是最好的摇滚,但不是摇滚的全部。各人会有各人的看法。

1999年《湖北日报》

我写《世纪之交:中国大转岗》

下岗问题牵动着人们的心,也牵动着我的心。三年前,当我原工作过的企业职工对我叙说他们的境况时,我就打算写一本关于这方面的书,并开始积累有关素材。所以,当珠海出版社向我约这样一本书稿时,我立即答应了,并没有提出任何其他的条件。

我想,我写这本书绝不是"饱汉不知饿汉饥",因为我本人就曾经历过好多次转岗。早在童年我擦过皮鞋,卖过早点;如果当年不去擦皮鞋和卖早点,我就可能从学校"下课",成为流浪街头的辍学生,或成为一个小地痞;长大后,转岗成了我生活中的大景观:我在美术装饰合作社当过学徒,后来"提升"为美工,后在文化馆当过美术干部,在耐火材料厂当过选料工、包装工、搬运工,在社会上干过帮坡(也许今天有许多人不懂这项职业是干什么的,请容许我作点解释:用推或拉的方式帮助重载人力车辆上桥爬坡的职业称帮坡),我还在街办小厂当过搪瓷美术设计员、制版工、喷花工……值得指出的是,当年的转岗除了受到经济的压力外,在那动乱的年月,主要是受到极端无理的政治压力。直到上世纪70年代末,我才较为稳定地从事企业负责人,然后又转岗从事文学月刊的编辑、副主编,最后从事专业文学创作,当上了专业作家,并任文学院副院长。

复杂的转岗过程,当然伴随着难以言状的心路历程,有血有泪,有辛酸有愁苦,因而也有对人生的洞悉和对生活的笑傲。也就是说,有一言难尽的回视沼泽的那种满身疲惫的畅快淋漓。我并不是说,人们都应当经历像我这样的转岗,因为我的经历中充满历史的误会,我不希望那样的历史重演。但是在今天,作为职业,在社会转型、经济体制快速变化的过程中,职业上从一而终的事究竟只是少数人的"幸运",对于绝大多数人来说,改变职业几乎是不可避免的。不仅中国如此,外国也是如此。这里还是让我引用美国玛拉·布朗女士的话:"根据调查,美国十名上班族中,至少有八人失去过一次或一次以上的职业,未来人的一生中,平均会换十份工作。"

如今的人们之所以对转岗感到陌生,也许主要在于过去的经济体制表面的稳定性造成的错觉,以为那种超常稳定的职业是正常的,从而在心理上形成定势。这种定势不仅影响了对于转岗正常性的误判,也造成了对一旦出现必须的转岗情势的不可理解和无所适从,甚至心存不满。当然,这种反应会随着政府的重视、再就业工程的实施和人们观念的转变得到扭转。为了促使这种转变的尽快完成,当然需要在心理、择业观、择业形式和择业技巧等方面得到关怀、劝慰和指点。

我在本书中要做的就是这个工作。

我尽力将这一点做得好一些,尽力给转岗的朋友以温馨。

最后,让我以对转岗者怀抱满腔热诚的珠海出版社在本书的封底上特意印上的一段话作为此文的结束:"今天,既不会有永远的下岗者,也不会有永远安全的职位,进取的人生请直面——转岗!"

1999年《长江日报》

让理想插上幻想的翅膀

得知我与欧桑共同主编的"X帆世界科幻小说精选"(两辑共八本)在面世不久就要加印的消息,心里甜滋滋的。有人认为这得益于1999年高考作文题《假如记忆可以移植》,因为这个作文题使科学幻想对于学子和国人的重要性一下子凸现出来。可是这两辑选本是1999年7月付印的,可见在主编这两套书时并没有故意迎合市场的意思。

早在80年代,我就想编这样一套书,这是因为我从小就喜爱阅读科幻小说。虽然以法国的儒勒·凡尔纳为代表的"硬科幻"作品和以英国的乔治·威尔斯为代表的"软科幻"作品是众所周知的经典,但对我影响最深的还是俄国的阿·别利亚耶夫的《陶威尔教授的头颅》。这部作品中的科学幻想——肢体移植和脑袋存活,虽然在今天已成为可能,但在作品创作的20世纪20年代,无疑是十分大胆的想象。直到我阅读这篇作品的五六十年代,也是令人神往的。作品的幻想不仅建立在科学的基础上,也建立在高度的艺术技巧上;作品将深奥的医学知识、大胆的科学想象、生动紧张的故事情节和朴实淳美的语言文字完美地结合在一起,表现了一场真善美与假恶丑的你死我活的斗争,讴歌了正义和善良,也剖析了复杂的人性。即令今天读来,也具有震撼人心的艺术和道德力量。

几乎所有的优秀科幻作品都具有这样的特征和品格。

正因为我在求学阶段能读到这些好的科幻作品,所以在我从事文学工作后,也创作了一些科幻作品,如《主攻手之谜》和《文学号飞船》等,并一直做着主编这样一套选本的美梦。这套选本的出版,圆了我的梦,而我选的作品,首篇就是《陶威尔教授的头颅》,它使我有机会将我少年时阅读这类作品所享受的美感和愉悦之情介绍给所有读者,尤其是青少年读者。

我国的科幻小说创作长期处于受压抑的不正常状态。这种压抑一方面来自某些"权威人士"对科幻作品的意识形态偏见,另一方面来自文学圈内的"主流文学"对它的错误排斥。这种现象直到近年才得到缓解,然而这却使我国的科幻小说创作与世界水平拉开了距离。

其实,科幻小说涉及人类与环境的各个重要领域,并挑战各种传统的、可疑的观念,因为它能最大胆地提出新的思想和新的憧憬。其中,某些思想和憧憬,会对人类的未来产生重要影响。例如,今天大众所关心的大气污染和生态环境遭受破坏的问题,早在数十年前的一些科幻作品中已敲响了警钟。优秀的科幻小说可以启迪人的心智,激发人的想象力,并培养人类不可或缺的"未来意识"。无数事实说明,只有插上幻想的翅膀,人类才能飞得更快更高。

由于自身阅读范围有限,也受选本篇幅的限制,所以"精选"很难在所选的全部作品中体现出来,遗珠之憾也在所难免,好在这个工作可以继续进行下去。

2000年《长江日报》

隐 忧

已经是深夜两点多钟了,我终于合上托马斯·基尼利的作品《辛德勒名单》。整整一个星期来,我一直在读这本书。近年,很少有如此让我震撼的作品。这本书写的是战争和仇杀,浸透了恐怖、罪恶和鲜血,而且是那样真实。

与此同时,我又想起了一则同样真实的报道:在泰缅边境热带丛林深处,隐藏着几千个简陋的窝棚,住着衣衫褴褛的克伦族人。一个少妇袒露出丰满的乳房,喂着一只长尾巴的小猴子!原来,艰难的生活和肆虐的热带病夺去了她的孩子,在她处于痛失爱子而又奶胀难忍的恍惚状态时,一只嗷嗷待哺的小猴子闯进了她的生活……

世界充满了险恶,充满了仇恨,在漫漫的五千年历史中,据历史学家统计,真正处于和平的岁月不过两百多年。规模最大的第二次世界大战过去了不过五六十年。即令这战后的五六十年的"和平时期"里,小规模的战争仍然连绵不绝。如果将虐杀、横扫、打砸抢、暴力恐怖、毒品、饥荒、核泄漏、艾滋病等等都算上,这个世界难道有丝毫的安全感吗?

可是,我们到处看到和听到的是永无止境的靡靡之音、柔情蜜意、软言细语和男欢女爱。不过我们看到的是布景,而很难是真实。我们那么容易地忘却了苦难,对于别人的苦难当然就当成域外的游戏了。这样,难怪孩子们在说到60年代父母每餐只吃那么一点时,领会的竟然是减肥的窍门;在议论日本时,他们也只会与松下电器和凌志轿车联系在一起,根本不懂什么是真正的天灾人祸,似乎对日寇的奸淫掳掠一概不知。我们宣传着笑容的灿烂,比赛着美丽的身段……

当然，美好是要提倡的，也是我们追求的目标。但是，美好应当有丑恶作比较，幸福应当以苦难作镜子，国荣应当用国耻作观照。

似乎有人说，文艺作品不是存在大量丑恶、苦难和羞耻吗？是的，的确存在，可惜绝大多数都是建立在虚假的架构上。花拳绣腿和奇术神功能让人真正懂得战争吗？地道一挖就将敌人消灭掉，地雷一埋就唱出胜利的欢歌，这能让人真正懂得战争的残暴吗？事实上，我们的文艺作品在表现日寇的残暴方面还远远抵不上日本人自我表现的他们的残暴。不信可以看看《山本五十六》，尽管他们这样做的目的是为了美化军国主义。

应当说，国耻教育与国荣教育是同等重要的，它们是爱国主义教育两个密不可分的方面；表现幸福与反映苦难同等重要，它们是人生理想教育不可分割的两个方面。而这一切，都应建立在真实的基础上。

对于过分柔弱、过分温情、过分纤细、过分虚假、过分造作、过分追求形式和画面美感的文艺作品和教育方式，我是深怀隐忧的。"坐飞机，看大海，游香港，哎！""甜甜的，酸酸的，好吃看得见！"只会培育出减肥的一代，游戏机一代，易拉罐一代，口香糖一代，小品一代，对于复杂的世界环境和社会人生，这样的一代是会显得惊惶失措的。要不，就会陷于麻木、麻将和麻醉的泥潭。

我想，虽说托马斯·基尼利的话不无偏颇，但对我们的作家和教育家来说，仍然是应当仔细领会的："人生的邪恶是作家的主题，而原罪则是历史学家的母乳。但在刻画美德的时候，这却是相当冒险的诠释角度。"这是他写在《辛德勒名单》中的话。

1995 年《爱情婚姻家庭》

为科技兴国鼓与呼
——谈谈《科学家,您好》

　　武汉电视台著名的《科技之光》节目中,有一个青少年特别喜爱的栏目——"科学家,您好!"每次介绍我国一名科学家,采用孩子们访问的方式。科学巨擘与孩子,这决定了节目有极大的自由度和极大的收视面,因为它寓深刻于通俗。但电视自有其不足,那就是时间的相对锁定和一看而过的匆忙。常听人抱怨:好是好,就是难得一览全貌。现在好了,武汉电视台已将这个专栏改写成书,编成《科学家您好》第一册和第二册。面对书籍,读者的匆忙感没有了,可以在自己最合适的时间静静阅读了。我是该书的编委之一,同时又兼该书的文学统筹。

　　以学界看法,文学统筹是个最辛苦的活,要将电视画面改写成文学作品,有时付出的劳动比创作一篇相同字数的作品还要费力。可是,当我看完原始资料后,被科学家们的精神深深打动了,觉得只要能在宣传他们的成就和精神方面贡献一点力量,再费力也是值得的,因为与他们相比,我感到了我的渺小。

　　该书并不像常见那种按电视片照录的那类作品,它是经过改造了的,它是有所升华的。要知道,它反映的可真是一批国家的栋梁之材啊,无论是医学泰斗吴阶平还是水利水电工程专家张光斗,无论是理论物理学家何祚庥还是汉字激光照排专家王选,面对107位巨人,我怎能草率从事呢?

　　这一百多位中科院院士、工程院院士,虽然专业不同,但却有一个共同的闪光点,那就是对祖国的无限热爱;他们的爱国主义不是空洞的,而是体现于对科学的献身。正是这种献身精神,使祖国在他们各自研究的领域站到了世界的前沿。如今这些科学家大都年事颇高,可他们仍然奋斗在科技第一线,鼓舞着晚辈,也令晚辈汗颜。

如果有人认为科学深奥,认为科学枯燥,那么请读读这套书。因为这是站在各学科制高点上的人对孩子们的心声,他们深入浅出的娓娓之声,必将使你释怀,必将令你受益。不仅如此,它还有对科学家丰富人生和多彩生活的生动描述。其实,只要想一想睿智的祖父对可爱的孙辈是怎么讲话的,你就会以极大的热诚拥抱这套书。对不同文化程度的读者都是如此。是的,每一位科学家都是一本深刻厚实的人生教科书,而浓缩了如此多的科学家的成就、经验和人生感悟的书,当然是不可多得的书。从它的实际意义来看,它是一套为科技兴国鼓与呼的书。

1998年《市场指南报》

莫愁女的"现代愁"

在湖北省钟祥市城区中心的花园内,立着一尊雕像。朋友对我说:"这就是莫愁女的雕像。"

啊,莫愁女。一瞬间,我记起宋代周密作的《莫愁杏花词》:"返魂谁染东风笔,写出郢中春色,人去后,垂杨自碧,歌舞梦,欲寻无迹……"此刻,我凝视着她,而她却凝视着远方和苍古。我仿佛感到,她的目光中充满灵气,也充满忧伤。

用现代人的话说,莫愁女是两千多年前我国最著名的明星,是红极一时、盛名远播的歌星舞星,不知今天的歌星舞星笑星球星们是否了解她。但我想,她的在天之灵是一定关注着今天我们土地上的歌星舞星及其追星一族的,否则,她不会那么忧伤。

两千多年前,楚国曾一度强盛到几乎与秦国二分天下。钟祥市当时称为郊郢,又称石城,是楚国的陪都,楚王的行宫兰台(离宫)设于此。莫愁女是这里的一个渔家姑娘,家住汉水西岸,从小与风浪同行,与江湖为伴,是一个热爱生活、热爱劳动、能歌善舞的美女。在当年矶头渡口的绝壁上,有一座白雪楼,而在郊郢西北隅有一座高台,人称阳春台,这两处是莫愁女经常演出的场所。

据考证,莫愁女的歌舞由于极具艺术品格和大众化特征,深受各界人士欢迎,所以民谣诵道:"家家迎莫愁,人人说莫愁,莫愁歌一曲,恰恰在心头。"

当时的追星潮也是一浪高过一浪的。当莫愁女驾着小船渡江涉水为乡亲表演时,演出场所总是挤得水泄不通。那些难以看到她表演的人,便在白雪楼旁另修了一座两层楼房,在楼上品茶听歌,虽不能目睹,但却能一饱耳福。这座楼被命名为听雪楼。可见,两千多年前人们对明星的崇拜与追逐并不亚于今人。所以,偶像崇拜和追星热情,是存在于人类的一种心理需求。

古代的追星潮还可以从文人骚客的诗句中得到印证。"莫愁在何处?莫愁在城西,艇子打双桨,催送莫愁来。"即令到了唐代,仍有人吟诗追这颗星:"古郢云开白雪楼,汉江还绕石城流。何人知道寥天月?曾向朱门送莫愁。"

古代的这位歌舞明星与当今的不少流行歌手舞女的不同之处在于,莫愁女的歌舞是高雅的,具有创造性的。她有幸得到屈原的弟子、伟大的文学家宋玉的亲自指导,将民间曲调下里巴人和宫廷歌舞糅合融会,创造出独特的、更高层次的阳春白雪,并达到雅俗共赏的效果,成为对后世影响深远的郢曲楚歌。诚如宋玉所言:"其始曰下里巴人,次为阳河薤露,又为阳春白雪,遂谓郢人善歌。"这些艺术成就,甚至可能对汉剧和京剧音乐的形成产生过影响。

可是当今的流行歌星和舞女,有几人能像莫愁女那样富有创造性？我们耳闻目睹的倒是声色犬马的沉沦和通俗庸俗的滑落。

也许，高雅艺术的创造在于歌者舞者及作者的人品。

当年的楚顷襄王强令莫愁女进宫。当了宫廷的歌姬舞女，并为斩其牵挂，将莫愁女的未婚夫流放到三吴扬州。但是，莫愁女忠于爱情，并且十分厌恶帝王的骄淫。"纵然是十万作缠头，莫愁不肯留"，最终逃离了楚王宫，千里寻夫到了吴越。这也是为何南京有个莫愁湖的原因。

可是今日的不少流行歌手、舞女和各种明星，却醉心于"缠头"，开口几万、十几万、几十万，并沉溺于包装，醉心于"知名度"，甚至"创造性"地提出了"出名三法宝：官司、离婚、穿洋袄（嫁洋人）……"不一而足，成为明星潮的一大景观。

是的，我从莫愁女的目光中，看到了她的这些忧伤，看到演艺界的悲哀。

1995年《爱情婚姻家庭》

文学的强悍"边锋"
——《戴克堑文集》序

如果将文坛比成足球赛场，那么，本书的作者可以称之为强悍的"边锋"。我不像如今时尚者那样，使用"杀手"之类的词，我觉得用"边锋"合适。

高，高，实在是高！读了克堑的文章，特别是读完全书，你会在从内心发出会心的一笑后，作出与我相同的判断。这本书确实不像我们常见的文集，那么文绉绉，那么故作高深，那么矫揉造作，它是平白的、真诚的；它以火一般的热情感染着你，而不论你有什么偏好。

即令在互联网上,在虚拟世界里,他与网友的交流也是那么真诚。他和其他网友帮助一位农村女孩寻找自己梦想的故事,可以很好地扭转人们对互联网不信任的看法,从而不由自主地得出人间自有真情在的结论。

一位作家的作品能最大限度地满足各类人的不同偏好,这是如今文坛很少有人能做到的,包括那些头顶桂冠与光环的作家,只有像克垫这样的杂家高手才能做到这一点。我们常说,作家本来或者首先应当是杂家。姑且不说如今的作家们是否做到了,即便做到了,多半也不过指知识领域宽一点,除了文学"主业"外,还有点"副业"和"自留地",还能在其他某个领域有点心得,或从理论上说出个一二三来,终究不过是花拳绣腿而已。但克垫不同,他几乎在我们可以想象或难以想象的方面,均有较深的研究。他几乎是在他所涉及的所有领域内不仅仅是"知道",而且是真正的实践者。他彻底地颠覆了"艺多不养家"的古诫。

虽然许多技艺他是以采访的形式表现出来的,写的是别人掌握的知识,但我知道,他本身其实就是这些领域的内行,而且只有内行才能写得如此具体细致,如此吹糠见米。例如对于瓷器,在他的采访文章出来前几年,他就对我侃过瓷器经,令我钦佩不已;对于古式家具,他在儿时就有所了解;对于书法,他不仅自己能写得一手好字,而且还收藏有赵朴初、郭沫若等人的真迹,可见他在这方面的眼光和用心;至于对打火机、邮票,他能称得上是收藏界的好手;还有京剧,他曾对我唱过,在电脑前对网友也唱过,就我这个外行而言,我实在分辨不出是他唱得好还是某些唱片唱得好;对于农业,由于他的个人阅历,他是一个真正"老农"式的好手。在小说《祥和叔》中,他借对小说主人公的描写,真实写出了他自己对驱牛扶犁技巧的熟稔,然而与他经常交往的当年农民,又怎么知道他早在离开农村仅仅两三年后,在上世纪80年初,在"有车族"还是人们的梦境时,就已经成为一个汽车驾驶的高手,同时还是一个工业叉车驾驶的高手;他对花卉,有着天生的敏感和热爱;他对斗蟋蟀、养金鱼等等,都有可谓专业级的水平。我曾在《南方周末》写过一篇养金鱼的散文《金鱼苗之死》,其中谈到金鱼产卵等细节。在我初次遇到这种情况而无计可施时,只得求教于一位朋友,这位朋友其实就是克堃。至于垂钓,我是出版过两三本相关技巧专著的作者。但说来惭愧,垂钓时只要克堃在场,我就只好用这样的话来自我解嘲:"我是理论家,克堃是实践家。"现在看了他的这类作品,任何人都不会怀疑他是真正的垂钓高手了。

好一个杂家!

但是且慢,克堃不仅仅是上面文字中介绍的那种"以文会友"的"杂家"和谋生式的"杂家",绝不!他还是个文武双全的杂家:他自小练就一身好武艺,只是平时不显山不露水,许多人,甚至与他共事多年的同事都不知道他有相当扎实的武功。人们是在发生了一件重大事件后从报上才得以知晓的。那是1988年12月8日晚8时左右,他采访回家途经汉口车站路,见一群流氓当街调戏妇女,虽然围观者达数百人之众,竟没有一个人出面主持正义。只有他,路见不平,挥拳相救。一个人面对七个猖狂的歹徒,他毫无惧色,心想自己的一身功夫,此时不用,更待何时?于是经过一场恶战,终于独自一人将这七人制服……《武汉晚报》从第二天起,以头版头条连续三天对此事进行了详细的报道,《中国体育报》也对此事进行了采访报道,这才使全市民众眼界大开,奔走相告,也使新闻界在面临不少记者在采访负面消息时经常挨打受气的状况中长长吐了一口恶气的同时,对于社会现象、民众心理、公民意识、道德建设等诸多层面进行了认真的思考,从某种意义上推动了报刊亲民意识的确立。

这就是本书的作者,一位令人尊敬的真正的作家!

从本书的文章比例来看,有关教育的报道与分析的作品较多,这与作者长期从事教育领域的新闻报道工作有关。对于如今的教育,人们的心情是复杂的。就全国而言,其成绩甚至说成就,这里就不用多费笔墨了,但说到问题,往往很容易指出应当以素质教育来取代升学率。不过话说到这里就止步了,因为考试体制横亘在那里,说了等于白说。作为教育领域的记者,克堃为此而苦恼。人们从他的作品中可以看出他是十分尖锐而准确地看出了问题症结的,但以他个人的力量,没有办法解决这个问题。个人的力量在体制的架构面前,是软弱无力的。这种苦恼,可能是导致他最终离开这个岗位而在报社找到一个新岗位的主要原因。然而细心的读者可以从他的作品中看出他对教育的看法和立场,这不需要从他直接写教育的作品中去看,而要从他对女儿的教育、他与女儿的关系上去看。原来,他在体制架构面前退缩的同时,却在对女儿的教育上摸索和实践着一种新的教育模式,至少是教育的一个方面——学生与家长方面的教育模式。这就不能不使人对他怀有更深的敬意。我知道,他在这方面已经草就了新的作品,比我们现在见到的作品具有更大的规模,同时也具有更大的勇气的作品,也许在这个全集的后面几集中我们可以看到。我以为,这会成为他对教育改革的更大贡献。虽然他离开了教育领域的报道岗位,但他那颗火热的心仍然没有离开,他一直在关注着、思考着、探索着。

在教育的诸多问题上,有一个问题是十分突出的,那就是学历问题,这是不是教育问题的核心还有待研究。但是在生活中,存在于人们头脑中的对待学历的看法其实是基础不牢的,学历的大厦是不一定经得起"地震"考验的。请看,如今的高级技工,在南方,他们的工资绝对高过大学本科生甚至硕士;再看央视崔永元的"小崔说事"中,一位小学文化程度的中年人达到"著作等身"的程度,一位初中文化的农村大娘写出几百首诗歌,首首情感真挚,首首朗朗上口。而克堃本人也是一个例子,他是没有大学学历的,为此他在评定职称的"硬件"面前总是落得不愉快的结果。不少人劝他"曲线救己",如到某大学"作家班"去"混"一张文凭等。拿这样的文凭对于克堃来说是易如反掌的事。但克堃是条汉子,他不拿这种文凭,而是坚持以自己的工作成绩取得组织的认可和群众的信任。我甚至认为,当年决定由一个没有高等学历的人长期从事教育领域的报道工作,说明决策者内心对教育是有十分精准看法的,他们故意要书写一个幽默段子,让人们从中去品尝个中滋味。最近他虽然调离了这个岗位,但他的文集的出版,其实使我们感到这个幽默段子还在继续往下说。

终会有一天,当大学教育不再稀缺时,当这个问题得到彻底解决时,我们再回过头来读读这本书,一定会有更新鲜的感受。

然而不要以为学历不高就意味着书读得不多,教育受得不够;也不能以像克堃这些人的例子而走向另一个极端,以为不读书是光荣的,没有学问是光荣的。克堃的这类例子只是说明,学历不是唯一认定一个人的学识水平的标准。作为一个人,永远要学习,这是没有止境的;没有学历的人,更要抓紧时间学习。而知识,可以从学校获得,也可以从学校以外获得。高尔基认为,他的大学就是社会生活;进一步说,就是一个肯学习的有心人的社会生活。

克堃除了对自己接触的几乎所有知识都存学习之心外,他的家学也是十分重要的。他的父亲是一位老革命,老知识分子。他可能从咿呀学语时就开始接受高层次的教育。这种教育,虽然大多以潜移默化的形式表现出来,但它不一定比学校教育的成效差。这种教育是能出精品的,古往今来,这类例子层出不穷。

正因为他有家学的积累,所以他能写出那么多极工的词,这是目前我所接触到的许多学历比他高许多的人达不到的水平。更为难能可贵的是,他能对"词为诗之余"作出十分生动的表述,不是教科书般的说教,而是在小说《祥和叔》中用具有性格特征的人物语言进行表述。这里就不能不进一步提到这篇小说了。克堃在文集中只选了自己的一篇小说。他其实写了许多小说,但为什么只选一篇呢?为什么只选这一篇呢?我猜想,首先,他要将更多样式的文学作品在文集中展示出来,他的个性使他想贴近更多层面的朋友和读者;其次,他特别喜欢这一篇,有些偏爱。

  虽然他还有更好的小说作品,但《祥和叔》的确有它的特点。他是作者那段刻骨铭心的下放生活的写照。在他的潜意识中,这段生活"高于"他日后的生活,虽然日后的生活要宽裕要富足得多。这是一篇坚持现实主义手法的作品,特定环境中的特定人物,这种写法他运用自如;心理描写和细节的刻画,达到相当的高度。他将这篇作品贴到网上,网友的好评如潮。例如一位网友说:"如果说文字干练,用词准确,人物对话生动,人物线条刻画清晰是您的一大特点的话,寓意于现象之外便是您的生花之笔了。读着您的文章,会在不知不觉间被您引到一个境界,继而有感而发,会在您最后的'点睛'之处悟着您之所悟,然后在心里很情愿地画上个句号……很喜欢看您细节的描写。人物的语言,相貌,动作突兀出字面,好像动手一抓,就抓到了,甚至听到了您所描绘的声音。当您听到祥和叔和海哥悄声数落说着您吃得多的时候,您那一个愤愤不平的'甩',一个没想到的'碰',随着那一声'哐当',仿佛在读者的耳朵里心里真的响了一下!把个青年人的性格,祥和叔的心态'哐当'一声放在了那里。还有,当祥和叔知道您要离开,准备煮鸡蛋给您吃,您因为怕吃了鸡蛋他家就没有换烧柴的了,说要给他送些来的时候,祥和叔的一通吼骂,好像真的可以听到他恼怒的吼声,耿直的性格也随之表露无遗。然后,是'吃鸡蛋','在那张熟悉的油漆剥落的案桌上,放着三只碗。每个碗里装有五个盐水荷包蛋。汤面上还浮着几块他们在炒菜时当油来擦锅的肥肉。'——那个年代,这是多么难得的啊,所以'我是伴着泪水吃下一个个盐水蛋的'。最感动人的一幕,是'每当我夹起一个蛋,和叔、和婶就从他们的碗里夹一个蛋放到我的碗里',他们自己是舍不得吃的啊,和前面计较每顿饭贴二两米的吝啬形成了鲜明的对照,反映出他们质朴、善良的性格,从而使人物更加丰满起来。"网友的结论是:"好文给人的是启迪,是思索,是感悟。四年下乡生活,三个月的与祥和叔相识,一生的记忆和感慨。人生有太多的不完美,如果能在不完美的人生间或地感受完美的瞬间,难道不是一种完美的人生体验么?感谢您展示给我们这么好的文章,这么好的人生观。原谅我用秃指敲出来的表达不一定准确的感想。"

读了网友的这些评论,我怎么会鼠尾续貂呢?

信息化已改变着我们的生活,例如互联网,它使文学和作家的概念发生着难以逆转的改变,多样化、个性化、高速度、广覆盖和难以取得一致标准成为它的特点。克堃文集的出版就是这种改变中的一朵浪花。但,一滴水能反映太阳,更何况一朵浪花!

是的,什么都在变,但有一点是不可能变的,那就是真情。

克堃文集的最大特点就是那一片泣血的真情!

2004年11月于汉口花桥
2005年大众出版社
《新闻杂拌儿——戴克堃文集(卷一)》

插科打诨之"度"

插科打诨在不少演出活动中,多以搞笑的方式放松欣赏者的心情,并起到转场和节目衔接的作用,不可或缺,亦不可小觑。过去的插科打诨者常以小丑的姿态出现,而如今则称为"主持人"了。

近来去广东、上海等地走了一圈,特地到歌厅逛了逛,发现在市场经济条件下的这类歌厅,发展十分迅速,其灯光音响和演艺者的水平,皆有可圈可点之处,有些节目甚至可以令在荧屏上跑红的明星们汗颜。但是,对这些演出中的插科打诨却万万不敢恭维。

不敢恭维的主要原因,不在于主持人的语言水平和机智程度,而在于其中所运用的笑料太过低级,要么是露骨的性挑逗,要么是对我们民族引以为自豪的政治成果或文化成果进行嘲弄。前者可谓俯拾即是,后者则会在观众不经意时突然冒出来。下面试举数例——

台下有"老板"给演员小费,于是主持人便领着演员用《学习雷锋好榜样》的曲调高唱:"学习老总,好榜样,百元钞票给两张,祝他娶妻再娶妾,接着再玩个新情况……"不仅他们唱,还鼓动观众与他们合唱最后一句"接着再玩个新情况"。我不知道台下那位大腹便便的老板听了作何感想。当然,我更想知道这位老板是国企老板还是私企老板,抑或根本就不是什么老板,而是歌厅为烘托气氛特意安排的"托儿"。

再瞧,主持人在大声朗诵唐诗了:"床前明月光,疑是地上霜。举头望明月,"最后几个字却改成"低头撕裤裆"! 于是,引得一群涉世不深的年轻观众的笑声和掌声。一首家喻户晓、优美深沉的传统文化精萃,就这样被无情地践踏得面目全非了。

再如,"五十年不变"也遭到歪曲的借用,"三个代表"也被改成了并不让人发笑的笑料,不一而足……

任何行业的发展,不仅需要法律和法规的制约,更需要自律。插科打诨肯定是需要的,但它应当有个"度",如同笑话有健康的笑话、一般的素笑话、淫邪的荤笑话和令人难以接受的政治笑话之间有很大的区别一样,轻率的越过"度",只会伤害刚刚起步、刚刚走向市场的娱乐业。在歌厅内,观众需要的是艺术,即令听笑话,也应当是健康的笑话或虽不载道但也不伤风化的素笑话,而不应是上述那些"下九流"的货色! 希望某些歌厅的从业人员,不仅要自重,更要尊重观众。如果以为只有用性挑逗和践踏美好才能留得住观众,才能从其口袋中掏出钱来,那就大错特错了。

2000年《人民意志报》

从残疾人当模特说起

在亚特兰大残奥会上,艾美·米琅获得100米和200米金牌的荣誉。她是在一岁时截去双腿的,她的成绩是靠假肢的支撑取得的,当然更靠她的刻苦努力。爱尔兰著名服装设计师亚历山大·麦昆独具慧眼,邀她参加了服饰表演,获得比预想的要大得多的成功。

这一成功当然是创意的结晶,但同时也是当今世界上名模受到冷遇的典型例证。受到人们欢迎的不是名模而是残疾人。

名模受到冷遇已经成为世界潮流。最近,有"黑珍珠"美称的模特奥米·坎贝尔被解聘下岗。要知道,她可是第一位荣登美国《时尚》杂志的黑人模特;除她之外,超级模特凯·莫斯、琳达·伊万杰莉斯塔、克劳迪亚·希弗和辛迪·克劳馥也都一个个下岗了。究其原因,除了这些名模有令人厌烦的娇骄二气、过于挑剔、酗酒吸毒等恶习之外,主要是要价过高。她们的要价往往占去了一场服装表演费用的大半。用圈内人的话说,"她们逼得举办者和其他工作人员没有水喝。"你让别人没有水喝,别人自然不会让你有水喝。

事实上,这种情况在演艺圈也普遍存在,甚至更严重。中国演艺圈也不例外。名角的要价,往往使影视制作成本提高,因支付他们的费用占去了投入的太大比例而降低了影视作品的质量。这无疑限制和窒息了影视或其他演艺业的发展。

因此,降低他们要价的唯一可行方法,是让他们下岗。事实上,让他们下岗或半下岗,地球照样会转,模特表演和其他演艺业照样会发展。在我看来,张艺谋是个聪明人,他让要价高的明星们下岗的方法是不声不响地让名角们靠边站。在不少影片中,大量使用从未拍过电影的人,甚至在有的影片中完全不使用专业演员。其实在他的骨子里,未尝没有对名角要价的抗争心理。他是成功的,如同亚山大·麦昆的成功一样。

我们并不否认名角、明星的作用,只是名角、明星要有自知之明。他们的成名,靠的是传媒,更靠的是广大观众和听众,单凭个人是闯不开天下的,三头六臂也不行。因此,成名后就忘了群众忘了观众,如同翻眼不认娘一样,最终是会遭到人们唾弃的。世界级名模的下岗就是很好的证明。

1999年《湖北日报》

记住原创 尊重原创

文艺作品的魅力在于创造,尊重作者自不必说,即令改编或在与作品相关的报道中,也应尊重原作者,这不仅是文化艺术界的游戏规则,也是任何其他涉及知识产权领域的游戏规则,并受到法律法规的保护。然而,在我们的文化生活中,除恶意侵权的事件外,还常常出现一些并非恶意但却是不应该发生的疏漏现象。

近日,接连看到两条介绍与文艺作品有关的报道,全都没有提到原作者——

2000年6月17日,某报的一篇题为《烽火岁月的见证》的文章,较详细地介绍了武汉市博物馆接受志愿军战士詹俊德捐赠的11件抗美援朝文物的事迹。应当承认,文中无论关于避弹衣的故事、关于一枚勋章的心曲还是关于一幅宣传画的思念,都很令人感动。文中写到的那幅宣传画,就是当年脍炙人口的《我们热爱和平》,并作为该文的题头画发表出来。正如文中介绍的,这幅"宣传画上是两个活泼可爱的儿童,他们各怀抱一只象征和平的白鸽。其下方写着'我们热爱和平'六个大字,这表达了孩子们最真诚的心声。"但是,无论是题头画还是正文,都没有看到这幅作品原作者的姓名。

这幅著名的宣传画的作者名叫厥文,取材于他的一张摄影作品。记得1956年,我作为执著追求电影艺术的武汉中学生,曾特地到北京参观北京电影学院,厥文当年正就读于该校导演系。他和导演系的另一位学生李昂在导演系主任张客老师的安排下接待了我。我在厥文的床头看到这幅宣传画,并听他介绍过这幅作品的创作过程。

这里,我丝毫没有埋怨收藏并捐赠这幅宣传画的詹俊德的意思,他们没有提到这件文物的原作者仅仅是个疏漏。然而,正是这个小小的疏漏,反映出我们知识产权意识的缺乏,因而客观上表现出对原创的不够尊重,而艺术作品最可贵的就是原创精神!

第二天,也就是2000年6月18日,某报在"全国连环画展示交流火爆江城"的报道中,又看到这样一段文字:"开幕式上,著名画家×××、作家×××夫妇的代表作《长江三部曲》精藏版首发。"这很容易使人误解为《长江三部曲》是这位画家和他的作家夫人的作品,然而事实上,《长江三部曲》是已故前湖北省作家协会主席、著名作家鄢国培的作品!这位画家和他的作家夫人只是鄢国培作品的连环画改编者和绘画者。不提鄢国培,难道不是这则新闻稿撰稿人的一个不大不小的疏漏吗?难道不是缺乏版权意识的表现吗?难道不是对原创的不尊重吗?记得1984年,我在将《长江三部曲》之一的《漩流》改编为12集电视连续剧时,不仅得到鄢国培的亲笔授权文书,而且电视剧在播出时,片头就赫然打出"根据鄢国培同名小说改编"的字幕。

我们其实都是十分重视知识产权保护的,因为它不仅能保护创作者的利益,更有利于推动文艺的繁荣和发展,有利于在这个领域与世界接轨。只有在这些细微之处更加小心,我们才能真正建立知识产权意识。而要做到这一点,就要在内心真正尊重作者,在改编和报道相关作品时,要尊重原作者。

2000 年

从杨澜有喜说开去

怎么也想不通,一个女人怀了孩子就成为一条消息,竟会占去偌大一块版面,且转载的报刊不少——那就是杨澜有喜的消息,以及相关明星们诸如此类的报道。倘若我们的媒体都让这样的报道撑了版面,占了时间,我们这个不大的世界,会不会渐渐成为少数几个明星的世界?实话说,这些信息已经或将要成为一堆又一堆垃圾,可竟有人如此喜欢制造或热衷传播这类垃圾。你说怪不怪?这里丝毫没有贬低杨澜的意思,说的只是对这类信息的价值判断。

有一些明星喜欢自炒,人们早已见怪不怪了。其实,这种自炒是要冒点风险的,有时会羊肉没有吃到反惹得一身膻,如打官司,如自毁人格声誉。可如今,不少传媒竟也主动配合,不仅炒明星官司,炒明星绯闻隐私,甚至连明星上馆子、怀孩子、用什么牌子的香水,到哪里治脚气,也要大炒特炒。这对于大众宝贵的休闲时光,无疑是一种剥夺。谁说看不看由你?既然买了报,打开了电视机,不也就同时出卖了自己的时光吗?

问题的实质也许不在于能不能刊登某人怀孩子的消息,而在于传媒是否看出明星们其实比普通人高明不了多少。如此的恶炒猛炒,伴生了大量的职业价值泡沫,即演艺界人士的职业价值存在着大量虚浮和膨胀的成分,一些人过高的收入就是建立在这一基础之上的。不要以为只有经济和股市才有泡沫。

说到演艺界人士比普通人高明不了多少,有人就曾与我争论。我说,如果对这话有什么怀疑,请看看中央电视台日前播出的电视剧《女子特警队》。剧中有专业演员,也有大量的职业军人。军人对应明星,是普通人。可是就表演而言,谁能从中看出专业与业余之间的高下?当然,这部片子严格地说应纳入"新闻影视"的范畴。可是在艺术片中,不也有掌门人大胆起用从未涉足演艺圈的普通人担纲,并且取得了令人瞩目的成绩?不管别人怎么说张艺谋,我认为在这方面,他和一批精进导演确有极为敏锐的眼光和气魄。可以肯定地说,不少普通人,如果让他们有机会多登台,多在镜头前露脸,他们的表现不会比架子老大、开价老高的专业演员差到哪里去。所以当有人问水均益,在他的事业中,是才气大还是机遇大?水均益实话实说:机遇大。我以为这应成为人们对明星和普通人基本看法的出发点。

恶炒猛炒明星造成的恶果,其实往往要由演艺圈自己来品尝。他们首先碰到的是名角难请、要价太高,结果必然提高制作成本,或牺牲作品质量,降低竞争力。只有清醒认识到这一点,有中国文化特征的、具有竞争力的作品才会不断问世,传媒才不至于沦落为狗仔队的喉舌,而某些演艺界人士的盲目自傲、逃税乃至堕落的状况,也才会得到改变,才会成为一个正直、正派、敬业的艺术工作者。

2000 年《湖北日报》

市民化与英雄主义

　　一家小报在一次所谓"调查"中,将湖北省省会武汉市列为最市民化的城市。世人可以肯定地说,这样的"调查"是虚假的,它在玩弄令人不屑一顾的强化片面和卖弄噱头的把戏。因此,这类"调查结果"的公布并没有反映这家小报的市民化,而是使它散发出小市民气息和铜臭。须知,市民化与小市民气息和铜臭是完全不同的两回事。

　　武汉人并不反感这一"结论",而是反感这类做法。事实上,市民化并没有什么不好,例如戏剧史中的市民剧(dramebourgeois)就被称为严肃剧,它为中产阶级写作,并以中产阶级为题材,介于悲剧与喜剧之间。法国著名文艺家狄德罗不仅为其提供了理论基础,而且以《一家之主》等两部剧作阐述了他的理论。这一戏剧类型虽不尽完美,却对戏剧的发展产生了相当的推动作用。再说美术,17世纪在罗马曾出现过一种被称为市井画(bambdocciati)的流派(也称市民画)。这种画敢于如实描写生活,而不屑于采用当年流行的理想化的虚构手法。虽然受到宫廷评论家和古典理想主义的批评,但对美术的发展产生过重大影响。如今有人想调侃一下湖北人和武汉人,称武汉是最市民化的城市。可他们万万没有想到,武汉人的豁然大度与幽默风趣,却反过来将他们大大调侃了一番。

　　然而,武汉人的本质特征究竟是什么呢?让我们借一斑而窥其全豹吧——

　　武汉与北京、西安一样,不仅是一座特大都会,而且保留着厚实的文化遗存;在近当代历史中,武汉既是辉煌之城也是英雄之城:辛亥革命的义旗,推翻了几千年的封建王朝;二七大罢工的壮烈,体现了工人阶级作为新兴阶级的伟力;"八七"会议的召开,使无产阶级革命步入新天……在与自然的搏斗中,不得不提提1998年的抗洪斗争。作为面对长江、汉江和府河三江洪峰之城,作为"暴雨走廊"中的城市,作为下游顶托和洲滩阻流的城市,只能有英雄之气的领导和民众才能将其战而胜之,这是国人之共识。长江全流域的抗洪指挥部设在武汉,位于林木繁茂的解放公园东侧的长江水利委员会,在抗洪斗争的日日夜夜,人不解衣马不卸甲,作出一项项重大抉择;一百多位专家学者组成一支抗洪专家组,奔赴全国各重点险段指导查险排险。最重大和最令人意外的抉择——荆江不分洪,这现代的奇迹和神话的创造,虽然首先在于中央的气魄,但也与长委主任黎安田等一批专家的胆略和智慧紧密相连。隔河岩水利枢纽工程的204极限库容的调峰错峰也是如此。著名的江西九江堵口,其方案提出和现场指挥,也是来自湖北武汉的水利专家杨光煦!朱镕基总理在现场紧紧握着他的手,代表全国人民向他连声道谢,并把耳朵贴近他,仔细听取他汇报技术方案的细节。与丹麦哥本哈根联手,对长江流域的全部水文监测数据进行计算的,是武汉人;对特异气象过程的全程监控和预报,是坐落在武昌的武汉中心气象台;制订出"你不动我不动,你小动我大动"的堤防抢险谋略的,是武汉市防汛指挥部;运用GPS(全球定位系统)、潜水探测、地震雷达等立体监测高科技手段确保堤防万无一失的,是武汉人首开先河;中国革命博物馆收藏的水砣和潜水罩,也来自驻武汉的部队;使用海事卫星和世界第一流的SCDMA智能化码分多址技术等高科技手段保证抗洪抢险和救灾需要的,是武汉电信人。更让人交口称赞的是68岁的王占成,在溃口性管涌出现时只身跳入江水探摸险情……这样的城市和这样的市民,难道不是英雄的城市和英雄的人民?难道能仅仅说成是市民城市,甚至还要加上一个"最"字和一个"化"字?湖北省和武汉市的作家们,当大暴雨来临之时便冲至第一线,中国作协和外地的不少文艺团体皆以此为榜样,有的效仿,有的取经,上海方面一次就来了一群人,又是采访又是录音又是约稿。

经历过大风大浪的武汉人,真不把"市民化"之类的蝇营之声放在眼里。让我们面对21世纪,对那些无聊小报仰颈大笑:哈哈!

1999年

对爱的饥渴
——读《伦敦的叫卖声》

虽然我们津津乐道当代散文大师的美文,但当读了《伦敦的叫卖声》后,这才感到18至20世纪的散文更感人。《伦敦的叫卖声》遴选了那些年代英国14位作者的31篇散文,真可谓篇篇不朽,字字珠玑。读后,不觉对上世纪末散文的衰微深感不安。

对社会现实的贴近是这些散文最重要的特色,很少有文字用于对风花雪月的描绘,而是直探究里,撕开社会生活的一角或一面,汪洋恣肆地进行哲学的、道德的、美学的评判。如同斯梯尔所说:"揭穿生活中的骗术,扯下狡诈、虚荣和矫情的伪装,在我们的衣着、谈话和行为中提倡一种质朴无华的作风。"虽然其中的不少文章声称自己为"旁观者",其实只要细读就明白,作者做到了真正投入生活,融入所观察的对象群体之中,而不是眼下常见的无病呻吟或故施脂粉。如大名鼎鼎的斯威夫特,在他的《〈婢仆须知〉总则》中,就透出了他长期寄人篱下的生活感受。

在打着"优美"旗号的正儿八经的当代散文中,远离我们而去的是轻松、机智、幽默和讽刺,越来越令人窒息的是对同一描写对象的面目相似的故作高深。《伦敦的叫卖声》唤醒人们,是否应该以更宽阔的视野和更宽容的态度来对待散文这一文体。因为只有在社会宽容的态度下和作者宽阔的视野里，散文才能更深刻地表达"我们大家都饥渴于对人的爱"。

另外，这部作品给人们一个新的启示，即关于散文是可以像小说那样"人物可虚构,感情要真实"的，散文与小说之间没有本质上的鸿沟。阿狄生与斯梯尔的散文,不就虚构了不少人物并通过这些人物来表述作者对许多事物的看法？由此我们隐约可以看出,以虚构为特征的小说的起源和发展的线索。

1998 年《市场指南报》

对爱情的诠释
——读《枫丹白露之泪》

"大师与非凡女性丛书"中的《枫丹白露之泪》,使我们一览著名的乔治·桑那一直让人们争论不休的爱情。争论是由人们对爱情的看法引起的。无论西方古典主义爱情观还是东方至今尚有相当市场的爱情观,肯定都不太可能理解乔治·桑所代表的西方艺术家的全新爱情观。是的,乔治·桑在与丈夫没有离婚前就与于勒相爱了;接着,她又与著名诗人缪塞疯狂相爱。后来,她与著名音乐家肖邦同居长达八年。然而,她并不是一个水性杨花的女人,只是她对完美爱情的追求异于常人,她太执著于自己的美好信念了。

乔治·桑的爱情经历,是对爱情本身的一种全新的诠释,也是对一切传统爱情观的挑战。她曾写道:"我相信那以美好的思想感情提高我们的精神境界,使我们坚强有力的爱,应该被视为高贵的热情;那种使我们自私、使我们完全屈服于盲目本能的一切威胁之下的爱,应视为恶的热情。所以,每一种热情,要看它产生的结果如何,而判断为合法的或犯罪的。公式化社会并非人类正义的最高法庭,它有时承认恶的热情而制裁美的热情。"

是的,无论是她与于勒的爱情、与缪塞的爱情,特别是与肖邦的爱情,都是强烈而挚诚的;再加上作家和艺术家,往往通过文艺作品来表达这种炽烈的激情,因而能感动读者,能使这种对爱情的诠释在最大范围内得到传播。尤其当读者学会平视作家艺术家而不是仰视他们时,这种感动就出现泛化,出现世俗化的特征,从而形成既对传统的恶也对传统的美产生同等冲击的现象。这大概就是对乔治·桑爱情观的争论未有穷期的根本原因。

面对这种争论,作者选取了一个高明的开篇:"年老的乔治·桑又来到阔别已久的枫丹白露森林。景色依旧,人却已在两个世界了……她在这里看到了过去的影子。她曾狂热地追求爱情……"虽然全书透出对她的爱情观的肯定,但却通过年老的乔治·桑自己,暗示出她内心的更为复杂的一面。揭示这更为复杂的一面,也就是她对爱情的终极诠释或灵魂的皈依,是后世研究者应该承担的责任。可惜作者未能做到这一点。当然不能怪作者,因为其他的研究者也没能做到这一点。

没有做到这一点的根本原因,在于乔治·桑本人在世时已刻意回避了它。从她于1855年完成的十卷本自传作品《我的一生》中可以得到证明。

1999年《长江日报》

对人性的导盲

——读《山径之旅》

一位双眼失明的盲人与导盲犬一起走完美国从佐治亚州到缅因州全长3469公里的著名的阿巴拉契亚山径,这肯定是一个信心与毅力得到最大体现的事件。因此,这位名叫比尔·艾文的人一时成为美国的新闻人物,这是不足为奇的。对比尔·艾文的所有赞颂都是令人信服的,如同我们赞颂任何一位自强不息的残疾人干出的任何一种连正常人都难以完成的壮举一样。但在我看来,这本书似乎还有更深一层的象征意义,那就是人性的致盲与导盲的过程。作为万物之灵的人类,在生存竞争的环境中脱颖而出,但是在漫漫的人类社会发展进程中,却陷入无数的盲区或称为误区之中。其中,自私、纵欲、征服和对环境的破坏等等心灵扭曲现象,表现得尤为突出。因此当今,在人类致力于发展之时,也许对心灵的净化和灵魂的皈依显得更为迫切。

比尔·艾文此前是一位脾气暴躁的中年人,动不动便喜欢支使别人,因而没有什么朋友,连婚姻都有过四次失败的纪录。此外,他嗜酒成性,烟瘾奇大,一天要抽上五包。因此,他的失明除了生理上的原因之外,当然还具有人性上的象征意义。虽然他生理上的失明无法挽回,但他通过历时九个月的极其艰难的、与死神搏斗的山径之旅,终于使灵魂得到一次洗礼。这种洗礼在大自然的环境中进行,同样具有象征意义。然而,作为这次洗礼的导盲,却是一匹名叫欧瑞安的导盲犬。我觉得这一点具有更重要的象征意义。

读完本书后,对于欧瑞安的忠诚、勇敢、尽职和机敏谁都会深受感动,但是否能从中感受到,正是欧瑞安的这些品质,对人性起了真正的导盲作用呢？也就是说，作为人类的比尔·艾文与作为犬类的欧瑞安之间，是否可以看出人类的差距以及人类的倚恃心理呢？这种差距和倚恃心理，正是人类的每一分子都必须自省之所在。

我以为，如果作者更高明的话，完全可以从欧瑞安的视角来描述一个人的灵魂之旅。那也许更精彩。

1999年《中国文化报》

举重若轻　机智巧慧
——读《闲话闲说——中国世俗与中国小说》

阿城是个机智而巧慧的人，也是个喜爱读书和喜爱思考的人。两种特点相结合，就出了这么一套书，《闲话闲说——中国世俗与中国小说》是其中的一本。另外，还有讲孔子的，讲营造的，讲玉的，讲饮食的等等，可惜暂时还没有看到。

其实这本讲"中国世俗与中国小说"的书，内容并不"闲"，从中国古代到现当代历史，包括宗教、宗法、哲学、文学、世俗、圣哲、伟人等等，从事件到人物，包罗万象，涉及许多沉重的话题。作者的高明之处，在于以平实调侃而简洁的语调来叙说，举重若轻，给人以享受和启迪。例如在说到那个人人都感到无法用言语来表达其痛苦和憎恶的特殊年代，也就是"文革"，作者竟然只写了以抽烟来磨洋工和疯傻者可以"不必开会，不必学习文件，不必'狠斗私字一闪念'，高层机构的一切要求，都可以不必理会"。深刻和简约得近乎鲁迅。这些精彩大都出现在这本书的"中国世俗"部分，而到了"中国小说"部分却缺少了这样的犀利。以阿城的见识，本不该如此。

如果说此书尚有另一点不尽如人意的话，那就是许多思想的闪光尽管令人惊喜,但有时也难免给人以卖弄的印象,使人忆起我在二十多岁时读孟德斯鸠《波斯人札记》时的类似感受。孟德斯鸠的"卖弄"也确有卖弄的本钱,他简直有卖弄不完的学问。而本书的作者在功力上当然远远不能与其比肩,所以看到可疑为卖弄之处时,难免有些惨然。如,中国供奉祖先的牌位——"且"字——生殖崇拜。不仅有卖弄之嫌,同时也有些牵强。

当然,瑕不掩瑜,在中国当今的书籍越写越厚的时候,能读到这样并不厚、每段并不长的作品,的确是另一番享受。

1998年《市场指南报》

一缕忧思 一滴清泪
——谈谈流行歌曲

爱情是艺术永恒的主题,更不用说流行歌曲了。

当今有乐评认为,流行歌曲表现爱情,已从80年代的自怨演变到90年代的破碎,再演变到如今的虚无。

所言甚是。

记得80年代,我们曾为"你可知道,我爱你想你怨你念你"和"我很丑,可是我有音乐和啤酒"而感动,因为这类自怨式的爱情中多少还残留着一股纯情与痴情。虽然这种"纯"与"痴"因渗入了过多的美酒与咖啡而变得极淡;到了90年代,乐坛大腕们已将爱情所剩无几的纯美彻底抛弃,"什么天长地久,只是随便说说","你何时跟我走?可你却总是笑我,一无所有";到了如今,这种抛弃甚至不需要解释了,"别那么骄傲,我随时可能走掉",爱情"像一些简单的游戏,没有说明书","爱人是最熟悉的陌生人"。这类作品与其像某些人包装的那样是"走进人性本质"的"先锋",倒不如说是陈旧的虚无论的再度轮回,有些词句甚至可以从虚无主义及荒诞派诗人的作品中找到原型。

　　诚然,现实总是复杂错综和良莠不齐的,谁也不能说优秀的流行歌曲完全没有。但毋庸讳言,在流行歌曲的走势上,我们渐渐失去了壮美阳刚,而得到越来越多的小气阴柔。更令人不安的是,这种走势正在加速。真的,时下人们不敢奢望再能听到像王洛宾老人留给我们的那种略带西部特有的苍凉辽阔与壮美隽永的那类情歌了,因为按如今不少词曲作者的看法,如今谁还会去"抛弃了财产,跟她去牧羊"?谁还会愿"她拿着细细的皮鞭,不断轻轻地打在我身上"?当然,人们更不可能企盼有作者像当年俄罗斯的执著痴情的歌者那样,在冰雪遮盖的伏尔加河上开挖马车夫的情感底蕴,像卡普阿那样的作曲家在大自然的怀抱中深情而忘我地拥抱《我的太阳》。因为这类充满泥土气息的歌曲,是需要艺术家长久地在生活中去体验和感受的,是需要长期生活才能偶尔得之的;而在2001年春节联欢晚会上被评为歌舞类"上上品"的《共青团员之歌》,则是需要极大爱国热情与极高创作天赋才能完成的作品,它们绝不具有批发特性。相反,像如今流行的那类"没有说明书"的爱与情,是完全可以在沙发上,在美酒中,在践踏崇高的自淫状态中俯拾即得的,并且凭借"腕"力而获得赞美与奖杯,获得版面与花絮。如此轻松,如此厚报,何乐而不为?

　　至于说到壮美与阳刚,其实也是有的,而且得来全不费工夫,那就是简简单单地"直抒胸臆":将"祖国"、"热爱"、"龙的子孙""繁荣富强"、"大踏步前进"、"生活越来越好"、"好,好,好,好得不得了"、"高兴,高兴,真呀嘛真高兴"、"齐步向前争上游"等等直接写进那些需要这类歌曲的晚会节目中去,至于它有多少艺术性,能否流传开去或流传久远,谁还劳神去考虑。

这是我,一个挚爱流行歌曲的人对流行歌曲的一点感想,一缕忧思,当然也是一滴清泪。

2003 年

不谈创作

干一行爱一行,干一行怨一行。矛盾得使人痛苦。对于我,干一行怨一行大于干一行爱一行。所以在较多的日子里,负面情绪与热烈亢奋相比,前者总要占些上风。因此,我那不平衡的心态就如影随形,吞噬着我的宝贵时光。

大概是为了平衡心态,为了抵消负面情绪的影响,大概也是为了改变每况愈下的健康状况,我拎起了青年时代曾一度沉迷其中的钓竿,走向郊野,走向水域。

我成了一个名副其实的鱼迷,成为一个对垂钓有点心得的钓徒,甚至成了两三本传授垂钓技巧的大文化类书籍的作者。说到这点,我有时不大好意思,觉得有点不务正业;但有时又有点得意,认为自己即令玩点什么也能玩出点名堂来。

垂钓真是一项有点神奇的活动,具有难以抗拒的吸引力和瘾劲。这大概是因为"黑箱原理"能强烈地煽起人的探求欲,令人欲罢不能。

钓鱼的最高境界不是鱼,我已经接近这个境界了,有点品出人与大自然融为一体的味儿了,有点悟出垂钓中"出世"与"入世"的微妙转换的奥秘了,并惊喜地发现,一旦进入佳境,竟能复活早已遗忘的记忆,唤醒久远的情绪;同时,我开始感到它改善着我的健康状况。它能真正使我的身体疲劳而大脑放松,能强化逻辑思维而淡化形象思维,使从事与我这种职业类似的一切脑力劳动者真正做到恢复大脑的疲劳。

于是我想起了我所熟悉的武汉的几位编辑和作家,如曾获全国短篇小说奖的王振武、姜天民,还想起陈卓乾、刘森辉、戴绍泰、张啸虎等,他们都曾那么勤于笔耕。但他们却过早地离开了亲友文友,甩开了尘世的艰辛而踏上在活人看来是那么悲凄孤寂清冷的黄泉之路,而不能与我们胼手胝足,继续交流谈笑慰勉和激励。

不要埋怨我们这几位人太过脆弱,只怨他们未能早点学会自我调节。

文坛中的拼命汉子和拼命女郎太多了,这是一个自定目标、自我加码、善于体察别人而疏于体察自身的群体,这是一批很能运转劳作奉献和消耗而不大会悠闲吸收调节和休息的人群。

应当关注关注学会学会和投入投入某些未曾引起我们注意的社会生活:钓鱼比赛、冬季长跑、横渡长江、春季踏青、交谊舞会、下棋打牌、品茶尝鲜、登高临远、养花种草、保健按摩、公园晨步等等。爬格子的单位应当举办这类活动,并且不要将这类活动与采风、体验生活、总结创作、汲取营养、焕发灵感相结合,搞些纯粹的非文学活动。爬格子的笨蛋们,应当积极投入这些活动,而不要以为封闭和刻苦就是清高,不要过于孤芳自赏。

是的,不要不屑于谈论这些,不要不屑于倡导这些,不要好不容易坐下来喝杯茶,却仍然是人物语言氛围哲理节奏细节和巨著意识,因为这样做无异于自虐。

不谈创作,至少一周内有一天真正做到不谈创作;不仅不谈,连想都不要想。

1998 年《长江日报》

五 自编自演

（下面数篇是小小说，它的特点是短。但短并非是我追求的目标，只不过是为了节省读者的宝贵时间。）

一个复杂的故事

"张工，看了你的《职工经济状况调查表》，想核实一下你在'其他负担'一栏内填的15元，我们不明白……"

"那是寄给我妹妹的，在房县上畈中学。不信，我可以将历年的每月汇款收据……"

"别误会，不是不信你每月寄去这15元，是想问你为什么要寄这15元。"

"为什么？因为她是我妹妹，在我困难的时候——你知道我有整整7年，每月只拿生活费——她每月寄15元支持我的家庭，直到我平反恢复名誉，还因为我的'问题'影响了她的毕业分配，在山坳坳里呆了15年。如今她有困难，我……"

"她们夫妇只有一个孩子，农村生活也低，不至于有困难吧！"

"不，他们每月要给妹夫家乡应山县寄15元。"

"你妹夫要供奉双亲？"

"不，妹夫的双亲早亡。"

"那寄钱给谁呢？"

"寄给妹夫服役时的战友罗凯元的家。"

"姓罗的收入低？"

"他在中越边境自卫反击战中牺牲了。"

"啊——当地政府应当照顾这位烈士之家呀！"

"照顾得不错。不过，烈士的父亲每月要寄15元给烈士生前的部队所在地襄阳。"

"寄给谁呢？"

"烈士生前曾救过一位盲人老太婆，并坚持每月照顾老人15元。罗凯元同志牺牲后，烈士的父亲按照儿子的心愿，继续照顾这位老人。"

"原来是这样。不过，你寄钱给你妹妹，妹夫寄钱给应山，应山寄钱给襄阳，这……未免太复杂了。"

"难道有什么简单的办法吗？"

"你若直接寄钱给襄阳，不就省去几道关节和邮费吗？"

"这个……可是，生活并不是数学，人的感情更不是数学呀！"

1983年《南苑》

1983年《小说月报》

获1985年武汉作家协会优秀作品奖

收中国外文出版社《中国微型小说精选》英汉版、法汉版

收王蒙、王元化总主编之《中国新文学大系（1976—2000）微型小说卷》

心 虚

他17岁,"科班"出身,在"掌窖"(控制若干名小偷的盗窃犯头目)师傅那里练就了一身功夫。出师一年来,没有闪过手,没有失过蹄,没有挨过揍,更没有被扭送派出所。他富有了,吃馆子,抽进口烟,上月还花上千元买了一块高档次的进口英纳格手表……

今早他去"上班"(称行窃为"上班"是小偷们最得意的隐语)车很挤,路也不平,是下手的"黄金时机",他轻而易举地将一位不时与他碰碰撞撞的大个子的钱包偷到手。

到了站,为及时甩开大个子,他下了车。

忽然,他发现大个子也下了车。他感到有些不妙,加快了脚步。

"喂,你没丢什么吗?"大个子忽然在后面喊道。

他埋头往前冲,不理会。

大个子追了上来:"瞧瞧你的手腕吧!"

他这才发现英纳格手表不见了。虽然是不义之财,上千元一件的心爱之物不翼而飞还是令人心疼的。"哟,我的……"但他终究心虚地不敢说出"我的英纳格"来。

大个子缓缓地从口袋里掏出那块瑞士手表,说道:"掏钱包,雕虫小技,从你那掏钱包的手腕上弄到这玩意儿才是本领。可是我仍然觉得应该靠劳动生活才踏实,要不是你下了我的手,我是不会开你这种玩笑的。将我的钱包还给我吧!""我的钱包"四个字他咬得十分脆,十分响,十分自豪。"那里面有我本月的工资……"

……

去派出所的路上,他懊丧地问大个子:"你是什么时候金盆洗手的?"

"已经有几年了,在感到心虚、感到令人痛苦的时候,在不敢说'我的'什么什么的时候……"

1987年《书刊导报》

强盗逻辑

"你为什么要偷这期刊物?"
"因为阅览室的刊物是非卖品。"
"那你可以到书店、邮局和报刊摊点去买呀。"
"本城书店、邮局和报刊摊点的全部22本已被我买光了。"
"既然如此,你为何还要偷?!"
"我害怕本城读者读到它。"
"为什么你会产生这种奇怪的念头?"
"因为它上面发表了我的一篇小说。"
"写小说不是为了让更多的人读到它吗?"
"这只是对外地读者而言,但本地读者是容易对号入座的,而这,是可能给我带来麻烦和灾难的……"

1988年《长江文艺》

双重腐败

小餐馆内,两人醉意朦胧地边喝边谈。
"可靠消息,王副局长被检察院带走了。"
"啊,出了什么事?"

"还能有什么事。腐败呗。"

"他这人要年龄有年龄,要学历有学历,要能力有能力,要背景有背景,怎么会腐败呢?"

"谁又能保证他不会腐败呢?"

"酒可以保证。他成天泡在酒里,而酒又是有消毒作用的,不至于腐败呀。"

"可他是泡在假酒里。"

"那就难怪了……"

2000年《武汉晚报》

穷光蛋就是没有钱洗澡的人

爷爷是大学教授,别人以为他饱学,他也自以为还行。这天,他牵着上小学一年级的孙子逛街,回答着孙子提出的各种问题。

路过一家娱乐城,孙子见到大幅的"桑拿浴"广告,指着上面的几个字问:"爷爷,这上面写的'一个钟'是什么意思呀?"

"一个钟……一个钟就是一个钟,"爷爷感到这样的回答有失水平,进一步说,"广告上的说法很不清楚,没有说是一个什么钟,是座钟还是台钟,是老式立钟还是现代电子钟……"

"那我去让他们写清楚。"孙子说着便挣脱爷爷的手,跑向娱乐城的大门,那里站着一个身着西式门丁服装的年轻人。不一会,孙子转身跑了回来,对爷爷说:"爷爷,那位叔叔说你是个穷光蛋。这穷光蛋是什么意思啊?"

爷爷苦笑了一下,回答说:"穷光蛋就是没有钱洗澡的人。"

1998年《长江日报》

大作的缺陷

"您的大作我几乎全部拜读过。说真的,十分喜欢。"

"谢谢。"

"您的作品熔文学性、知识性、趣味性于一炉,将严肃文学的人物塑造和题旨开掘与通俗文学的引人入胜手法结合起来……"

"谢谢。不过,我很想听点批评意见。"

"这个,当然……也许很难说是缺点吧。然而读者确实普遍看出来,而且背后常有议论……"

"请直截了当地说吧。"

"那就是您的全部作品中,凡官僚主义者、道德败坏者、投敌叛国者、刮不正之风者、盗名窃誉者,总之,所有应当受鞭挞的人物,为什么千篇一律都姓赵呢?"

"哦,哦……"

"您认为我问得冒失了吧?"

"不,一点不。一个非常有趣的问题。为了回答这个问题,我想先问你一句:你知道我的姓名吗?"

"那还用问。您叫大风。当然,众所周知,这是您的笔名。您的真实姓名是赵……"

"够了,这就是答案,这也是我的悲哀……"

1986年《武汉青年报》

影 评

A市影评小组观摩了某电影制片厂摄制的一部巨型新片后,随即在影院小会议室召开了影评会。

风度翩翩的艺术评论权威甲,推推鼻梁上架着的变色眼镜首先发言:"我以十分激动的心情看完这部影片。首先要指出的是,影片手法新颖、结构巧妙,粗看似一盘散沙,细品如红线穿珠……"洋洋洒洒,从九个方面肯定了该片的成就,仅指出了一点:对一般观众来讲,似乎深奥了一点,如适当配点画外音,则尽善尽美了。完全符合"十个指头和一个指头"的比例,给影评会定了基调。

具有学者风度的乙,饮了一口影片公司特备的"健力宝",囤腔落板地说:"从艺术上看,该片充分运用了电影手法,蒙太奇处理有新的突破,显得跳跃而富有活力,穿插而不失散乱,使人大开眼界,大饱眼福。创新探求,莫过如斯……"他的发言得到与会者的啧啧称赞。

年轻腼腆又不甘寂寞的丙,作为影评界的新秀,紧接着开口道:"两位前辈的发言准确而深刻,不仅指出了编导者的匠心,也道出了该片具有如此强烈艺术感染力的奥妙,令我等晚辈茅塞顿开……"

接下去的发言皆能在此基调下畅谈感受,并从不同角度作了若干发挥。会场气氛热烈而协调。最后,一位愣头青小伙子却突然鼓足勇气插嘴道:

"诸位,我虽然具有大专学历,但我不得不说一句真话:这部影片我确实没有看懂,觉得全片从头到尾乱七八糟,全部看完后仍不知所云……"

愣头青的话顿时引起与会者的一片嘲笑。

正当愣头青无地自容时,放映室的师傅探进头来,以十分不好意思的模样对大家一笑,说道:

"同志们老师们,很对不起,今天放映的片子,由于我们的疏忽,将几本胶片搞乱了,没有按顺序放映,耽搁了大家的时间。明天我们将按规定顺序重放一次,望各位光临。"

言罢,全室哑然,片刻之后,爆发出一阵哄堂大笑。

1987 年《武汉晚报》

斑马线

斑马线,亦称横道线,人行横道线。

张勤慢了一脚,碰上了红灯。豪华型皇冠牌小车抢了道。他下意识地停住脚步,眺望马路对面的那条弯月形的小路。小路中段有一条麻花形的小巷,小巷尽头有一间温馨的小屋,屋里有一个轮夜班在家料理家务的女人。女人做得一手好菜,其中有他最喜欢吃的凉拌皮蛋豆腐和白菜蘑菇,那杯每日不可或缺的泸州大曲正散发着醉人的酒香。那是他的家。

张勤缩回脖子,耐心等待一辆咬着一辆的小车通过,银灰的、深灰的、淡蓝的、枣红的、茶褐的、咖啡的、乌黑的……前面那幢新建的大剧院正在开什么会,关于增产节约的?关于火灾水灾泥石流毒气泄漏大气污染和卖假药的?车间里开了会,关于质量产量增收节支计划生育和评先进的。张勤有些得意,他的票最多,比起胡师傅回收废棉纱一天一斤七两,比起吴师傅在废品堆里拣螺丝一天五十多斤,比起何保管每天关掉长明灯一天节约四点四七五度电,他的双增双节成效显然远远超过他们。本月的奖金可能突破三十块。等到厂休日再陪妻子逛逛商店,逛那家新开张的有自动电梯的大商场……

斑马线仍在通过一辆咬着一辆的进口小车,豪华型超级豪华型超超级豪华型,皇冠本田铃木超优大众奥利2000罗尔斯罗伊斯,银灰深灰淡蓝枣红茶褐咖啡乌黑……斑马线两头的行人越聚越多,副局级以下,芸芸众生,黑压压一片。几位年轻小伙子挤到张勤的前面,急切地目送着一辆又一辆小车,快,快,怎么没完没了的?张勤苦苦一笑。难为了几位年轻的小情人,女朋友说不定在马路对面的咖啡馆舞厅电影院旱冰场录像室公园俱乐部文化馆门口等得跳脚哩,她们可没有当上妻子的女人有耐心。

斑马线仍在通过一辆咬着一辆的进口小车。张勤忽然发现挤在自己前面的年轻小伙子们变老了,额上堆起了皱纹,头发变得稀疏了,背部显得佝偻了。他们自己竟然没有察觉,真好笑……豪华型超级豪华型超超级豪华型,皇冠本田铃木超优大众奥利2000罗尔斯罗伊斯……忽然,张勤从前面越变越老的年轻人身上得到某种启示,心头一紧,顾不得再去想什么胡师傅吴师傅何保管废棉纱旧螺丝和长明灯,赶忙回过身来,挤过人群,好不容易来到一家正在打烊上门板的商店门口,请他们不要急于装上最后一块门板,让自己对着门玻璃看一看,照一照。

张勤突然哭出了声,因为他发现自己变成了一个实实在在的老头,与自家隔壁住的那位成天诅咒不孝子女的黄大爹一模一样。他惊慌地回转身来,越过攒动的人头,看到斑马线上的进口小汽车仍然一辆咬着一辆,像一条既无头又无尾的彩色长龙。不等他想到马路对面的那条弯月形的小路麻花形的小巷温馨的小屋轮夜班的妻子凉拌皮蛋豆腐白菜蘑菇泸州大曲,他更加惊异地发现自己长出了白胡子,白胡子已经拖到马路上,在商店的台阶上扫动,使扫马路的工人不好意思地将自己的扫帚藏到身后……

1988 年《小说林》
1989 年《小小说选刊》
获《小说林》1988 年优秀作品奖

作协·足协·做鞋

鸡窝里飞出了金凤凰,养鸡专业户王老汉的二小子王建平竟然在文学上冒了尖。他师范毕业后在鸡窝山小学当教师,不出两年便在地区报刊上发表诗歌和小说。接着又冲上省刊,成为省内大有名气的作者。在春暖花开的季节,省作家协会举办了第三届小说评奖,他的短篇小说《鸡窝山的姑娘》获得一等奖。在发奖大会上,作协秘书长宣布,凡获一、二等奖的作者,如不是省作协会员的,自动发展为会员,理事会不另行讨论。

"我是作家了!""我是作家了!"王建平热血沸腾,浮想联翩;一种荣誉感和责任感像满塘的春水,快要溢出来了。接着,一个又一个构思在脑海中形成,一个又一个人物形象走马灯一样在脑海中闪现。他知道,自己进入了创作的黄金年月,恨不得一步跨回县城,铺开稿纸,让自己的激情井喷般地迸出来。

汽车在弯弯曲曲的山路上缓缓地前进,绿色的山林在眼前、在身后、在脚下、在天顶旋转着。太阳懒懒地移动。时间过得好慢,旅程多么漫长!

同座的是位四十几岁的中年人,为排遣旅途的寂寞,随口问道:"同志,您是哪儿的?"

这是一句模糊的语言,可以解释为"您在哪个单位工作"、"您是哪个地方的人"、"您到哪里去"等等。

王建平此刻犯了一个极大的错误,竟然失口答道:"我是作协的。"

"啊,做鞋的。好哇,这工作不简单,谁少得了穿鞋呢?"

"哎呀,您是鞋厂的?"前排座位上的一个三十来岁的男同志扭过白净的面庞,问道:"请问做不做三接头的?胡椒眼的呢?那样子时髦……"

王建平尴尬地一笑,只得用更清晰的声调和更缓慢的节奏说:"不,不,我是作协的。"

关心鞋子的男人身边,迅速扭过一张稚嫩红润的面孔,机关枪似地说道:"足协的?哼,我看你们集体辞职吧,打不赢香港,丢中国人的脸……"

"胡说,香港也是中国,谁输谁赢一回事,肥水不流外人田……"

"那也要等到一九九七年。"

"你……"

听到前排的争论,王建平暗暗叹了一口气,没有再作解释,然而,他那亢奋的创作情绪已经消减了一大半。

经过整整七个小时的跋涉,汽车终于到了城关。

县委宣传部刘副部长和区文化馆兼管文学工作的老严来接他。

刘副部长紧紧握着他的手,热情地向他表示祝贺。

老严也凑趣道:"小王,你的创作潜力不小,更何况县委一直支持你的创作,今后会给你提供更好的条件。你可要下定决心,为我们县里拿一个茅盾文学奖回来。"

刘副部长也连声说:"是的是的,应该树雄心立壮志,为我县拿一个劳动文学奖回来!"

"是茅盾文学奖。"老严小声提醒。

"对,四个劳动文学奖,至少要拿一个。喂,有这个信心吗?……"

王建平无言以对。三人慢慢向文化馆走去。他感到身子变沉了,脚步凝滞了,拎包变重了,旅途的劳累铺天盖地地向自己扑来,脑海里的构思和形象早已无影无踪,只剩下一片恼人的空白……

1986年《春风》
1987年《小小说选刊》

步行疗法

"医生,请问我的复查结果如何?"

"奇迹,真是奇迹!瞧,您的心电图毫无问题,血糖和转氨酶也都恢复正常,甚至肺部的病灶全被吸收,空洞也已闭合。与去年相比,您简直判若两人!我向您祝贺!"

"啊,谢谢,谢谢!请原谅我得告辞了,我要把这喜讯告诉家里的亲人。"

"我完全理解您此刻的心情。不过请您稍等片刻,因为您的病的历程,您这令人难以置信的全面而彻底痊愈的病例,引起我和我的同事们的极大兴趣。出于医学的角度,我们想了解一下曾被多种疾病折磨得万念俱灰的您,怎么会如此迅速地得到恢复和痊愈的。病历上没有您的随诊记录,您是否在本院之外接受过什么特殊的治疗,或使用过什么秘方、偏方或单方?"

"啊不,我未曾用过任何药方,一年来我没有对我的病花过一分钱。"

"那么是否可以说,不治疗就是最好的治疗?尽管这是荒唐的结论。"

"我只是说没有花钱吃药罢了。"

"那么说您采取过药物之外的治疗方法？"

"可能也不是你想象的那样。你知道，物理疗法、洞穴疗法、美食疗法、沙漠疗法、空中疗法都不比药物治疗便宜。而我家大口阔，靠微薄的薪金生活，为了拿奖金，为了不领劳保，我还得工作。"

"啊，您当时病得那么严重，那么复杂，却还坚持工作？真是难以想象。"

"是的，我从未中断工作，只是头儿看到我病成那种样子还不肯休息，便照顾我，安排我到基建科，为新车间的建设往城建规划局跑红线。"

"这叫什么照顾？这种听起来就叫人头疼的事岂不要您的命吗？"

"不，如果不行贿，不打点，不走路子，这的确是件比较轻松的工作。我每天到城建规划局去一趟，目的是提醒该局各部门、各科室别忘了我们新车间划红线的事就行了。"

"于是……"

"于是，我一年来，每天早上七点钟起床，做罢早操吃完早点，七点半出发，步行两千一百六十步来到城建规划局，八点钟左右在接待室坐下，然后左右手轮换转动保健球，九点左右，城建规划局干部纷纷跨进大门，我一一点头招呼，提提我们厂新车间划红线的事，他们也都一律回答，忘不了，你改天再来吧。于是我便离开城建规划局，步行二千一百六十步回到家中。"

"啊，明白了，您采用的原来是当今世界上最时髦最流行的步行疗法。每天一小时，每天四千三百二十步，分两次进行，坚持一年。这可是最佳时间和最佳速度呀！不过，为了巩固疗效，您还应继续坚持一段时间。"

"可是，昨天市府来我厂现场办公，我这步行了一年的事只花了一个小时便全部解决了，因此从明天起我又得回到那张讨厌的办公桌旁,我担心……"

"别急别急,您再想想,生活中,工作中需要有人继续步行一年两年的事一定还有很多很多。"

1989年《小说林》

幽 会

(1990年初,武汉市举办了1989年优秀小说评选颁奖和"文学之春"晚会,主持者别出心裁地安排了根据观看一个哑剧小品让获奖作家中的绍六、何祚欢、池莉在20分钟内完成一篇即兴创作的作品。这是对作家观察力、想象力和写作速度的一次测验。哑剧小品是这样的:一个女性找到一个条凳坐下,拿出化妆品涂抹了一番,一男性从后面走来,在条凳的另一头坐下,两人十分拘谨。男性翻开一本书,女性凑近一瞟,迅即愤然离去。)

公园就在楚天大楼的背后。大楼内灯光闪耀,乐曲悠扬,钢材交易会正在进行闭幕前的最后一次晚会,许多交易正在茶座上、舞池中、走廊上进行。但是女采购员肖萍却悄悄走进了公园。

在这次交易会上,她未能采购到工厂急需的电解铜,因而一筹莫展。下午,她硬着头皮撞进畅达贸易公司的房间,因为刚刚听说该公司手头掌握着一批中价电解铜。接待她的是一位大胡子经理,自称姓刘,外表颇具风度。他很快便了解到肖萍的意向,于是神秘地告诉她,说他手上确实有货,价格也可以大大的优惠,可以谈嘛,当然也有些条件……肖萍喜出望外,希望尽快得到购货合同,条件嘛,可以谈。然而刘经理却说,这种抢手的材料是不能在会上露面的。如果你确实需要,嘿嘿,请今晚 8 时 30 分在公园鱼池边的 9 号石凳前见面。肖萍一听,估计刘经理可能另有打算。不过她想,本厂将自己由车间调到供销科当采购员,不就是看在自己有些公共关系的长相和办法上,自己能退缩吗?所以她当时对刘经理说,请您务必带上供货合同。刘经理欣然同意。

夜色笼罩着公园,鱼池边的小路十分静谧。肖萍来了,找到那个令她紧张的 9 号石凳。她记住公共关系学中的教导,女性在突然性的异常会见中,要"看环境,断气氛,稳住神,抓紧时间搞淡妆"。于是她掏出化妆盒。不一会,从小镜中她看到刘经理鬼鬼祟祟地走来。凭直觉,她感到这次会晤有些"内容",然而她决心将自己的目标对准刘经理手中的那本书内可能夹着的供货合同。这是一次奇特而富有刺激性的采供会面。她多少有些紧张不安。当然,刘经理也并非那么安详,他此刻的心中,可能闪动着妻子的影子和同事的目光。手头的几吨电解铜,并不能使他毫无顾忌和为所欲为。他见女采购员先到了,心中狂喜,但也不安。两人怀着各不相同的目的坐了下来,共同的不安相互传染,使气氛更加紧张。两人无话可说。只见刘经理翻开手中的那本书,肖萍扭头过去,看其中是否夹着自己的希望。但她看见的却是一本旅途消遣的书,一本曾一度流传的很带刺激性的书,特别是那幅插图,似乎是一个极明显的低级暗示。

肖萍发现自己的希望落空了,顿时产生出强烈的受辱感。于是她突然起身,愤然离去。

有一句人们常说的话:商品是不能与感情进行交换的。此刻,不仅肖萍,也许还有那位大胡子刘经理,都可能对这话有些新的领悟。但愿如此!

1990 年《武汉晚报》

染发记

  本人常为日益增多的白发苦恼。为求得精神之平衡,经友人指点,购回 A 牌染发剂一盒。按图"施工",先用温水将头发洗净,再以染发剂涂之。果然发色如墨,令人窃喜。遵照要求,20 分钟后又以温水洗之。待头发干后,对镜一照,嘿,满头枯黄。染黑得黄,如同种瓜得豆,令人啼笑皆非。虽大骂伪劣产品的生产者和销售者,但也无可奈何,只得自吞苦果。但黄发如何吞下?为避假洋鬼子之嫌,只得寻帽一顶,权遮其丑。

  次日在街上行走,忽见数名浪荡小子在身边盘旋打量,碍我行程。恐其图谋不轨,便拍拍口袋申明:本人系一介书生,囊中羞涩,请闪开让我过去。小子们笑曰:长者不要冤枉好人,吾等不过窥视你帽下发端,惊异其发色,为吾等梦寐以求而不可得。想问长者是先天生成还是后天染就。我苦苦一笑,只得如实相告。众小子闻之大喜曰:吾等欣喜此发色久矣,今日可谓踏破铁鞋无觅处,寻来全不费工夫。盼长者体谅吾等心情,前面领路,带我们购得此宝。

  我见其求不苛,便领众至堂堂大商场,指其化妆品柜内之 A 牌染发剂曰:此伪劣商品是也。小子们立即纷纷解囊,不消片刻便将柜内全部 A 牌染发剂抢购一空。

  售货员不解,询问于我。我又如实说明其前因后果,并略略向其展示黄发。

  商场经理闻之,喜于获此商品之信息反馈,按"顾客就是上帝"之准则,令美工书写彩色广告一幅置于门庭醒目处:

  哗!!!

  本店独家经营伪劣 A 牌染发剂。虽说伪劣,但却优在伪劣,贵在伪劣。名曰白发染黑,其实无论白发黑发,均能染成流行之黄色,效果立竿见影,可谓货真价实。务请识货者从速购买。存货不多,售完为止;批零兼营,离柜概不负责……

当今信息时代,不消几日,所有商店百货大楼皆贴出此类妙语广告,措辞虽略有不同,但主旨是完全一致的。笔者哑然。

1990 年《武汉晚报》

谁像谁

爸爸过生日,六岁的玲玲高兴得不得了,整整一下午,协助妈妈忙这忙那,准备爸爸的生日晚宴。饺子呀,蛋糕呀,香蕉呀,全家人都爱听的吉他曲录音带呀,甚至还有各色小蜡烛呀,简直和玲玲过生日一个样。但是玲玲想得最多的是,爸爸会收到什么礼物呢?总不会也是洋娃娃、积木盒、七巧板、绒毛狗之类的东西吧。大人总归是大人。

傍晚,爸爸车间的几位叔叔阿姨来了,果然不是洋娃娃之类,而是书呀、领带呀、碳素钓鱼竿之类。

有趣的是,一位年轻的叔叔带来一卷什么,故意不打开,而是装神弄鬼,东躲西藏。于是玲玲便加入非要他公开的队伍,缠着他不放。他终于让步了,将这卷东西打开一看,竟不是什么了不起的礼物,而是一张极平常的彩色画片。不过令人高兴的是,这不是满街满巷都可以看到的那种让人别扭死了的美女照,而是一个严肃的男人半身照。出乎玲玲意外的是,这张普通的彩照竟引起大人们的强烈反响。

"啊——高仓健!"

"瞧,多帅!"

玲玲见大家如此感兴趣,也尽力往椅子上爬,想看看这位姓高的究竟有多帅。

　　这时，那位年轻的叔叔得意地问大家："谁知道我为什么送这份礼物？"

　　"那还要问，全厂都知道，玲玲的爸爸像高仓健！"一位阿姨抢着回答。

　　"对，是像，真像，越看越像！"

　　"这礼物可真是别出心裁，太妙了！"

　　年轻的叔叔将玲玲抱了起来："玲玲，你瞧，你爸爸多像高仓健。"

　　"谁是高仓健？"

　　"高仓健是日本著名电影明星，演《追捕》的男主角，让影迷神魂颠倒的大红人……啦呀啦……"年轻的叔叔竟哼起《追捕》的主题曲，也有其他人随着哼起来。

　　玲玲挣脱了年轻的叔叔。她要像大人一样，自己看，自己评价。她踮在椅子上，仔细瞧瞧那幅彩照，又将爸爸的面孔认真端详了一番，果然像，像极了！假若别人不说画片上的这人姓高，她还会以为是别人专为她爸爸放大的照片哩。的确，玲玲的爸爸有高仓健那样英俊严肃的神情面容，也有高仓健那样深沉忧郁的目光和刚健有力的肩膀。顿时，亲切和陌生交织在一起，在玲玲的眼前交替晃动和相互交融。一个遥远的人竟然如此像亲爱的爸爸，她不知是高兴还是生气。于是，她抬起头，扫视了一下室内的大人们，学着爸爸平日的神情和腔调，嘟着小嘴严肃地说：

　　"谁说爸爸像这位高仓健？明明是这个高仓健像我爸爸！请你们告诉我，这位高仓健的生日是哪一天，到时候我给他送一张我爸爸的彩色照片……"

1990 年《长江日报》
1990 年《微型小说选刊》

感　激

　　老王每年都要向老徐拜年,虽然他比老徐月份还要大。每次在老徐家,老王总是向老徐表达自己诚挚的感激之情。越是屋里有人,越是有不熟识的人,他越要这么表达,甚至还要叙述事情的原委。

　　那是很早的事。当年,他俩还是小字号,一起下放到随州唐镇,在一个偏僻的小村里,在村边一座孤零零的知青小屋内。

　　那晚,小王生了病,胸口像被棉絮塞紧似的难受,喉头像有无数虫子在爬在挠,关节酸痛得像榔头砸似的,浑身火烧火燎,但牙关又冷瑟瑟地不住叩抖。

　　"怎么啦?"小徐被小王的哼哼声闹醒了,起身摸了摸小王的额头,"嗬唷,烧得不轻哩!——怎么办?送你上卫生院吧!"他背起小王,摸了几里黑路,将他送到卫生院。

　　这病两三天也就好了。

　　不过,小王懂得"滴水之恩,当涌泉相报"的做人道理,打那以后,无论与小徐相聚相散,逢年过节,总少不了要向他表示感激之情。两人回城后,被分别安顿在城北和城南两个单位,相距虽远,但小王仍坚持借每年春节给小徐拜年的机会,表达他诚挚的谢意。

　　头些年,当小王给小徐拜年,向人们讲到这事时,小徐总是笑着挥挥手:"哎,这算得了啥呀,陈谷子烂芝麻的,别老提了。"

　　这些年,当小王给小徐拜年,向人们讲到这事时,小徐便应道:"是哇,当天亏得我当机立断,背着他赶了那么远的夜路,没耽误治疗时机,不然的话……"

　　去年,当小王给老徐拜年,向人们讲到这事时,小徐便煞有介事地说:"我可是救了老王一条命啦!如果没有我……"

今年,小王没有上小徐家拜年了。

1991 年《武汉晚报》
1991 年《微型小说选刊》
获 1991 年"武汉晚报"小小说征文二等奖

"专家"成长记

我虽属墨客,但今日却可大言不惭地说自己自学成才,成长为全自动洗衣机的"维修专家"。说起成长过程,不禁感到惭愧,但不是为我自己。

记得那月那日,妻就近从一家商场购回 K 牌全自动洗衣机,全家人无不欢呼雀跃。第一次使用它的时刻是幸福的。啊,全自动,现代家庭的享受;啊 K 牌,献给丈夫的爱!

可好景不长,运行不足 3 分钟,正常的音响变了调,发出临终前的呜咽。我当机立断,在它完全停机前切断电源。全家人面面相觑,妻像做错了什么似的垂下头来。

我忙安慰道:"没什么,K 厂 K 牌的产品,包修!"说完便骑车到购回洗衣机的商场。接待我的人说:"请您按说明书所示就近找维修点吧。"

当我按说明书挤进某大商场家电维修部时,对方却问:"是在本商场买的吗?"他那君临全球目空一切的自我膨胀的神气,令我一辈子也忘不了。

"不是,是……"

"找你买的店子吧!"

"说明书上没有这条规定。你们既然是 K 牌特约维修点,就应当……"

"我们连购自本商场的货也维修不过来,哪能顾到什么花桥草桥的!"说完,再也不理我了。

回家后,我一边向穗城K厂写信说明原委,一边勇敢而小心地拆开机器,以我有限的知识,开始向伟大的全自动领域迈进。

两个月后,当我对问题找到一点头绪时,接到K厂复信,要我凭此信找江汉路另一家特约维修点。当然还是按"指示"办事为妥。可是,当我看到一间不足10平方米的屋子里堆满待修的家电,而另一批待修的洗衣机已从屋门口排到走廊并拐个大弯排到大门口时,我的心便凉透了。

困境出志气。我回家后便加紧研究探索,终于发现问题出在总装时底盘上少装了一块小小的垫圈。

当我用三分钱买来垫圈垫上后,K牌立即欢快地转动起来,并认真地工作了一个星期。

第二周,它在甩干时突然大发雷霆,轰隆叭啦将整幢楼房震得颤抖。我立即停机检修。

诸位,此刻我已不是上次那样惊惶失措并寄希望于什么特约维修了。我已购置了一套家电维修工具,并看了两本专业书籍。经检查是外壳内壁保护层脱落,于是我用胶布贴上几块泡沫塑料代之,使其转危为安。

一个月后,排水失灵。我取下部件,重新绕好漆包线,虽花了十几元钱,但却十分愉快;再接下去……不出半年,我便成为名副其实的全自动洗衣机的维修"专家"了。久病成良医嘛!由此及彼,无师自通,自学成才。左邻右舍只要有洗衣机坏了,叫上一声"绍六,到我家来露一手。"我便立刻背上工具袋前往学习雷锋了。

邻居们劝我:"爬什么格子,开一家洗衣机维修站得了,保准能成万元户。"

我有些心动,但还是拒绝了。因为我想,我这个维修专家,大概也和 K 牌全自动一样,是个招摇过市、掺足水分的玩意。真菩萨面前不能烧假香,还是当我的墨客吧。

1991 年《武汉晚报》

最后的分量

打烊了的国营菜场空荡寂静,铁栅门咔嚓嚓地将店堂与门外灯红酒绿的世界隔离开来。天窗边的白炽灯亮着,照着玻璃柜台货架菜橱肉案和鱼池,还照着一个坐在条凳前的老人和他面前的那台崭新台秤,并漫不经心地制止着一个五六岁的男孩,不让他敲玻璃,不让他掷土豆,不让他在大磅秤上跳蹦。孩子是老人的孙子,他知道今天爷爷并不真心管他,爷爷一定与那座台秤有什么事要研究。

老人的确是在研究这座台秤。

今天清晨,人事干事已将他退休的决定告诉了他,但他表示要"站好最后一班岗"。他是老模范老标兵老积极分子老黄牛,菜场公司区市的劳模哪年都少不了他。他懂得劳模要有一颗赤心,还要有一双巧手。他卖肉卖得既热情又认真,终于卖出个"一刀准"的绝技。这绝技经省市报纸广播电视一张扬,竟比新上市的黄瓜、新包装的嫩笋、新电烤的酥鸡、新宰杀的猪肉还要吸引人,成了菜场的门面和招牌。举凡外地参观上级视察记者采访洋人光顾,都少不了让他演一手。要一斤二两?一刀溜下来,不多半两,不少一钱;改用台秤后,绿色的数码闪忽闪忽,虽然头两次让他捏过一把汗,但终于还是闪到那规定的数字上头停住。一两等于 50 克,要求更严,大不了赔上更大的精力更苦的操练,从未给菜场丢过脸。

但在今天,在最后一班岗上,在市区公司领导慰问战酷暑的职工时,他在众目睽睽之下,给一位古稀老人割 500 克五花肉时,一刀溜下来,往台秤上一搁,然后十分自信地等着绿色数码闪忽后的停顿,等着那听过千百遍的赞扬,等着领导伸出来的手,主任抛过来的笑。可是,数码却停在 520 上不动了。

虽然没有责难批评和嘲笑,甚至仍然听到赞扬和看到笑脸,但他却感觉变了味,变了音,变了形,心中产生出那种扬了一辈子顺风帆却在靠岸时抛塌了跳板的滋味。

一定是台秤出了毛病,他想。但当时谁也没有追究,人们也不在乎这小小的 20 克,因而也失去了辩白和检验的机会。

一刀准在退休前一天不准了。

晚饭后,他客观上已不再是菜场的在编职工了,但却牵着孙子来到菜场。他要捍卫自己的荣誉。不需要证人,有孙子在场就行。孙子是跨世纪的人。要他在 21 世纪能理直气壮地说:我爷爷是个真正的一刀准!

老人凝神了好久,然后起身来到大磅秤旁,抓起一个 500 克的压铁,顺着柜台上一溜排的自动台秤,一个一个地试,500,500,500……当他来到今天出错的台秤前,心里有些紧张。一刀准啊一刀准,要是我准就是秤不准,要是秤准就是我不准。他小心翼翼地将压铁搁上去,紧紧盯住那闪忽闪忽的数码。停。啊,是 520!

这正是他盼望的结果!

他一向是个谦虚的人,并不想炫耀此刻的结果,诉说白天的委屈,只求让事实来证明:一刀准仍是一刀准,不准的是台秤!

"来,快来看!"他叫孙子过来:"这 500 克的压铁,在这座台秤上是 520,是不是?你学过算术,认得这 520 的数字,是吗?"

孙子没有应声,那双充满稚气的大眼睛眨巴了一阵,从台秤移到压铁,从压铁移到案头,砧板,挂钩,还有上头在呼呼作响的电扇。

"爷爷,你把电扇关掉。"

电扇?老人一下子拐不过弯。

"是的,关掉电扇!"

老人似有所悟,忙将电扇关掉。

随着扇叶的减速和停顿,台秤上的520竟逐渐退回到500上面,不动了!

自己的一刀准还是一刀准,台秤也是准的,那么不准的是……老人的目光缓缓移向整个大厅,移向柜台货架菜橱肉案鱼池,移向一排崭新锃亮的台秤,移向它们上面的一排乳白色的电扇……

回家的路上,灯红酒绿的市场一片繁华,准与不准混杂其间,遗憾和领悟都很淡然,但却不能从心头抹去……

1991年《长江日报》

炮 制

见习编辑小乔被安排在"健康与卫生"专栏,在年近六旬的胡老编辑麾下工作。

"想在本报呆下来,老板的第一印象很重要,"老编辑像对待自己的孩子一样对晚辈说,"不是你的长相和穿戴,而是指你采写的第一篇报道。去,到几家药厂走走,成果、动态、展望都行,下周交稿。"

小乔满怀信心从这家药厂跑到那家药厂,结果却令人异常失望,不是老产品的枯燥数字,就是新产品的滞销下马;不是董事会与卫生局官员的争吵,就是因捧歌星遭到用户的白眼;不是广告引起的官司,就是令人虚惊一场的火灾……一周时间转眼就过去了。

丑媳妇也得打扮打扮见公婆。临交稿的前一天晚上,小乔伏在桌前将这些要么干巴巴要么令人扫兴的内容写呀写，改呀改，直到海关的巨钟敲响12点，两篇供选择采用的小稿终于完成了，但看来看去，都不令人满意。自己都不满意，怎能让前辈满意、老板满意、读者满意？

小乔急得团团转。

忽然，一个古老的念头冒了出来，略经思索和犹豫，他立即伏案疾书了第三篇。大意是：某医药集团与某医学研究所联手，经过多年的努力，终于开发出一种新产品。据称该产品对有缺陷的细胞具有极强的修复功能，因而能治疗各类癌症、老年痴呆症、艾滋病并杀死嗜肉细菌……尤其具有划时代意义的是，研究人员从癌细胞能无限繁殖的机理中找到既能治疗癌症又能延长人类寿命的途径。记者采访了一位试用该药的99岁老人。老人神采奕奕地告诉记者，自从服用该药后，他精力陡增，思维敏捷，已能回忆起早已忘却的往事，并且生出新牙，白发变黑，寿斑减褪，还时常出现年轻小伙子那样的性欲冲动……该药的正式名称尚未确定，但不久可望批量生产……

第二天，小乔以惴惴之心交上了三篇报道，请胡编辑斧正和选用。

交稿以后，小乔不思茶饭，心中十分痛苦。后来，他终于鼓起勇气再次来到胡编辑面前："胡老师，我的那篇关于治癌和长寿的报道是、是杜撰的、不诚实的……"

胡老编辑笑笑，回答说："我知道，我知道。不仅我知道，老板也知道；今早这篇报道已到了读者手里，想来读者也都知道……"

"那、那怎么办？！"

"看你紧张成这样，"胡老编辑说，"其实，你倒应该庆贺一番，老板很欣赏你的这篇报道，而且刚才已经接到不少电话，读者也十分满意……"

"可是，这是为什么？"

"人们都需要这类报道,都需要……"

1997年《羊城晚报》

时髦动作

银行信贷处陈处长与夫人一起上街,见新上市的西瓜特别好,问了价格,略略还价后便称了一个,人民币七元。

陈处长打开钱包一看,没有零钱,只有百元大钞,问瓜贩找不找得开。瓜贩笑笑,"除非是千元以上的钞票……"说着接过陈处长递过来的一张钱,在手上扯了扯,然后对着天照了好一会,这才收下来,接着,找给陈处长1张50元,4张10元,3个1元的硬币。陈处长让夫人拎着瓜,自己单独挑出50元的那张,也在手上扯了扯,对着天照了一会,然后将钱放进钱包。

回家后,夫人一边吃瓜一边说:"我看那个卖瓜的验钞动作显得强悍而优美,而你的动作却显得生硬而柔弱,何必一定要学着别人的样,做出对世界上的什么事都不相信的样子呢?"

陈处长说:"我只是见卖瓜的动作那么时髦,也学着时髦了一下……"

"只是为了时髦一下?"夫人突然停止了吃瓜的动作:"快将那张50元拿出来我看看。"

陈处长将50元钞票递到夫人手上,只见夫人以比卖瓜人更熟练更时髦更强悍更优美的动作将钞票扯了扯,然后对着窗口照了起来。照着照着,猛然大惊失色地说:"天啦,这可是一张真正的伪钞啊!"

1997年《长江日报》

吉祥号码

老老实实从不计较个人得失的音乐教员吉老师,这几天脸色阴沉沉的,极为不快的样子,似乎再也听不到她边走边哼美妙曲调的那种活泼愉快的模样。

我问她:"喂,这个并不太大的世界,有什么事能把你这个快活人搞得灰头灰脸的?"

"哎,别提了。"她恼怒地挥了一下手。

"说出来。有心事不说会生病的。"

"唉,"她长长叹了一口气,"怨只怨我们穷教师没有钱买号,什么999,666,888,全给款们包办了。这次我好不容易装部电话,你猜他们给我一个什么号?"

"再不好的号也不至于把你折磨成这个样子呀?"

"要是别的号还好想点,可他们给我的号的最后四个数字偏偏是1414。这不明明是说我'要死要死'吗?我倒不是相信号码有什么魔法,只是这号……就是将我的电话号码告诉别人也显得不礼貌呀。"

我想了想,竟然露出了笑意。

"你幸灾乐祸!"

"不,我是佩服电信局的先生小姐们有眼力有头脑有水平,刚好将这样一个号码给了你。"

吉老师迷惑地瞪着那双美丽的大眼睛望着我。

"我问你,你算不算有点艺术细胞的人?"

"当然,我……"

我学着她的样对她也挥了一下手。如果不制止她说下去,她会对她热爱的音乐一口气说上半天的。"这就对了,你有艺术细胞,因此你对数字应该有自己的理解。按音乐的简谱发声,'1'应唱成什么啦?'4'应当唱成什么啦?这该是幼儿园的教学内容吧?"

吉老师哼了哼,突然有所领悟,发出了爽朗的笑声。

"是吧,'1'是'都','4'是'发',所以你那'1414'就是'都发都发',这可是任何一个大款拿再多的钱都买不到的吉祥号码哩。"

于是我们一起唱起"都发都发都都发"。

1999年《长江日报》

渔归图

住在七楼的王太婆喜欢坐在阳台上看"风景",看大院内外发生的一切事。虽然可以称之为"无聊",但她眼中的世界比别人精彩,所以心情也比别人快乐。瞧,今天她正在与前来串门的吴大妈一起分享这份快乐心情——

周六的黄昏,大院里的鱼迷们纷纷载着"战利品"回来。"过去这种景象发生在星期天,自从双休后就改为星期六了,因为钓鱼累了,第二天可以补个懒觉。"王太婆说着,只见张处长回来了,是一辆北京吉普送回来的,他的工具简单实用,鱼篓湿漉漉的,"大约十五斤。"王太婆从张处长拎篓子的用劲程度作出判断,误差不会大于百分之五。"真不少啊。"吴大妈以十分羡慕的口气说。

"是不少,但也不算最多。"王太婆说。"老张钓鱼是打平伙,几个朋友约在一起,有的出车,有的出烟酒饭钱,有的出关系,当然主要是出关系。多半是去家鱼塘钓鱼,不会太多,也不会打空……看看,真正丰收的回来了。"王太婆提起了精神,指着院外两个街口的拐角处。"看到没有,那辆刚停下来的新奥迪……对,对。没有人下车?会有的,你等一等,有戏看的。"

过了一会,只见叶局长家的大儿子和保姆走出了院子,来到那个街口。小车司机下车打开了后盖,让叶局长的大儿子背上垂钓工具,离开;再让保姆拎起一个大大的塑料袋。

"这是一包什么东西?"

"鱼!"王太婆说。"你没有看到鱼尾巴都伸到外面来了……你看有多少斤?"

"哎呀,我看少说也有三十几斤。他们家里怎么吃得完啰!"

"怎么吃的戏要等天黑了才开锣。你现在要看看叶局长怎么回家。"

过了好一会,只见叶局长从汽车后座出来,仍然西装革履,简直像是到省里开完会回来的。他与汽车里面的人打打招呼,用手扶扶领带结,慢悠悠地向大院后门走去。直到离开了王太婆和吴大妈的视线,两位老妇人这才一起叹了一口长气。"这是商业钓鱼,一斤鱼要十块到十二块钱。据说可以一边打麻将一边钓鱼,塘小鱼厚,莫说三四十斤,一天钓一两百斤也是办得到的……"

吴大妈发出"啧啧"声。

"不过,真正钓鱼的快回来了。"

王太婆的话音未落,只见几个骑自行车的人鱼贯进入大院。他们当中有行政科的方科长、技术处的小何、大李和资料室的小卫等,一个个晒得黑黢黢,累得呼哧呼哧,从车上卸下工具和鱼篓。当然,与张处长相比,鱼少得可怜,而与叶局长相比,更是要哭没有眼泪。不过,他们却相当兴奋,大声大气地侃着渔经,互相比较着收获。看来,小卫钓得最好,差不多有五六斤;其他几个也都有三四斤,而方科长尽管没有多少斤两,但他从鱼篓里抠出来的那尾一斤多的金色鲤鱼实在惹人爱。

"他们是到野湖钓鱼的,一个人钓一天只花上十块钱买个座位。当然,鱼是难钓的,比的是本事和运气……"显然,王太婆是知情人。这不能不使人想起王太婆的老伴生前也是鱼迷。她老伴活到八十几岁,前年回乡时死于车祸。

暮色渐浓,只见王太婆拉拉吴大妈的衣角:"快看快看,叶局长的保姆出来了。她拎的就是鱼。她是到前面湘味餐馆去的。那是局长家卖鱼的老地方,四五块钱一斤……"

吴大妈大开眼界,目送叶家保姆进了餐馆才说:"真是,既玩了,又吃了,还赚了,真是奥妙无穷啊……"

1999年《长江日报》

自信的老莫

没见过谁比老莫更自信的,他无论在工会当副主席还是在街上踩"麻木"或者在街头干"扁担",都同样自信,不管别人怎么看。

想当年,老莫从乡下抽回城,进了一家国营大企业,他自信前途无量。果然,在企业挤进"全国500强"那年,他提了干,并很快由工会干事擢升为工会副主席。那些年,他的工作干得有声有色,有口皆碑,被评为区劳模:他本来可以评为市劳模的,但他将市劳模的指标让给了一位战斗在第一线的工人师傅。

不久,企业因效益滑坡,开始调整产品方向并着力精简机构,他便从工会下到了食堂,当起了管理员兼采买。他一点意见也没有,照样干得很起劲。后来在市体改办与厂体改办联合进行的问卷调查中,企业的哪项工作都上不了线,唯有食堂得了满分。

但就在他为食堂得满分而高兴地喝了二两酒时,他被突然宣布下岗。这回他总应该发发牢骚了吧?可是他逢人就是:"这是改革的阵痛,也是对我的考验。相信我在待岗的过程中,能够重新找到自我,继续发光发热。"这番话说得个别想借机闹点"大情绪"的人也无话可说了。

真的,没过几天,他就在一家星级宾馆谋得了保卫的差事。当他穿着像画报上"童子军"的笔挺服装在大门口一站时,他就下决心要站好每一分钟岗,做到客气礼貌,服务周到。不过,他只站了不到一个小时。当宾馆老总从卡迪拉克下来,进门时对他笑着点点头后,不一会他就接到宾馆人事部的通知,要他去财务处结一个月的工资,再次下了岗。理由十分简单:这个岗位应该由娃娃脸或小白脸来干,他这个年龄根本不合适。据说因为他,人事部经理还挨了老总一顿训。

我们可爱的老莫并没有灰心,不到一个星期就弄到一辆被称为"麻木"的三轮车,在三街六巷跑起来,逢人运货,好不高兴。他服务热情,不瞎要价,很快成为那一带最受群众欢迎的"麻木",生意十分火爆。可是有一天,交管部门来了人,不管三七二十一,抬起他的三轮车就往运货大卡车上甩,说他是无照经营。不管他怎么解释他的"照"如何合理合法,就是不还车,不准他运营。

按说这回他肯定会勃然大怒,至少也会消沉几天。可是老莫说,三轮车被没收可能是自己不对,也许是手续上少了一个什么章子。有人说,就是多盖十几个章子他们也不会让你踩"麻木",因为你抢走了几个人的生意,而这几个人跟交管的关系,嘿嘿,你哪里知道其中的东东!他回答说:"不,我相信交管部门,也对自己的未来充满信心。'麻木'踩不成,还有许多事情等着我去干嘛,一个人不能在一棵树上吊死,你说是不是?"谁会说不是?

果然,第三天,老莫就出现在街头,加入了"扁担"大军。干起街头流动搬运。几乎没有人不说他冤,可他却干得乐呵呵的,逢人就说:"这可是个拾遗补缺的工作,群众的需要就是我的需要。只是从事这项工作的流动人口比例太大,问题不少,有加强管理的必要。"

说来也怪,自老莫干起"扁担"后,他走到哪里,哪里的"扁担"们都听他的。时间一久,老莫竟琢磨出一套管理办法来,如"集中管理,培训挂牌,划片经营,周评月结"。他的想法得到车站街办事处的支持,让他首先在车站一带试行;后来,这一做法得到市委市政府的肯定,作为经验在全市推广。于是"大鹏搬运服务公司"成立了,老莫当上了总经理!

不要小看这个总经理,公司为提高他的工作效率,还给他配了小车哩。当然,既不是桑塔纳,也不是神龙富康,而是一辆"麻木",用于他上下班和联系工作。他自任"麻木司机",说这样可以节约一个编制。

据说,下一步他将整合"麻木"队伍,成立"三轮车运输服务公司",或干脆按俗称叫做"大鹏麻木运输服务公司",他有信心使其成为城市园林和旅游创建中的一个亮点。"我将作为两家公司的老总,埋头苦干,用心钻研,在'扁担'和'麻木'的工作中,为本市民众多作贡献,而且相信一定能创造和总结出经验,在全省乃至在全国推广……"

"士别三日,当刮目相看。"对于一贯自信的老莫,你能不服?

2002年《南方日报》

后　记

我知道，年龄是不饶人的。但我更知道，年龄是不能决定一切的；同时，我深信，由于人是会思考的"苇草"，即令再大的风浪，这"苇草"以其柔韧和思考，是能生存和发展的。为此，我感谢一切读了这本书的人，让我们共同进入这个回忆与思考的港湾。

正是为了读者，在我七旬之后，编了这本"短文"集。主要是为了突出一个"短"字。在短文领域，有人鼓吹：没有最短，只有更短。但我认为，以心来写的短文，读者其实并不过分在乎它的字数。但是，短可以节省时间，因而可能拥有较多的读者。即令你不读完全书，能读上一两篇，它们也都是相对完整的。

但对于已从事了几十年文学创作的人，在选编这样一本书时，个中的辛苦旁人可能难以理解。尤其对于像我这样一个家大口阔的人，一个为琐事成天忙出忙进的人，一个非常没有条理的人，一个此前没有打算结集出版这些作品的人，要将自己二三十年来散发于全国各地报刊上的短文收集起来进行筛选，确实很困难。我究竟发表了多少这类"短文"，确实搞不清楚；有些文章，虽然知道它发表了，在电脑中也找到了原稿，但今天整理起来，却并记不得它发在哪家报刊上，如果收录，也只能注明发表的年份；有些早期的作品，如果找不到原发报刊，电脑中也不会有。这样一种选编，定然留有诸多遗憾。好在遗憾也有遗憾的美感。

退休在家,除垂钓外,疏于交流,疏于创作,疏于与报刊和出版社联系,但并不等于疏于思考。今后如偶有所得,还当另行就教。其他客气话也就不说了,因为那会让人觉得有些酸。

作　者
2010年6月